Witold Gombrowicz:
Die Besessenen
Roman

Deutsch von Klaus Staemmler

Deutscher
Taschenbuch
Verlag

dtv

Ungekürzte Ausgabe
Februar 1992
Deutscher Taschenbuch Verlag GmbH & Co. KG,
München

Titel der Originalausgabe: ›Opętani‹

ISBN 3-446-15500-7
Umschlaggestaltung: Celestino Piatti
Umschlagbild: Dietrich Ebert
Satz: IBV Satz- und Datentechnik GmbH, Berlin
Druck und Bindung: C. H. Beck'sche Buchdruckerei,
Nördlingen
Printed in Germany · ISBN 3-423-11444-4

Das Buch

Dieser schillernde Schauerroman enthält alles, was Gombrowicz-Kenner lieben und verzagte Naturen fürchten: das geheimnisumwitterte Schloß, einen greisen, von bösen Träumen heimgesuchten Fürsten, ein unheilstiftendes Handtuch, einen intriganten Junker, der sich das Erbe des Fürsten unter den Nagel reißen will, eine ebenso schöne wie berechnende, extravagante junge Dame, einen ehrenwerten Kunsthistoriker, einen undurchsichtigen jungen Tennislehrer und einen verlorenen Sohn. Der Roman spielt auf Mysłocz, unweit von Lublin, auf dem heruntergekommenen Landgut Połyka, in einigen mondänen Warschauer Hotels und auf diversen Tennisplätzen. Die Handlung ist so fesselnd und rätselhaft wie ein romantisches Märchen und zugleich provozierend, ironisch und verblüffend. »Ein überaus spannendes, höchst abenteuerliches Buch«, schreibt Ralph Rainer Wuthenow in der ›Frankfurter Rundschau‹. »Reichtum und Vielfalt der Figuren, die der Erzähler hier zu regieren und durcheinanderzuwirbeln weiß, sind erstaunlich, wie auch das Erzähltempo erstaunlich ist und zur Auflösung hin sich sogar noch steigert.«

Der Autor

Witold Gombrowicz wurde am 4. August 1904 als Sohn eines Landadligen in Małoszyce in Polen geboren. Von 1928 bis 1934 arbeitete er an einem Warschauer Gericht, widmete sich jedoch bald ausschließlich der Literatur. Im Sommer 1939 wurde Gombrowicz auf einer Reise in Buenos Aires vom Ausbruch des Krieges überrascht. Er blieb 24 Jahre lang in Argentinien, das für ihn zur zweiten Heimat wurde. In dieser Zeit entstanden fast alle seine Werke, die ab 1950 auf polnisch in Paris und später auch in Warschau veröffentlicht wurden. 1963 kehrte Gombrowicz nach Europa zurück. 1964 ließ er sich in Vence nieder, wo er am 25. Juli 1969 starb. Weitere Werke: ›Ferdydurke‹ (1937, dt. 1938), ›Trans-Atlantik‹ (1953, dt. 1964).

1

»Sehen Sie denn nicht, daß dort ein Schild ›Nicht hinauslehnen‹ angebracht ist? Bedeutet solch ein Verbot für Sie nichts?«

Mit dieser Rüge wandte sich ein älterer, bläßlicher Herr an einen jungen Mann, der sich zum Fenster hinauslehnte. Das geschah in einem Zug irgendwo hinter Lublin. Der junge Mann zog sich vom Fenster zurück und drehte sich um.

»Wissen Sie, wie die nächste Station heißt?« fragte er.

»Wenn ich Sie frage, ob Ihnen das Verbot, sich nicht aus dem Fenster eines fahrenden Zuges zu lehnen, bekannt ist, sollten Sie zunächst meine Frage beantworten und erst danach selbst eine Frage stellen«, sagte der auf Formen bedachte Herr mit dem Fischgesicht, dem Stoppelhaar und der goldenen Uhrkette in der Magengegend schärfer. Der junge Mann antwortete sofort leicht und nonchalant:

»Entschuldigung.«

Diese Leichtigkeit und Nonchalance ärgerte den bläßlichen Herren noch mehr. Rat Szymczyk liebte es ungemein, andere Menschen zu belehren und zu rügen und konnte es nicht leiden, wenn seine Bemerkungen nicht genügend ernst genommen wurden. Er bedachte sein Opfer mit einem unfreundlichen Blick.

Der junge Mann war dunkelblond, etwa zwanzig Jahre alt und von außergewöhnlich gutem Wuchs. Obwohl der Sommer zu Ende ging und es abends oft schon kühl wurde, trug er nur ein blaues Netzhemd ohne Ärmel, graue Hosen und an den nackten Füßen Tennisschuhe.

Wer könnte das sein? überlegte der Rat. Er hat sogar zwei Tennisschläger bei sich, also vielleicht der Sohn eines Gutsbesitzers aus dieser Gegend? Nein, denn er hat schwielige Hände und ungepflegte Fingernägel wie von körperlicher Arbeit. Außerdem ist sein Haar schlecht geschnitten und seine Stimme recht gewöhnlich. Proletariat also? Nein, ein Proletarier hätte nicht solche Ohren und Augen. Doch andererseits sind Mund und Kinn beinahe bäuerlich, überhaupt hat er etwas Verdächtiges an sich, eine Mischung.

Die übrigen Fahrgäste schienen der gleichen Ansicht zu sein, denn auch sie musterten verstohlen den jungen Mann, der sich mit dem Rücken an die Wand lehnte. Der Rat

Szymczyk wurde schließlich so neugierig, daß er beschloß, auf weitere Polemik zu verzichten. Er ging dazu über, die Personalien des Unbekannten festzustellen, was ihm besonders leicht fiel, weil er sich sogar im Urlaub stets als Beamter fühlte, der daran gewöhnt ist, Rubriken in Formularen auszufüllen.

»Was sind Sie von Beruf?« fragte er.

»Tennistrainer.«

»Alter?«

»Zwanzig.«

»Zwanzig? Was zwanzig? Zwanzig Jahre? Bitte antworten Sie genau!« kam es ungeduldig und ärgerlich.

»Zwanzig Jahre.«

»Und wohin fahren Sie?« fragte der Rat mißtrauisch. Das Individuum gefiel ihm immer weniger. Er hegte stets einen gewissen Verdacht gegenüber Personen, die allzu schnell und nachgiebig auf Fragen antworteten. Die lange Büropraxis hatte ihn gelehrt, daß solche Individuen entweder etwas auf dem Gewissen haben oder haben werden. Der Bursche entgegnete:

»Hier in die Nähe auf ein Gut, wo ich als Trainer angestellt wurde.«

»Aha«, rief der Rat, »fahren Sie vielleicht nach Połyka, zu den Ochołowskis? Was? Selbstverständlich! Das hab' ich mir doch gleich gedacht, denn Fräulein Ochołowska ist dem Vernehmen nach eine vorzügliche Tennisspielerin. Gehen Sie für länger hin?«

»Nein... Ich weiß nicht, wie es sich ergibt. Ich soll die Schläger reparieren, den Platz in Ordnung bringen und mit dem Fräulein trainieren, weil es dort wohl niemanden gibt, der mit ihr spielen könnte.«

»Ich fahre auch dorthin.« Der Rat hielt es für angebracht, das kundzutun, streckte die Hand aus und sagte abstrakt:

»Szymczyk.«

Worauf der Trainer mit einer Verbeugung antwortete:

»Walczak.«

In diesem Augenblick mischte sich ein rüstiger Alter ein, der dem Gespräch von Anfang an aufmerksam gelauscht hatte. »Die Herren fahren nach Połyka?« rief er. »Das fügt sich ja prächtig, denn ich fahre auch dorthin. Gestatten Sie, daß ich mich vorstelle«, wandte er sich an den Rat. »Skoliński,

Czesław, Professor, genauer Kunsthistoriker. Skoliński! Sie wollen sicher in die Pension? Ich versichere Ihnen, da werden Sie es sehr gut haben, der Hof in Połyka ist eine paradiesische Pension. Manchmal freut es mich wirklich, daß unsere Gutsbesitzer Bankrott machen und auf ihren Höfen Pensionen gründen müssen; denn der Mensch erholt sich nirgendwo so wie auf dem Lande. Ich sitze dort schon an die zwei Wochen, war jetzt nur für einen Moment in Warschau und kehre gerade zurück. Ein prächtiger Ort! A propos! Fräulein Maja Ochołowska, Ihre künftige Partnerin«, rief er dem jungen Trainer zu, »fährt auch in diesem Zug. Gestatten Sie, Skoliński, Professor, genauer Historiker. Ich würde Sie vorstellen, möchte aber nicht indiskret sein, weil sie mit ihrem Verlobten reist... das heißt eigentlich reist ihr Verlobter mit dem Fürsten Holszański – wissen Sie, der Fürst aus Mysłocz, das ist nahe bei Połyka –, also ihr Verlobter, Herr Cholawicki, reist im selben Abteil wie der Fürst, dessen Sekretär er ist, sie aber, die Ärmste, im Abteil nebenan. Der Fürst ist ein bißchen... na ja...«, er tippte sich mit dem Finger an die Stirn, »und der Sekretär darf ihn nicht allein lassen. Aber es ist auf jeden Fall besser, wenn wir das junge Paar nicht stören.«

Mit einförmigem Wiegen eilte der Zug durch das traurige, dunkelgrüne und flache Land unter der sinkenden Sonne. Immer häufiger traten zu beiden Seiten Wälder heran, immer häufiger durchschnitt der Zug kleine Kiefernschonungen. Beide Herren vertieften sich ins Gespräch, und Marian Walczak, der Trainer des Clubs »Gemeinschaft« in Lublin, pfiff vor sich hin, während er die vorbeiziehende Landschaft betrachtete. Er langweilte sich. Er langweilte sich überhaupt oft. Manchmal befiel ihn eine Langeweile, die kaum noch auszuhalten war. Jetzt begab er sich auf einen Spaziergang durch den Zug.

Der Wagen erster Klasse, durch den er ging, war beinahe leer, doch ein Abteil weckte sein Interesse.

Das ist sicher dieser Fürst, dachte er, und tat so, als kämmte er sich vor einem Wandspiegel, und schaute hinein.

Ein seltsamer Anblick bot sich ihm. Riesige Reisetruhen von sehr altmodischem Aussehen füllten die Gepäcknetze; ein offenes Necessaire, vermutlich aus Napoleons Zeiten, ruhte würdevoll auf einem billigen Plaid, ordinärer Fabrikware. Ein Spazierstock mit Elfenbeinintarsien neben einem stark abgenutzten Regenschirm und rundum eine Menge Päckchen, Tüten mit Lebensmitteln, Schachteln, all das erinnerte beinahe an die Zeit der Postkutschen.

Zwischen diesem unordentlich verstreuten Luxus und Schund schlummerte ein kleiner, zarter, gebrechlicher Greis in einem unwahrscheinlich alten Anzug mit einem großen Flicken auf dem rechten Knie. Den Kopf lehnte er an ein gesticktes Kissen. Doch sein Gesicht hatte trotz des Mitleid erweckenden kindischen Ausdrucks etwas Herrschaftliches und Vornehmes in den Zügen, so daß jeder auf den ersten Blick begreifen mußte: Der gegenübersitzende elegante Herr im vorzüglich geschnittenen Anzug konnte höchstens der Sekretär und Untergebene dieser majestätischen Persönlichkeit sein. Dieser Sekretär hielt ein offenes Buch in der Hand, las aber nicht, sondern schaute versonnen aus dem Fenster.

Plötzlich nieste der würdevolle Greis und öffnete die Augen, und während er sie öffnete, erblickte er den ihn betrachtenden jungen Mann auf dem Gang, seine kleinen, wasserblauen Augen stierten und glotzten ihn an, als sähen sie einen Geist. Sein Gesicht wurde rot. Er versuchte, etwas zu sagen, bewegte die Lippen und quäkte plötzlich zart:

»Franio! Franio!«

Dazu streckte er die Hände vor. Aber sein Begleiter wandte sich vom Fenster ab und zog mit einer Handbewegung die Gardine vor die Tür.

Walczak begriff nicht, was geschehen war, hielt es jedoch für angezeigt, sich zu entfernen. Er warf einen Blick in das nächste Abteil. Hier bot sich ihm ein nicht minder interessanter, ja in gewissem Sinne ähnlicher Anblick, der dem vorausgegangenen diametral entgegengesetzt war. Denn in diesem Abteil saß ein junges Mädchen – und schlief.

Aha, dachte er, das ist sicher Fräulein Ochołowska.

Ihr Gesicht konnte er nicht erkennen, da sie es mit einem Arm verdeckte. Doch ihre Art zu schlafen wunderte ihn – der elegant gekleidete, schlanke und zarte Körper war in die Ecke geschmiegt, die Füße lagen auf der Bank gegenüber, die Knie ragten hoch, der Leib war zur Seite gebeugt, der Kopf fast tiefer als die Füße – hätte jemand eine möglichst unbequeme Lage zum Schlafen wählen wollen, er hätte sich nicht exzentrischer, ja brutaler, hinlegen können. Man müßte sie an die Schulter fassen und rufen: Wie schlafen Sie denn nur!

»Die schläft ja, ohne auf sich Rücksicht zu nehmen«, murmelte er. »Als hätte sie keine Achtung vor sich. Als wäre ihr alles egal, ob der Kopf tiefer liegt oder die Füße... Dabei ist sie so elegant.«

Der Zug rollte mit monotonem Gedröhn, alles bebte und rüttelte, das schlafende Fräulein gleichfalls. Er betrachtete sie so interessiert, daß er vergaß, wo er war und wohin er fuhr.

Eigentlich gefiel sie ihm nicht besonders. Er bevorzugte ältere, breithüftige Frauen. Aber sie hatte etwas an sich, das es ihm unmöglich machte, die Augen abzuwenden. Bis er schließlich begriff.

Die schläft ja genauso wie ich! staunte er.

Tatsächlich, sooft es ihm passierte, daß er mitten in der Nacht aufwachte, lag er in einer ähnlichen Position. Sein Schlaf war ganz genauso, und schon manchmal hatten Kameraden ihn deshalb ausgelacht. Nun gut, daß er so schlief, war verständlich, aber daß dieses elegante Fräulein so schlief, ohne Selbstachtung... Sie schläft wie im Polizeirevier auf der Bank, dachte er. Ich möchte wissen, ob das diese Ochołowska ist.

Ihr Mantel hing am Haken dicht neben der Tür. Ein weißer Briefumschlag lugte aus der Tasche. Er zögerte, doch die Neugier überwand seine Bedenken, er zog den Brief heraus, warf einen Blick auf die Schlafende und begann zu lesen. Ja, sie war es. Der an Maja Ochołowska adressierte Brief lautete folgendermaßen:

Meine liebe kleine Maja!

Solltest Du noch ein paar Tage in Warschau bleiben wollen, kannst du es gerne tun, denn ich komme hier sehr gut zurecht und es gibt leider wenig Gäste. Schrecklich genug, daß wir fremde Leute in unser ehrwürdiges, altes Haus aufnehmen müssen. Was hilft's! Wenn es sich wenigstens lohnte! Aber ich wollte Dir über etwas anderes schreiben. Über Deine Verlobung mit Herrn Henryk.

Mein liebstes Kind, Du weißt, wie sehr ich Dein Glück wünsche. Ich lasse Dir volle Entscheidungsfreiheit, weil ich weiß, daß Du mir sonst nicht gehorchen würdest, aber Deine Verschlossenheit quält mich entsetzlich. Seltsam, daß ich Dir einen Brief schreibe, wo wir in wenigen Tagen wieder beisammen sein werden, aber ich gebe offen zu, daß ich nicht mit Dir reden kann.

Ist es nicht unangenehm für eine Mutter, mit ihrer Tochter nicht über die wichtigsten und vertraulichsten Dinge reden zu können? Und doch haben sich unsere Beziehungen so entwikkelt, daß ich bestimmte Dinge eher mit einem gänzlich Fremden besprechen könnte als mit Dir.

Mein geliebtes Töchterlein, ärgere Dich nicht, daß ich Dir das schreibe. Ich weiß, Du liebst mich, und Du weißt, ich würde mein Leben für Dich hingeben, aber uns fehlt die gemeinsame Sprache. Ich nutze also die physische Entfernung zwischen uns und versuche, Dir brieflich zu sagen, was mir am Herzen liegt. Nimm es zur Kenntnis, und dann reden wir nicht mehr darüber, einverstanden?

Seit einiger Zeit habe ich solche Angst um Dich, daß sie mir jeden freien Augenblick vergiftet.

Ich habe Angst um Deine Schönheit, Deine Jugend, ich hätte es lieber, wenn Du weniger selbstsicher wärst... Wie soll ich es sagen? Ich spüre in Dir Hartnäckigkeit, Ehrgeiz, unersättliches Verlangen nach Glück. Mir scheint, Du bist hungrig auf die Welt, unsere monotone ländliche Existenz entspricht Dir so wenig, Du bist zu allem bereit, um Dir Zugang in die reiche Großstadtwelt zu verschaffen. Meinst Du, Henryk garantiert Dir das alles? Bist Du ihm wirklich verbunden, oder geht es Dir nur darum, mit seiner Hilfe von hier fortzukommen? Hast Du Dir vielleicht schon ausgerechnet, daß Du ihn in wenigen Jahren verlassen willst?

Und selbst wenn Du eine Neigung ihm gegenüber empfindest, stützt sie sich dann nicht auf die Verwandtschaft Eurer Naturen gerade in dieser unersättlichen Gier nach Genuß? Manchmal habe ich den Eindruck, weder er achtet Dich noch Du ihn, es ist alles einfach nur Berechnung, die Lebensgemeinschaft zweier wilder Tiere. O Gott, was schreibe ich da! Aber mag es nun so stehenbleiben. Wenn ich mich irre, wenn es sich nur um das mangelnde Verständnis einer alten, in anderen Zeiten erzogenen und von anderen Idealen lebenden Frau für Euch Junge handelt, dann nimm es mir nicht übel.

Du wirst jedoch begreifen, daß solche Vermutungen mich plagen. Die Welt von heute wird für mich mit jedem Tag schrecklicher und rätselhafter. Ihr besitzt keine Würde und achtet weder Euch noch andere, das ist das Schlimmste.

Das Geld, das Du in Warschau abgehoben hast, kannst du ganz verbrauchen, denn ich habe unverhofft 1300 Złoty aus der Abrechnung mit Lipkowski bekommen. Ich bin größerer Summen so entwöhnt, daß ich tatsächlich Angst habe, diesen Betrag daheim aufzubewahren! Vorläufig habe ich ihn in Deinem Schrank, in der linken Schublade untergebracht. Ich bitte Dich, tu Dir bei Ausgaben keinen Zwang an, besorge Dir an Garderobe, was Du brauchst, dafür findet sich immer etwas, muß sich finden! Es ist schrecklich, daß ich selber daran arbeite, in Dir das Bedürfnis nach Luxus zu wecken und aufrecht zu erhalten, aber Du gefällst mir einfach zu gut! Das ist meine größte Schwäche! Ich hoffe, Du bist im Tennisspiel vorangekommen in diesen paar Tagen Warschau. Ärgere Dich nicht über mich, Kind, denke über das nach, was ich Dir geschrieben habe, und tu so vor mir, als hättest Du diesen Brief nicht erhalten. Liebst Du mich?

Deine Mutter

Walczak schob den Brief wieder in ihre Manteltasche.

Ja, es war Fräulein Ochołowska, die begabte Tennisspielerin, die er von morgen an ›fördern‹ sollte, seine künftige Partnerin. Also, sie will reich heiraten – klar, wer will das nicht – jede will reich heiraten und das Leben genießen. Genau wie ich! dachte er und lachte auf.

Der Zug wurde langsamer. Er kehrte in seinen Waggon zurück, wo Rat Szymczyk und Professor Skoliński bereits ihre Koffer herunterholten und ihre Mäntel anzogen. Die Wagen ruckten, dann hielten sie.

»Aussteigen!« rief der Professor. »Nur zwei Minuten Halt!«

2

»Sind Pferde aus Połyka da?« sprach Rat Szymczyk vor sich hin, während er in den Vorbau der Station trat. Hinter ihm schleppte der Gepäckträger zwei Koffer und einen Wäschesack.

Da er keine Antwort erhielt, fragte der Rat noch einmal mit lauterer Stimme, aber die Gruppe der jungen Burschen reagierte mit steinerner Gleichgültigkeit.

Hätte Szymczyk die Frage direkt an einen von ihnen gerichtet, hätte er sofort eine Antwort erhalten, weil er sie aber einfach vor sich hin gesprochen hatte, starrten sie ihn nur an.

»Was schreit der so!« rief der Jüngste und bohrte in der Nase.

Das irritierte den Rat, er errötete. Doch sofort wurde er kühl und ruhig, denn jemand stieß ihn von hinten an.

»Entschuldigung«, sagte der Rat und schaute sich um. »Geben Sie freundlicherweise acht! Sie stoßen mich mit Ihrer Tasche.«

»Was? Ich? Sie? Mit der Tasche? Ich bitte hundertmal um Entschuldigung«, rief der Professor, denn seine Tasche hatte zufälligerweise Szymczyks Rücken bedrängt. »Aber wen sehe ich da! Fräulein Maja! Gestatten Sie, daß ich vorstelle. Herr... wie war doch gleich?...Szymon...«

»Finanzrat Szymczyk«, stellte sich Rat Szymczyk vor und fügte hinzu: »Ich hatte meine Ankunft telegrafisch mitgeteilt.«

»Ich bitte hundertmal um Entschuldigung. Szymczyk. Und das ist Herr Myńczyk... Vom Tennis...«

»Großartig«, sagte Fräulein Ochołowska und reichte ihnen die Hand. »Wir finden alle Platz, denn fürs Gepäck ist die Britschka gekommen.«

Die Kutsche fuhr vor. Sie setzte sich mit dem Professor in den Rücksitz, während der Rat und Walczak auf der Bank Platz nahmen. Der matschige Weg führte durch schütteren Wald; hier und da öffnete sich der Blick in eine flache, traurige und weite Gegend.

Die Sonne war schon untergegangen, die Stille bohrte sich in die Ohren. Sie verstummten. Die Wälder gaben den Horizont keinen Augenblick lang frei, doch der Weg führte jetzt durch Wiesen, auf denen hie und da zwergenhaft Bäume standen.

»Was für ein Land!« sagte schließlich der Rat.

»Ja, hier herrschen Wildnis, Armut und Traurigkeit.« Das Fräulein lachte. Walczak glaubte dieses Lachen zu kennen.

Er blickte sie aufmerksam an. Sie sprach sehr leise, er wußte nicht, ob aus Koketterie oder aus anderen Gründen, und das gab ihr einen geheimnisvollen Zug. Doch irgendwie kannte er dieses Lachen. Wer von seinen Bekannten lachte so? Plötzlich und ohne erkennbaren Grund fing sein Herz an, heftig zu schlagen.

Was, zum Teufel, ist los? dachte er.

Die Dämmerung sank herab, der Schleier der heranziehenden Nacht verhüllte die Äste der Bäume. Ein großer Mond erhob sich über den Wiesen. In einem fernen Dorf bellten Hunde. Walczak konnte sich dem Gefühl einer seltsamen Unruhe nicht widersetzen. Er versuchte, mit dem Blick die wachsenden Schatten zu durchdringen, ihm war plötzlich, als träumte er... Eine große, altmodische Karosse, ein Modell, wie es seit mindestens hundert Jahren nicht mehr benutzt wird, mit vier Pferden davor, überholte sie dröhnend, scheppernd und mit dem Eisenzeug rasselnd im vollen Lauf und verschwand in Staubwolken.

»Was war das?« rief der Rat.

Der Professor lehnte sich hinaus und verfolgte neugierig die in der Ferne entschwindende Karosse.

»Der Fürst aus Mysłocz«, sagte er.

»Ja«, bestätigte Maja. »Der Arme kommt auch aus Warschau zurück. Kennen Sie die größte Attraktion dieser Gegend nicht?« wandte sie sich an den Rat. »Mysłocz liegt einige Kilometer von Połyka entfernt. Wir fahren jetzt über Mysłoczer Gebiet.«

»Und warum benutzt er ein solches Verkehrsmittel? Wie zu Zeiten der Königin Bona!« Szymczyk wunderte sich. »Das ist doch unbequem und macht soviel Lärm.«

»Er ist ein bißchen plemplem, Herr Rat – plem!« rief der Professor. »Der alte Fürst ist seit undenklichen Zeiten, milde gesagt, ein Sonderling. Ich bin erstaunt, daß er in Warschau war, denn gemeinhin steckt er die Nase nicht aus seinem Schloß. Herr Henryk muß ziemlich viel Mühe mit ihm haben«, wandte er sich an Fräulein Ochołowska.

»Natürlich«, entgegnete sie. »Es ist Henryk kaum gelungen, ihn zu dieser Reise zu überreden, aber die Geschäfte machten sie erforderlich. Er hat Henryk in Warschau nicht von seiner Seite gelassen.«

»Schauen Sie, schauen Sie«, rief der Professor dem Rat zu. »Von hier aus kann man das Schloß sehen, falls es nicht zu dunkel ist.«

Aber der Mond schien bereits über der endlosen Ebene, aus der hier und da phantastische Baumsilhouetten ragten. In seinem blassen Schein zeigte sich weißliches Wasser, der Muchawiec schob träge seine Strömung durch die Ebene, kam kaum von der Stelle und bildete riesengroße Ausuferungen.

Man hätte die weite Wasserfläche, die sich den Augen des Rats darbot, einen See nennen können, wären nicht an den unerwartetsten Stellen Röhricht, Kalmus und Weiden daraus emporgewachsen. Es sah mehr nach einer Überschwemmung aus als nach einem See oder nach einer größeren Anzahl einzelner Teiche. Hier und da waren Land und Wasser so ineinander verwoben, daß es schwer fiel zu bestimmen, welches Element vorherrschte.

Eine Überraschung in dieser hoffnungslos ebenen Landschaft war der Hügel, der das Wasser überragte und sich aus unerfindlichen Gründen über die Ebene erhob. Und noch verwunderlicher war das Riesenbauwerk auf diesem Hügel.

Szymczyk, der übrigens kurzsichtig war, konnte die Einzelheiten nicht erkennen, ahnte aber die große steinerne Masse – aus dieser Masse ragte ein sehr hoher Turm empor, ungefähr sechs Stockwerke hoch, an der Spitze verwittert und zerfallen. Einsam, würdevoll und feudal beherrschte er die Gegend. Nebel umspann langsam die Grundmauern des Schlosses.

»Das ist ja ein riesiges Gebäude!« rief der Rat.

»O ja!« entgegnete der Professor. »Hundertsiebzig verfallene Zimmer, Säle, Flure und was Sie sonst wünschen! Aber für den Kunsthistoriker völlig wertlos. Kein Stil, müssen Sie wissen. Ruiniert, vernachlässigt, die typische herrschaftliche Residenz im Zustand des totalen Verfalls. Bekanntlich«, fuhr er belehrend fort, »ist Polen arm an architektonischen Altertümern. Es gab früher herrliche Burgen, aber fast alle sind in den Schwedenkriegen zugrunde gegangen, und den Rest hat die Nachlässigkeit und der Unverstand seiner Besitzer vernichtet. Wieviele Altertümer hat man einfach als Steinbruch genutzt... Jetzt heißt es, Łańcut sei die schönste Residenz in Polen. Aber Łańcut ist ein Kind, ein Bürschlein ohne Vergangenheit! Es stimmt, da gibt es Luxus, Orangerien und Ställe aus Marmor und Gott weiß was alles, aber es fehlt die Patina! Mysłocz hingegen ist mindestens sechshundert Jahre alt!«

»Sechshundert?« Der Rat wunderte sich. »In dieser Gegend?«

»O ja«, entgegnete der Professor. »Das war noch der Sitz der einstigen Fürsten Holszański-Dubrowicki. Eine Wehranlage seit undenklichen Zeiten. Die Burg«, fügte er nicht ohne Melancholie hinzu, »hatte einmal ihre großen Zeiten, jetzt aber... da, ein Steinhaufen, mehr nicht! Der melancholische Sitz eines Verrückten, das Grab eines verlöschenden Geschlechts. Seit hundert Jahren wohnen dort lauter Verrückte.«

Sie gelangten wieder in den Wald. Es wurde dunkler, der Mond blickte nur selten durch die Zweige, grenzenlose Traurigkeit preßte Walczak das Herz zusammen. Gleichzeitig aber erfaßte ihn eine solche Unruhe, daß er sich zurückhalten mußte, um nicht vom Wagen zu springen und in das Dickicht zu flüchten.

Die Melancholie dieser düsteren Gegend teilte sich auch dem Professor mit, denn er verstummte. Nur der Rat verbreitete sich über die typisch polnischen Fehler wie Unordnung, Unsauberkeit und Schlamperei sowie mangelnde Sorgfalt und Organisation bei der Erhaltung. Niemand hörte ihm zu, alle lauschten auf den Wald, die Vergangenheit und vielleicht auch auf die eigene, verborgene Unruhe.

Da wandte Fräulein Ochołowska sich an Marian.

»Wir werden miteinander spielen!« sagte sie.

»Sicher«, antwortete er und lachte.

Kam es ihm nur so vor, oder blickte sie ihn wirklich aufmerksam an? Ja, er bemerkte ihren forschenden Blick, der schräg auf sein Gesicht gefallen war. Er fürchtete, sie könne seine Manipulation mit dem Brief bemerkt haben – doch nein, das war unmöglich, sie hatte doch geschlafen.

Warum also musterte sie ihn dermaßen?

Er schüttelte die Gedanken ab, und gleichzeitig verkündete der Professor:

»Da sind wir schon.«

Sie kamen auf eine geräumige Lichtung, hinter dem Tor umsprangen sie die Hunde.

Der Hof in Połyka war ein altes, geräumiges Bauwerk mit charakteristisch hohem Dach und kleiner Vorlaube. Marian blieb abseits stehen und wartete auf das Ende der einleitenden Begrüßungen und Höflichkeiten.

»Aha«, sagte schließlich Frau Ochołowska, der Maja einige Worte zugeflüstert hatte, »sehr gut, daß Sie gekommen sind. Meine Tochter wartet schon seit längerer Zeit auf Sie. Marysia, führ den Herrn nach oben und bring ihm dann das Abendessen aufs Zimmer.«

Sie reichte Walczak freundlich die Hand und verschwand

mit den übrigen Gästen. Das Mädchen mit der Kerze in der Hand ging vor ihm eine schmale, knarrende Treppe hinauf zu seinem Zimmer, einer kleinen Dachkammer. Das Mädchen war ungewöhnlich sauber und vernünftig, wenn auch jung. Sie sagte:

»Hier sind Waschschüssel und Wasser, ein Handtuch bringe ich sofort. Wenn Sie noch etwas brauchen, klingeln Sie bitte, aber es ist wohl alles da.«

»Habt ihr viele Gäste?« fragte er und setzte sich auf das Bett.

»Ach nein. Außer denen, die heute eintrafen, sind noch eine Frau Doktor aus Lemberg und eine andere da. Die Saison fängt erst an.«

Sie sagte ihm gute Nacht und ging. Er trat an das Fenster und versuchte, es zu öffnen, aber es gelang ihm nicht; darum öffnete er nur das Oberlicht. Die alten Parkbäume rauschten leise, gleich dahinter stand schweigend und still der Wald. Wieder empfand er Unruhe. War er unnötigerweise hierhergekommen, wäre es besser für ihn, sofort und notfalls zu Fuß zu fliehen? Doch wohin sollte er fliehen? Sein Leben war bisher reiner Zufall gewesen.

Zufällig war er mit zehn Jahren Balljunge im Tennisklub von Lublin geworden. Sein Vater, Schlosser von Beruf, sah diese Stellung seines Sohnes gern, zumal der Sohn manchmal mehr Trinkgeld nach Haus brachte, als der Vater in ganztägiger schwerer Arbeit verdient hatte.

Die Balljungen im Klub hatten zwar ihre paar Groschen Stundenlohn, aber oft gab einer der reicheren Spieler dem Jungen extra 50 Groschen oder einen Złoty. Mit der Zeit lernte Marian allerdings, diese Nebeneinkünfte für sich zu behalten.

Der Vater merkte, daß die Einkünfte schrumpften, und weil er keine Kontrollmöglichkeiten hatte, schlug er ihn, was den Jungen nur noch mehr veranlaßte, das Geld zu verstekken. Er haßte den Vater und hätte keinen Groschen hergegeben, selbst wenn dieser ihn zu Tode geprügelt hätte. Das Verhältnis zwischen ihnen wurde von Jahr zu Jahr schlechter, weil der Sohn heranwuchs. Er lernte, zum Übernachten nicht nach Haus zu kommen, schlief bei seinen Kameraden und erschien erst nach einigen Tagen, worauf er in der Regel verdroschen wurde.

Im Klub dagegen glatte, mit rotem Lehm bestreute Plätze, Sonne, weißgekleidete Herren und Damen, Scherze, Rufe, Fröhlichkeit. Ach! Hier fühlte sich Marian wohl. Er lernte, mit lausbübischem Witz und Frechheit Geld herauszulocken, gleichzeitig borgte er sich in der Pause zwischen den Sätzen von den Spielern den Tennisschläger und versuchte die klassischen Schläge. Mieczkowski, der Trainer und Klubverwalter in einer Person, entdeckte die hervorragende Begabung des Jungen und beschloß, da er älter wurde, ihn zum Trainer auszubilden. Er borgte ihm bis auf weiteres einen abgenutzten Schläger.

Mit sechzehn konnte Walczak den angehenden Jüngern des weißen Sports die Bälle richtig zugeben und übte stundenlang mit den Schülern und Pensionsmädchen. Auch lernte er, Schläger zu bespannen und – wirksamer noch – die Gäste einzuwickeln, indem er ihnen ungewöhnliches Talent einredete.

Zu dieser Zeit ereignete sich ein weiterer glücklicher Zufall: Sein Vater fuhr zur Arbeit in die Provinz, und der Junge ließ sich auf Dauer bei Mieczkowski nieder. Außerdem verdiente er im Klubrestaurant noch etwas hinzu, genauer gesagt in der Gaststätte, die Mieczkowski langsam und unmerklich zu einem auch für Gäste von der Straße zugänglichen Restaurant umgestaltete.

Doch Walczak wurde faul – auf dem Platz und im Restaurant. Es langweilte ihn, Stümper zu trainieren, er wollte spielen. Er kümmerte sich immer mehr um sein eigenes Spiel statt um das seines Partners. Er »beendete« die Bälle mit mörderischen Drives, statt sie dem Partner zart auf den Schläger zu geben, und wurde außerdem schwierig, trotzig, ungehorsam, finster, unzufrieden, aufsässig. Er langweilte sich, ohne sagen zu können, warum. Er ging ins Kino, las billige Sensationsromane und sehnte sich nach einem anderen Leben. Jede Stunde, die er hier verbrachte, schien ihm vertane Zeit. Statt bei Mieczkowski herumzusitzen, müßte er etwas tun, irgendwohin fahren, etwas beginnen, etwas austüfteln, um endlich etwas Besseres zu ergattern.

Abends befiel ihn manchmal eine derartige Verzweiflung, daß er ein für allemal mit sich Schluß machen wollte. Er verkam, er hatte das Gefühl, zu verlottern und gänzlich zugrunde zu gehen. Er las die ›Sportrundschau‹, kannte die Namen aller besseren Spieler auswendig und stellte sich ihre Reisen ins Ausland, ihre Spiele und Erfolge, die Ovationen vor. Weshalb – zum Teufel – mußte er in diesem Provinznest hokken, in einem miesen Klub, statt herumzureisen und zu siegen wie jene! Ja, sie hatten Talent, sie waren wirkliche Spieler... Er selbst schlug zwar, wenn immer er es wollte, alle hiesigen Stümper, aber ein gutes Spiel hatte er noch nicht einmal gesehen.

Alles langweilte ihn dermaßen, daß er sogleich einverstanden war, als ein bekannter Ingenieur ihn fragte, ob er nicht für ein paar Wochen nach Połyka fahren wolle. Er bat Mieczkowski, ihn gehen zu lassen. Über Fräulein Ochołowska hatte er in der ›Sportrundschau‹ gelesen, daß sie eine der vielversprechenden Spielerinnen der jungen Generation sei.

»Ich möchte fahren!« flehte er Mieczkowski an. »Sie muß dort auf dem Lande hocken und hat keinen Spieler zur Hand. Mit wem soll sie spielen? Ich werde mit ihr üben und die Schläger in Ordnung bringen, dafür bekomme ich meinen Unterhalt. Sie schaffen es hier allein diese kurzen zwei Wochen! Und ich komme hier mal für einen Augenblick weg!«

Er war also nun weg. Doch während er jetzt von seinem Fenster auf die reglosen Dorflinden hinabschaute, begann er die Sache zu bedauern. Vielleicht war der alte Gutshof, vielleicht war die ihn von allen Seiten anwehende Traurigkeit der Grund seiner Beunruhigung und seltsamen Wehmut. Er erinnerte sich an alles, was er unterwegs erlebt hatte, den rätselhaften Ausruf des Fürsten, den Brief, den er gelesen hatte, Fräulein Ochołowskas Schlaf, ihr Lachen, ihren Blick, das Geld, das hier irgendwo im Schrank versteckt war – und wußte selbst nicht, was davon ihn so reizte.

Voller Wonne streckte er sich, bis seine Knochen in den Gelenken knackten. »Aaach.« Er lachte leise und leichtsinnig bei dem Gedanken an all das Unbekannte, das im Leben noch seiner harrte. Im gleichen Augenblick streckte sich Fräulein Ochołowska, halb ausgezogen, in ihrem Zimmer auf die gleiche Weise, mit dem gleichen Lächeln auf den Lippen; sie dachte an bestimmte Pläne und Vorhaben für die nahe Zukunft. Ein leichter Wind war aufgekommen, die Linden vor den Fenstern rauschten.

Am nächsten Morgen gingen Walczak und Fräulein Maja in weißem Dreß über die Rasenfläche zum Tennisplatz, von wo schon die Stimmen der Tennisjungen herüberhallten. Der Tag war herrlich und windlos, nur einige Federwölkchen zogen über den blaßblauen Himmel.

Er und sie hatten je zwei Schläger unter dem Arm.

Walczak, der sich hinter den Kulissen des weißen Sports genau auskannte, wußte, daß es Fräulein Ochołowska, obwohl sie an größeren Wettkämpfen noch nicht teilgenommen hatte, gelungen war, über führende Spieler, und zwar über Männer inoffiziell den Sieg davonzutragen. Kenner unterstrichen manchmal ihren ungewöhnlich vielseitigen Stil, der zu den besten Hoffnungen berechtigte und sie für zahlreiche internationale Erfolge prädestinierte.

Was Walczak anging, so gab es zwar im Klub niemanden, der davon träumen konnte, gegen ihn einen Satz zu gewinnen, aber es gab dort auch niemanden, der ein Klassespieler war. Deshalb beschloß er, ihr ausschließlich Bälle zuzuspielen und sie in den unterschiedlichen Schlägen zu trainieren. Fräulein Ochołowska erhoffte sich wohl auch keine besonderen Aufregungen. Sie ging schweigend, es schien, als dächte sie an etwas anderes, sie wirkte verschlossen und unaufmerksam, ihr Blick haftete am Boden. Als sie am Platz stehen blieb – einem vorzüglichen Platz, wie Walczak sogleich feststellte –, sagte sie kein Wort, sondern zog sich nur schnell hinter die Grundlinie zurück.

»Forehand!« rief sie.

Er servierte, der Ball ging ins Netz. Der zweite ins Aus. Der dritte gelang ihm endlich, aber Fräulein Maja mußte laufen, um ihn mit dem Schläger zu erreichen. Die weiteren fielen ungeordnet, zu kurz oder zu weit. Schließlich rief sie:

»Sie haben ja keine Ahnung!«

Er entgegnete, ohne zu überlegen:

»Jeder tut, was er kann.«

Sie hielt an. »Schade, daß Sie es nicht besser können«, sagte sie und zuckte die Achseln. Er servierte eine neue Serie von Bällen, die sie mit schön einstudierter Bewegung zurücksandte.

Er schwor sich, keinen Ball zurückzuschlagen, die Geringschätzung, die sie ihm im Grunde bekundete, traf seinen Ehrgeiz heftig.

Fräulein Ochołowska begann jetzt, Backhand zu üben, vor allem hohe Bälle, die sie in tiefer Körperdrehung, den Schläger beidhändig fast vom Rücken hochziehend, zurückgab. Ihre auf der Grundlinie geschlagenen Schläge waren so prächtig, daß Walczak es nicht ertrug und, als ein Ball ihm auf den Schläger kam, zuschlug. Der Ball überquerte einen Zoll hoch das Netz. Die Partnerin ging in die Knie, nahm den Schläger weit zurück und schlug blitzschnell einen Cross quer über den Platz.

Er stürzte dem Ball entgegen, fast ehe er zurückgeschlagen wurde, und verdankte nur dieser Tatsache, daß er ihn überhaupt erreichte. Er schlug ihn zurück.

»Was?!« rief sie vorgebeugt und lief schon.

Es folgte zwischen ihnen eine Serie sehr scharfer Crosses aus der Backhand, die Schläger fingen an, rhythmisch und schnell zu singen. Maja bemerkte selbst nicht, wann sie durch die langen, mörderischen Schläge ihres Partners aus dem Platz gedrängt wurde. Gleichzeitig rannte Walczak ans Netz, und wenn sie ihm mit einem hohen Lob ausweichen wollte, folgte ein mörderischer Smash, gegen den sie völlig machtlos war.

»Wir spielen einen Satz!« rief sie.

Walczak war von seinem Erfolg selbst überrascht. Er wußte, daß er diesen Ball ungewöhnlich gut gespielt hatte, doch es gab seltsamerweise zwischen ihr und ihm beim Spielen keinen größeren Unterschied. Er konzentrierte sich und nahm ihren regelrecht scharfen und genau placierten Aufschlag an. Wieder sangen die Schläger. 15:0 für ihn.

Entweder spielt sie schlechter, als ich dachte, schoß es ihm durch den Kopf, oder ich spiele besser.

Und plötzlich empfand er irgendwo in der Tiefe seines Wesens das fast mystische Einverständnis mit der Natur, jene Sicherheit und Unfehlbarkeit, die den Spieler beim Sport oder bei den Karten manchmal überkommt. Er begriff, daß er wirklich vorzüglich in Form war, kniff die Augen zusammen und ›tötete‹ ihren Aufschlag mit einem untrüglich genau in die Ecke geschlagenen Drive, der das erste Spiel für ihn entschied.

Im nächsten spielte Fräulein Maja vorsichtiger, die Bälle überquerten lange mit wechselndem Glück das Netz. Vom Echo des Spiels angelockt, erschienen mittlerweile die Pensionsgäste auf den Bänken neben dem Platz.

Die Anwesenheit von Zuschauern stimulierte sie noch mehr, und die Partie ging unbemerkt in eine jener besonderen, elementaren Begegnungen über, die Spieler und Zuschauer in gleicher Weise berauschen. Bei Walczak kam zur Selbstvergessenheit und Hingabe an das Spiel noch die wahnwitzige Freude der Entdeckung, der Enthüllung des Talents – jetzt hatte er keine Zweifel mehr, jeder Schlag bestätigte die Wahrheit, daß er besser war als diese Meisterin, daß er »Klasse« war, auf dem Wege zur Meisterschaft! Und dazu noch die Befriedigung, daß er sie schlagen konnte, wie er wollte.

Er kannte selbst nicht den Grund für den Zorn gegen diese Partnerin, er biß die Zähne zusammen und schlug den Ball, als schlüge er sie selbst, er erfaßte mit gespanntem Blick jede ihrer Bewegungen und sah sie mit der Wachsamkeit eines Tiers voraus.

Doch auch bei Fräulein Maja gesellte sich zur Verwunderung eine an Wut grenzende Verbitterung, die sie selbst überraschte.

Sie kämpften in totalem Schweigen, und die Leute auf der Bank waren trotz ihrer Unfähigkeit, die technischen Einzelheiten des Spiels zu begreifen, doch so von der Wut der beiden gefesselt, daß sie aufhörten zu klatschen.

In der Stille des entscheidenden Spiels vernahm man deutlich die halblaute Bemerkung einer der anwesenden Damen:

»Wie ähnlich sie sich sind!«

»Stimmt«, antwortete die zweite. »Das ist erstaunlich!«

In diesem Moment rannte Fräulein Ochołowska nicht mehr auf den Ball zu.

»Danke«, sagte sie. »Genug.«

»Was?« fragte er erstaunt. »Spielen wir den Satz nicht zu Ende?«

Beide atmeten schwer. Sie sah ihn an.

»Nein.«

Sie war blaß. Walczak wurde ebenfalls blaß, er mußte sich beherrschen, um nicht zu fluchen. Was war mit ihr? Er antwortete nicht.

Die Gesellschaft begrüßte die beiden mit Applaus.

»Warum haben Sie das Spiel abgebrochen? Es war doch so aufregend!«

»Sie spielen großartig!« rief Frau Ochołowska. »Ich weiß ein bißchen Bescheid. Wo sind Sie aufgewachsen? Wer hat sie ausgebildet? Sie begehen elementare Fehler, aber Ihr Talent ist phänomenal! Sie sind kein Trainer, sondern ein Spieler – Sie könnten selbst einen Trainer brauchen!«

»Sie schlagen ja phänomenal!« rief eine andere Dame, eine beleibte Blondine mit vorquellenden Augen. »Vor allem diese Schrägbälle... Außergewöhnlich!«

»Unvergleichlich!« sagte eine dritte, dünne und knochige Dame. »Wenn auch für meinen Geschmack etwas zu hart. Meine Tochter und ihre Freundin können sich den Ball viel länger zuspielen. Natürlich ist das kein Argument, der Herr spielt vorzüglich, und Ihre Tochter« – sie wandte sich an Frau Ochołowska – »geradezu engelhaft, engelhaft spielt sie!«

»Eher wohl teuflisch!« entgegnete die Dicke. »Was für ein Temperament.«

»Nun, nun«, sagte Rat Szymczyk, »laßt uns nicht übertreiben. Man soll beim Loben nicht übertreiben. Wenn wir wüßten, wie sehr Lobsprüche manchen Leuten den Kopf verdrehen, wären wir vorsichtiger damit. Die Atmosphäre gesunder Kritik ist viel besser«, fügte er hinzu und putzte seine Brille. »Außerdem soll man die Bedeutung des Sports nicht übertreiben!«

»Wunderschön gespielt haben sie«, sagte die korpulente Frau Doktor mit ekstatischem Seufzer. »Überhaupt, ein hübsches Paar! Und wie ähnlich sie sich sind, man könnte meinen, Bruder und Schwester.«

»Ich sehe da keine Ähnlichkeit«, entgegnete Frau Ochołowska kühl.

»Gewiß, gewiß, meine Teure, wieso denn auch! Selbstverständlich! Und dennoch gibt es etwas Gemeinsames, dasselbe Temperament, dieselbe Hartnäckigkeit und Verbissenheit; natürlich ist das nur oberflächlich – nehmen Sie das bitte nicht wörtlich.«

Frau Ochołowska seufzte kaum merklich. Die übermäßige Kritik und belehrende Tendenz des Rats Szymczyk war nichts gegen die Schwierigkeiten, die sie mit diesen Damen hatte. Die Magere reagierte sauer und kühl, die Dicke süß und warm in ihrer Herzlichkeit, beide indessen ließen keine Gelegenheit aus, ihr zuzusetzen und ihr etwas Impertinentes zu sagen.

Beide waren überzeugt, Frau Ochołowska, eine Gutsbesitzerin, die von materiellen Notwendigkeiten gezwungen war, eine Pension zu unterhalten, empfinde das als Erniedrigung und hege Widerwillen gegen ihre Gäste. Deshalb hatten sie (obgleich Frau Ochołowska kein einziges Mal irgendwelchen Widerwillen zeigte, ja ihnen sogar aus tiefer Seele und ehrlich dankbar war für ihren Aufenthalt) auf alle Fälle beschlossen, in Verteidigungsstellung zu gehen und der Gutsherrin zu verstehen zu geben, so leicht könne sie ihnen nicht imponieren!

Die Gutsherrin nahm ihre Sarkasmen sonst ganz ruhig hin, diesmal jedoch traf die Bemerkung der dicken Frau Doktor sie tief. Denn sie hatte etwas Wahres an sich! Maja war in der Tat auf irgendeine Weise dem Trainer ähnlich, und diese Ähnlichkeit beunruhigte die Mutter, weil sie nicht auf einer Ähnlichkeit der Züge beruhte, sondern auf etwas anderem, Ungreifbarem... Die Mutter, die um ihre Tochter zitterte, spürte etwas Ungutes in dieser Ähnlichkeit, obwohl sie nicht hätte sagen können, was Maja mit diesem, nun ja, diesem Herrn Walczak verbinden sollte.

Ach nein, das war kein Hochmut, Majas Mutter hatte keinerlei Adelsdünkel. Sie kannte sich zu gut aus im Wesen der großen sozialen Umwälzungen, die langsam, aber unerbittlich alle Klassen und Kasten gleich machten. Wenn sie das also dermaßen beunruhigte, ja sogar betroffen machte, dann nicht aus unzeitgemäßem Snobismus, sondern aus Gründen moralischer Natur.

Anscheinend war das, was die beiden verband, ein gemeinsamer Charakterzug, eine Verwandtschaft der Naturen... Etwas Ungreifbares, aber bestimmt Böses, wenn nicht gar Unheilverkündendes. Frau Ochołowska fuhr sich mit der Hand über die Stirn. Oder war es eine Täuschung?

»Gehen wir zum Essen«, sagte sie.

»Ach, das Essen, meine Teuerste!« rief die aus den Nähten platzende und glotzäugige Frau Doktor offenherzig. »Ich ahne die Wonnen! Auf dem Lande versteht man zu essen, da ißt man wirklich von morgens bis abends!«

»Wie viele Menschen sterben vor Hunger, während wir mehr essen, als wir können«, sagte säuerlich die Magere und erhob sich von der Bank.

»Eine Reglementierung des Essens«, sprach der Rat, »eine Reorganisation und Normalisierung sowohl der aufgenommenen als auch der ausgeschiedenen Substanzen ist wirtschaftlich gesehen eine staatliche Notwendigkeit, die auf dem Wege spezieller Normen realisiert werden sollte. Jeder Staatsbürger sollte nur das aufnehmen, was er benötigt, um seine Pflichten dem Staat gegenüber zu erfüllen.«

Langsam schritten sie auf das Haus zu.

Walczak, der gleich nach dem Spiel auf die andere Platzseite gegangen war, um sich zu beruhigen, hörte nicht, worüber sie sprachen, aber er spürte, daß ihre Blicke auf ihm ruhten. Zugleich merkte er, daß noch jemand ihn betrachtete. Maja war es nicht.

Sie unterhielt sich abseits mit einem großen, breitschultrigen und sehr sorgfältig gekleideten Mann, in dem er sogleich den Begleiter des Fürsten Holszański im Eisenbahnabteil erkannte.

Offenbar war er zu Pferde auf Besuch gekommen, denn er trug Reitkleidung und klopfte sich mit der Gerte an den Stiefelschaft.

Genau dieser wohlrasierte, große, gepflegte Sekretär des Fürsten Holszański und Verlobte Majas schaute ihn an. Während er sich mit Maja unterhielt, ließ er kein Auge von Walczak, und zwar mit der Nonchalance einer selbstgewissen, sich um andere nicht kümmernden Person. Walczak kannte diese Nonchalance, sie war der Jeunesse dorée eigen, die manchmal Mieczkowskis Klub und Restaurant aufsuchte.

Was starrt er mich so an? dachte er zornig.

Alles in ihm bebte vor Wut. Das Spiel mit Maja hatte ihn mehr erzürnt als berauscht. Am meisten erzürnte es ihn, daß das Mädchen nach dem Verlassen des Platzes kein Wort mehr für ihn übrig gehabt hatte. Sie sprach gleichmütig mit ihrem Verlobten, als hätte sie nicht vor einer Viertelstunde im Kampf die letzten Kräfte aus sich herausgeholt.

Beim Mittagessen aber (diesmal aß er mit allen im Speisezimmer unten) hörte Fräulein Ochołowskas Gleichgültigkeit auf, ihn zu reizen. Im Gegenteil, sie begann, ihn zu amüsieren.

Sie mußte wütend sein, daß er sie geschlagen und sich im Spiel überlegen gezeigt hatte. Sie war nicht gleichgültig, sondern zornig und gedemütigt, weil er, ein gewöhnlicher Trainer, besser spielte als sie.

Es treibt sie um! dachte er, und das berauschte ihn vollends und stellte ihn außerdem auf die gleiche Stufe.

Während er am unteren Ende des Tisches saß, fühlte er sich plötzlich diesem Mädchen näher als alle anderen, näher als ihr Verlobter. Irgendwie wußte er, daß sie, die ihn dem Anschein nach nicht beachtete, im Grund ganz auf ihn eingestellt war.

Um sich zu überzeugen, blickte er sie über den Tisch hinweg an, und obgleich sie nicht in seine Richtung schaute, wurde sie rot wie eine Pfingstrose.

Sie beugte den Kopf, doch in diesem Moment begann ihr Verlobter, Herr Cholawicki, eine Anekdote zu erzählen, und alle brachen in Gelächter aus.

Trotzdem war alles unklar. Warum war sie errötet? Nur wegen ihrer Niederlage? Und warum hatte sie ihn im Wagen angesehen? Und warum sah Cholawicki ihn an?

Und warum heftete sich der Blick der Anwesenden wie unter Zwang heimlich auf ihn und von ihm auf sie? Immer wieder sah jemand ihn zufällig an und danach sie oder umgekehrt, sogar Frau Ochołowska...

Gleich nach dem Mittagessen eilte Marian in den Wald. Er ging schnell auf einem überwachsenen Pfad zwischen Schonungen und verscheuchte die schweren, großen Fliegen, die sich auf seine nackten Arme setzten.

Eine wilde Freude durchfuhr ihn. Er war nicht imstande, an etwas anderes zu denken als an die Partie mit Maja, noch einmal erlebte er alle einzelnen Momente, und in seinem Kopf sangen die Saiten der Tennisschläger.

War es möglich, daß er Talent hatte? Warum hatte ihm das bisher niemand gesagt? Im Klub hatte er nachlässig gespielt und nie zu zeigen vermocht, was er leisten konnte, weder sich selbst noch anderen. Trotzdem hatte er immer das Gefühl gehabt, besser zu sein als jene. Deshalb war er unzufrieden gewesen! Deshalb spürte er, daß er sich vergeudete! Deshalb wollte er sich losreißen! Deshalb wollte er hinaus in die Welt! Ach, er mußte um jeden Preis nach Warschau fahren, damit man ihn dort prüfte, seine Möglichkeiten beurteilte, ihn förderte – und dann würde er durch die Welt reisen wie Tłoczynski! Ihm wurde heiß, und aus einem plötzlich einsetzenden Glücksgefühl blieb er sogar stehen.

Wieder stellte sich seine fiebrige Phantasie ein paar großartige Bälle vor, die er aus fast hoffnungsloser Position zurückgeschlagen hatte. Nein, er hatte entschieden besser gespielt als sie! Eine ganze Klasse besser! Was bedeutete sie schon gegen ihn! Er beschloß, abends mit ihr zu reden und sie zu bitten, ihm behilflich zu sein und Beziehungen mit den Spielern in Warschau für ihn anzuknüpfen. Sie würde ja wohl nicht lange neidisch sein wegen des Spiels, schließlich war sie eine Frau, es konnte keine Konkurrenz zwischen ihnen geben.

Unversehens befand er sich am Fluß, dessen Wasser schläfrig durch den Wald rauschte. Er zog sich aus und tauchte in die warme, träge Strömung, schwamm ein wenig und landete auf einer kleinen Sandbank, wo die Sonne ihn gut wärmte. Eine ungeheure Schwäche überfiel ihn.

Er schlief ein.

Als er erwachte, neigte die Sonne sich dem Untergang zu. Das Wasser des Flusses war grünlich geworden, violett mit silbernem Glitzern, der Wald duftete. Walczak schwamm ans Ufer und zog sich wieder an. Dann ging er zurück zum Haus, aber der Gedanke an eine Karriere, an Fahrten, Reisen, Triumphe verließ ihn bei keinem Schritt, er folgte ihm durch den schütteren, hochstämmigen Wald.

Wilder Hunger nach Genuß riß ihn hin. Schließlich begann er zu laufen, er rannte auf der Flucht vor sich selber...

So lief er an die zwei Kilometer, bis er vor Erschöpfung zu Füßen einer großen Eiche halt machte. Er drückte sein Gesicht in das feuchte Moos.

Da vernahm er eine Stimme von oben:

»Ist da jemand?«

Erstaunt riß der Bursche den Kopf hoch. Irgendwo sehr hoch in der Eiche sah er eine menschliche Gestalt. Die Stimme erklang von neuem.

»Hilfe!«

»Wer ist dort?« rief er.

»Bitte helfen Sie mir hinunter. Ich kann nicht hinuntersteigen, mir ist schwindlig.«

Walczak erkletterte den Baum mühelos und entdeckte aus halber Höhe... den Professor, der rittlings fast ganz oben saß und sich krampfhaft am Stamm festhielt.

Der Anblick war so grotesk, daß er laut auflachte.

»Ich komme!« rief er.

»Schneller, sonst falle ich runter! Helfen Sie mir bitte!«

Doch das war nicht leicht. Die Zweige waren oben so dünn, daß sie unter dem Gewicht zweier Menschen brechen konnten. Der schlanke Stamm schwankte beunruhigend, dazu hängte sich der Professor mit beiden Händen an Walczak, seine Fingernägel krallten sich ihm ins Fleisch, sein Körper zitterte. Der Bursche ließ ihn langsam hinunter, von Zweig zu Zweig, ohne auf die Spuren dieser Maßnahme an der Kleidung des Betroffenen zu achten, der immer nur »Aaa!« stöhnte.

Nachdem der Professor auf das Moos gesunken war, konnte er minutenlang nicht zu sich kommen, bis er schließlich ausrief:

»Wo ist mein Fernglas?«

»Hier«, antwortete der Bursche und zerbrach sich den Kopf darüber, was der Alte wohl mit dem Fernglas auf dem Baum vorgehabt haben mochte.

»Junger Mann«, sagte der Professor feierlich. »Ohne Sie wäre ich heruntergefallen, weil ich die Höhe nicht aushalten konnte.«

»Warum sind Sie dann hinaufgeklettert?« fragte Walczak dummdreist. »Sie wollten das Schloß sehen?« vermutete er plötzlich.

Dem Blick des Professors folgend, bemerkte er die hinter dem Wald beginnenden Sümpfe und einige Kilometer weiter entfernt die abgestufte Masse der Mauern und die beiden Ecktürme, die vom Steildach des Hauptgebäudes überragt wurden. Etwa in der Mitte der Bauten schoß viereckig der größte Turm empor, den er bereits auf der Herfahrt von der Bahnstation gesehen hatte. Hier und da zeichneten sich die schwarzen Öffnungen schmaler Fenster ab, die schartigen, rohen Mauern strahlten eine erhabene, leblose Einsamkeit aus. Von nahem wirkte das Schloß noch mächtiger und irgendwie phantastischer.

»Hm, unter anderem...«, sagte der Professor vorsichtig, »unter anderem wollte ich auch das Schloß betrachten. Aber wo kommen Sie dann her?«

»Ich war im Wald und hatte mich verirrt.«

Der Professor betrachtete ihn forschend.

»Sie sind hier fremd«, sagte er, als überlegte er etwas. Walczak amüsierte das faltige, frische, stets in Bewegung befindliche Gesicht.

»Junger Mann«, sprach der Gelehrte schließlich, »du sollst vor allem wissen, daß ich mich mit den Menschen auskenne, daß mir ein Blick auf dich genügt, um festzustellen, mit wem ich es zu tun habe. Der Charakter eines Menschen ist eingeschrieben in seine Körperkonstitution – selbstverständlich, wenn jemand zu lesen vermag. Du bist ein sehr viel gefährlicherer Typ, als es den Anschein hat. Weißt du, woraus ich das folgere? Da, hier« – er berührte mit den Fingern sein Gesicht –, »die Verbindung der Backenknochen mit dem

Schnitt des Mundes, die Kombination von Nase und Augen. Gib acht, denn wenn du es nicht fertigbringst, deine Leidenschaften zu beherrschen, gerätst du auf Irrwege, von denen... hm... Doch darum geht es nicht.

Mir scheint, du hast eine heftige, aber rechtschaffene Natur. Also bin ich bereit, dich in ein Geheimnis einzuweihen, natürlich unter der Voraussetzung, daß du niemandem ein Wörtchen sagst. Ich möchte in das Schloß hinein, und wenn du mir dazu verhilfst, werde ich dich belohnen.«

»Kann man denn nicht ins Schloß gehen?«

»Eben nicht! Das ist es ja!« stieß er leidenschaftlich hervor. »Der alte Fürst ist verrückt, sein Vater war auch verrückt und sein Großvater gleichfalls. Seit hundert Jahren kann niemand ins Schloß gelangen, zumal... zumal... die Sekretäre ungern Leute sehen, die... Ich wollte ganz normal durch das Tor hineingehen, aber es ist verschlossen und verriegelt. Durch eine kleine Öffnung schaute ein alter, völlig sklerotischer Lakai heraus und stammelte, der Fürst habe ihm verboten, jemanden einzulassen. In dem ganzen Gebäude wohnen nur drei Menschen, der Fürst, sein Sekretär und dieser Lakai, sonst niemand. Die übrige Dienerschaft hat keinen Zutritt und nistet in den häßlichen Katen dort links. Man läßt niemanden ein, aber ich muß hinein, ich muß, und wenn man Hunde auf mich hetzte.«

»Was haben Sie davon?« Interessiert betrachtete Walczak den leidenschaftlichen Alten. Der verzog das Gesicht und sah ihn verächtlich an.

»Darüber lohnt es nicht zu reden! Sie würden es nicht verstehen, selbst wenn ich's Ihnen hundert Jahre lang erklärte! Junger Mann, wenn mich meine Ahnungen, meine Vermutungen, meine Schlüsse und die Spuren nicht trügen, auf die ich bei bestimmten Forschungen gestoßen bin, birgt dieses Schloß einen unbezahlbaren Schatz, einzigartig in ganz Polen, eine Fundgrube, gib acht, eine Fundgrube von Wundern! Es ist eine Seltenheit! Ein Unikat! Eine Offenbarung!«

Er geriet außer Atem.

»Passen Sie auf. Nach außen zeigen die Mauern reinen Verteidigungscharakter. Dieses Schloß wurde nicht gebaut, um vorgezeigt zu werden, es ist eine altertümliche, strenge, militärische Burg. Auch ich habe mein Leben lang geglaubt, das Schloß in Mysłocz zeichne sich durch nichts Besonderes aus, vom Alter abgesehen, denn man muß wissen, daß der Nordflügel fast sechshundert Jahre alt ist. Da stieß ich einmal in einer römischen Bibliothek auf die Korrespondenz des Nuntius in Polen, Almari, aus dem 17. Jahrhundert. Wie sich herausstellte, hatte der Nuntius Polen bereist und war unter anderem bei dem Fürsten Holszański in Mysłocz zu Gast gewesen. Dieser Almari schreibt über das Schloß, er erwähnt die herrlichen Gemälde, die er dort sah. Das machte mich nachdenklich, aber ich hätte die Sache vergessen, weil ich dachte, der Italiener habe dem Magnaten nur schmeicheln wollen, bis ich in den Akten der Familie Radziwiłł, enger Verwandter der Holszańskis, ebenso zufällig ein aus Mysłocz datiertes Dokument des 18. Jahrhunderts fand, das mit ›Register der ausgezahlten Summen‹ überschrieben war. Und da las ich nun folgende Eintragungen: Dem Maler für das Auffrischen zweier alter, von Dolabella gemalter Deckengemälde... für das Ausbessern und Ausschmücken zweier Bilder von Jordaens, von denen das eine die Anbetung darstellt, das zweite eine Ceres... Als ich das las, verschlug's mir den Atem. Nun ja, ich will dir das nicht erklären, du verstehst es sowieso nicht! Nur eines will ich dir noch sagen: Im Inventar standen auch die Stühle der Gabrielle d'Estrées, jene berühmten Stühle, die sie von ihrem Geliebten, dem französischen König Heinrich IV. bekommen hatte. Und außerdem Schränke von Hugues Sambin! Merkst du was? Und da war nur aufgeführt, was restauriert wurde. Wieviel andere Antiquitäten bergen also diese Mauern! Was steckt dort alles drin! Welche Wunderdinge! Welche Meisterwerke des Pinsels und des Meißels.«

Der Professor, der Walczak eben noch Leidenschaftlichkeit vorgeworfen hatte, war selbst eine Beute der Leidenschaft geworden. Er war dem Weinen nahe. Die Leidenschaft des Alters und die Leidenschaft der Jugend schauten sich in die Augen, sie konnten einander nicht verstehen, jeder lebte sein eigenes Leben.

»Oh!« rief der Professor. »Ich muß das sehen, ich muß das berühren, ich muß mich von dem überzeugen, was dort verwahrt ist. Das verkommt doch dort, das verdirbt mit jeder Minute. Man muß es retten!«

»Was kann denn so ein Bild wert sein?« fragte Walczak.

»Lächerliche Frage!« schnauzte der Professor. »Solche Dinge bewertet man nicht in Geld. Aber ich will's dir sagen:

Ein einziges Bild dieser Art kann sogar eine Million wert sein!«

»Und niemand weiß, daß sich dort solche Kostbarkeiten befinden?«

»Das eben wundert mich! Auf welche Weise kann sich in Polen eine solche Oase erhalten haben, ein von niemandem entdecktes Reservat? Aber ich habe es verstanden, als ich erfuhr, daß seit hundertfünfzig Jahren kein zivilisiertes Wesen durch das Tor des Schlosses eingelassen worden ist; denn die letzten drei Generationen dieser Familie waren Trinker, Kartenspieler, Weiberhelden, Leute ohne jede Ahnung von dem, was sie besaßen, unfähig, Renaissance und Gotik zu unterscheiden. Und hatte denn früher irgendeiner dieser Herren auch nur eine Ahnung von Kunst? Die Meisterwerke gingen vom Vater auf den Sohn über, und sie gewöhnten sich dermaßen an sie, daß sie sie später überhaupt nicht mehr beachteten. Und immer finden sich Sekretäre, die nicht ohne Grund kompetenten Leuten den Eintritt unter dem Vorwand verweigern, der Fürst habe das entschieden verboten.«

Er dämpfte seine Stimme und zwinkerte Walczak zu, plötzlich aber rief er:

»Wo ist mein Fernglas?«

»Ist nicht dieser Herr Cholawicki Sekretär des Fürsten?« sagte Walczak, während sein Blick über die majestätische Residenz glitt.

Am Fuße des Schlosses stieg bereits weißlicher Dunst empor, wodurch die Mauern noch höher wirkten. In der Ferne ließen die letzten Sonnenstrahlen den Himmel bunt erscheinen, unten kam dichte Dunkelheit herauf.

Der Bursche seufzte, aus irgendeinem Grunde bedrückte ihn ein trauriges Gefühl.

»Herr Cholawicki, Sekretär, Vetter, Administrator, Bevollmächtigter, Vertrauter, Hausgenosse und Güterverwalter!« schnurrte der Professor bissig herunter. »Das typische Exemplar eines vornehmen Flegels. Ein Flegel in eleganter Haut! Ein brutaler Stutzer! Ha, vielleicht ist da nichts, vielleicht sind alle meine Vermutungen falsch.« Er erschrak und starrte das Schloß an, das sich zu entfernen schien, emporwuchs und verschwamm, um die heraufziehende Nacht zu grüßen.

Von den Gebäuden zu Füßen des Schloßhügels ließ sich

Hundegebell vernehmen. Die Luft über den überschwemmten Flächen wurde immer dichter, schwerer, gesättigt vom Nebel, der sich jeden Augenblick zu weißen Schwaden ballen konnte.

Die schreckliche Leere der Gegend, das ungesunde Malariaklima, die Traurigkeit und Verlassenheit der mit Röhricht bewachsenen, gelegentlich von einem Damm durchschnittenen Sümpfe steigerten noch die tragische und mystisch-geheimnisvolle Stimmung des altertümlichen Stammsitzes mit seinem Geschlecht von Wunderlingen, die zusammen mit ihrem Schloß langsam in Ruin und Tod versanken.

Walczak fürchtete sich immer mehr, er wußte selbst nicht, vor Geistern oder vor der Dunkelheit oder vor etwas anderem, das ihm unverhofft unter die Füße geraten oder aus Dämmerung und Dickicht herausspringen konnte. Er war so veranlagt, daß bei ihm Freude plötzlich in Kummer umschlug, dann nahmen Traurigkeit und Angst ihn ungeteilt in Besitz. Inzwischen mochte der Professor nicht den Blick von dem sich verdunkelnden Gebäude wenden, als ob er versuchte, den Panzer der Mauern zu durchdringen.

Unerwartet leuchtete in einem der länglichen Fenster der Eckbastei ein Licht auf. Seltsamerweise vertiefte dieses eine, kümmerliche, einsame Licht in dem Riesengebäude nur noch den Eindruck der Leere; ein Schauder überlief den Burschen bei dem Gedanken, daß in den weit über hundert Zimmern nur drei Menschen wohnten, der Fürst, der Sekretär und der Kammerdiener, drei Menschen, die zwischen den zu Staub zerfallenden Reichtümern durch die leeren, dunklen, feuchten Räume irrten.

»Immer leuchtet dieses Fenster«, sagte der Professor. »Es muß das Zimmer des Fürsten sein. Nun ja, gehen wir, wir kommen ohnehin zu spät zum Abendessen. Von hier aus bis zum Hof sind es vier Kilometer. Jetzt werden Sie verstehen« – er gestikulierte und stolperte über Steine –, »warum ich Ihre Hilfe brauche. Es gibt bestimmt noch einen anderen Eingang außer dem Tor; ich habe den Eindruck, auf der Westseite sind die Mauern ramponiert und stellenweise beschädigt.

Die Schwierigkeit ist nur die, daß man nicht allzu nahe herangehen darf, weil man von dem Fenster aus gesehen würde. Ich möchte keinen Verdacht wecken. Deshalb, junger Mann, mußt du mir helfen, wofür du übrigens belohnt werden wirst.

Du sollst dich bei Nacht im Schutz des Nebels dem Schloß nähern und genau erkunden, wo man hineingelangen kann. In der folgenden Nacht gehen wir dann gemeinsam hin, und wenn es uns gelingt, nehme ich eine diskrete Inspektion dieser Rumpelkammer vor. Zumindest werde ich dann wissen, ob sich weitere Maßnahmen lohnen.«

»Und wenn sie uns schnappen?«

»Pfui!« sagte der Alte. »Packt dich die Feigheit?«

Heimlich warf der Bursche einen Blick auf den Professor, der rüstig neben ihm hertrabte.

Aber er nahm seinen Vorschlag nicht allzu ernst. Für ihn hatte es keinen Sinn, sich auf eine solche Zusammenarbeit einzulassen – wenn er geschnappt würde, wäre er gründlich kompromittiert, und mit seinen Tennisplänen wäre es aus.

Nur aus Sympathie für den Professor sagte er nicht sofort ab. Außerdem hatten dessen Geschichten seine abenteuerlustige Phantasie gereizt. Ja, wenn es nicht das Tennisspiel gäbe...

Ich muß noch heute abend mit Maja reden, dachte er. Ich will wissen, was sie über mein Spiel denkt.

»Wir sprechen noch miteinander«, sagte der Professor, während sie das für sie aufgehobene Abendessen beendeten.

Ein Teil der Gesellschaft spielte im kleinen Salon Bridge. Von dorther hallte die Stimme der mageren Beamtin herüber, sie durchsetzte das Reizen mit säuerlichen Bemerkungen darüber, wie unpassend es sei, sich mit so etwas zu beschäftigen, während vielleicht zur gleichen Zeit ein unheilbar Kranker unter entsetzlichen Qualen sterbe usw.

»Warum spielen Sie dann?« fragte Rat Szymczyk schließlich enerviert.

»O, Entschuldigung! Soll ich allein alles Angenehme entbehren?« sagte sie und reizte wiederum griesgrämig.

Am Fenster stand Maja mit ihrem Verlobten, der ihr etwas im Flüsterton erklärte – es sah aus, als zankten sie sich.

Bei ihrem Anblick steigerte sich Walczaks Ungeduld. Er wollte gleich mit ihr sprechen, sofort, obwohl es vielleicht besser gewesen wäre, bis zum nächsten Tag zu warten – womöglich war die Verstimmung noch nicht vorüber, die sie ihm am Morgen gezeigt hatte.

Das Gesicht des Mädchens prophezeite nichts Gutes, es drückte Verachtung und Geringschätzung aus.

Er mußte aber mit ihr sprechen! Er mußte jetzt gleich unbedingt wissen, wie seine Chancen standen, was er zu tun hatte.

Plötzlich ließ Fräulein Ochołowska Cholawicki stehen, sie unterbrach seine Ausführungen mitten im Satz, verabschiedete sich von der Gesellschaft und ging mit schnellen Schritten aus dem Salon.

Walczak holte sie oben in dem schmalen Flur ein, als sie gerade die Tür zu ihrem Zimmer öffnete.

»Ich bitte Sie!« rief er.

»Was ist denn?« fragte sie mit ihrer leisen Stimme. »Womit kann ich dienen?«

Ihr Ton war boshaft und unangenehm. Dadurch verlor er seine ganze Selbstsicherheit.

»Ich bitte Sie«, stotterte er, »ich bitte Sie um eines... Ich hätte gern mit Ihnen gesprochen... Ich habe eine Bitte...«

»Muß das unbedingt jetzt sein?« fragte sie mit einem Blick auf die Uhr. »Aber meinetwegen.« Sie öffnete die Tür. »Nun reden Sie schon«, forderte sie ihn ungeduldig auf. »Es ist spät.«

»Ich möchte gern nach Warschau fahren und zeigen, was ich kann! Vielleicht interessiert das jemanden. Sie kennen dort alle im Vorstand, vielleicht könnten Sie mir ein Empfehlungsschreiben geben oder so etwas... Ihre Frau Mutter hat mir gesagt, ich hätte Talent.«

Er spürte, wie entsetzlich dumm er daherredete.

Fräulein Maja, deren Hand auf dem Türgriff lag, ließ ihn nicht aus den Augen.

»Und wenn Sie Talent hätten, was dann?«

»Wieso was dann?« stotterte er. »Dann wäre alles anders.«

»Natürlich«, sagte sie. »Ganz anders...«

»Natürlich...«

»Jetzt sind Sie ein schlechter Trainer, aber Sie könnten ein berühmter Spieler werden! Alles würde sich Ihnen auftun. Die Welt... Ruhm... Geld... Frauen... Reisen... Annehmlichkeiten...«

Sie sagte das so gierig, mit so viel Verständnis und so irgendwie vertraut, daß Walczak sich ihr plötzlich sehr nahe fühlte. Sie blickten sich in die Augen.

Sie lachte leise und nervös auf. Auch er lachte – gequält, aber auch erregt. Wie gut sie seine Sehnsüchte kannte!

Plötzlich wurde sie blaß, ihr Gesicht verriet Zorn.

»Warum lachen Sie?«

Er war verdutzt.

»Sie lachen ja auch!« Mehr brachte er nicht heraus, weil er keine Antwort wußte.

»Ich darf das, Sie aber... Sie aber... Sie bilden sich zuviel ein. Ausgerechnet Sie! Talent! Sie spielen kaum ein bißchen besser als der Durchschnitt. Schlagen Sie sich das aus dem Kopf! Ich hatte heute keine Lust zu spielen!« Ohne sich umzuschauen, lief sie hinunter.

Wie vom Blitz getroffen, blieb er zurück. Er glaubte ihr kein Wort.

Aber wie sie zu ihm gesprochen hatte!

Wenn er könnte, würde er sie schlagen für ihre Bosheit und Verachtung! Sie hatte ihn behandelt wie... wie einen Flegel! Was sollte er gegen sie unternehmen, damit sie sich das merkte? Er wußte es nicht.

Da sah er durch die halboffene Tür im Zimmer den Schrank und erinnerte sich, was er in dem Brief gelesen hatte. Dort liegt Geld, ein paar Hundert Złoty.

Gut! Wenn sie über mich spottet, dann – klau ich ihr die Moneten. Spielen kann ich nicht, wohl aber stehlen!

Er schaute sich um. Aus dem kleinen Flur führte eine Glastür zu den Gästezimmern – nirgendwo Licht, also war niemand dort. Alle waren unten.

Er trat in Fräulein Ochołowskas Zimmer.

Welche Genugtuung, ohne Erlaubnis ihr Zimmer zu betreten, das stellte ihn ihr gleich. Zuerst sah er nach, ob es einen anderen Ausgang gab. Es gab einen. Die zweite Tür führte in eines der Gästezimmer.

Wenn jemand käme, könnte er durch jenes Zimmer wieder auf den Flur gelangen.

Er zögerte.

Bisher hatte er noch nie irgendwem einen Groschen weggenommen.

Nun aber ihr!

Sie wird er bestehlen!

Das einzige, was er gegen sie tun konnte!

Er würde es tun!

Auf Zehenspitzen näherte er sich dem massiven Möbel an der Wand und öffnete es. Drinnen hingen auf Bügeln Majas Kleider, sie füllten etwa die Hälfte des Schranks.

Das Geld mußte sich in einer der beiden Schubladen unten befinden, aber in welcher? Beide waren verschlossen.

Da vernahm er Stimmen auf der Treppe. Er lief in das Zimmer nebenan, um auf den Flur zu gelangen, aber hier gab es eine Katastrophe. Die Tür zum Flur war von außen verschlossen!

Blitzschnell lief er zurück in Majas Zimmer und fand gerade noch Zeit, sich im Schrank zu verstecken. Er verkroch sich hinter den Kleidern und zog die Tür fest zu. Maja und Cholawicki betraten den Raum. Walczak hörte jedes Wort, er konnte sie sogar durch einen Spalt sehen.

Sie zankten sich.

»Vielleicht läßt du mich endlich allein«, sagte das Mädchen leise wie immer, aber äußerst gereizt. »Ich bin müde. Genug damit.«

»Ich gehe nicht, ehe du mir das erklärt hast!«

»Ich habe nichts zu erklären! Du machst dich lächerlich.«

»Ich weiß, daß ich mich lächerlich mache«, zischte er. »Es ist Unsinn, daß ich dir wegen dieses Burschen eine Szene machen muß! Überleg mal, ich, du und dieser Trainer, Herr Walczak! Was für ein Terzett! Doch das springt in die Augen! Meinst du, ich hätte nicht gesehen, wie du bei Tisch rot wurdest? Auf dem Tennisplatz hast du dich wie eine Verrückte benommen. Warum hast du das Spiel abgebrochen? Meinst du, ich sehe nicht, wie du ihn beobachtest? Und jetzt hast du hier oben mit ihm gesprochen und bist zitternd zurückgekommen! Was soll das bedeuten?«

»Überlege dir, was du sagst. Du beleidigst mich! Überhaupt ist es eine Gemeinheit, daß du kein Vertrauen zu mir hast. Und gar Eifersucht wegen...« Sie brach ab. »Du solltest mehr Achtung vor mir haben.«

»Ich? Achtung vor dir? Du meinst wohl, ich weiß nicht, warum du dich mit mir verlobt hast? Du hast dir ausgerechnet, daß es sich lohnen würde, einige Jahre lang Cholawickis Frau zu sein, weil Cholawicki jeden Tag ein Vermögen machen kann – und du dir ein Leben in Armut nicht vorstellen kannst. Außerdem bin ich ziemlich elegant und sehe ziemlich gut aus, habe einen guten Namen – genau der richtige Mann für eine schöne Frau, die... Appetit hat und glänzen möchte. Ich soll Achtung vor dir haben, wo ich doch weiß, daß du mich aus Berechnung und wegen des Vermögens heiratest...«

»Glaubst du etwa, ich wüßte nicht, auf welchen Wegen du zu einem Vermögen kommen möchtest?«

Für eine Weile schwieg er.

»Du weißt es und hast dich trotzdem mit mir verlobt?«

In seiner Stimme machte sich Zorn bemerkbar.

»Und du weißt, daß ich es weiß, und hast dich trotzdem mit mir verlobt?«

Wieder verstummten sie.

»Jetzt weiß ich, wie du bist«, sagte er.

»Wie denn? Wie bin ich denn? Wenn du keine Achtung vor mir hast, warum heiratest du mich dann?«

»Soll ich dir sagen, wie du bist? Du bist... du bist dem Anschein nach vornehm, im Grunde aber – ordinär wie eine Person aus der Halbwelt! Ordinär! Es kränkt dich, daß ich eifersüchtig bin wegen dieses Burschen... Bei dir kann man wegen jedes Menschen eifersüchtig sein. Du weißt selbst, warum ich eifersüchtig bin! Du weißt, wenn du ihm nicht so ähnlich sähest, wäre mir gar nicht der Gedanke gekommen...«

»Ich? Ähnlich? Ihm?«

»Lüg nicht, du weißt es selber! Darum beobachtest du ihn so! Ihr seid aus demselben Holz geschnitzt – alle haben das bemerkt. Er hat dein Lächeln, deinen Blick, deine Bewegungen – es ist empörend! Dieser... dieser Walczak! Jeder sieht das! Du selbst weißt es ganz genau und bist wütend!«

»Raus!«

»Gut, ich gehe!«

Fräulein Maja blieb allein. Sie lehnte sich mit dem Rücken an die Wand und starrte vor sich hin.

Ihr hübsches Gesichtchen erstarrte in einem schwer zu enträtselnden Ausdruck. Sie atmete tief.

Das also war es!

Auch er hatte ihre wilde, unglaubliche, idiotische Ähnlichkeit mit Walczak entdeckt.

Unerhört war das! Schon auf der Kutschfahrt vom Bahnhof zum Gut hatte sie an ihm etwas so Verwandtes bemerkt, daß sie erschrocken war... Und später auf dem Tennisplatz, als sie mit der gleichen Verbissenheit kämpften...

Es entsetzte sie, daß dies auch anderen auffiel. Sie, Maja Ochołowska, auf augenfällige Weise diesem Trainer ähnlich!

Sie kannte sehr genau auch die geringsten Einzelheiten ihres Äußeren, sie wußte, die Ähnlichkeit ergab sich nicht aus gemeinsamen Zügen. Sie hatten unterschiedliche Lippen, Augen, Haare, einen unterschiedlichen Teint.

Die Gemeinsamkeit lag tiefer, im physischen Typ, im Gesichtsausdruck, im Blick, im Lachen und auch in etwas noch Tieferem und weniger Greifbarem.

Sie wußte nicht, worauf das beruhte, und war sich doch klar darüber, daß alle sie beide miteinander in Verbindung brachten, daß der Blick der Pensionsgäste ständig von ihr zu ihm und von ihm zu ihr wanderte und nach den Gründen der Ähnlichkeit suchte.

Ach, das war unerträglich. Maja hatte keine Vorurteile, die Tatsache einer zufälligen Ähnlichkeit im Aussehen hätte sie leicht ertragen. Aber eine solche Gemeinsamkeit mit diesem Burschen, der sie nichts anging, der für sie ein Nichts war, eine Gemeinsamkeit mit diesem Trainer – das war lächerlich!

Das machte sie lächerlich! Das setzte sie törichten Szenen aus, das nötigte sie zu idiotischem Erröten, das machte sie gegen ihren Willen von ihm abhängig! Welch ein Unsinn! Daß sich eine derartige optische Täuschung den Menschen und ihr selbst so stark aufdrängen konnte!

Sie blieb vor dem Spiegel stehen. Wieder stieg ihr das Blut ins Gesicht. Am meisten quälte sie, daß sie sich dermaßen schämte! Sie, die sonst nie rot geworden war, verriet sich jetzt durch ständiges Erröten.

»Wenn ich Walczak nicht ähnlich wäre, würde er es dann wagen, mir zu sagen, ich sei ordinär?« flüsterte sie.

Cholawicki hatte ihre schwache Stelle getroffen. Sie wußte, daß sie eine vornehme Schönheit war. Sie hatte kleine Hände und Füße, sie war in ihre Eleganz verliebt, und das war vielleicht der Hauptgrund, weswegen sie Cholawicki heiraten mußte – er allein konnte sie entsprechend kleiden.

Nie hatte sie sich an der Geschicklichkeit und Vornehmheit ihrer eigenen Bewegungen genug freuen können! Und hier nun etwas ganz Ähnliches – und bei wem!

Dieser Walczak machte sie lächerlich! Er kompromittierte sie! Er machte ihre Schönheit komisch und trivial! Entsetzt schaute sie in den Spiegel.

Da runzelte sie die Stirn. Auf der Treppe vernahm sie die Schritte ihres Verlobten. Er kehrte zurück!

Sie lief zur Tür, um abzuschließen. Um keinen Preis wollte sie ihn jetzt sehen, er war ihr widerlich.

Doch sie erinnerte sich, daß der Schlüssel seit langem nicht mehr im Schloß steckte, deshalb trat sie heftig zurück.

Und nun ging es ihr genauso wie Walczak vor einer halben Stunde. Sie schaute sich erschreckt um, suchte nach einem Versteck, tat ein paar Schritte in Richtung auf das Nebenzimmer, machte im letzten Moment kehrt, öffnete heftig den Schrank, und noch ehe Walczak irgend etwas tun konnte, befand Maja sich dicht neben ihm im Schrank und schlug die Tür zu.

Gleichzeitig betrat Cholawicki nach mehrmaligem, vergeblichem Anklopfen das Zimmer.

»Maja!« rief er.

Schweigen antwortete.

Überzeugt, sie sei nur für einen Augenblick hinausgegangen und komme gleich wieder, setzte er sich auf einen Stuhl und trommelte mit den Fingern auf den Tisch. Er mußte vor seiner Rückkehr ins Schloß noch unbedingt mit ihr sprechen, er mußte mit diesem Mädchen zu Rande kommen, das ihm um so mehr gefiel, je mehr Mühe er mit ihr hatte.

So beschloß er, zu warten.

Erst nach einer guten Minute konnte Maja das Unerhörte, Unwahrscheinliche fassen, daß – sie nicht allein war im Schrank. Es herrschte völlige Dunkelheit.

Sie stand so dicht bei Walczak, daß ihr Handrücken seine Hand berührte. Unwillkürlich bewegte sie sich und berührte jemandes Finger.

Wer war das?!

Sie lehnte sich zur anderen Seite, sie verkrampfte sich. Sie war nicht sicher, ob sie nicht verrückt geworden sei. Beide erstarrten zur Reglosigkeit und hielten den Atem an.

Walczak war überzeugt, sie würde gleich anfangen zu schreien, dann käme Cholawicki zum Schrank, und der Skandal würde das ganze Haus erfüllen.

Doch Fräulein Ochołowska hatte solche Angst vor der Lächerlichkeit, daß dieser Gedanke sie ernüchterte. Sie fürchtete jetzt vor allem, der geheimnisvolle Gast könne schreien und aus dem Schrank springen – aus Angst vor ihr. Wer konnte das sein?

Ein Dieb?

Oder war vielleicht doch niemand da? War es ihr nur so vorgekommen?

Sie fürchtete sich, ihn erneut zu berühren. Aber sie spürte die Wärme und hörte fast den heftigen Herzschlag dicht neben sich. Zudem schlug ihr eigenes Herz so stark, daß es den Schrank zu sprengen drohte. Und wieder dachte sie fieberhaft nach – wer konnte das sein. Es herrschte absolute Finsternis.

Sie erinnerte sich an das Geld in der Schublade. Aha. Ein Dieb!

Cholawicki nahm eine Zeitung vom Tisch und blätterte sie durch. Als er dann einsah, daß Majas Abwesenheit sich hinzog, schaute er mehrfach nach der Uhr und beschloß schließlich, ihr einen Brief zu schreiben. Er holte seinen Füllfederhalter aus der Tasche und schrieb nervös, während er heftig an seiner Zigarette zog.

Liebe Maja!

Deine letzten Worte nehme ich nicht übel, sondern schreibe sie Deiner Erregung zu, die durch meine Bemerkungen hervorgerufen wurde. Außerdem gestehe ich, daß auch ich mich habe fortreißen lassen. Vielleicht waren sogar meine Verdächtigungen falsch und kränkend. Wenn dem so ist, verzeih. In letzter Zeit bin ich sehr nervös.

Wie ich sehe, schätzt Du die Schwierigkeiten meiner derzeitigen Situation überhaupt nicht richtig ein. Hättest Du mehr Verständnis für mich, würdest Du meine Standfestigkeit nicht mit ähnlich unsinnigen Szenen erschöpfen. (Zwar habe ich ihr eine Szene gemacht, fiel ihm ein, aber egal.)

Du solltest in Deinem eigenen Interesse verstehen, daß ich jetzt, da die Situation – Du weißt ja, welche – ihrer Lösung entgegenreift und all meine Kraft erfordert, nicht auch noch durch Mißverständnisse mit Dir beansprucht werden darf, weil das auf die Geschäfte einwirken könnte! Gewiß ist es ein Fehler meinerseits, daß ich Deinen Extravaganzen eine übermäßige Bedeutung zumesse, doch da ich nun mal diese Schwäche habe, solltest Du Rücksicht üben! Ich versichere Dir, daß ich auch für Deine Zukunft arbeite.

Selbstverständlich glaube ich keinen Augenblick, du könntest mich verlassen. Dir liegt zuviel an mir, und wir eignen uns zu gut füreinander. Dein Verhältnis zu mir ist völlig egoistisch, aber Du brauchst mich, und ich brauche Dich – es ist mir sogar lieber, wenn unser Verhältnis auf gegenseitigem Bedürfnis beruht und nicht auf Sentiments. Das ist eine solide

Basis. Doch nicht darum geht es. Obwohl ich weiß, daß Du Dein Vorgehen bedauerst, fürchte ich, daß ich gezwungen sein könnte, morgen und in den nächsten Tagen zuviel daran zu denken.

Du weißt, daß ich das Schloß jetzt nicht verlassen darf. Der Fürst wird immer schwieriger, je mehr seine Kräfte nachlassen, und die Reise nach Warschau hat ihn sehr mitgenommen. Ich muß ständig bei ihm sein. In nächster Zeit werde ich also nicht nach Połyka kommen können. Nur möchte ich nicht – und dazu habe ich ein Recht! – nervös werden wegen dieses Mißverständnisses zwischen uns. Ich habe andere Sorgen im Kopf. Also bitte ich Dich, komm unbedingt (das war unterstrichen) *zu mir ins Schloß. Selbstverständlich nicht durch das Haupttor, sondern durch den unterirdischen Gang. Ich erwarte Dich Punkt neun Uhr. Es ist ein bißchen unangenehm…*

Er zögerte und überlegte, ob es nicht besser wäre, dem Mädchen den Weg durch den dunklen Gang nicht zuzumuten. Was half's! Wieder beugte er sich über das Blatt.

Inzwischen gewann Maja, die erstarrt im dunklen Schrank stand, immer größere Sicherheit, daß es sich um Walczak handelte.

Sie standen ganz nahe beieinander, sie mußte alle Muskeln anspannen und sich verkrampfen, um eine Berührung mit dem fremden, unbekannten Körper zu vermeiden.

Gleichzeitig arbeiteten ihre Gedanken unablässig und fieberhaft: War er es oder nicht, Leszczuk oder nicht Leszczuk*? Wenn er es war, was dann? Was dann? Es war schrecklich. Was tun?

Mittlerweile schrieb Cholawicki weiter:

Es ist ein bißchen unangenehm, aber dann sieht Dich wenigstens niemand, weder von dieser noch von der anderen Seite, und es gibt kein Gerede.

Ich bitte Dich, komm unbedingt, denn wenn ich nun diesen Brief an Dich gewagt habe und Du nicht kommst, muß ich denken, Du bist wirklich beleidigt und hast mit mir gebro-

* Da sich herausgestellt hat, daß es einen Tennistrainer namens Walczak tatsächlich gibt, ändern wir mit Zustimmung des Autors den Namen in Leszczuk. Wahrlich ein seltsamer Zufall!

chen, das würde mich noch mehr aufregen. Falls Du nicht kommst, schreib mir – aber das ist auch nicht gut, denn der Fürst wird sofort davon erfahren und sich beunruhigen. Du siehst, was für eine Hölle ich mit diesem Menschen habe, wundere Dich also nicht, daß meine Nerven manchmal nicht durchhalten. Ich erwarte Dich! H.

Es stand auf und griff nach einem Umschlag. Gleichzeitig schmiegte sich Maja an Leszczuk, obgleich sie nicht sicher war, daß er es war, sie schmiegte sich leicht an ihn, aber völlig selbstvergessen und unbewußt.

Sie brauchte nur wenig zu tun. Um sich anzuschmiegen, genügte es, die Muskeln ein wenig zu entspannen. Und wie groß war ihr Glück, als eine rauhe Hand in der Dunkelheit ihre Hand umfaßte.

Sie beantwortete den Druck mit wilder, geheimer Freude.

Cholawicki klebte den Brief zu, adressierte ihn und blieb, wieder mit den Fingern trommelnd, am Tisch sitzen. Wo konnte sie nur sein? Sollte er länger warten? Er saß noch fünf Minuten, dann ging er hinaus.

Als seine Schritte verhallten, sprang Maja aus dem Schrank und rannte, ohne sich umzuschauen, aus dem Zimmer. Leszczuk floh gleichfalls, so schnell er konnte, und schloß sich in seiner Dachkammer ein.

3

Als Leszczuk am nächsten Morgen zum Frühstück hinunterging, wußte er nicht, was ihn erwartete. Würden sie ihn sogleich heimschicken? Oder noch etwas Schlimmeres tun? Er war auf alles gefaßt.

Indessen erfüllten sich seine Befürchtungen nicht. Frau Ochołowska begrüßte ihn mit einem freundlichen Kopfnikken, und nach dem Frühstück tauchte Maja mit den Tennisschlägern auf.

»Wir spielen!« sagte sie.

»Ihre Tochter ist sehr eifrig!« rief die fette Frau Doktor enthusiastisch Frau Ochołowska zu. »Es geht doch nichts über die Jugend, meine Liebe!«

»Nicht jeder kann jung sein«, entgegnete die magere Beamtin trocken.

Die Gesellschaft nahm auf der Bank Platz und schaute dem Spiel zu. Nach einem einleitenden Ballwechsel schlug Maja einen Satz vor, aber sogar Rat Szymczyk stellte binnen kurzem fest, daß es sich nicht lohnte zuzuschauen, und die überschwengliche Frau Doktor rief:

»Wie die heute spielen! Einfach fatal, meine Teuerste! Ihre Tochter sieht schlecht aus, vielleicht ist sie krank!«

»Beide sehen sie schlecht aus«, sagte die Beamtin unerwartet.

Frau Ochołowska stand auf, und alle entfernten sich langsam durch die Parkallee. Leszczuk und Maja spielten weiter.

Immer schlechter und ungeduldiger schlug er die Bälle zurück. Seine Gedanken arbeiteten. War Cholawicki nicht da? Offenbar nicht, dann war er ins Schloß geritten. Und warum wollte ich stehlen? Warum wollte ich stehlen? Was ist denn in mich gefahren? Warum wollte ich stehlen? Was hat mich befallen? Sie wüßten doch sofort, daß ich es war!

Doch alles wurde überragt von einer herrlichen Erkenntnis – sie hatte niemandem etwas gesagt! Sie hatte es für sich behalten! Mehr noch, sie hatte ihm von sich aus eine Partie vorgeschlagen, als wäre nichts geschehen!

Er bemerkte ihre Erschöpfung, die Blässe nach der schlaflosen Nacht, die Zerstreutheit beim Spielen, und sehnte sich nach dem Augenblick, da er mit ihr allein sein würde. Seine Ungeduld wuchs mit jeder Minute, er verpaßte die einfachsten Bälle.

Maja schlug sechsmal ins Out oder ins Netz und verließ schließlich den Platz.

Er holte sie ein, wo die Bäume sie sowohl gegen die Balljungen auf dem Platz als auch gegen das Haus abschirmten.

»Einen Augenblick!« rief er.

Sie drehte sich um.

»Spielen... spielen wir heute nachmittag?«

»Nein.«

»Haben Sie keine Zeit?« fragte er maßlos dumm. Er wußte nicht, was er sagen, wie er an den Aufenthalt im Schrank anknüpfen sollte. Sie blickte ihn erstaunt an.

»Nein.«

Ihre Gleichgültigkeit war so vollkommen, daß er fast

glaubte, gestern geträumt zu haben. Er faßte sie bei der Hand. Da schrie sie auf.

»Sind Sie... verrückt geworden?«

Und sie schlug aus voller Kraft mit dem Tennisschläger nach ihm. Zum Glück konnte er noch zurücktreten, sie traf nur die linke Schulter. Fräulein Ochołowska ging fort.

Was soll das? Sie glaubt, zwischen ihnen gibt es nichts... Ach! So also hat sie das aufgefaßt. Er rieb sich die getroffene Schulter und begab sich tiefer in den Park.

Nie im Leben war er unglücklicher gewesen. All die unterschiedlichen Gefühle, die er ihr gegenüber während der Nacht erlebt hatte, konzentrierten sich auf Haß und Wut. Er trat an einen Baum und brach einen Zweig nach dem anderen ab.

Maja legte inzwischen in ihrem Zimmer den Schläger aufs Bett, setzte sich und starrte gedankenlos gegen die Wand.

»Frechheit!« flüsterte sie. »Was der sich einbildet, dieser... Dieb?«

Dieb!

Sie zweifelte nicht im geringsten, daß er das Geld aus dem Schrank hatte stehlen wollen. Einen ganz gewöhnlichen Diebstahl begehen und mit dem Geld fliehen. Ja, er war ein gewöhnlicher kleiner Dieb!

Es verwunderte Maja, daß die Entdeckung der wahren Natur Leszczuks, daß die Gemeinheit, Trivialität und Plumpheit dieser Tat sie so zu erschüttern vermochten. Er war ihr so widerwärtig geworden, daß sie sich hatte überwinden müssen, mit ihm Tennis zu spielen.

Alles in ihr schauderte beim Gedanken an ihn. Vielleicht hatte gerade die Ähnlichkeit zwischen ihnen zur Folge, daß seine klägliche, plumpe Unehrlichkeit sie so unmittelbar traf – sie fühlte sie gleichsam auf der eigenen Haut!

Zu Anfang, als sie sich kennengelernt hatten, war er ihr weder unehrlich noch trivial noch berechnend vorgekommen. Sie hatte gedacht, er sei ein einfacher, aber anständiger Bursche. Und jetzt...

»Was bildet er sich ein? Daß es... Daß ich...«

Daß etwas Derartiges passieren würde, daß der Augenblick der Schwäche, dem sie aus unbekannten Gründen gestern erlegen, ihm den Kopf verdrehen, ihn übermütig, frech und vertraulich machen würde, davon war sie überzeugt.

Sie wußte es, denn... nun ja, denn sie selbst wäre, stünde sie an seiner Stelle, übermütig geworden. Aber sie hatte nicht angenommen, daß er es wagen würde, so unverschämt...

Er hat eins draufbekommen, dachte sie erfreut. Jetzt weiß er Bescheid.

Sehr schlimm war, daß sie heute beide blaß und unausgeschlafen wirkten – wieder wurden sie einander noch ähnlicher, diesmal infolge gleicher Erlebnisse.

Hatten die Pensionsgäste ihre gemeinsame Blässe bemerkt? Brachten sie ihrer beider Müdigkeit miteinander in Verbindung?

Ich muß dafür sorgen, daß er abreist, dachte sie. Ich muß Mutter zu verstehen geben, wie unpassend er sich mir gegenüber benommen hat, und Mutter wird schon einen Weg finden, ihn noch heute taktvoll und diskret zu entfernen. Ja, ein Wort von mir, und noch heute ist er fort. Es muß sein! Mutter wird mich nicht ausfragen.

Dennoch wußte sie, sie würde dieses eine Wort nicht aussprechen. Nein! Es war für Maja unbegreiflich, warum sie sich am Vortage dermaßen hatte vergessen können.

Bei der Erinnerung an diesen Moment packte sie ein heftiger Zorn über sich selbst, sie biß sich die Lippen blutig und ballte die Fäuste. Und noch dazu der Ort! Im Schrank! Im Schrank mit diesem Leszczuk. Nein, das war der Gipfel der Lächerlichkeit!

Und wie lange das gedauert hatte, ungefähr zehn Minuten! Erst dann war Cholawicki gegangen. Ach, zehn Minuten! Das war ja schlimmer, als wenn sie sich mit ihm geküßt hätte... denn ein Kuß wäre eine Laune gewesen, ein mehr oder weniger skandalöser Unfug – sie aber hatten dort Hand in Hand gestanden, berauscht, selbstvergessen. Das war ernsthaft, das war ganz – wie Liebe.

Liebe mit Leszczuk!

Und zu allem Übel hatte er noch die Szene mitangehört, die ihr Verlobter ihr gemacht hatte! Er hatte von der Ähnlichkeit erfahren, falls er sie nicht schon längst selbst bemerkt hatte.

Folglich muß er noch einige Tage hierbleiben! Er muß bleiben, damit sie das ungeschehen machen kann, was sie getan hat. Damit sie ihm und allen und sich selbst zeigen kann, wie gleichgültig er ihr ist!

»Er wird das büßen müssen!«

Sie wusch sich das Gesicht mit kaltem Wasser und ging hinunter, nun schon gefaßt und entschlossen. Als sie im Eßzimmer am Fenster stand, ergriff jemand zart ihren Arm. Sie drehte sich um und begegnete dem besorgten, unsicheren Blick ihrer Mutter.

»Maja«, sagte Frau Ochołowska und schaute zu Boden, »ich glaube, dieser Trainer nützt dir nicht viel, ich möchte Marysia in seinem Zimmer unterbringen.«

Sie antwortete:

»Ich würde ihn lieber noch ein paar Tage behalten.«

Frau Ochołowska seufzte. Sie sorgte sich ständig, unablässig um ihre so schöne und so schwierige Tochter. Manchmal wünschte sie sich sogar deren Ehe mit Cholawicki, so sehr erschreckte sie die Selbständigkeit, Verschlossenheit und Halsstarrigkeit des Mädchens.

Aber sie getraute sich nicht, Maja auszufragen, und machte sich an ihre Hausfrauenpflichten, die ihre Zeit fast gänzlich beanspruchten. Von ferne sah sie, wie Maja langsam und nachdenklich ein Papier las. Woher kam nur dieser Abgrund zwischen ihnen, der Gespräch, Hilfe, Rat unmöglich machte?

Maja las zum dritten Mal Cholawickis Brief. Gehen oder nicht gehen? Unter normalen Bedingungen hätte sie nur mit den Achseln gezuckt. Diesmal aber befahl ihr irgend etwas, auf ihren Verlobten Rücksicht zu nehmen.

Sie wollte sich mit ihm aussöhnen, das Verhältnis wieder festigen, in ihm eine Stütze finden. Cholawicki war immerhin elegant und aus ihrer Welt. Maja spürte das dringende Bedürfnis, sich mit diesem gut aussehenden Mann, der aus demselben Milieu stammte wie sie, wieder zu vertragen.

Zudem drückte sie der Wunsch zu handeln. Sie mußte etwas tun; ihre Natur verlangte, sobald sie bewegt und erschüttert war, sich im Handeln zu entladen. Darum entschloß sie sich hinzugehen und schlich sich nach dem Abendessen, als die Dämmerung einbrach, in einem Gabardinemantel und mit einer Taschenlampe aus dem Haus.

Vor den Hunden brauchte sie keine Angst zu haben, die kannten sie. Sie konnte sogar sehr spät in der Nacht zurückkehren, ohne Aufmerksamkeit zu erregen, weil sie mit dem Dienstmädchen Marysia, mit dem sie befreundet war, verabredet hatte, daß diese sie, sobald sie anklopfte, durch das Fenster hereinließ.

Maja begab sich in den Wald, zwischen die bei Nacht völlig

schwarzen Tannen. Pfeifend schritt sie schnell und nervös durch die nächtlichen Geheimnisse des Waldes und geriet in prächtige Stimmung.

Nacht und Wald erregten sie, waren ihr angenehm und beruhigten sie zugleich, dämpften die Qualen des Stolzes und des gereizten Hochmuts.

Doch als sie aus dem Wald an den Rand der großen Sümpfe ins Vorfeld des Schlosses kam, befiel sie ein leichtes Schaudern. Die Hoffnungslosigkeit dieser Gegend rührte sie an.

Weißliche Schwaden hingen über den Wasserflächen, über den mit Röhricht und Strauchwerk bestandenen Mooren. Diese Vermischung der Elemente Erde, Wasser und Nebel nahm kein Ende, der Blick versank darin und verlor sich, ohne einen Halt zu finden.

Die Nebel reichten bis fast an den Fuß der wie immer einsamen und erhabenen Mauern. Das Hundegebell in der Ferne klang entsetzlich wie eine Stimme des Leidens.

Maja fürchtete sich nicht vor etwas, was ihr im Leben begegnen konnte, aber sie fürchtete sich vor dem Tode. Und das leere, unbewohnte Schloß zwischen Wasser, Nebel und Sumpf bedeutete für sie Tod, zu Ende gehendes, zur Vernichtung bestimmtes, durch die eigene Größe wahnsinnig gewordenes, unter der Last der Jahrhunderte zusammenbrechendes Dasein, verlöschendes Alter.

Nicht ohne Angst bemerkte sie das einsame Licht im Fenster der Eckbastei. Trotzdem schritt sie weiter.

Sie ging jetzt auf einem Damm, und schon umfing sie die charakteristische Feuchtigkeit des Nebels. Hier mußte sie achtgeben. Man konnte leicht vom Weg abkommen und auf dem verräterischen, sumpfigen, stellenweise unmerklich in Moor übergehenden Boden den Tod finden.

Erst nach drei Viertelstunden mühsamer Wanderung erreichte sie den Fuß des Schloßbergs. Eigentlich konnte man ihn nur wegen der absoluten Ebene, aus der er sich erhob, Berg nennen. In Wirklichkeit war es ein Hügel, nicht höher als fünfzig Meter. Gut, daß hier der Morast aufhörte, der sich an die Füße heftete.

Von nahem schimmerte das Schloß noch unheimlicher durch den Nebel, es steckte etwas Unwahrscheinliches in dem phantastischen, mittelalterlichen Bauwerk mit seinen Erkern, Zinnen, Schießscharten und schindelgedeckten Basteien. Hier und da sah man in der Mauer ein gewöhnliches Fenster mit Scheiben wie bei einem Wohnhaus. Stilwidrige, häßliche Einzelheiten hoben das Alter des vermodernden Gebäudes hervor.

Maja bewegte sich mit äußerster Vorsicht. Je mehr der Weg anstieg, desto dünner wurde der Nebel, und im Mondlicht würde es nicht mehr schwerfallen, ihre Gestalt zu bemerken.

Zum Glück tauchte kurz vor ihr ein Gebüsch auf – hier war der Eingang zu dem unterirdischen Gang, der in einem der Schloßkeller endete.

Eines Tages hatte Cholawicki sie durch diesen Gang geführt, mehr zum Spaß als in ernster Absicht. Das eigentliche Ende des Ganges lag sehr viel weiter entfernt im Walde, aber jener Teil war seit unvordenklichen Zeiten unpassierbar. Irgendeiner der späteren Besitzer hatte den Gang an dieser vorzüglich durch Sträucher getarnten und fast unzugänglichen Stelle mit der Welt verbunden.

Wozu? dachte Maja. War hier vielleicht eine Frau zu ihm gekommen?

Sie drängte sich durch das Gebüsch, bis sie auf eine schmale Treppe stieß. Dort knipste sie die Lampe an – sie befand sich in einem dunklen Loch, wo Feuchtigkeit von der Wand tropfte, sie scheuchte Ratten auf und eilte weiter, so schnell sie konnte. Wieder Stufen, diesmal hinauf, und dann der gewölbte Keller. Cholawicki kam ihr entgegengelaufen.

»Danke«, flüsterte er.

Sie atmete auf. Der Durchgang war immerhin aufregend gewesen. Cholawicki führte sie über eine Wendeltreppe nach oben.

Sie kamen an einigen völlig verfallenen und leeren Gemächern im Parterre vorüber und stiegen dann wieder eine Treppe hinauf, so schmal, daß sich ein Mensch kaum hindurchwinden konnte.

Dann ein riesiger Saal, leer und kalt. Sie betraten ein kleines Zimmer, in dem eine Petroleumlampe brannte. Im Kamin verlosch ein Feuer. Zwei Schränke, ein Tischchen, mehrere Stühle, in der Ecke ein Bett – eine spartanische Möblierung. Auf jeden Fall aber war das Zimmer bewohnt. Maja blieb hier erleichtert stehen.

»Du trinkst?« fragte sie, weil sie einige Flaschen auf dem Tisch erblickte.

Er trat zur Tür und öffnete sie ein wenig.

»Wir müssen uns leise verhalten«, sagte er halblaut. »Weißt du, wo du bist? Dieses Zimmer liegt ungefähr in der Mitte des Südflügels. Sechs große Säle trennen es vom Zimmer des Fürsten, der in der sogenannten Dorotka wohnt, das heißt in der südwestlichen Bastei. Die Tür steht mit Absicht halboffen, weil man nie wissen kann, ob er nicht sein Zimmer verläßt. Dann müßtest du hinuntergehen. Grzegorz, der Kammerdiener, wohnt ganz woanders.«

»Ich bewundere deine Nerven«, sagte das Mädchen und lauschte der schrecklichen Stille.

»Du wunderst dich, daß ich trinke!« brach es aus ihm hervor. »Wenn ich nicht tränke, würde ich verrückt wie dieser Greis! Du hast keine Ahnung, was es bedeutet, Tag und Nacht an diesem verfluchten Ort zu verbringen und von den Launen eines Wahnsinnigen abhängig zu sein. Aber es dauert nicht mehr lange!«

Er sprach die letzten Worte mit einer solchen Freude, daß Maja den Blick vom Feuer wandte.

»Steht es schon so schlimm?« fragte sie.

»Ja!« entgegnete er. »Der Zustand seiner Nerven verschlimmert sich sichtlich, und das führt zu einer Schwächung des Organismus. Gestern nacht, als ich aus Połyka zurückkam, hat er mir eine schreckliche Szene gemacht, er hat geweint und gestöhnt, weil er glaubte, daß ich ihn verließe; deshalb werde ich jetzt das Schloß nicht mehr, auch nicht für eine Stunde verlassen können, ich muß hier hocken – aber nicht mehr lange – dann kriegen wir freie Bahn!«

Er zog sie an sich.

»Ich wußte, daß du kommen würdest. Keinen Augenblick lang habe ich angenommen, du könntest dich im Ernst mit mir verzanken. Du bist an mich gebunden! Du mußt an mich gebunden bleiben, weil wir uns verstehen – wir sind beide nüchtern, schlau und mutig. Wir bilden ein Paar! Wenn wir uns etwas vornehmen, muß es gelingen! Ich bin der, den du brauchst! Wir wollen uns nicht mit Kleinkram belasten!«

Sie entzog sich vorsichtig seiner Umarmung. »Wirst du auch nicht enttäuscht werden?« sagte sie. »Ich spreche vom Fürsten. Der Mensch ist doch nicht bei Verstand.«

»Das Testament ist gemacht. Es gibt keine Erben oder Verwandten. Und daß er etwas ändert, ist ausgeschlossen.«

Im gleichen Augenblick spitzte Cholawicki die Ohren.

»Mir war, als ob er riefe. Du kannst dir nicht vorstellen, wie quälend er seit dieser Reise nach Warschau geworden ist. Das hat ihn unerhört mitgenommen, er ist um zehn Jahre gealtert. Ja, das Testament ist gemacht, und niemand hat die formalen Voraussetzungen, es umzustoßen. Außerdem, wer würde einen Prozeß riskieren, die Güter sind überschuldet. Ich allein weiß, daß man aus dem Vermögen noch etwas herausholen kann. Alle denken, der Bankrott ist perfekt. Nun – du ärgerst dich nicht?«

Er faßte nach ihrer Hand, doch sie entriß sie ihm.

»Was denn?« fragte er und runzelte die Stirn.

»Nichts.«

»Du liebst mich nicht?«

»Nein.«

»Warum bist du dann hier?«

»Wegen der Geschäfte.«

Er lachte auf. Das gefiel ihm. Er liebte diesen scharfen, rücksichtslosen Ton an ihr, damit zog sie ihn an. Er zweifelte keinen Augenblick an ihrer Liebe, weil er sich seiner Vorzüge zu sicher war. Aber es gefiel ihm, daß sie nie »zerschmolz« und in Sentimentalität zerfloß.

Doch Maja sagte ihm, weil sie seine absolute Selbstgewißheit kannte, mit um so größerem Vergnügen die schlimmsten Dinge. Außerdem war ihr diese Kühle, Nüchternheit und Ehrlichkeit im Umgang mit ihrem Verlobten hundertmal lieber als jenes schreckliche, beschämende »Zerschmelzen« im Schrank!

Wieder griff er nach ihrer Hand, diesmal entzog sie sie ihm nicht. Doch plötzlich überkam sie die Erinnerung an Leszczuk mit solcher Macht, daß sie erblaßte und die Augen schloß, während sie sich mit der anderen Hand krampfhaft an den Tisch klammerte.

»Du liebst mich!« flüsterte er und zog sie an sich. »Du liebst mich!«

»Laß mich!« rief sie.

In diesem Augenblick drang ein schwaches Rufen zu ihnen:

»Henryk! Henryk!«

Die greisenhafte und irgendwie bebende Stimme aus der Flucht der leeren Gemächer erschreckte sie.

»Der Fürst!« zischte Cholawicki. »Ich muß hin! Warte!«

Er ging eilig hinaus. Maja blieb allein. Sie setzte sich und schaute eine Weile in das verlöschende Kaminfeuer, dessen Schein ihr Gesicht rötete.

Erst als er gegangen war, begriff sie, daß ein längerer Aufenthalt hier auch die stärksten Nerven strapazieren mußte. Weder der nächtliche Wald noch der unterirdische Gang hatten sie so beunruhigt wie diese riesige Ansammlung unbewohnter Gemächer.

Ihre aufs äußerste erregten Sinne fingen jedes Geräusch auf, das in den fernsten Kammern dieses Gemäuers entstand, das sein eigenes Leben führte. Irgend etwas bröckelte, irgend etwas knarrte zuweilen, eine große Ratte zeigte sich in der halboffenen Tür und verschwand sogleich wieder.

Ach, dachte sie, wozu bin ich hier?!

Sie fing an, sich nicht nur vor dem Schloß zu fürchten, sondern auch vor ihrem Verlobten. Bis jetzt hatte sie noch nicht sonderlich über seinen Aufenthalt hier nachgedacht. Sie wußte, er war der Sekretär des Fürsten und der einzige Mensch, den der alte Wunderling außer dem Kammerdiener Grzegorz ertrug. Sie wußte auch, daß Cholawicki hoffte, von ihm ein gutes Dutzend Güter zu erben, den Rest der Güter von Mysłocz, die weniger runtergewirtschaftet waren, als man im allgemeinen annahm. Das alles konnte sie ertragen. Sie hielt ihren Verlobten für einen harten und rücksichtslosen, aber im Prinzip anständigen Menschen.

Er mochte Anhänglichkeit für den Fürsten vortäuschen, um dessen Vermögen an sich zu bringen, aber zu Taten, wie sie die düstere und dämonische Schloßatmosphäre eingab, war er doch wohl nicht fähig.

Wirklich – wenn jemand sich hier länger aufhielt, mußten ihn ganz von selbst Gedanken über Verbrechen und böse, grausame, mörderische Taten heimsuchen. Und um es hier überhaupt auszuhalten, bedurfte es einer unerhörten Widerstandskraft und zugleich einer unerhörten Leidenschaftlichkeit.

Maja machte sich klar, daß sie Cholawickis Kräfte bislang unterschätzt hatte.

Ein leichter Schauder lief ihr über den Rücken. Sie blickte durch die angelehnte Tür in das nächste Gemach – dort herrschte Dunkelheit, nur durch die Fenster fiel ein schwacher Schein –, in den Ecken raschelten Ratten, die Leere gähnte sie an. Sie lauschte, aus dem Schloß drangen breite

Tonleitern geheimnisvollen Flüsterns und Raschelns. Fledermäuse kreisten vor den Fenstern.

Diese Mauern, dachte sie, müssen an die anderthalb Meter dick sein.

Da leuchtete fern ein Licht auf. Sie zog sich schnell zurück.

Cholawicki kam vom Fürsten zurück und erschien bald mit einer Lampe in der Hand.

»Was ist?« fragte sie.

»Nichts! Er döst mehr oder weniger Tag und Nacht. Alle paar Stunden erwacht er, dann ruft er mich, um festzustellen, ob ich ihn nicht verlassen habe.«

»Du mußt auch nachts zu ihm?«

»Natürlich! Aber nicht mehr lange!« Er goß sich ein Gläschen ein. »Möchtest du auch?«

»Gib her«, sagte sie.

Er nahm die Flasche, erstarrte aber mit dem Glas in der Hand. Er war blaß geworden.

»Was ist dir?«

»Pst. Jemand ist im Schloß.«

»Wo?«

»Still. Ich habe ein Ohr dafür. Es muß ein Fremder sein.«

Seine Hand begann zu zittern, bis die Flüssigkeit im Glas überlief. Sie strengte ihr Gehör an, konnte aber nichts Besonderes vernehmen.

»Es kommt dir nur so vor«, flüsterte sie, doch er blickte sie geistesabwesend an.

»Bestimmt, bestimmt ist da jemand.«

Da fuhren sie beide zusammen. In der Stille hörten sie mit entsetzlicher Deutlichkeit den Schrei des Fürsten, fünf oder sechs Schreie voller Wahnsinn, durchdringend, schrill.

»Franio! Franio! Franio! Franio! Franio!«

»Was ist?!« rief Cholawicki. Er ergriff Browning und Lampe.

Maja lief hinter ihm her, um nichts in der Welt wäre sie jetzt allein hier geblieben. Sie rannten durch leere Säle. Er erreichte das Zimmer des Fürsten und verschwand hinter der Tür.

Sie vernahm seine beruhigende Stimme sowie durchdringendes, röchelndes, kraftloses, greisenhaftes Weinen, das jetzt in Husten überging. Damit niemand sie von hinten überraschen konnte, verbarg sie sich in einer Fensternische. Und wieder hörte sie ein Stöhnen:

»Franio! Franio!«

Cholawicki kam zurück, gab ihr aber nur mit der Hand ein Zeichen, sie möge warten, und lief in die Tiefe des Schlosses. Erst nach längerer Zeit tauchte er wieder auf, sein Gesicht verriet ernstliche Beunruhigung.

»Jemand war hier. Er hat irgendwen gesehen! Deshalb hat er geschrien. Dieser Jemand muß in sein Schlafzimmer gekommen sein, ihn geweckt haben und geflohen sein, als der Alte losschrie. Es muß ein junger Mann gewesen sein. Der Fürst hat eine fixe Idee, im Traum erscheint ihm oft ein gewisser Franio! Er kann junge Männer nicht leiden, weil sie ihn an diesen Franio erinnern. Außerdem ist hier ein Beweis, daß jemand da war. Sieh mal, ich habe ein Taschenmesser gefunden.«

Er legte ein kleines Taschenmesser mit vielen Klingen auf den Tisch.

Sie erkannte es sofort. Mit demselben Taschenmesser hatte Leszczuk gestern nach dem Abendessen einen Apfel geschält.

»Aha!«

Sie wandte den Blick ab und merkte erst danach, warum sie es tat, nämlich um Cholawicki nicht sagen zu müssen, wem das Taschenmesser gehörte. Nein, das war zuviel!

»Ich weiß, wem es gehört«, sagte sie wütend, sich selbst zum Trotz. »Es ist Leszczuks Taschenmesser.«

Er fuhr herum.

»Was sagst du da? Ist das bestimmt seins?«

»Mindestens hat er auch so eines.«

»Dann ist alles noch schlimmer, als ich vermutet habe.«

Sie lächelte.

»Übertreibst du nicht?« fragte sie spöttisch.

Sie war auf eine neue Eifersuchtsszene gefaßt und wollte diese sogar provozieren, doch zu ihrer größten Verwunderung murmelte Cholawicki nur:

»Du verstehst nichts. Laß uns gehen.«

Er führte sie durch dieselben Säle, in denen sie gerade gewesen waren, bog aber, ehe sie zum Zimmer des Fürsten kamen, nach rechts in eine Seitengalerie ab. Die Galerie war lang und vor allem hoch. Im schwachen Licht der Lampe bemerkte sie an der gewölbten Decke Spuren verblichener Malerei. Über die Schäden im Steinfußboden stolpernd, kamen sie durch einen kleinen Arkadengang und bogen von dort nach links ab, wo er eine schwere Eichentür aufschloß.

Stickige Luft wehte Maja an, während Cholawicki den Knopf seiner Taschenlampe drückte.

»Sieh mal«, sagte er.

Der große, gewölbte, sich auf eine Mittelsäule stützende Saal wirkte überfüllt, so sehr kontrastierte seine Möblierung mit der Verlassenheit, die sie bislang gesehen hatte. Entlang der Wölbung lief ein breiter, stellenweise verblichener Fries, der Kriegsszenen darstellte. Die Wände hingen voll Tapisserien, und zwei große Perserteppiche bedeckten, grau vor Staub, den Fußboden.

An den Wänden standen schwere Renaissanceschränke und geschnitzte Truhen, gleichfalls mit Staub bedeckt, als hätte sie hundert Jahre lang keine Menschenhand berührt. Einige Gemälde alter Schule ergänzten das Ganze, das übrigens keinen luxuriösen Eindruck machte, sondern die durchdringende Melancholie verlassener Dinge ausstrahlte.

»Was soll das?« fragte sie und betrachtete die gemeißelten Wappen über dem Kamin.

»Deswegen«, entgegnete er, »deswegen plage ich mich hier schon zwei Jahre lang, nur wegen dieses verdammten Plunders! Ich habe dir davon noch nicht erzählt, wozu auch. Die Güter von Mysłocz sind tatsächlich zugrunde gerichtet. Selbst der Teufel holt da nichts mehr heraus. Aber entweder irre ich mich schwer, oder in diesem Mobiliar stecken Millionen – Millionen, sage ich dir!«

»Das soll Millionen wert sein?« Sie schob die Lippen vor. »Stimmt das denn?«

»Das ist es eben, ich bin nicht sicher!« brach es aus ihm hervor. »Ich kenne mich damit nicht aus, und es bedarf eines Spezialisten, um auch nur annähernd den Wert zum Beispiel dieses kleinen Bildes zu schätzen. Ganz bestimmt sind es authentische Antiquitäten, diese Möbel stehen hier schon zweihundert Jahre. Aber ob sie ein paar Zehntausend wert sind oder ein paar Millionen, das kann ich nicht sagen.«

»Ein paar Millionen?!«

»Ja! Mindestens kann man das gewissen Anzeichen entnehmen. Es kreist da eine Legende um das Schloß. Irgendwann einmal hat mir Grzegorz, der Kammerdiener, der noch den Vater des heutigen Fürsten gekannt hat, etwas Derartiges erzählt. Er hat gesagt, der alte Fürst wollte, ehe er verrückt wurde, einige Bilder ins Ausland schaffen, um eine Hypothek abzuzahlen. Ich habe darüber auch eine Notiz in den Briefen gefunden, die der Fürst hinterlassen hat, eine recht unklare Notiz, aber immerhin. Schließlich verhält sich der Alte dort diesem Mobiliar gegenüber seltsam genug, ich möchte fast sagen listig, wie um seinen Wert vor mir zu verstecken. Es ist die Boshaftigkeit des Verrückten. Ich sage dir, ich habe guten Grund zu der Annahme, daß alle Güter von Mysłocz zusammengenommen nicht ausreichen, um diesen Saal zu kaufen. Und es gibt acht solcher Säle.«

»Warum hast du nicht einen Kenner geholt?« fragte das Mädchen benommen.

»Ich bin doch nicht dumm! Einen Händler herholen, damit er alles ausplappert. Am nächsten Tag würde die gesamte Presse in Polen verkünden, man habe auf Schloß Mysłocz Schätze entdeckt. Die Gläubiger würden herbeistürzen, die ferneren Verwandten, mit einem Wort alle, die mich jetzt in Ruhe lassen. Pah! Ich spiele ein zu heikles Spiel, um mir eine solche Sensation erlauben zu können. Manchmal habe ich schon daran gedacht, eines dieser Bilder nach Warschau zu bringen und schätzen zu lassen. Aber wenn ich zufällig auf ein zu gutes Bild träfe, auf das Werk eines berühmten Meisters, wäre das wieder eine Sensation, und ich könnte mit niemandes Diskretion rechnen. Ich selbst aber kenne mich mit diesen Bildern überhaupt nicht aus. Ich kann mich nicht auf die Gnade oder Ungnade der Händler und Spezialisten verlassen. Ich weiß zu gut, daß sie keine Rücksicht nehmen, wenn sie eine Ware wittern – und dazu solche Ware! Da bin ich lieber vorsichtig! Da mache ich mich an die Schätzung dieser Dinge lieber erst dann, wenn ich Herr und Eigentümer bin.«

Seine Stimme bebte. Sie begriff, welche Gewalt er sich antun mußte, um sich beim täglichen Umgang mit diesen Dingen so lange zurückzuhalten und aus lauter Vorsicht seine Zweifel nicht zu klären. Er berührte mit den Fingerspitzen eines der Gemälde.

»Nein, nein, das muß wertvoll sein«, flüsterte er, »das muß! Wieviel? Was meinst du? Vielleicht bringt gerade dieses Bildchen zweihunderttausend, dreihunderttausend? Und der Teppich dort?«

Sie dachte, erführe er plötzlich, daß es sich um wertlose Kopien handle, würde er unweigerlich verrückt werden. Mit Entsetzen bemerkte sie seine Blässe.

Immer mehr fürchtete sie sich vor ihrem Verlobten. Wie anders sah er in Połyka aus als hier auf dem Schloß. Sie erschrak vor dem, was er sagte. Auch stellte sich die ganze Angelegenheit völlig anders dar, als sie bisher geglaubt hatte. Es ging nicht um die Güter, sondern um die Möbel.

»Warum hast du mir davon nie etwas gesagt?« fragte sie.

»Ich wollte dich nicht einweihen. Je weniger Leute davon wissen, desto besser! Wenn ich es dir jetzt sage, dann weil ich mich nur auf dich verlassen kann und spüre, daß ich allein nicht zurechtkomme! Weißt du, was der nächtliche Besuch dieses Burschen für mich bedeutet?!« brach es aus ihm hervor. »Zumal dieser Professor bei euch herumsitzt!«

»Der Professor?«

»Ja, genau. Der ist doch ein Kenner, ein Kunsthistoriker. Glaubst du, er sei nur eben so zu euch gekommen – in die Sommerfrische? Nein, wahrscheinlich hat er etwas gerochen. Er hat sich schon bei mir angemeldet, um das Schloß zu besichtigen.«

Sorgsam schloß er die Tür. Sie warf einen Blick aus dem Fenster und blieb stehen. Vom Spinngewebe halbzerfallener Arkaden umgeben, wirkte der Schloßhof im Mondlicht wie ein Traum. Sie begann, an Schätze zu glauben.

Doch Cholawicki riß sie heftig fort.

»Gehen wir!« zischte er.

Sie kehrten zurück in sein Zimmer.

»Du mußt mir helfen! Vergiß nicht, das ist nicht nur meine Sache! Das ist die Sache unserer Zukunft!«

»Was willst du denn?«

»Du mußt erfahren, ob Skoliński etwas ahnt. Und ob das wirklich Leszczuk war. Wenn ja, dann, mit was für Absichten. Und vor allem, ob er einer Anregung von Skoliński gefolgt ist. Das ist das Wichtigste! Tu was du willst, wenn du das nur erfährst! Dieser Bursche wird es dir schon sagen!«

»Warum sollte er?«

»Du kannst dich leichter mit ihm verständigen als ich«, murmelte er, und der Blick, den er auf sie warf, ergänzte den wahren Sinn seiner Worte. Ach so, sie war ihm ja ähnlich!

Spöttisch fragte sie:

»Bist du nicht mehr eifersüchtig?«

»Dummes Zeug!« entfuhr es ihm. »Hör auf mit den Sticheleien! Ich bin dazu nicht in Stimmung. Niemand anderes als du kann das tun. Du mußt alles aus ihm herausholen, was zu holen ist…«

»Ich will aber nicht!«

»Was? Was? Du willst nicht? Warum? Nicht einmal diese Kleinigkeit willst du für mich erledigen?! Ich soll alles selbst machen. Warum willst du nicht?«

»Ich will nicht!«

Sie wandte sich ab, damit er ihr Gesicht nicht sehen konnte. Der Gedanke daran, genötigt zu sein, sich Leszczuk zu nähern und ihn zu Bekenntnissen zu veranlassen, war ihr im höchsten Grade zuwider. Sich mit ihm in irgendwelche geheimen Ränke einzulassen…

»Verlange das nicht von mir«, sagte sie leise.

»Warum?«

»Du wirst doch wohl verstehen, daß ich nach dem, was du mir gestern gesagt hast, mit ihm nicht reden möchte, vor allem nicht über diese Dinge und auf diese Weise.«

»Bist du verrückt geworden! Du nimmst diesen Leszczuk ernst? Für dich müßte er eine Null sein, Luft! Wenn er für dich wirklich nichts wäre, würdest du dich nicht schämen, selbst wenn die ganze Welt dir sagte, du seist ihm ähnlich! Was geht dich das an?«

»Gut. Ich werde mit ihm reden.«

»Aber schlau.«

»Ich will's versuchen – schlau.«

»Und vorsichtig, damit er nichts merkt.«

»Ich will's versuchen – vorsichtig.«

»Komm morgen zur gleichen Zeit wieder her. Wenn wir etwas Konkretes wissen, können wir überlegen, was weiter zu tun ist.«

»Ich weiß nicht, ob ich bis morgen etwas erfahre.«

»Komm auf jeden Fall. Es ist entsetzlich, hier wie in einem Gefängnis zu sitzen.«

4

Leszczuk war zu der Überzeugung gelangt, es sei besser, dem Professor von seinem abendlichen Aufenthalt im Schloß nichts zu sagen. Noch jetzt liefen ihm Schauder über den

Rücken, wenn er an die irren Schreie des alten Fürsten dachte und an seine panische Flucht durch das Labyrinth der Treppen und Gemächer.

Ein Glück, daß der plötzlich aus seinem Halbschlaf geweckte Fürst ihn offenbar für jemand anderen gehalten und deshalb »Franio« gerufen hatte. Der Bursche hoffte, das ganze Abenteuer heil zu überstehen, wenn er nur niemandem ein Wörtchen darüber sagte.

Eigentlich hatte er gar nicht beabsichtigt hinzugehen. Doch als er am Vortag nach dem Streit mit Maja in den Wald gelaufen war und sich unverhofft in der Nähe des Schlosses befunden hatte, waren ihm die Worte des Professors eingefallen, auf der Westseite seien die Mauern beschädigt.

Ich gehe hin, dachte er. Er mußte etwas tun, sich mit etwas beschäftigen – er war wie betrunken, alles war ihm gleichgültig, wenn er nur seine Gedanken von dem Erlebnis mit Maja ablenken konnte.

Zweimal war er gezwungen, sich auszuziehen und ekelhafte, schlammige Bäche zu durchschwimmen. In der Tat, von nahem erwies sich die Schloßmauer voller Risse und Sprünge, hier und da waren sogar Steine herausgefallen und hatten große Löcher etwa auf der Höhe des ersten Stockwerks gelassen. Nach einigen mißlungenen Versuchen schaffte er es, sich in den Fugen zwischen den morschen Ziegeln festhaltend, bis zu einem Loch emporzuklettern.

Dann stand er im Schloß. Er schaute sich nach allen Seiten um und sagte sich: Wenn ich nun schon hier bin, schaue ich nach...

Vorsichtig durchquerte er den Hof und gelangte in ein Gebäude, dessen Fenster sich mit ausgeschlagenen Scheiben gähnend ins Dunkel öffneten. Leere. Nirgendwo Schätze. Große Gemächer, feucht und nackt und abgerissen. Nirgendwo eine lebende Seele. Ratten.

Er ging immer sorgloser, bis schließlich folgendes geschah: Er drückte auf eine Türklinke, beim Licht einer Kerze sah er vor sich im Bett einen Greis, der bei seinem Anblick zu schreien begann. Er schlug die Tür zu und rannte wie irre zurück zum Ausgang. Glücklicherweise verfehlte er den Weg nicht. Binnen weniger Minuten war er jenseits der Mauern und zwei Stunden später in Połyka.

Das war alles.

Warum habe ich mich darauf eingelassen? dachte er, während er die Parkallee entlangging. Er kaute einen Grashalm nach dem anderen. So ein verdammter Zufall! Erst der Schrank und dann das Schloß! Seit ich hier bin, wäre ich schon zweimal beinahe geschnappt worden. Und dabei habe ich doch bisher niemandem auch nur einen Groschen weggenommen! Was ist nur los?! Das beste wäre wohl, meine Sachen zu nehmen, abzureisen – und Schluß.

Er spürte eine dumpfe Abneigung gegen Maja. Eigentlich hätte er es vorgezogen, wenn sie damals im Schrank geschrien, sich also normal verhalten hätte. Dann wäre wenigstens alles klar gewesen. So aber?

Er wußte es selbst nicht, ob er noch ehrlich war oder nicht mehr. Und das quälte ihn. Zugleich empörte er sich zutiefst über Maja. Nein, ein ordentliches Fräulein durfte sich nicht so verhalten. Sie war die Ursache!

Er verstand es nicht so richtig, aber er wußte – sie war die Ursache.

Er blickte sich um.

Dicht neben ihm stand Maja, mit einem schelmischen Lächeln auf den Lippen.

»Ich möchte Ihnen etwas wiedergeben«, sagte sie.

Und sie zeigte ihm das Taschenmesser.

»Wo haben Sie das gefunden?« fragte er verwundert.

»Im Schloß.«

Er erstarrte. »Dann ist es nicht meines.«

»Tun Sie nicht so«, sagte sie mit gedämpfter Stimme. »Ich weiß, daß Sie dort waren. Ich habe Sie gesehen. Auch ich war gestern dort! Keine Angst, ich sag's niemandem.«

»Sie sagen's nicht?«

»Nein.«

Ihre Augen blitzten ihn an, und er spürte plötzlich, daß sie es bestimmt niemandem sagen würde. Als wären sie beide seit Jahren miteinander vertraut. Sie trat näher zu ihm.

»Warum waren Sie dort?« fragte sie ganz dicht vor ihm und stützte sich mit einer Hand an den nächsten Baum. Wieder lächelte sie leicht, hob den Kopf, blickte in den Baumwipfel und danach wieder zu ihm herüber. Das wirkte so vertraut, als stieße sie ihn mit dem Ellbogen an.

Er zögerte mit der Antwort. Sie wiederholte leise, fast ohne ihre Lippen zu bewegen, aber eindringlich:

»Ich sage es niemandem. Aus demselben Grund wie... in meinem Schrank?«

Sollte er sagen, daß er das Geld nur aus Zorn nehmen wollte, nur um sich an ihr zu rächen? Nein, das würde sie ihm ohnehin nicht glauben. Außerdem lag etwas in ihrer Stimme, etwas Gieriges, Unersättliches, so daß er spürte, er brauchte sich nicht zu rechtfertigen. Statt deutlich zu antworten, lachte er nur auf, und sie entgegnete sofort mit demselben aufreizenden Lachen, das er schon einmal gehört hatte – damals im Flur, als sie ihn fragte, ob er Karriere machen wolle.

»Sie sind aber...«, sagte er, ohne recht zu wissen, was er ausdrücken wollte.

Während sie lachten, musterten sie sich unwillkürlich neugierig. Waren sie sich wirklich so ähnlich? Die Ähnlichkeit freute beide, sie brachte sie einander näher, verband sie und machte sie miteinander vertraut.

»Und woher wußten Sie, daß im Schrank Geld lag?« fragte Fräulein Ochołowska, als wäre sie nicht die Eigentümerin des Schranks und des Geldes, sondern eine Komplizin beim Diebstahl.

»Im Zug, während Sie schliefen, habe ich den Brief aus Ihrem Mantel gezogen und gelesen.«

»Ach, Sie haben den Brief meiner Mutter gelesen. Richtig, sie schrieb darin von dem Geld! Und warum haben Sie ihn herausgezogen?«

»Aus Neugier!«

Wieder lachten sie auf. Sie verstanden sich großartig. Dann aber fragte sie ihn unwillkürlich:

»Wieso aber glaubten Sie, im Schloß sei etwas zu holen? Wer hat Ihnen das gesagt? Professor Skoliński?«

»Woher wissen Sie das?!«

Sie kniff die Augen zusammen.

»Ich interessiere mich für diese Sache. Mein Verlobter wohnt doch auf dem Schloß und ist Sekretär des Fürsten. Ich bin daran in-ter-es-siert. Aber... Wollen Sie ganz offen mit mir reden?«

»Ja.«

»Hand drauf?«

»Ja.«

Sie reichten sich die Hand.

»Dann hat Herr Skoliński Sie ins Schloß geschickt?«

»Eigentlich ja. Er hat mir gesagt, dort könnten große Schätze sein, das hätte er in irgendwelchen alten Papieren gelesen. Er hat mich geschickt nachzusehen, ob das wirklich stimmt. Und ich dachte mir: Hingehen und nachsehen kannst du auf jeden Fall. – Aber Sie sagen's niemandem, das haben Sie versprochen.«

Und er erzählte ihr in Kürze sein Unternehmen.

»Na und?«

»Ach! Ich habe nur einige Räume gesehen, die waren leer, nackte Wände. Vielleicht ist woanders was. Wie steht's denn, gibt es Schätze im Schloß oder nicht?« fragte er neugierig, bekam aber keine Antwort.

»Haben Sie nach Ihrer Rückkehr mit Skoliński gesprochen?«

»Noch nicht. Ich will es noch tun.«

»Erzählen Sie ihm nichts – vorläufig«, sagte sie. »Warten Sie bis morgen. Ich muß das noch überdenken. Sie schweigen bis morgen?«

»Dann gehen wir jetzt Tennisspielen. Der Platz ist schon trocken.«

Sie rannte, so schnell sie konnte; er jagte hinter ihr her, aber kurz vor dem Hause verminderte sie das Tempo. »Ruhig«, flüsterte sie. Beide griffen nach Schlägern und Bällen.

Gleich die ersten Schläge bewiesen ihnen, daß ihr Spiel diesmal prächtig würde! Sie spielten mit der größten Lust und vergaßen vor Freude die Welt ringsum. Maja staunte darüber, daß sie wie durch ein Wunder Bälle zurückschlug, die zu erreichen sie bisher nicht hatte träumen dürfen, und er entdeckte bei jedem Schlag in sich neue Welten. Niemand schaute ihnen zu. Und die Ähnlichkeit ihres Stils, die Verwandtschaft ihrer Temperamente bewirkte, daß sie sich wortlos verständigten, daß sie im Kampf übereinstimmten und der eine aus dem anderen ein Maximum an Können, Geschicklichkeit und Anstrengung herausholte.

Maja verlor. Sie verlor immer mehr, je kühner er wurde, je stärker er sich entwickelte, seine Möglichkeiten nutzte – aber sie wehrte sich unnachgiebig und Schritt für Schritt.

Später, nach dem Seitenwechsel, fragte er sie trotzig:

»Na und?«

Aber sie antwortete mit atemlosem, kaum hörbarem Flüstern:

»Großartig.«

Gegen Ende des Satzes warf sie plötzlich den Schläger hin und floh ins Haus. Er blieb zurück, unfähig zu begreifen, wie sich das alles zwischen ihnen abgespielt hatte. Wie war es denn gekommen, daß er ihr sofort alles erzählt hatte? Warum hatten sie plötzlich miteinander gesprochen, als kennten sie sich seit zehn Jahren? Warum gelang ihnen das Spiel so gut? Und warum war sie geflohen, was hatte sie da wieder gestochen? Er wußte es nicht. Er war völlig dumm, zugleich aber überflutete eine mit Angst vermischte Freude sein Herz.

Als der Professor ihn nach dem Mittagessen anredete und nach dem Schloß fragte, antwortete er irgendwas. Ja, er habe gestern versucht, einen Durchlaß zu finden, sei aber nicht ins Schloß gelangt, weil da ringsum Wasser oder Moor sei.

»Heut abend versuch ich's wieder, aber ich geh nicht rein. Wenn Sie einen Besuch machen wollen, müssen Sie das schon selbst tun! Ich will mich da nicht einmischen.«

»Na, na«, sagte der Professor. »Ich komme auch ohne deine Hilfe aus.«

Doch Leszczuk dachte bereits an etwas anderes! Er versuchte, Maja aufzutreiben, aber sie ließ sich nicht blicken, und beim Essen schaute sie kein einziges Mal zu ihm herüber.

Abends entwischte sie zu ihrem Verlobten. In ihren Mantel gehüllt, die Hände in den Taschen, den Kopf gesenkt, eilte sie über den Damm zwischen den zugewachsenen, schlafenden Wasserflächen. Der Mond ging auf.

Henryk sollte zufrieden sein, dachte sie, während sie nervös über den glitschigen Pfad schritt. Ich habe es schneller und leichter herausbekommen, als ich selbst geglaubt hatte. Ich habe sein Vertrauen gewonnen, er wird jetzt nichts mehr tun ohne mich! Ja, Henryk wird zufrieden sein, wiederholte sie, und das Wasser gluckste unter ihren Füßen, er wird zufrieden sein!

Sie selbst aber war nicht zufrieden. Ganz und gar nicht! Während sie sich an das Gespräch erinnerte, an ihrer beider Lächeln, an die Leichtigkeit, mit der sie sich sogleich verständigt hatten, und später an den Wettlauf zu den Tennisschlägern, stieg ihr das Blut in die Wangen, beschleunigte sie ihren Schritt wie jemand, der zu fliehen versucht, biß sie die Zähne aufeinander und ballte die Fäuste wie bei der Erinnerung an eine peinliche Dummheit. Vergeblich redete sie sich ein, das sei alles nur ein absichtliches Spiel gewesen, ein Sichherablassen auf Leszczuks Niveau. Wie lächerlich kam sie sich vor! Und wie ähnlich! Immer ähnlicher!

Nein – das ist ja zum Verrücktwerden!

Cholawicki erwartete sie im Keller und führte sie in sein Zimmer. Kurz und bündig erzählte sie ihm, was sie von Leszczuk gehört hatte.

»Ich habe mich nicht geirrt«, flüsterte er entsetzt. »Der Professor weiß etwas! Ich hatte diesen Verdacht von Anfang an! Was tun?«

»Wenn ich nicht will, sagt Leszczuk ihm kein Wort davon, daß er hiergewesen ist. Das hat er mir versprochen.«

»Dann habt ihr euch ja, wie ich sehe, verständigt.«

Sie antwortete:

»Ja, wir haben uns verständigt.«

»Nein, dummes Zeug!« Er ging im Zimmer auf und ab und rieb sich die Hände. »Wer garantiert mir, daß er nichts sagt? Und außerdem – meinst du, daß dieser neugierige Ästhet aufhört herumzuschnüffeln? Dann kennst du diese Leute nicht! Die muß man ein für allemal beruhigen!«

»Was willst du tun?« fragte sie.

Er lachte auf.

»Ich beabsichtige, ihm ganz einfach auseinanderzusetzen, daß er hier nichts zu suchen hat, daß es keine Schätze gibt, basta. Er hat ja keine absolute Gewißheit! Aha, ich weiß was. Paß auf, wie wir das machen.«

Er trank ein Gläschen Wodka und lauschte eine Weile. Immer wieder hielt er an, um den Lauten des Schlosses nachzuhorchen. War der Fürst erwacht? Wanderte er durch die Säle? Doch alles war in Ordnung.

»Alles muß versteckt werden, was einen höheren Wert haben könnte. Vor allem die Bilder und die Teppiche. Ein Schrank oder ein anderes Möbelstück mag besser oder schlechter sein, ist aber kein Kunstwerk im eigentlichen Sinn. Darauf ist er nicht erpicht. Wenn er zu der Überzeugung kommt, daß es hier sonst nichts gibt, wird er uns in Ruhe lassen. Man muß sich darum bemühen, daß er herkommt und sich umsieht.«

»Wie?«

»So schwierig ist das nicht. Pst...«

Jemand ging umher, man hörte das Schlurfen von Pantoffeln, und gleich danach ertönte am Ende der Zimmerflucht ein greisenhaftes Husten. Dann hörte Maja ein halblautes, kraftloses Rufen:

»Henryk, Henryk!«

Cholawicki stieß einen Fluch aus und ging.

Sie blieb allein. Oh, wie schlecht sie die Einsamkeit im Schloß ertrug! Solange ihr Verlobter bei ihr war, solange das sachliche Gespräch dauerte, ließ es sich aushalten, wirkte alles mehr oder weniger nüchtern und normal, wenn auch riskant. Ein konkretes Risiko schreckte Maja ebensowenig wie überwindbare Schwierigkeiten.

Blieb sie aber allein, wuchsen Stille, Melancholie und Verlassenheit im Schloß auf allen Seiten, drangen aus allen Spalten und Ritzen auf sie ein. Dann schien ihr der ganze Knoten von Geschehnissen, in den sie geraten war, ekelhaft und bösartig, sündhaft und schrecklich, und sie wurde durchdrungen von der eisigen Vorahnung, auf abschüssigem Boden zu wandern, der langsam und unmerklich ins Entsetzen führte.

Sie fürchtete sich vor dem Schloß, vor ihrem Verlobten, am meisten aber vor sich selbst, vor den Gefahren, die in der Tiefe ihrer eigenen, allzu kühnen, allzu unruhigen, allzu glücksbegierigen Natur auf sie lauerten. Die altertümlichen, düsteren, der Vergangenheit zugehörigen Mauern schienen zu flüstern: Wehe dem, der leichtherzig dem flüchtigen Glück nachjagt!

Aber sie wollte glücklich sein! Sie mußte glücklich sein! Alles, was sie tat, tat sie nur, um glücklich zu sein und die Freuden ihrer Schönheit und Jugend voll auszukosten.

Wie sehr werde ich da hineingezogen, dachte sie ängstlich, während sie reglos mitten im Zimmer stand.

Sie mochte sich nicht bewegen, ihr schien, jede Bewegung würde von diesen schweigenden, sehenden Wänden bemerkt und im Gedächtnis behalten. Wie sehr werde ich da hineingezogen! Schon bin ich Henryks Komplizin! Und der andere, Leszczuk? Worauf läuft das alles hinaus? Soll ich mit meiner Mutter sprechen? Der Gedanke tauchte auf, doch sie verwarf ihn sogleich. Hilfe suchen bei ihrer Mutter? Nein, sie kam selbst zurecht.

Mittlerweile klopfte Cholawicki an die Tür zum Zimmer des Fürsten und trat, ohne auf eine Antwort zu warten, ziemlich unhöflich, die Hände in den Hosentaschen, mit düsterem und unzufriedenem Gesicht ein.

Ein seltsames Zimmer. Nicht sehr groß, eine niedrige, gewölbte Decke, rund – weil es in einer Bastei lag –, drei Fenster in einer sehr dicken Mauer, die Fensternischen waren etwa zwei Meter tief. Bis zur halben Wandhöhe reichte eine schadhafte Eichenholztäfelung, das Muster war kaum noch erkennbar.

Eine riesige Bettstatt mit Baldachin stand mitten im Zimmer, dazu zwei Sessel, ein Waschtisch – und eine Menge Kleinkram, unzählige Fläschchen, Schächtelchen, Kleidungsstücke, Wäschestücke, Konfitüregläser, Teller und andere merkwürdige Gegenstände füllten den Raum.

Seit Jahren gestattete der Fürst nicht, irgend etwas zu entfernen, da er nicht die Kraft hatte, selbst Ordnung zu machen, sich aber davor fürchtete, irgend etwas könne hinausgebracht werden, was noch gebraucht würde. Infolge der Gebrechlichkeit des alten Kammerdieners Grzegorz herrschte überall phantastischer Schmutz. Das Bettzeug war fast grau, der Fürst weigerte sich seit Monaten, es zum Waschen zu geben. Er haßte alle Veränderungen.

Der kleine, hagere Greis mit dem aristokratischen Vogelgesicht saß am Bett und schaute Cholawicki ängstlich entgegen.

»Sie haben mich gerufen, Fürst?« fragte der Sekretär hart.

»Aber nein, aber nein, Henryk, du hast dich verhört. Ich denke nicht daran, dich zu rufen, ich weiß doch, das magst du nicht!«

»Was gibt's?«

»Nichts, wirklich nichts.«

»Ich frage, was gibt's? Sagen Sie's, Fürst, denn ich weiß ja, kaum bin ich raus, rufen Sie mich wieder. Dann sagen Sie's lieber gleich!«

»Ach, Henryk... Na gut, schon gut, ich sag's«, rief er schrill, als Cholawicki sich der Tür zuwandte. »Siehst du, Henryk, ich will Ordnung machen, hier ist ein schrecklicher Dreck. Gerade habe ich mit dieser Flasche angefangen – aber vielleicht könnte sie noch gebraucht werden.«

»Dann werfen Sie sie eben nicht weg.«

»Aber vielleicht besser doch! Wozu kann sie noch nutzen?«

»Dann werfen Sie sie eben weg.«

Der Fürst fing an zu weinen.

»Ach, was hab' ich nur von dir, Henryk! Überhaupt ganz und gar nichts. Weder Hilfe noch Verständnis noch Trost noch Linderung noch Vergessen!«

»Wenn Sie mich weiter anöden, Fürst, verlasse ich das Schloß!« Mit unverhohlenem Haß sah Cholawicki den Alten an. Er machte ihm das Leben zur Hölle. Schließlich war er kein Krankenpfleger! Er konnte diese Gespräche mit dem Idioten nicht ertragen, sie quälten ihn schrecklich.

»Verlaß mich nicht, Henryk!« rief der Alte in wildem Schreck. »Um nichts in der Welt bleibe ich hier allein! Im Schloß? Allein? Nie im Leben! Das ist ein schlimmes Schloß«, setzte er nach einer Weile gleichsam mit Überlegung hinzu.

»Warum?« fragte Cholawicki.

Ständig hegte er die Hoffnung, der Fürst würde etwas von den Schätzen ausplaudern. Er hatte den Verdacht, der Mann aus dem Hochadel könnte mehr wissen, als es den Anschein hatte, und spielte absichtlich, aus greisenhafter Einbildung oder aus purer Bosheit, den Dummen.

»Warum ist dies Schloß schlimm?«

»Im ganzen ist es gut. Ja. Aber es gibt darin eine schlimme Stelle.«

»Welche?«

»Es gibt eine... eine Kemenate.«

In diesem Punkt war der Fürst unerbittlich. Nie wollte er kundtun, welche Kemenate schlimm sei und warum. Cholawicki witterte ein Geheimnis und hatte vielfach versucht, Näheres aus ihm herauszuholen, ja, er hatte den Greis bei seinen Wanderungen durch das Schloß verfolgt, aber nie etwas feststellen können.

Jener Ort mußte sich für den Fürsten in der Tat mit irgendeinem furchtbaren Geschehnis verbinden, denn sobald er davon sprach, schloß er die Augen, bei ihm der Beweis für äußerste Furcht. Auch diesmal tat er es und schnappte eine ganze Zeitlang mit blassen Lippen nach Luft. Schließlich sagte er wie nebenbei:

»Überhaupt gehen hier Gespenster um.«

Cholawicki erschrak. Das war das zweite beliebte Steckenpferd des Irren. Unentwegt erwähnte er, Gespenster gingen um, und er tat das boshaft, mit einer gewissen List und Trotzigkeit.

Manchmal kam es Cholawicki so vor, als spielte der Greis mit seiner, des Jüngeren, nervösen Angst, die er nicht zu verbergen vermochte. Seine Nerven waren tatsächlich zerrüttet, er lebte unablässig in der Furcht vor... er wußte selbst nicht wovor... vor etwas, das in der Leere der Kemenaten lauerte. Vielleicht also bewies der Fürst damit seine List und seinen Trotz, die Bosheit des Verrückten, um ihm mit Hilfe des Schlosses kindische Angst einzujagen. Doch es war offenkundig, daß er sich auch selbst fürchtete; niemand konnte erkennen, was er sich einbildete, was er für Halluzinationen hatte, aber er sah aus wie ein Mensch, der ein für allemal entsetzt ist, der unablässig von der Angst verfolgt wird.

Sogar sein Lachen war übermäßig schrill. Er schaute sich andauernd um und blickte in jede dunkle Ecke.

Cholawicki wußte allerdings, daß er selbst einen ähnlichen Eindruck machte – die ungreifbare, aber durchdringende Atmosphäre des Schlosses beeinflußte sie beide.

Andererseits, wenn er den Fürsten, seine ewige Ängstlichkeit, seine entsetzte Hinterlist und das in seinen Augen lauernde Grauen sah, bedrängte ihn der Gedanke, daß irgend etwas Furchtbares auf der Vergangenheit des alten Sonderlings liegen müsse. Sein Wahnwitz hatte vermutlich einen besonderen Grund und war nicht ausschließlich vom Verfall seines Organismus verursacht.

Was nur mochte ihm passiert sein? Warum hatte er »Franio« geschrien? Was war das für ein Franio? Er wußte von der Vergangenheit des Fürsten nur, daß dieser in seiner Jugend ein aufwendiges und fröhliches Leben in allen Hauptstädten Europas geführt hatte. Dann hatte er geheiratet, doch seine Frau war im Kindbett gestorben.

Daraufhin ließ er sich auf dem Schloß nieder und führte ein gänzlich einsames Leben. Die Natur der Holszańskis machte sich in ihm bemerkbar. Als Cholawicki ihm vor einigen Jahren zum ersten Mal begegnet war, hatte er bereits genauso ausgesehen wie jetzt und war denselben Angstanfällen ausgeliefert gewesen.

Warum lag soviel Furcht in seinem Verhalten? Grzegorz konnte Cholawicki das nicht erklären; zudem kam diesem die geistige Umnachtung des Fürsten sehr gelegen. Ihr verdankte er, daß der Fürst bei Nacht Leszczuk für Franio gehalten hatte – anscheinend hielt er jeden jungen Burschen für »Franio«, von dem er nie reden mochte.

»Nehmen Sie Ihre Tropfen, Fürst«, sagte Cholawicki. »Es steht wieder schlechter mit den Nerven.«

Er goß ihm eine doppelte Portion des schweren Schlafmittels ein und kehrte zu Maja zurück. Er war sicher, daß der Fürst, wenn er die Tropfen genommen hatte, die ganze Nacht über nicht erwachen würde. Dann konnte er die Bilder ohne Aufsehen herübertragen.

Er unterhielt sich noch eine ganze Weile mit Maja, worauf er, als sie gegangen war, sich ins Parterre begab und halblaut rief: »Grzegorz!«

»Was denn?« ließ sich der Kammerdiener aus der kleinen Kammer vernehmen, die er nahe der Treppe bewohnte.

»Komm mit, Grzegorz. Es gibt was zu tun.«

»Gleich, ich muß mich erst anziehen. Ausgerechnet mitten in der Nacht...«

»Schneller!«

»Gleich, gleich. Nicht so im Befehlston!«

Der Kammerdiener konnte Cholawicki nicht leiden, vermutete aber in ihm seinen künftigen Herren, wollte ihn also nicht zu sehr ärgern. Im allgemeinen betrieb er eine streng neutrale Politik. Er weihte den Fürsten in seinen Verdacht hinsichtlich der »Kombinationen« des Sekretärs nicht ein, gab aber auch Cholawicki keine Informationen.

»Das weiß ich nicht«, antwortete er, wenn der Sekretär ihn ausfragen wollte, »ich beaufsichtige die Herrschaft nicht, da weiß ich nichts!«

Cholawicki wäre am liebsten ohne seine Hilfe ausgekommen, aber er wollte vermeiden, daß Grzegorz auf den Gedanken kam, hinter seinem Rücken würde »spekuliert«.

»Hilf mir, Grzegorz«, sagte er. »Wir müssen ein paar Bilder abnehmen und in ein anderes Zimmer tragen.«

»Warum denn? Haben sie da so lange gehangen, können sie auch hängen bleiben.«

»Streite nicht mit mir, Grzegorz! Ich hab's gesagt und Schluß! Und dem Fürsten sagst du nichts. Ich muß diese Bilder einem Herrn zeigen. Sie sind sehr mitgenommen und müssen restauriert werden.«

»Dem alten Geschmier hilft Restaurieren auch nichts mehr!«

Trotzdem machte er sich an das Abhängen der Bilder, die Cholawicki ihm zeigte. Sie nahmen fast alle Gemälde herunter – mit Ausnahme einiger besonders häßlicher, die nicht die Illusionen weckten, besonders wertvoll zu sein. Außerdem rollten sie einige Wandbehänge und Teppiche auf.

»Wohin damit?« fragte Grzegorz, seine Stimme klang heiser vom Staub.

Cholawicki überlegte. Es ging darum, die Dinge nicht weit zu schleppen, sondern sie in der Nähe sicher zu verstecken. Das Eckzimmer fiel ihm ein, das »die alte Küche« genannt wurde.

Es war ein Zimmer abseits der großen Säle, niemand schaute dort hinein, außerdem empfahl es sich durch die schwere, abschließbare und mit Eisenbändern verstärkte Eichentür.

»Los«, sagte er, »wir bringen das in die alte Küche.«

»In die alte Küche? Warum in die alte Küche?!«

»Warum nicht? Was ist, Grzegorz?«

»Dort... ist es schmutzig.«

»Schmutzig ist es überall. Los, gehen wir. Hast du den Schlüssel?«

Er nahm die Lampe und ging den schmalen Korridor entlang, der Alte hinter ihm. Als sie jedoch vor der Tür standen, meinte der Kammerdiener wieder:

»Wär's nicht besser im Arianer-Saal?«

»Schließ auf, Grzegorz!« rief Cholawicki, der etwas zu ahnen begann. Der Diener aber reichte ihm die Schlüssel.

»Schließen Sie selbst auf, Herr.«

»Was ist denn?«

»Nichts...«

Cholawicki drehte den riesigen Schlüssel im Schloß um.

»Machen Sie da lieber nicht auf, Herr«, flüsterte Grzegorz fieberhaft.

»Und warum nicht?«

»Dort spukt es.«

Aha, schoß es Cholawicki durch den Kopf. War das etwa die »schlimme« Kemenate?

Er öffnete die Tür. Seinen Augen zeigte sich eine ziemlich große, geweißte Stube, die tatsächlich als Küche gedient haben mußte, denn da stand noch ein Backofen und ein rostiger Herd.

Die Luft hier war nicht schlecht, weil im Fenster ein paar kleine Scheiben fehlten. Verwundert erblickte er an der Wand ein gewöhnliches, mit einem Plaid zugedecktes Eisenbett und dahinter einen Waschtisch und einen Schrank – es sah aus, als hätte hier vor relativ kurzer Zeit jemand gewohnt. Auf dem Fußboden lagen alte Zeitungen herum.

Er wollte eintreten, doch Grzegorz packte ihn bei der Hand. »Herr«, sagte er warnend, »rühren Sie nichts an ... geben Sie Ruhe. Das ist ein unreiner Ort.«

»Was spukt denn hier?« fragte er neugierig. »Hast du es gesehen, Grzegorz?«

»Gott behüte mich! Aber ich erinnere mich, daß hier zwei Menschen vor Angst kläglich zugrunde gegangen sind. Es wird an die fünfzehn Jahre her sein, da hat Herr Rudziański, ein Praktikant, auch gesagt, er habe keine Angst vor Geistern, und hat hier absichtlich übernachtet – am Morgen habe ich ihn da unter der Treppe gefunden, er hat dort gehockt und nur mit dem Kopf gewackelt, und die Haare standen ihm zu Berge wie eine Bürste. Er hat dann kein Wort mehr gesagt, er war völlig verrückt geworden. Ich übernachte da, hatte er gesagt, ich will es sehen. Na ja, er hat da übernachtet, und jetzt sitzt er im Irrenhaus und preßt sich ständig die Hände vors Gesicht, so daß ihm angeblich Geschwüre im Gesicht entstanden sind. Und der andere, das war Wicuś, der Sohn des Kochs. Der ist auch völlig blöd geworden und gleich danach an seiner Blödheit gestorben!«

»Unsinn! Vielleicht haben die sich nur was eingebildet?«

»Eingebildet, eingebildet. Gehen Sie da raus. Außerdem gibt es Zeichen, für jeden sichtbar. Jeder kann sofort erkennen, daß hier eine unreine Kraft waltet. Man sieht es doch.«

»Was denn?«

»Ich spreche das nicht aus.«

Cholawicki hob die Lampe, entdeckte aber nichts Besonderes. Die weißen Wände wirkten sogar recht einladend und heiter im Vergleich zu den übrigen Räumen. Und dennoch gab es etwas Unnormales – bei genauerem Hinschauen entstand das Gefühl, im Zimmer geschehe etwas Ungehöriges mit den Naturgesetzen, man wußte nur nicht, was...

Schließlich stieß Grzegorz ihn an und wies schweigend und kaum merklich mit dem Finger auf ein Handtuch, das, grau vor Staub, an einem alten Eisenständer hing. Es bebte leicht, wahrscheinlich infolge des Luftzuges vom Fenster her.

Doch die Bewegung war seltsam. Das Handtuch bewegte sich nicht frei im Durchzug, sondern bebte und war gestrafft. Eine unsichtbare Hand schien es unten festzuhalten. Diese Bewegung konnte nicht aus Luftströmungen entstehen, sie war anders.

»Was ist denn das?« murmelte er und betrachtete die Erscheinung.

Der Anblick des bebenden, straffen Handtuchs wirkte abschreckend, irgendwie ekelhaft. Er überwand seine Abneigung und wollte näher treten, doch Grzegorz ergriff seinen Arm.

»Lassen Sie das, Herr!«

»Unsinn! Es muß doch einen Grund haben.«

»Bestimmt gibt es einen Grund!« murmelte der grauhaarige Kammerdiener und bekreuzigte sich fast unmerklich.

»Und welchen?«

»Es gibt einen.«

Er begriff, daß er nichts erfahren würde. Keine Macht der Welt würde nähere Informationen aus dem alten Grzegorz herausholen. Zudem wurde es auch ihm, der nicht an Geister glaubte, unangenehm. Er lachte auf.

»Na, na, beruhige dich, Grzegorz. Es gibt kein Schloß, das nicht sein Gespenst hätte. Schließlich können wir die Dinge auch in einem anderen Raum abstellen, obwohl es hier am besten wäre, weil hier keine Ratten sind.«

»Bestimmt sind hier keine Ratten. Hier wird sich keine Ratte sehen lassen«, entgegnete der Kammerdiener abergläubisch und schloß die Tür. »Die sind klüger als die Menschen.«

»Kommt der Fürst manchmal hierher?«

»Niemals.«

Sie trugen die Sachen in einen der benachbarten Säle. Aber Cholawicki konnte noch lange das ekelhafte Gefühl – teils Grausen, teils Abscheu – nicht loswerden, das Stille und Leere des Schlosses noch unangenehmer machte als bisher.

5

Professor Skoliński schritt durch den Wald, er tat so, als ginge er spazieren, in Wirklichkeit wollte er noch einmal die unzugänglichen und doch so verlockenden Schloßmauern besichtigen.

Er ging langsam, dachte über die Möglichkeiten nach, hineinzugelangen, und spuckte ab und zu angewidert ins Waldmoos. Daß ausgerechnet ihm, einem Professor und Intellektuellen, auf seine alten Tage eine solche Rolle zugefallen war! Pfui! Pfui! Es könnte alles mit einer Kompromittierung enden! Er spürte, daß er sich zum Einbrecher nicht eignete.

Und dennoch war er überzeugt, das Recht auf seiner Seite zu haben. Durfte man denn zulassen, daß unermeßliche Reichtümer und hervorragende Werke des menschlichen Geistes kläglich zugrunde gingen, angewiesen auf Gnade oder Ungnade eines wunderlich gewordenen Aristokraten?

Bei uns geht alles zugrunde! dachte er bitter. Diese Schätze könnten den nationalen Reichtum vergrößern! Nimmt der Staat nicht in kritischen Augenblicken Kredite auf und verpfändet dafür Kunstwerke? Das ist eine Reserve, die dem Gold nicht nachsteht. Folglich ist es für die Allgemeinheit nicht gleichgültig, welches Schicksal diese Gegenstände erleiden. Ganz abgesehen von ihrem ideellen Wert.

Aber bei uns geht alles zugrunde. Zwar wird es in dieser Hinsicht von Tag zu Tag besser, aber noch... Die Menschen richten sich selbst ebenso zugrunde wie ihre Bilder. Dieser Leszczuk zum Beispiel! Er sprüht geradezu vor Lebenskraft, ist aber ein ungeordneter, undisziplinierter Bursche, man kann schon sagen: unmoralisch, amoralisch. Er könnte ebenso leicht Gutes wie Böses vollbringen. Wie sich's ergibt, wie sich die Umstände fügen.

Und Maja? Ganz genauso. Eine wahnsinnige Lebenskraft, ein unregulierter Fluß, der aus den Ufern tritt und die Felder überschwemmt, statt Mühlen anzutreiben. Ja, die Weichsel...

Und diese beiden Weiber, die eine hager, die andere fett. Die eine bitter, die andere süß, aber beide gleichermaßen eng und beschränkt. Und der Rat Szymczyk? Da haben wir's! Einerseits das unbeherrscht Elementare, andererseits Bürokratie, Schemata, papierene Regeln, Verwaltungsschikanen. Und die Bilder im Schloß gehen zugrunde...

»Pfui, pfui! – Ach, guten Tag, das Fräulein! Wohin des Wegs?«

Der letzte Ausruf galt Maja, die er aus einem Dickicht heraustreten sah. Sie wirkte unentschlossen, zugleich aber sehr ernst.

»Wie gut, daß ich Sie treffe, Herr Professor«, sagte sie. »Ich habe mit Ihnen zu reden.«

»Mit mir?«

»Ja. Im Zusammenhang mit... einem gewissen Gebäude, für das Sie sich interessieren.«

Der Professor hatte nicht die Absicht, etwas zu leugnen.

»Aha«, sagte er und betrachtete sie genau, »Herr Cholawicki hat Ihnen gesagt, daß ich das Schloß besichtigen möchte?«

»Ich weiß es nicht nur von ihm.«

Mit wenigen Worten erzählte sie von ihrem Aufenthalt im Schloß gestern und von Holszańskis Schreien.

»Henryk ahnt nichts und schreibt das den momentanen Halluzinationen des Fürsten zu. Ich aber habe Leszczuks Taschenmesser gefunden und vermute, daß er es war. Ich habe Henryk nichts davon gesagt, heute jedoch mit Leszczuk gesprochen. Er hat es zugegeben und... angeblich haben Sie ihn überredet, Herr Professor.«

Der Professor biß sich auf die Lippen. Also hatte Leszczuk geplaudert. Das war zu erwarten gewesen.

»Ich bitte Sie«, sagte er würdevoll, »ich brauche mich nicht zu schämen und habe auch nichts zu verbergen. Tatsächlich wünsche ich, in das Schloß zu gelangen, aber mich treiben nur reine Absichten. Wenn mir Ihr Verlobter keine Hindernisse in den Weg legte, brauchte ich mich nicht auf solche Tricks einzulassen.«

»Das ist es«, sagte sie, »darüber möchte ich mit Ihnen reden. Henryk will niemandem diese Dinge zeigen.«

»Ach, und Sie wissen davon? Das heißt, es gibt dort diese Dinge.«

»Ja. Es gibt einige möblierte Säle. Aber ich kann sie nicht beurteilen. Und wenn Sie sich das ohne Henryks Wissen anschauen wollen, könnte ich Sie hinführen. Ich kenne den geheimen Gang. Sie gehen kein Risiko ein, niemand wird uns sehen.«

Er betrachtete sie mit rührender Verwunderung. Wie das? Sie selbst wollte ihm das zeigen – und ohne Wissen ihres Verlobten? Was hatte das zu bedeuten?

Der Professor empfand ein instinktives Mißtrauen gegenüber Frauen wie Maja, die ihn durch Unabhängigkeit, vorzeitige Reife und eine Ungezwungenheit, die keine Hemmnisse kannte, entsetzten. Versuchte sie, ihn übers Ohr zu hauen? Wenn Cholawicki die Dinge verstecken will, warum will sie sie dann vorzeigen?

Maja stand unter einem Baum und biß auf einen Grashalm.

»Hören Sie«, sagte sie wie unabsichtlich, beinahe kindlich. »Ich will Ihnen etwas sagen. Henryk hat Aussichten, den Fürsten zu beerben, das ist der Grund, weshalb ich mich mit ihm verlobt habe. Ich brauche Geld!« Sie stieß die letzten Worte ungeduldig heraus. »Viel Geld! Wenn er nicht sehr viel Geld bekommt, heirate ich ihn nicht, denn ich kann ihn nicht leiden!«

Er starrte sie noch verwunderter an. Was? Solche vertraulichen Dinge sagte sie einem Fremden? Doch in ihrer Stimme schwang der Ton der Aufrichtigkeit.

»Ich kann ihn nicht leiden! Er stört mich. Er ist mir völlig gleichgültig! Ich würde ihn heiraten, aber nur wenn ich die Gewißheit hätte, daß sein Vermögen wirklich groß ist. Ich habe diese Legende von den Schätzen auf dem Schloß gehört, von ihm aber erfahre ich nichts Konkretes. Ich fürchte, diese Dinge haben keinen größeren Wert, und er sagt mir absichtlich nicht die Wahrheit, damit ich ihn nicht verlasse. Er liebt mich nämlich«, bemerkte sie nebenbei mit einem gewissen Stolz. »Aber ich lasse mich nicht übers Ohr hauen! Ich führe Sie hin, Sie werden sehen. Kennen Sie sich aus?«

Der naive Zynismus dieses Mädchens kam dem Professor nicht sehr glaubwürdig vor. Irgend etwas daran war unwahrscheinlich.

»Was redest du da nur alles, Kind! Du liebst ihn nicht?«

»Nein. Er ist ein verdächtiger Typ. Und überhaupt, ich liebe niemanden«, sprudelte es aus ihr hervor.

»Niemand?«

»Nein. Weder meine Mutter noch ihn noch sonst wen. Nei-ein, nur mich!«

Sie sagte das »nei-ein« so, daß dem Professor sogleich Leszczuk einfiel. Die unbegreifliche Verwandtschaft der beiden im Typus bewegte und beschäftigte seit einiger Zeit auch ihn. Diesmal zeichnete sie sich noch deutlicher ab, so daß der alte Professor zu seinem Erstaunen spürte, wie er blutrot wurde.

Im gleichen Moment errötete auch sie und sagte mit zusammengebissenen Zähnen:

»Nei-ein. Ich liebe niemand, ich bin nur ähnlich! Ich bin, ich bin... jemandem ähnlich!«

Man sah, daß sie mit äußerster Anstrengung ihre Tränen zurückhielt, aber sie flossen ihr von ganz allein über die Bakken, und ihr Mund verzog sich. Aufrecht stand sie da, ohne das Gesicht zu verbergen, der Scham ausgeliefert.

Er nahm ihre Hand.

»Ruhig, ruhig, Kind...«

»Sie wissen auch, wem ich... Er ist ein Dieb! Er wollte etwas aus meinem Schrank stehlen! Aber ich bin genauso! Wir sind identisch! Sie wundern sich, weil ich das so offen sage? Warum sollte ich mich schämen, wenn ich ihm völlig, aber auch völlig gleich bin...«

Der Professor hörte ihr entsetzt zu und suchte nach Worten.

Er zweifelte nicht im geringsten daran, daß alles, was dieses Mädchen sagte, der Wahrheit entsprach. Sie haßte ihren Verlobten. Sie wollte ihm die Sachen zeigen. Sie vertraute sich einem Fremden an. Alles mußte wahr sein, weil... weil sie Leszczuk ähnlich war. Und erführe er jetzt von ihr, daß sie ihn bestohlen habe, so würde er es auf der Stelle glauben, so sehr machte die Geschichte mit Leszczuk das bisher anständige und korrekte Mädchen unberechenbar und exzentrisch.

Und wie sehr sie ihn verachtete!

»Man darf niemanden verachten!« flüsterte er schließlich und ging fort. Er konnte das nicht länger mitanhören, er mußte es sich überlegen. Kaum war er hinter den Bäumen verschwunden, brach Maja in ein fast lautes Gelächter aus. Sie konnte es nicht unterdrücken. So sehr erheiterten sie ihre eigenen Tränen.

Gelungen! dachte sie. Jetzt werde ich ihm die Sachen zeigen können! Henryk wird zufrieden sein. Er hat alles geglaubt.

Er denkt, ich bin in Leszczuk verliebt. Vorzüglich! Was schadet mir das! Auf diese Weise kann ich ihm einreden, was mir gefällt. Nur... ich habe wirklich geweint. Verwundert wischte sie sich die Tränen ab. Nun ja, diese Ähnlichkeit macht mich tatsächlich nervös. Aber um so besser. Solange ich ein ganz gewöhnliches Fräulein Ochołowska war, konnte ich mir nicht erlauben, was sich ein Mädchen erlauben kann, das... Leszczuk ähnlich ist!

»Lächerlich bin ich sowieso schon!« flüsterte sie.

Auf dem Heimweg traf sie die fette Frau Doktor in Begleitung der hageren Beamtin. Beide Frauen verstummten, sobald sie sie erblickten, als hätten sie von ihr gesprochen.

Maja entnahm das sogleich ihren Blicken. Ach, wie gut sie

seit einigen Tagen diese kontrollierenden, versteckten Blicke kannte! Lächelnd trat sie näher.

»Haben Sie vielleicht Herrn Leszczuk gesehen?«

»Nein!« rief die Frau Doktor. »Na und, meine Liebe, wollen Sie mit ihm Tennis spielen?«

»Nei-ein! Nur reden wollte ich mit ihm.«

Sie sagte das leichthin, aber frech und amüsierte sich über die Wirkung ihrer Worte auf die beiden Damen. Sie wußte, die »Ähnlichkeit« verlieh solchen Worten einen besonderen Sinn. Und in der Tat tauschten die Frau Doktor und die Beamtin nach Majas Weggang beredte Blicke.

Beide waren überzeugt (obwohl sie keine Beweise hatten), daß zwischen dem Fräulein und ihrem Trainer gewisse Beziehungen entstanden seien, und das Fehlen aller Grundlagen für diese Behauptung vertiefte nur ihre intuitive Gewißheit.

Derselben Ansicht war übrigens auch der Professor. Nur daß er sich nach dem Gespräch mit Maja nicht scheute, das Wort »Liebe« zu verwenden. Das aufsehenerregende Verhalten des Fräulein Ochołowska bei ihrem Gespräch hatte ihn dermaßen erschüttert, daß er beinahe das Schloß vergessen hätte.

Er zweifelte nicht, entweder war sie bis zum Wahnwitz verliebt, oder sie befand sich auf dem direkten Wege dahin.

Erstaunlich! dachte er. Daß ich nicht gleich darauf gekommen bin! Sie sind ja wie füreinander geschaffen! Ein Blick genügt! Das ist keine Ähnlichkeit, das ist Übereinstimmung, eine innere Übereinstimmung im Typ, etwas, das sie allen Umständen zum Trotz aufeinander zutreibt. Sie haben sich getroffen! Sie haben sich gefunden! So etwas geschieht selten, aber wenn es geschieht, ist dagegen kein Kraut gewachsen. Romeo und Julia! Wissen möchte ich, ob er auch schon ... Bestimmt! Welch ein Abenteuer! Die arme Frau Ochołowska!

In Maja tobt ein Kampf, sinnierte er, zwischen dem Hochmut und der fatalen Kraft des Triebs. Die Arme ist entsetzt von der »Ähnlichkeit«, aber vielleicht noch mehr davon, daß sie sich dieser »Ähnlichkeit« unterwirft. Sie verachtet ihn. Wie hat sie doch gesagt – Dieb? Hat er tatsächlich etwas stehlen wollen? Das demütigt sie und nimmt ihr ihre Würde, und ein derartiges Bewußtsein, ein solches erniedrigendes Gefühl kann sie zu entsetzlichen Handlungen treiben, gerade bei ihrer Veranlagung!

Ja, aber was soll ich tun? Ihr Angebot nutzen und ins Schloß gehen? Kommt nicht in Frage! Ich kann mich auf eine solche Geschichte nicht einlassen. Ja! Aber dann entfällt die einzige Möglichkeit, die Antiquitäten im Schloß zu betrachten. Und die gibt es, wie sie gesagt hat, dort wirklich!

Nach einigem Überlegen beschloß der Professor hinzugehen. Vielleicht überschätzte er die Situation. Später blieb immer noch Zeit zum Nachdenken darüber, wie und inwiefern er Maja helfen konnte.

Nach dem Abendessen blinzelte sie ihm zu, und gleich darauf trafen sie sich jenseits des Einfahrtstores im Walde.

»Also, gehen wir!« sagte sie.

Der Mond schien. Zwischen dem Röhricht glitzerte Wasser. Nebel umspann die Grundmauern des Schlosses.

Mehrfach versuchte er, ein Gespräch mit ihr zu beginnen, doch sie antwortete einsilbig oder schwieg geheimnisvoll. Die Situation kam dem Professor immer seltsamer vor – er ging unter der Führung dieses verschlossenen Fräuleins auf das Schloß zu, das in der nächtlichen Dämmerung wuchs, je mehr sie sich näherten. Und je näher sie den Mauern kamen, desto mehr gewann die Leidenschaft des Forschers Übermacht über alles andere.

Sie führte ihn durch den unterirdischen Gang. Endlich! Sie waren im Schloß, und der Professor stieg über schmale Treppen hinauf zu den Sälen im ersten Stock. Maja führte ihn den mit Cholawicki vereinbarten Weg, d. h. durch den östlichen und nördlichen Flügel, genau den Räumen gegenüber, die der Fürst und sein Sekretär bewohnten. Sie gingen ganz leise.

Der Professor gewöhnte sich schnell an die Dunkelheit, zumal das Mondlicht durch die Fenster fiel. Doch diese Gemächer waren leer, verfallen, verwittert.

Hier und da wiesen Spuren eines Renaissance-Frieses über einer Tür, Gewölbestrukturen oder Reste eines zerstörten Kamins auf den einstigen Adel dieser jetzt brutal nackten und entblößten Räume hin.

Er trat ans Fenster und betrachtete minutenlang das Geviert des Hofes und die Proportionen des Arkadengangs. Maja beobachtete ihn neugierig. Obwohl sie andere Sorgen hatte, ging die Leidenschaft des Kenners auf sie über.

Das Gesicht des Professors war gewissermaßen klüger geworden, es wirkte wachsam und gespannt. Manchmal vergaß er die notwendige Vorsicht gänzlich, dann wieder warf er entsetzte Blicke über die Schulter. Manche dem Anschein nach bedeutungslose architektonische Details beanspruchten seine Aufmerksamkeit, im allgemeinen aber zeigte er keine größere Begeisterung. Erst als sie in die Gemächer des ältesten Schloßflügels traten, in kleine, enge Stuben mit entsetzlich dicken Mauern und hohen Gewölben, schnalzte er mehrfach anerkennend mit der Zunge.

Mit einem Schlüssel öffnete sie die Tür zu der Flucht der acht Renaissance- und Barock-Säle, in denen die Möbel aufbewahrt wurden, und entzündete eine Petroleumlampe, die auf einem kleinen runden Tisch stand.

»Hier sind diese Sachen«, sagte sie.

In der Ecke raschelte eine Ratte.

Der Professor seufzte tief auf, die Erregung verschlug ihm den Atem. Sein Blick erfaßte den ganzen Saal, als wollte er mit einem Schluck seinen Inhalt austrinken. Der Saal machte keinen besonderen Eindruck. Irgendwann einmal mußte er aus zwei kleineren Räumen umgebaut worden sein, denn eine Säule ziemlich kümmerlicher Arbeit trennte die schwarz gewordene Decke in zwei Teile.

Er trat an das Tischchen mit der Lampe.

»Das ist ein Boule«, murmelte er, während er die Einlegearbeit betrachtete.

»Was heißt Boule?«

»Ein französischer Meister aus dem 18. Jahrhundert. Und dieser Sessel ist eine sogenannte Sedia Savonarola, 15. Jahrhundert, einer der ersten Sessel der Welt. Zu jener Zeit kannte man nämlich fast keine Stühle. Die Leute saßen auf solchen Truhen wie dort, ein herrliches Stück, Franz I., oder auf Sitzen, die in die Wand eingelassen waren und vor die man dann die Tische schob. Sehen Sie, die Truhe dort ist gotisch. Auf welche Weise haben sich diese Dinge wohl hierher verirrt?«

Mit dem Finger berührte er die Schnitzerei und zischte, als hätte er sich verbrannt. Die Ratten hatten die Truhe von unten her zerfressen.

Langsam ging er vorbei an den antiken flämischen und italienischen Sekretären und den Danziger Schränken längs der Wand. Er warf einen Blick auf die Decke.

»Das ist nichts!« entschied er verächtlich. »Kümmerliche Barockmalerei. Wo sind die Bilder?«

»In den folgenden Sälen.«

Maja nahm die Lampe, er half sich mit einer elektrischen Taschenlampe. Sie kamen in den nächsten Saal, der riesengroß war, mit sechs Fenstern.

»Sieht man das Licht nicht durch die Fenster?«

»Nein, vom bewohnten Teil des Schlosses aus kann man diese Fenster überhaupt nicht sehen. Außerdem habe ich die Lampe zu den Fenstern hin mit einem Stück Papier abgeschirmt.«

Er ging zu den Gemälden, die Cholawicki als völlig wertlos zurückgelassen hatte. In der Tat, es war ekelhafter Kitsch, so talentlos gemalt, daß Maja sich über die Sorgfalt wunderte, mit der er jedes Bild untersuchte. In seinem Gesicht zeigte sich eine wachsende Enttäuschung.

»Hier gibt es nichts. Gehen wir weiter.«

Er blickte zu den Wänden auf. Maja fürchtete schon, er könne die Spuren der abgenommenen Bilder erkennen, doch so gut sah der Professor nicht. Plötzlich ging er auf ein gänzlich nachgedunkeltes Gemälde von erheblichen Ausmaßen zu, eine biblische Szene, von der man nur die Gesichter sehen konnte, und schaute sie an wie verhext. Er hielt die Lampe seitwärts, und aus dem Bild traten plumpe Züge hervor, naiv gemalte Hände und steife Gewandfalten.

Sie lächelte: »Aber das ist doch eine Karikatur!«

Der Professor musterte die Rückseite des Bildes und fuhr dann mit dem Finger zart über die Oberfläche. Er holte eine Lupe heraus und besah sich die rauhen Farben.

»Na, na...«, murmelte er.

»Und?« fragte sie.

»Ein erstklassiges Stück. Entweder irre ich mich gewaltig, oder... Hm, gleich...«

»Was denn?« fragte sie erstaunt. »Das ist ein gutes Bild?«

»Wie soll ich Ihnen das erklären? Es gibt in Polen kein einziges Bild, das auch nur halb so gut wäre wie dieses hier.«

»Das ist doch nicht möglich!«

Sie war erstaunt. Unglücklicherweise hatte Henryk dieses Bild hängen gelassen! Aber wer konnte das ahnen – so eine Schmiererei!

Der Professor schaute sich fieberhaft die Porträts an, die er zuvor übergangen hatte, und holte ein kleines Bild im üblichen, vergoldeten Rahmen hervor.

»Und das riecht mir nach einem Tizian!«

»Was?!«

»Hier gibt es wirklich Schätze!«

»Warten Sie. Ich bin gleich wieder da.«

Maja lief zu Cholawicki.

»Alles für die Katz!« rief sie schon auf der Schwelle.

»Was ist passiert?«

»Wie sich zeigt, sind die schlechtesten Bilder, die du zurückgelassen hast, großartige Werke! Er hat dort einen Tizian und noch etwas entdeckt!«

»Unmöglich!«

Cholawicki war bis ins Innerste erschüttert. Einerseits hatten sich alle seine Hoffnungen bestätigt. Es gab Schätze im Schloß! Andererseits konnte die Entdeckung des Professors zu fatalen Komplikationen führen.

»Was tun wir jetzt?«

»Dieser Mensch muß unbedingt irgendwie unschädlich gemacht werden. Jetzt ist er wirklich gefährlich geworden.«

Er überlegte.

»Oder vielleicht...« Er murmelte und blickte sich vorsichtig im Zimmer um.

»Was?!« erkundigte sich Maja interessiert. Doch er lachte auf, sein eigener Gedanke amüsierte ihn.

»Nichts. Man muß sich ganz einfach mit ihm ins Benehmen setzen. Es hat keinen Zweck, die Wahrheit vor ihm verborgen zu halten. Wenn er nun schon alles weiß, soll er wenigstens die Bilder katalogisieren und bewerten. Damit gewinne ich Zeit. Irgendwie komme ich schon zurecht.«

Der Professor wunderte sich außerordentlich, als er Maja zusammen mit Cholawicki erblickte. Doch der Sekretär kam sofort zur Sache.

»Sie wissen bereits, Herr Professor, daß das Schloß Schätze birgt?«

»Das weiß ich!«

Der Gelehrte hörte nicht auf, hinter seiner Brille die Augen aufzureißen.

»Sie ahnen auch, daß mir daran liegt, Herr Professor, diese Tatsache geheimzuhalten?«

»Das ahne ich.«

Cholawicki lachte auf.

»Nein! Sie irren sich! Meine Absichten sind nicht so abwegig!« sagte er ironisch. »Es steht ganz einfach so: Der Fürst hat mir als Erbschaft sowohl die unbeweglichen als auch die beweglichen Güter von Mysłocz vermacht, und ich möchte unnötige Schwierigkeiten und Prozesse vermeiden, falls die entfernten Verwandten erfahren, daß die Erbschaft größer ist, als allgemein angenommen wird. Wie Sie sehen, handle ich völlig korrekt und gemäß den Wünschen des Fürsten. Es ist ganz normale Vorsicht zur Vermeidung unnötiger Schwierigkeiten. Ja, und Sie könnten mir sogar nützlich sein, weil ich, wie sich herausstellt, allein nicht mit diesen Antiquitäten zu Rande käme. Es wird ein Kenner benötigt, der das alles hier katalogisiert und schätzt, und ich freue mich, daß Maja Sie hergeführt hat. Ich möchte Ihnen einen Vorschlag machen.«

»Und der wäre?«

»Wenn Sie mir versprechen, die ganze Angelegenheit diskret zu behandeln, würde ich Sie für ein paar Tage auf das Schloß einladen, und Sie könnten sich die Dinge anschauen. Aber unter zwei Bedingungen. Erstens – Diskretion. Zweitens – Sie müßten hier wohnen. Sehen Sie, der Fürst befindet sich in einem traurigen Nervenzustand und erträgt keine Fremden im Schloß. Wenn sie täglich herkämen, könnte er Sie sehen; außerdem könnte es in der Pension bemerkt werden. So aber sagen wir in Połyka, Sie führen nach Warschau. Hier bewohnen Sie ein Zimmer abseits – das Schloß ist groß, es wird nicht schwerfallen, Ihre Arbeit geheimzuhalten, bis sie beendet ist. Meinetwegen können Sie schon morgen herkommen. Und außerdem«, fügte er hinzu, »zeige ich Ihnen noch andere Bilder.«

Der Professor zögerte. Dieses Angebot kam unerwartet. Und zudem – ein paar Tage auf dem Schloß zu verbringen, ohne Wissen des Fürsten und der Gnade dieses Herrn hier ausgeliefert... Zwar klangen Cholawickis Erläuterungen recht beruhigend, es war durchaus natürlich, daß er keine unnötigen Schwierigkeiten mit der Familie riskieren wollte; trotzdem hatte der Professor kein Vertrauen zu ihm. Dazu diese Leere, diese Zimmerfluchten, dieses Schweigen im Schloß.

Im übrigen wußte der Professor, daß man ihn hatte hinters Licht führen wollen. Sowohl der »Tizian« als auch das andere von ihm entdeckte Bild waren in Wirklichkeit unzulängliche Erzeugnisse eines anonymen Kitschmalers vor hundert Jahren. Er hatte den Spuren an der Wand sofort entnommen, daß ein Teil der Bilder weggeschafft worden war, und nutzte Majas und Cholawickis Unkenntnis aus, um ihre List zunichte zu machen. Jetzt erfüllte ihn die Ankündigung des Sekretärs, er werde ihm »andere Bilder« zeigen, mit den schönsten Hoffnungen.

Das gab den Ausschlag.

»Ich bleibe«, sagte er.

6

»Irgend etwas geht hier vor!«

»Was soll denn vorgehen?! Mit Ihren Nerven, Fürst, geht etwas vor, das ist alles!«

»Irgend etwas geht hier vor! Ich sage dir, Henryk, irgend etwas geht vor!«

»Wo?«

»Hier. Im Schloß. Ich weiß nicht wo, aber etwas geht vor. Das Gleichgewicht ist gestört. Irgend etwas, irgendwo, irgendwer – ich weiß nicht wer, aber es ist bestimmt etwas, vielleicht im Parterre, vielleicht im alten Schloß. Ich weiß nicht was, aber es ist etwas!«

Seit einer Stunde schon versuchte Cholawicki, die Nerven des alten Fürsten zu beruhigen, doch der warf sich in gegenstandsloser Angst auf dem Bett hin und her. Seine Ohren, die sich seit Jahren an die eintönige Symphonie des Schlosses gewöhnt hatten, mußten eine bestimmte Veränderung aufgenommen haben, denn eine solche Szene hatte er seinem Sekretär noch nie gemacht.

»Nun gut, haben Sie irgendwelche verdächtigen Geräusche gehört, Fürst? Worauf stützen sich Ihre Vermutungen?«

»Ich habe nichts gehört, aber es muß etwas sein, etwas Neues im Schloß, etwas Dazugekommenes!«

»Wozu gekommen?«

»Ach, du verstehst mich nicht, Henryk! O Gott, o Gott, o Gott!«

Er hielt die Hände vor sein Gesicht, aber Cholawicki bemerkte, daß er mit einem Auge zwischen den Fingern hervorschaute. Ohne Zweifel war sein Mißtrauen gewachsen – außerdem wußte der Sekretär, daß der Fürst auf unbegreifliche

Weise absolutes Vertrauen zu ihm mit absolutem Mißtrauen verband.

Er überredete den geplagten Fürsten, eine doppelte Dosis Brom zu nehmen, und begab sich dann in das »Museum«, wie er die Säle mit den Antiquitäten ironisch nannte.

Nachdem er sich überzeugt hatte, daß Grzegorz unten in seinem Zimmer war, öffnete er die schwere Tür zur alten Küche und trat ein. Längere Zeit hindurch stand er dicht bei der Tür und beobachtete aufmerksam das Handtuch, das im Licht der Taschenlampe monoton und gleichzeitig krampfhaft zitterte und bebte. Dann ließ er den Lichtkegel über das ganze Zimmer gleiten und versuchte den Ekel zu überwinden, mit dem ihn dieser Raum erfüllte. Plötzlich aber erschrak er über sich selbst, weil er so dastand und auf irgend etwas lauschte. Es endet noch damit, daß auch ich verrückt werde, dachte er.

Er ging durch einige danebenliegende Räume, die Grzegorz für den Professor vorbereitet hatte. Hier stand, zur Nacht hergerichtet, ein Bett, ein Tischchen, ein Waschtisch, eine Lampe und ein Krug Wasser.

Cholawicki nahm die Lampe, trug sie in die alte Küche und stellte sie auf das Tischchen. Wieder hielt er eine Weile inne, um zu lauschen.

Dann ging er hinüber und holte das Bettzeug.

Er mußte sich zusammennehmen, um von dem Eisenbett, das hier stand, die alte, verschimmelte Decke zu entfernen und die Matratze mit dem Laken zu überziehen. Irgend etwas in diesem Zimmer zu verändern, schien gefährlich und leichtsinnig zu sein.

Dennoch richtete er das Bett her und holte den Rest der Sachen. Die abgedunkelte Lampe ließ er brennen.

Wieder starrte er auf das bebende Handtuch, dann verließ er das Zimmer. Er hatte alles sozusagen mit den Fingerspitzen getan und schloß nun sacht die Tür.

Auf dem Rückweg in seine Räume blieb er an einem Fenster zum Hof stehen, verloren in Gedanken. Zeitweilig hatte er Lust zu lachen wie ein Schuljunge, zeitweilig überkam ihn dumpfes Entsetzen, es war stärker, als wenn er ein Revolverattentat auf den Professor vorbereitet hätte. Was er gemacht hatte, kam ihm zugleich entsetzlich dumm und – entsetzlich furchtbar vor.

Eigentlich war es kindisch und töricht, anzunehmen, der Spuk in der alten Küche würde dem Professor die Sinne verwirren oder ihn auf andere Weise beseitigen. Doch er hatte nicht den Mut, sich selbst mit dem Eindringling auseinanderzusetzen.

In seiner kraftlosen Wut und weil er sich dem Professor gegenüber ratlos fühlte, war er auf diesen Schuljungenstreich verfallen. Er hatte beschlossen, den Professor über Nacht in der alten Küche unterzubringen. Vielleicht passierte ihm wirklich etwas; mindestens (auch wenn er nicht verrückt würde wie jene beiden) würde er erschrecken und die Lust verlieren, sich in die Schloßangelegenheiten einzumischen.

Schaden konnte das Experiment auf keinen Fall. Die Bewegung des Handtuchs war wirklich unheimlich. Und wenn dem Professor nichts passierte, konnte er immer noch, da er ihn ja im Schloß bei der Hand hatte, über andere Mittel nachsinnen, um ihn zu gewinnen oder um ihn zu zwingen.

Er ging hinunter und erwartete den Professor und Maja am Einlaß zum unterirdischen Gang. Sie kamen mit Verspätung, es war gar nicht so leicht gewesen, die Abreise nach Warschau vorzutäuschen. Der Professor mußte mit dem Wagen zur Bahnstation fahren und von dort mit einer gemieteten Droschke in die Nähe des Schlosses zurückkehren – hier traf er Maja, die ihm half, den Koffer mit seinen Sachen zu tragen.

»Bitte leise!« flüsterte Cholawicki, während er sie durch die Säle führte. »Dem Fürsten geht es wieder schlechter. Hier ist das Zimmer für Sie, Herr Professor.«

»Danke, ein recht angenehmer Raum.«

»Leider werde ich Ihnen nicht Gesellschaft leisten können. Ich muß auf den Fürsten achtgeben. Machen Sie sich gleich daran, die Dinge zu betrachten, aber leise, und bitte Vorsicht mit dem Licht. Ich habe Ihnen etwas zu essen hingestellt. Im übrigen müssen Sie allein zurechtkommen.«

»Ich könnte hier ein ganzes Jahr bei Wasser und Brot verbringen«, sagte Skoliński leidenschaftlich und öffnete die Tür zum »Museum«.

Der Sekretär verabschiedete sich von Maja und ging zum Fürsten. Der schlief.

Bis spät in die Nacht kreiste nun Cholawicki zwischen dem Zimmer des Fürsten und den Sälen, in denen der Professor leise tätig war.

Begierig auf möglichst genaue Informationen über das vermutliche Ausmaß der Erbschaft, trieb er den Professor an und forderte von ihm genaue Zahlen, obgleich dieser ihm erläuterte, Kunstwerke hätten einen relativen Wert, der vom Markt und vom Interessenten abhängig sei. Er brachte ihm die versteckten Bilder, die der Gelehrte mit Hilfe der verfügbaren Mittel einer genauen Untersuchung unterzog.

Im Geiste rieb Skoliński sich die Hände vor Befriedigung und vor Bewunderung für seine eigene Schlauheit. Denn was er jetzt sah, übertraf seine kühnsten Erwartungen. Ganz ohne Zweifel identifizierte er zwei Werke von Jordaens, die ihn durch Kraft und Frische des Kolorits verblüfften, sowie eine kleine Landschaft von Masaccio. Auf welchen Wegen hatten sie sich wohl hierher verirrt? War einer der Holszański-Dubrowicki ein Kunstliebhaber gewesen, oder handelte es sich nur um das Ergebnis eines erstaunlichen Zufalls? Seit wann befanden sich die Bilder im Schloß?

Nach einiger Zeit jedoch überkam ihn die Erschöpfung, die Überfülle der Kunstwerke, die ihn umgaben, nahm ihn mit. Er kannte das Gefühl der Übersättigung gut, das ihn manchmal in Museen befiel, und wußte, daß man sich ihm nicht widersetzen durfte.

Seine Augen waren müde, er hatte leichte Kopfschmerzen. Deshalb entschied er sich, erst einmal zu schlafen. Er schloß den Saal ab und ging in das für ihn bereitgestellte Zimmer, setzte sich auf das Bett und fuhr sich mit der Hand über Stirn und Augen.

Er gähnte. Er war so müde, daß ihn nicht einmal die durchdringende Stille des Schlosses berührte.

Dann trat er an das Tischchen, entzündete die Lampe, setzte sich wiederum auf das Bett und fing an, seine Schuhe aufzuschnüren.

Plötzlich unterbrach er diese Tätigkeit. Im Zimmer ging etwas vor. Er wußte nicht was, war aber sicher, daß etwas geschah. Ein seltsames Gefühl. Er blickte sich um.

Nichts. Weiße Wände, Steinfußboden, ein Küchenherd mit großem Rauchfang – und dennoch, irgend etwas... Dieses Etwas drohte nicht von außen, sondern von innen, es war im Zimmer. Unversehens preßte ein unbestimmtes, aber durchdringendes Ekelgefühl dem Professor die Kehle zu; irgendwo in der Nähe schien ein widerwärtiges Tier zu lauern.

Aber die Küche war beinahe leer mit Ausnahme eines Haufens alter Papiere in der Ecke. Trotzdem hatte er den deutlichen Eindruck, etwas gehe vor, etwas arbeite unablässig.

Er hob eine der auf dem Fußboden herumliegenden Zeitungen auf. Es war eine alte Nummer des ›Warschauer Kuriers‹ aus dem Jahre 1923. Zwei andere Zeitungen trugen das gleiche Datum.

Während er auf dem Boden kniete und in den Zeitungen blätterte, überfiel ihn plötzlich die Angst, irgend etwas Drohendes könne hinter ihm sein. Er kehrte unverzüglich zurück zum Bett, und die Angst stieg dermaßen an, daß er diesen Platz um keinen Preis wieder verlassen hätte.

Er fürchtete sich vor jeder Bewegung. Schweiß trat ihm auf die Stirn.

Die Phänomene der Angst entsetzten ihn, weil sie keine rationale Grundlage hatten. Am meisten fürchtete er sich davor, daß er sich fürchtete.

Warum fürchte ich mich? dachte er dumpf.

Sein Blick glitt über das ganze Zimmer, untersuchte jeden Gegenstand. Ihm fielen die Papiere in der Ecke auf, ein Stoß alter Rechnungsbücher und irgendwelcher Zettel – die einzige Stelle in der Küche, die den Blicken nicht voll zugänglich war, deshalb zog sie ihn an. Ob sich dieses Etwas darunter verbarg? Er wagte nicht hinzugehen, untersuchte die Stelle aber um so genauer mit seinen Blicken.

Wie er bemerkte, ragte zwischen den harten Kontobüchern die Ecke eines Heftes hervor, eines gewöhnlichen, karierten, mit Bleistift beschriebenen Schulheftes. Der Professor war weitsichtig, deshalb konnte er mühelos einige Worte lesen, nämlich:

»... bis jetzt ist nichts pas...« Der Rest war durch die Bücher verdeckt. In der nächsten Zeile nur konnte er noch lesen: *»12.45 Uhr. Immer noch nichts...«*

Er war sofort überzeugt, daß diese Zeilen mit seiner Situation zusammenhingen. Mit wenigen entschlossenen Schritten ging er in die Ecke, zog das Heft heraus und kehrte alsbald zum Bett zurück.

Oben auf dem Heft stand in großen Buchstaben das Wort Protokoll. Und weiter: *»Protokoll über meinen, Kazimierz Rudziańskis, Aufenthalt in der alten Küche des Schlosses Mysłocz am 14. Dezember 1923.*

Ich, Kazimierz Rudziański, Praktikant auf dem Vorwerk Promcza der Güter von Mysłocz, habe erfahren, in der alten Küche soll es spuken, was ich nicht glaube. Ich habe beschlossen, das Problem eventueller Geister zu klären.

Ich schreibe meine Eindrücke aus zwei Gründen nieder, erstens zum ewigen Angedenken, zweitens, um mich zu beschäftigen, denn ich kann nicht schlafen, die Geister haben sich nicht gezeigt, und die Zeitungen habe ich durchgelesen. Es ist 12 Uhr 20, die Geisterstunde ist vorbei, und bis jetzt ist nichts passiert.«

Rudziańskis ›Protokoll‹ fuhr in diesem leicht scherzhaften Tone noch einige Seiten fort. Fieberhaft vertiefte sich der Professor in den Text, weil er auf die Nachricht begierig war, ob jener Mensch vor fünfzehn Jahren dieselbe grundlose Angst erlebt habe. Da! Nach längeren Ausführungen zur Begründung der Theorie, es gebe überhaupt keine übernatürlichen Erscheinungen, las er folgenden Passus:

»Im übrigen würde ich lügen, wollte ich behaupten, ich ergäbe mich nicht völlig der Stimmung. Im Gegenteil, ich erwarte ständig etwas, und wenn ich mich auch bemühe, mich auf das Schreiben zu konzentrieren, bin ich doch mit einer Ecke meines Gehirns stets auf eventuelle »Geister« eingestellt. Außer der Lampe habe ich zwei Kerzen angesteckt, jede woanders, niemand wird mich also auf einmal allen Lichts berauben können.

Außerdem habe ich einen Revolver zur Hand. Sollte jemand so dumm sein, irgendwelche Scherze zu machen, werde ich schießen. Aber auf welche Weise sollte jemand Scherze machen? Ich habe doch die Tür zugeschlossen und den Tisch davorgestellt, und durch das Fenster kommt niemand herein, weil es zu schmal ist und zu hoch angebracht.«

Hier war Schluß, der Rest des Heftes war abgerissen.

»Hier spukt es also?« murmelte der Professor.

Er schaute sich in den alten Papieren um und holte sehr bald einen Stapel Blätter hervor, die mit derselben Handschrift beschrieben waren. Doch jemand hatte sie in so kleine Fetzen gerissen, daß man kaum einzelne Wörter lesen konnte. Wer hatte das getan und warum? Auf einem der Fetzen konnte Skoliński ein Wort lesen, das sofort seine Aufmerksamkeit erregte. Es war das Wort »Handtuch«. »Handtuch bew« – mehr konnte er nicht finden.

In welchem Zusammenhang stand das Handtuch mit dem Inhalt des Protokolls? Er schaute sich im Raum um und bemerkte sogleich das an einem Halter in der Ecke hängende, schmutzige, gelblichgraue Handtuch mit Fransen. Er wollte hinzutreten, doch glaubte er plötzlich, er sollte das besser nicht tun.

War es eine Täuschung, oder bewegte sich dieses Handtuch? Er ließ die Papiere auf die Knie sinken und beobachtete ziemlich lange den gleichmäßigen Krampf, der dem eines Regenwurms glich. Hier also war die Arbeit, die er beim Eintritt sofort gespürt hatte. Eine ekelhafte Erscheinung. Es wirkte, als wollte sich dieses Handtuch erbrechen und könnte es nicht. Dabei war seine Bewegung kaum erkennbar. Ohne diesen Papierfetzen hätte er sie wohl gar nicht bemerkt.

Dem Professor lief ein Schauder über den Rücken. Wäre da nicht die tatsächliche, unleugbare Angst gewesen, hätte er angenommen, er sei das Opfer einer Suggestion geworden. Doch die Gefühle, die er durchlebte, ließen ihn die Situation völlig ernst nehmen.

Hinausgehen? Ja, das würde er tun müssen. Doch er zögerte. Eine Abneigung gegenüber jeder Bewegung überfiel ihn, er saß still, versuchte, möglichst wenig Raum einzunehmen, und dachte nach. Die Lampe erhellte das Zimmer nicht allzusehr. Die Gegenstände verharrten in stummer Reglosigkeit. Eine Schwäche befiel den Professor. Schien es ihm nur so, oder bewegte sich das Handtuch immer heftiger? Jetzt war an der Bewegung selbst kein Zweifel mehr möglich.

Eine bösartige Bewegung, zweifellos bösartig.

Der Professor war ein tiefgläubiger Mensch, aber abgeneigt, überall Manifestationen des bösen Geistes zu erblicken. Er hatte mehr als einmal an spiritistischen Sitzungen teilgenommen und erstaunliche Phänomene gesehen, ohne ihnen einen übernatürlichen Sinn beizulegen. Doch was sich da langsam und unbemerkt in diesem Raum ergeben hatte, war seinem Wesen nach anders als bei spiritistischen Sitzungen.

Bei ihnen hatte man den Eindruck einer unheimlichen, aber rein mechanischen Kraft. Es passierten seltsame Dinge, doch weder böse noch gute. Hier aber spürte der Professor eine konkrete und wahnsinnige Bösartigkeit, die irgendwo an den Wänden lauerte.

Böses und Ekelhaftes hing in der Luft, eine deutliche und

rücksichtslose Drohung. Sollte man es wirklich irgendwelchen teuf... Kräften zuschreiben?

Skoliński entdeckte verwundert, daß er sich fürchtete, das Wort auch nur zu denken. Es war unter diesen Umständen so widerwärtig, daß er es nicht konnte. Das entsetzte ihn. Hatte er seine Selbstbeherrschung so weit verloren, daß er plötzlich abergläubisch geworden war wie ein Bauer?

»Teuflischen«, flüsterte er, um sich selbst zu überwinden. »Teuflischen.« Und wiederholte mehrfach, wie um die anwachsende Angst zu brechen: »Teufel, Teufel, teuflischen, teuflischen.«

Doch da packte ihn ein hundertfach größeres Entsetzen. Er sah sich selber auf dem Bett sitzen und mit bebenden Lippen dieses Wort aussprechen, das wie eine Provokation klang. War es ihm womöglich eingeflüstert worden? Und zugleich erschrak er vor seiner Angst, daß er die Selbstbeherrschung verlieren und sich von einer unverständlichen Panik fortreißen lassen könnte.

»Ruhig«, flüsterte er, »ruhig.« Und wieder blickte er sich vorsichtig und mit einer gewissen Stumpfheit im Raum um.

Alles verharrte in Ruhe und Stille, nichts hatte sich verändert, nur das Handtuch arbeitete in der Ecke, verkrampft, bebend, straff. Seine Bewegung war völlig klar und ließ sich keineswegs auf eine normale Ursache zurückführen. Er hatte den Eindruck, als hätte diese Bewegung die Maske abgeworfen und aufgehört, sich zu schämen. Schamlosigkeit steckte darin. Zugleich erinnerte dieses widerwärtig wehende Stück Stoff auf seltsame Weise an die Bewegungen eines Mediums bei einer spiritistischen Sitzung oder auch – an eine Frau bei der Niederkunft; es wollte etwas aus sich herausstoßen, etwas gebären. Doch das war noch nicht das Schlimmste.

Irgend etwas ging mit dem Licht vor.

Die Lampe brannte zwar normal, doch der Professor gewann die absolute Gewißheit, jemand versuche, sie zu löschen. Wer? Er spürte jemanden, jemandes Anwesenheit. Es mußte wohl Autosuggestion sein, doch er war bereit zu schwören, daß sich außer ihm noch jemand im Raum aufhielt, er hätte sogar zeigen können, wo sich dieser im gegebenen Augenblick befand.

Sollte er vielleicht das Handtuch hinauswerfen? In die Hand nehmen und hinauswerfen?

Nein, besser – nein.

Also selbst hinausgehen? Aufstehen und hinausgehen?

Ja, aber besser – nein.

Mucksmäuschenstill saß er auf dem Bett. Es fiel ihm immer schwerer, sich zu bewegen. Jede deutliche Bewegung zog anscheinend die Aufmerksamkeit auf ihn. Er blätterte nur mit den Fingern fieberhaft in den kleinen Fetzen von Rudzianskis Protokoll. Ach, was gäbe er dafür, zu erfahren, wie es mit diesem Menschen ausgegangen war, der vor fünfzehn Jahren ebenso auf dem Bett gesessen und – gewartet hatte.

Doch aus den Papierfetzen ließ sich nur wenig entnehmen.

»1 Uhr 40...«

»Tier...«

»geläh«

»pustete«

»is jetz«

»fürchte«

»schwarz, schwarzblau und«

»bewege mich, at«

Skolińskis Phantasie arbeitete wie irre. Er versuchte, aus diesen Fetzen sein eigenes Schicksal abzuleiten. Was hieß dieses »bewege mich«? Das »Tier«? Ein schwarzes Tier? Aber vielleicht bezogen sich diese Worte überhaupt nicht auf ihn? Hinausgehen! Fliehen! Jesus Maria! Erst jetzt befiel ihn ein so endgültiges Entsetzen, daß er erstarrte. Er spürte, daß er sich bereits zu sehr fürchtete, um fliehen zu können.

Jetzt konnte er nur noch sitzen bleiben – und warten. Er war wie der hypnotisierte Vogel vor der Schlange, er konnte nicht fliehen.

Die zwei oder drei Minuten, die er jetzt durchmachte, waren wohl die schwersten seines Lebens. Entsetzliche Kraftlosigkeit, Krampf in der Kehle, Kälte, Krümmung des Rückens, fast paralytische Muskelspannung – und dazu das Bewußtsein, ohne Hoffnung auf Rettung preisgegeben zu sein dem, was geschehen würde.

Mit letzter Kraft riß er sich vom Bett los und stürzte aus dem Raum. Während er hinauslief, schien ihm, als käme jemand aus einer Ecke und versuchte, ihn schräg von der Seite her zu ergreifen, aber er blickte sich nicht um. Er lief durch den leeren Flur und durch einige Zimmer, nur fort, fort, bis er erschöpft an einer Wand auf den Fußboden niedersank.

Das ganze Schloß mußte unter die Herrschaft unreiner Kräfte geraten sein, und die Angst schaute ihn aus der Dunkelheit an. Drei Viertelstunden vergingen, bis er sich halbwegs wieder in der Gewalt hatte.

Er war entsetzlich müde. Den Kopf in die Hand gestützt, auf den kalten Steinen fast liegend, überlegte er die Möglichkeiten, schnellstens aus dem Schloß zu fliehen, als er plötzlich in der benachbarten Galerie leise Schritte vernahm. Er lugte aus der Tür. Am Ende der Galerie, wo eine schmale Wendeltreppe in den Flur führte, bemerkte er Cholawickis gebeugte Silhouette. Barfuß, nur mit Hose und Hemd bekleidet, ging der Sekretär mehrfach auf und ab und blieb dann, den Ellbogen gegen die Mauer gestützt, stehen.

Er schien zu lauschen. Aha. Jetzt verstand der Professor, warum Cholawicki ihn auf dem Schloß behalten und zur Nacht in jener Küche untergebracht hatte.

Skoliński hatte Lust zu lachen. Er nutzte den Augenblick, als der Sekretär in der Tiefe des Flurs verschwand, und eilte in die entgegengesetzte Richtung. Es fiel ihm ungeheuer schwer, sich im Labyrinth der gewundenen Gänge zurechtzufinden. Er träumte davon, für den Rest der Nacht einen sicheren, entlegenen Ort und ein Möbelstück zu finden, auf dem er würde ausruhen können. Erst nach Sonnenaufgang konnte er das Schloß verlassen, ohne jemanden zu wecken und Aufsehen zu erregen.

Jetzt betrat er einen schmalen, sehr dunklen Gang. Er kam an einer Nische vorbei und war plötzlich überzeugt, jemand folge ihm.

Auf der Stelle blieb er stehen. Nein, Cholawicki konnte das nicht sein. Wer dann? Der Professor hielt den Atem an und wartete.

Der andere wartete auch.

Der Professor ging weiter – der andere ebenfalls. Skoliński beschleunigte seine Schritte – der andere auch. Man hörte deutlich seinen Atem. Als der Professor unvermittelt in einen Nebenraum abbog, bog der andere gleichfalls ab.

Doch in alledem lag etwas Unsinniges, Verrücktes oder Betrunkenes. Die Bewegungen der unbekannten Person waren unsicher, unkoordiniert, heftig und taumelig zugleich wie die eines kleinen Kindes.

War es ein Mensch? Wieder spürte der Professor, wie Ekel

und Angst nach seiner Kehle griffen, als die Gestalt plötzlich auf ihn prallte und eine klebrige, kleine Hand nach seiner Rechten griff.

Zugleich erschütterte sie ein Anfall trockenen, greisenhaften Hustens.

Dieses Husten kannte der Professor. Er hatte es schon im Eisenbahnzug gehört und erriet, daß es der Fürst war.

Mittlerweile hielt der Fürst sein Gegenüber krampfhaft bei der Hand fest, versuchte, mit aller Gewalt seinen Husten zu unterdrücken und preßte den Kopf gegen Skolińskis Jackett. Schließlich gewann er die Fähigkeit zu sprechen wieder.

»Wer bist du?« fragte er eindringlich und hielt den Professor fest. »Wer bist du?«

Er bebte. Im schwachen Schein vom Fenster her sah man sein Gesicht. Der Professor erkannte, daß er einen Irren vor sich hatte. Der Fürst starrte ihn ängstlich an und hantierte heftig und bedrohlich mit dem Zeigefinger vor seiner Nase.

»Sie brauchen sich nicht zu fürchten, Fürst«, sagte er sanft. »Beruhigen Sie sich bitte!«

»Wer hat dich hergeschickt?«

»Niemand.«

»Lüg nicht. Gib zu, daß du hergeschickt bist. Los, gib das Zeichen, gib das Zeichen! Er hat dich hergeschickt. Gib das Zeichen!«

»Welches Zeichen?«

»Ich werde alles tun! Alles erfüllen«, flüsterte er hitzig, »nur gib das Zeichen, damit ich weiß, es kommt von ihm! So lange Jahre habe ich gewartet!«

»Ich habe keinerlei Zeichen!«

»Lüge! Vorige Nacht habe ich ihn gesehen. Er hat sich mir gezeigt. Ich weiß, er hat jetzt Erbarmen mit mir. Gib das Zeichen und sag, daß er mir verziehen hat, daß Schluß ist, daß er mich freigibt, daß er mich nicht mehr quälen wird...«

»Beruhigen Sie sich, Fürst«, sagte der Professor und versuchte, so sanft und überzeugend wie möglich zu sprechen. »Sie müssen sich beruhigen. Ich bin ein ganz gewöhnlicher Mensch. Herr Cholawicki hat mich heute abend eingeladen, ich bin etwas zu lange geblieben, aber ich gehe schon. Ich gehe gleich.«

»Cholawicki hat dich eingeladen? Ach so, mein Sekretär?! Und du trachtest mir nach dem Leben? Gib zu, du trachtest mir nach dem Leben. Dir liegt an meinem Tod, nicht wahr? Aha, der Sekretär hat dich eingeladen, und du sagst, du trachtest mir nicht nach dem Leben?«

Krampfhaft stieß der Fürst ihn zurück und zog ihn wieder an sich, seine Finger preßten sich um das Handgelenk des Professors.

»Beruhigen Sie sich doch, Fürst, ich kenne Herrn Cholawicki kaum.«

»Ein kompletter Schuft«, sagte der Verrückte plötzlich in gänzlich anderem Ton und zog den Professor mit beinahe väterlicher Bewegung an sich.

»Wenn du ihn nicht kennst, sieh dich vor!«

»Warum kann ihm an Ihrem Tod gelegen sein, Fürst?« fragte der Professor unwillkürlich.

»Warum?! Das ist gut! Klare Sache! Weil ich nicht sterben will. Er langweilt sich hier, er hat es eilig... eilig... nun, ganz egal« – der Fürst zwinkerte schelmisch – »und ich kann irgendwie nicht sterben! In der Tat, es ist hier ziemlich langweilig, traurig, düster, dunkel, ja sogar schrecklich, und man darf sich nicht wundern, daß ein junger, eleganter, gutaussehender, angenehmer Mensch... Und ich kann das Schloß nicht verlassen.«

»Warum?«

»Ich kann nicht. Ich kann nicht vor der Zeit. Hier ist etwas... Ich muß dabeisein. Hier findet etwas statt... etwas Bestimmtes... dort, dort...« – er wies in Richtung der alten Küche – »und ich muß dabeisein... bis zum Schluß... bis zum letzten Atemzug... bis ich befreit werde... Aber gib es zu, du weißt das besser als ich. Warum verstellst du dich?! Gib zu, daß er dich hergeschickt hat! Gib das Zeichen!

Warum quälst du mich?« rief er verzweifelt. »Begreift er denn nicht, wenn er mich noch länger warten läßt, wird Henryk mich umbringen, weil er sich langweilt?! Hat er überhaupt kein Erbarmen mit mir? Sag ihm das – sag ihm das von mir!«

Er stieß ihn fort und verschwand mit einem Stöhnen auf den Lippen im Dämmerlicht der Säle.

Ein blasser Morgen graute und vertrieb die Schichten der Dunkelheit, die sich noch in Ecken und Nischen versteckt hielten. Ohne irgendwo auf Cholawicki zu stoßen, kehrte der Professor in die alte Küche zurück. Im Tageslicht wirkte der Raum angenehm und hell. Seine nächtlichen Erlebnisse kamen ihm jetzt unreal vor. Er löschte die Lampe, hob die Matratze vom Bett, trug sie in einen der weiter entfernt liegenden Räume und schlief, ohne sich auszuziehen, völlig erschöpft sofort ein.

Er war dermaßen erschöpft, daß er gar nicht mit Komplikationen rechnete, falls der Sekretär seine flüchtige Lagerstatt finden sollte. Zum Glück schlief er nicht lange. Nach wenigen Stunden erwachte er und blickte auf die Uhr. Es war acht Uhr früh.

Schnell überwand er seinen Abscheu und kehrte in die alte Küche zurück, legte sich aufs Bett und erwartete Cholawickis Eintreffen. Er wollte den Sekretär in dem Glauben lassen, daß er sich die ganze Nacht nicht von der Stelle gerührt hätte.

7

Cholawicki hatte die Nacht damit verbracht, vor der Tür der alten Küche hin- und herzugehen und auf das Entsetzliche zu warten, das hinter dieser Tür geschehen sollte. In ihm wechselte immer wieder radikaler Unglauben und eine seltsame, unbegründete Gewißheit, daß etwas geschehen müsse.

Doch als nach einer halben Nacht hindurch in der schrecklichen Kemenate nichts passiert war, zweifelte er definitiv. Wütend darüber, daß er sich von kindischen Einfällen hatte verführen lassen, legte er sich ins Bett, nachdem er ein paar Gläschen Wodka getrunken hatte.

Gegen neun Uhr weckte ihn der alte Grzegorz.

»Wie steht's denn, Grzegorz?« fragte der Sekretär. »Ist der Herr Professor schon aufgestanden?«

»Er schläft noch... in der alten Küche.« Der Kammerdiener blickte Cholawicki seltsam an.

»Unsinn! Du glaubst an solchen Quatsch, Grzegorz?! Ich habe ihn zur Nacht dort untergebracht, weil diese Stube wesentlich komfortabler ist und – ohne Ratten.«

»Ich mische mich da nicht ein.«

Der Sekretär zog sich an und begab sich zum Professor. »Was mag da wohl geschehen sein?« murmelte er vor sich hin und klopfte voll grausamer Neugier an die Tür.

»Herein«, ertönte die Stimme des Professors.

In zerdrücktem Anzug, mit verwirrtem Haar und völlig erschöpftem Gesicht saß der Professor auf dem Bett. Als er Cholawicki sah, blinzelte er und fuhr sich mit der Hand über das Gesicht.

»Wie haben Sie geschlafen?« fragte der Sekretär.

»Ist es denn schon Morgen?«

»Wieso?! Es ist fast halb zehn.«

»Ach, halb zehn. Und ich habe nicht geschlafen. Überhaupt nicht. Es ist also schon Morgen.«

»Ist Ihnen nicht wohl?«

Interessiert musterte Cholawicki Skolińskis völlig verändertes Gesicht. Man konnte sagen, das lebendige, etwas joviale Antlitz des alten Fachmannes war spurlos verschwunden; statt dessen sah er eine erschöpfte, apathische Maske ohne jeden Ausdruck.

»Gleich bekommen Sie Ihr Frühstück.«

»Ach ja, Frühstück? Ich brauche nichts. Aber es ist mir egal.«

Schließlich konnte der Sekretär nicht länger an sich halten.

»Ist Ihnen etwas... etwas zugestoßen diese Nacht, Herr Professor?« fragte er. »Wie geht es Ihnen?«

»Nein. Nichts ist mir zugestoßen. Das heißt... Aber es ist egal.«

»Was denn?«

»Nichts.« Er wies ihn kurz ab.

»Wollen Sie jetzt die Bilder anschauen?«

»Ach so, die Bilder? Habe ich vergessen. Vielleicht ja. Aber es ist alles egal... Vielleicht abends.«

Das war bedenklich. Der Professor hatte aufgehört, sich für die Bilder zu interessieren. Also mußte etwas passiert sein. Er war zwar weder verrückt geworden noch gestorben, machte aber den Eindruck eines verstörten, apathischen, durch ein entsetzliches Erlebnis abgestumpften Menschen.

Der Sekretär warf einen verstohlenen Blick auf das Handtuch. Es bewegte sich kaum merklich, befand sich aber in ständiger Unruhe. Eine ähnliche Unruhe herrschte in Cholawickis Seele.

Er muß doch etwas gesehen haben, dachte er.

Er wollte nicht allzusehr in ihn dringen. Ihm war klar, daß der Professor nichts sagen, sondern das Geheimnis für sich behalten würde.

»Wenn Sie hier schlecht geschlafen haben, Herr Professor, geben wir Ihnen gern ein anderes Zimmer«, schlug er vor, um ihn auszuhorchen. Doch Skoliński antwortete apathisch:

»Nein... Ich bleibe hier.«

Vergeblich bemühte sich Cholawicki, das Rätsel zu lösen. Falls tatsächlich irgend etwas den Professor bei Nacht erschreckt hatte, müßte er doch sein Angebot, das Zimmer zu wechseln, annehmen. Vielleicht wollte er aber aus Neugier seine Eindrücke noch überprüfen. Die anderen hatten doch auch aus Neugier hier übernachtet. Oder war er bereits so betäubt und zerschlagen, daß ihm wirklich alles gleichgültig schien?

Auf jeden Fall war sein Gedanke so dumm nicht gewesen. Wer weiß, ob dem Professor nach ein paar Nächten nicht das Schicksal der anderen zuteil würde, der anderen, die verrückt geworden waren.

Äußerst beunruhigt kehrte Cholawicki in sein Zimmer zurück. Er hatte nun keinen Zweifel mehr daran, daß es in der alten Küche »spukte«. Dann ging er zum Fürsten, um sich zu überzeugen, ob der alte Holszański etwas bemerkt hatte.

Er traf ihn bei bester Laune seinen Morgenkaffee trinkend an.

»Ah, Henryk. Wie geht's dir, Henryk? Ich muß heute hier Ordnung machen! Heute oder nie wird dieser Müllhaufen in Angriff genommen! Nur, was meinst du, Henryk, wo soll ich anfangen?«

Seine Stimme klang so schalkhaft, daß Cholawicki wieder einmal den Verdacht hegte, der Fürst spiele nur den Verrückten. Nachdem er ein paar Worte mit ihm gewechselt hatte, ging er in der Überzeugung, die Anwesenheit des Professors im Schloß sei der Aufmerksamkeit des Fürsten bisher entgangen.

Unterdessen wandelte sich nach Cholawickis Fortgang das Aussehen des Professors vollständig. Er warf den Ausdruck von Apathie und Stumpfheit ab und pfiff befriedigt durch die Zähne. Es war gelungen. Das Simulieren hatte die gewünschten Folgen gehabt. Cholawicki war verwirrt.

Der Professor hatte gefürchtet, wenn Cholawicki ihn gesund und heil sähe, würde er ihn aus dem Schloß weisen. Deshalb hatte er sich bemüht, ihn in der Meinung zu bestärken, das Gift der Kemenate habe gewirkt, wenn auch langsamer, als er hoffte. Er rechnete damit, daß es ihm dank dieser unschuldigen Lüge gelingen würde, noch einige Tage im Schloß zu bleiben. Nicht nur wegen der Antiquitäten.

Skoliński hegte den Verdacht – genau wußte er es nicht –, dem Fürsten drohe von Cholawickis Seite tatsächlich ernste Gefahr, der arme alte Verrückte brauche also dringend Hilfe. Und was war das für ein Geheimnis, das ihn verfolgte? Was war in dieser Kemenate geschehen? Das bedurfte der Aufklärung und eventuell eines aktiven Eingreifens. Zudem war auch Maja von Cholawicki abhängig – sie war seine Verlobte, sie würde sich mit diesem finsteren Typ auf Lebenszeit verbinden.

Der Sekretär ahnte nicht, welch erbitterter Feind ihm in dem braven Kunsthistoriker erwachsen war, der unter normalen Umständen keiner Fliege etwas zuleide tat. Das Gesicht des Professors nahm wieder den Ausdruck der Stumpfheit an, die Augen erloschen, die Lippen verzogen sich zu einer unangenehmen Grimasse. Jemand kam. In der Tür der Kemenate erschien Grzegorz.

Vorsichtshalber blieb der Kammerdiener auf der Schwelle stehen.

»Das Frühstück ist serviert«, meldete er, während sich sein Blick hartnäckig auf die eigenen Füße konzentrierte, die in vorsintflutlichen Pantoffeln steckten.

»Wo?« flüsterte der Professor schwach.

»Drüben. Im anderen Saal.«

Hinter dem Sessel stehend, betrachtete Grzegorz den Professor beim Essen voller Bewunderung wie jemanden, der aus der anderen Welt zurückgekehrt ist. Verdammt, hat da übernachtet, und nichts ist ihm passiert! Aber, aber! Nicht so schnell! Man sieht es ihm an, etwas ist nicht in Ordnung – er hat schwerfällige Bewegungen, rührt das Essen kaum an, wischt sich mit der Hand über die Stirn – vielleicht hat er etwas gesehen, womöglich hat der Teufel ihn in die Mangel genommen...

Er bekreuzigte sich insgeheim, doch die Neugier war übermächtig.

»Wie haben Sie dort geschlafen, gnädiger Herr?« fragte er höflich. Und da er keine Antwort erhielt, räusperte er sich und fragte nach einer Weile noch einmal:

»Hat der Herr Sekretär Ihnen etwas über diese Kemenate erzählt, gnädiger Herr?«

Skoliński bemerkte tief verborgen in seiner Stimme viel

Mißtrauen und Abneigung. Ob der alte Diener den Sekretär nicht leiden konnte? In diesem Falle würde sich der bejahrte Kammerdiener und vermutliche Freund des Fürsten zum Verbündeten eignen.

Der Professor schaute trübe auf und flüsterte vor sich hin:

»Nichts, aber auch gar nichts hat er gesagt.«

»So etwas!« stammelte Grzegorz und wischte sich mit seinem Foulard-Taschentuch das Gesicht. »Bleiben Sie dort lieber nicht wohnen!« brach es aus ihm hervor. »Gnädiger Herr, dort ist das Böse! Und der Herr Sekretär hat keine guten Absichten, o nein!«

»Wenn Sie wüßten, was ich in dieser Nacht erlebt habe«, sagte der Professor, »würden Sie auf der Stelle grau werden.«

Keine sehr glückliche rhetorische Wendung, denn Grzegorz war grau wie eine Taube. Doch auf den Kammerdiener wirkte Skolińskis tonlose Stimme.

»Was denn?« flüsterte er. »Haben Sie etwas gesehen? Was haben Sie gesehen?«

Die Neugier rang in ihm mit der Angst. Er bekreuzigte sich immer wieder, und gleichzeitig glotzten seine Augen neugierig.

»Was ich gesehen habe«, sprach Skoliński feierlich, »das werde ich niemandem erzählen – das nehme ich mit ins Grab.«

»Wie gut, daß es nicht schlimmer ausgegangen ist«, murmelte Grzegorz. »Aber ich will Ihnen etwas sagen. Der Herr Sekretär hat es ausdrücklich so angeordnet. Ich hatte ein anderes Zimmer hergerichtet, doch der Herr Sekretär hat ganz allein spät in der Nacht das Bettzeug in die verfluchte Küche getragen. Sehen Sie sich vor, Herr, ich will das nicht auf mein Gewissen nehmen. Der Herr Sekretär muß Gründe gegen Sie haben, wenn er das so arrangiert hat. Nur sagen Sie weder dem Fürsten noch ihm, daß ich es Ihnen erzählt habe, ich würde sonst sofort fliegen.«

Man konnte sehen, daß Grzegorz zwischen zwei Ängsten hin- und herschwankte. Einerseits die Angst vor Cholawicki, andererseits die noch größere vor den Geistern. Skoliński beschloß, mit offenen Karten zu spielen.

»Grzegorz«, sagte er, »geben Sie acht, was ich Ihnen sage. Was ich diese Nacht gesehen habe, behalte ich für mich, denn... denn es ist ein Geheimnis. Ich weiß aber schon, daß der Herr Sekretär böse Absichten gegen den Fürsten hat. Wir müssen den Fürsten vor ihm schützen. Diesen Lumpen muß man hier hinauswerfen, aus dem Schloß entfernen!«

»Ich mische mich da nicht ein.«

»Ich rate Ihnen, Grzegorz, sich einzumischen, denn das könnte sonst auch für Sie übel enden. Verstehen Sie denn nicht, wenn jemand in der Nähe dieses schrecklichen Ortes Böses plant, dann ist das, als ob jemand neben einem Pulverfaß Feuer schlägt.«

»Und? Was ist dort wirklich Böses?«

Der Professor bemerkte, daß die Nacht in der schrecklichen Kemenate ihm eine fast absolute Herrschaft über die Seele des Kammerdieners verschafft hatte.

»Seien Sie nicht so neugierig, Grzegorz. Ich sage nur: Zur Zeit spukt es in dieser einen Kemenate, doch könnte ›das Böse‹ sich leicht im ganzen Schloß ausbreiten.«

»Im Namen des Vaters und des Sohnes und des Heiligen Geistes...«

Bislang hatte der alte Kammerdiener nicht befürchtet, die Geister könnten auch in sein Zimmer im Untergeschoß eindringen. Skoliński wurde in seinen Augen zum Botschafter des Jenseitigen, dem eine wichtige und schwierige Mission anvertraut war.

»Richtig, richtig«, beteuerte er eifrig, »nur bin ich zum Helfen nicht geeignet. Gewiß! Gewiß! Man muß das Böse mit Feuer und Schwert ausrotten! Oh, zum Teu... so lange Jahre herrschte Ruhe mit diesen Geistern, und jetzt fängt das wieder an.«

»Ja. Er ist ein böser Mensch, er steckt mit diesen bösen Kräften unter einer Decke, er wiegelt und hetzt sie auf. Wenn es nicht mit Gottes Hilfe gelingt, das zu verhindern, wird er die bösen Geister noch mehr aufwiegeln, und Sie werden sehen, Grzegorz, was hier passieren wird.«

»Ich tue ja alles! Alles!« Skoliński überlegte.

»Sind Sie schon lange im Schloß, Grzegorz?«

»Ach, es werden an die fünfzig Jahre sein. Der verstorbene Fürst hat mich als Kind eingestellt.«

»Dann wissen Sie sicher manches. Erzählen Sie mir, Grzegorz, seit wann es in dieser Kemenate spukt und warum. Und weshalb der Fürst geisteskrank ist. Denn das hängt doch bestimmt miteinander zusammen, nicht wahr?«

Weiß wie Leinen, antwortete der Kammerdiener düster:
»Ich will es sagen. Ich will alles sagen wie bei der heiligen Beichte. Nie habe ich irgendwem etwas gesagt, aber jetzt sage ich's, und Gottes Hand möge mich beschützen! Nur nicht jetzt, weil der Herr Sekretär kommen könnte. Ich werde schon merken, wann ich zu Ihnen kommen und in Ruhe reden kann. Jetzt muß ich gehen – zur Arbeit.«

Er nahm das Tablett mit dem Frühstück und verschwand hinter der Tür. Skoliński trieben die gleichen Gefühle um, die kürzlich Cholawicki erlebt hatte, sie wechselten zwischen Grausen und Grinsen. Die ganze Geschichte wäre unheimlich komisch ohne die reale, zu jeder Sekunde nachprüfbare Tatsache des anomal verkrampften und bebenden Handtuchs... ohne die entsetzliche Realität übernatürlicher Kräfte. Auch er fühlte sich tief beunruhigt bei dem Gedanken, er habe mit diesen Kräften leichtfertig gespielt, um Grzegorz zu erschrecken und ihr Geheimnis zu entschlüsseln. Doch die Gewißheit, es mit guter Absicht zu tun, erlaubte ihm, dem Druck leichter standzuhalten, im Gegensatz zu Cholawicki, der über keinen Panzer und keinen Schild gegen das von ihm in Gang gesetzte Böse verfügte.

Beim Warten auf Grzegorz beschäftigte sich der Professor mit der Durchsicht der Antiquitäten, jeden Augenblick bereit, den Ausdruck von Apathie und Stumpfheit aufzusetzen, falls Cholawicki eintreten sollte.

Doch die Leidenschaft des Kenners war spurlos verflogen, und auch die interessantesten Entdeckungen konnten sie nicht wiederherstellen. Schließlich döste er in einem großen holländischen Sessel ein, sein Schnarchen erfüllte den Barock-Renaissance-Saal, in dem dicht an dicht Schreibtische, Sekretäre, Schränke und Tische mit unzählbar vielen Beinen standen und Teppiche, Wandbehänge und Bilder hingen.

8

Mehrfach warf Cholawicki einen Blick in den Saal, doch er sah, daß der Professor den Schlaf eines völlig erschöpften Menschen schlief, und zog sich diskret zurück. Ungeduldig schaute er auf die Uhr. Er hatte sich mit Maja um 5 Uhr nachmittags im Schloß verabredet, inzwischen war es schon fast sechs Uhr, und das Mädchen war noch immer nicht da.

Was konnte ihr passiert sein?

Wieder spürte der Sekretär den Stachel der Eifersucht, der ihn, durch den schnellen Verlauf der Ereignisse abgestumpft, eine Zeitlang nicht geplagt hatte. Es war unerträglich, hier sitzen zu müssen wie in einem Gefängnis und zu wissen, daß sie in der Freiheit herumflatterte – vielleicht mit diesem Leszczuk? Er schloß die Augen, sah sie zusammen, einander so »ähnlich«, so aufeinander eingespielt in dieser Ähnlichkeit, und zischte vor Zorn. Wenn je, so durfte er sich gerade jetzt nicht aus dem Schloß entfernen – wegen des Professors, des Fürsten, der Kemenate... Doch wenn er trotzdem für ein Stündchen nach Połyka ritte? In einer so kurzen Zeit konnte nichts passieren. Auch der Fürst schlief.

Er ließ das Pferd satteln und erreichte in zwanzig Minuten das Gut. Er kam aus dem Wald auf die große Lichtung, hinter der der Park von Połyka begann. Hier zügelte er das Pferd und ritt im Schritt am Waldrand entlang, um nicht durch ein schaumbedecktes Pferd Aufsehen zu erregen.

Plötzlich bemerkte er Leszczuk, der den Park verließ und quer über die Wiese auf den Wald zustrebte.

Cholawicki hielt sein Pferd an und zog sich in den Wald zurück. Er empfand das Bedürfnis, diesen Burschen noch einmal genau zu betrachten. Feststellen, ob es diese Ähnlichkeit wirklich gab. Den eigenen Eindruck kontrollieren. Dieses Bedürfnis wurde so stark, daß der Verlobte nicht mehr auf die Zweige achtete, die ihm ins Gesicht schlugen, sein Pferd antrieb und Leszczuk den Weg abschnitt.

Hinter einem Gebüsch hielt er an und erwartete den Burschen, der gleich danach auftauchte.

Er war in Gedanken versunken. Mit vorgebeugtem Kopf, die Hände in den Hosentaschen, ging er und pfiff vor sich hin; Cholawicki erkannte eindeutig, daß es diese »Ähnlichkeit« gab, daß jede Bewegung, jeder Blick, auch wenn sie nicht direkt ähnlich waren, doch etwas von Maja hatten, mit Maja im Zusammenhang standen. Und das war unerträglich. Der Sekretär verfolgte mit seinem Blick den jungen Rivalen, bis dieser hinter den Bäumen verschwand.

Dann wollte er weiter nach Połyka reiten, erblickte im

Wald aber Maja, die sich zwischen den Bäumen bewegte. Vorsichtig und schnell folgte das Mädchen – Leszczuk.

Cholawicki sprang vom Pferd und band es an einen Baum. Zu Fuß schlich er im Dickicht dem Paar nach. War Maja also deshalb nicht ins Schloß gekommen? Sie hatte irgend etwas mit Leszczuk!

Im Walde rief ein Kuckuckspaar. Maja beschleunigte ihre Schritte und umkreiste Leszczuk in großer Entfernung, um danach zurückzukehren. Der Sekretär begriff ihr Manöver. Sie wollte ihn rein zufällig im Wald treffen.

Er wurde also zum stummen und verzweifelten Zeugen dieses Treffens. Maja trat Leszczuk aus dem Walde entgegen. Beide blieben stehen. Cholawicki konnte nicht hören, was sie miteinander sprachen. Einige Minuten lang redeten sie, und das Mädchen zeichnete mit der Schuhspitze irgendwelche Figuren in den Sand. Dann gingen sie langsam auf das Gutshaus zu.

Mit gequältem Herzen folgte ihnen der Sekretär.

Seine letzten Zweifel waren zerstoben. Im Grunde hatte er bis jetzt nicht an Majas Interesse für Leszczuk geglaubt – außerdem zählte er auf den Ehrgeiz des Mädchens, ja sogar auf die gewöhnliche Schwierigkeit, sich mit jemandem zu verständigen, mit dem man zwar Bälle austauschen konnte, nicht aber Gedanken und Gefühle. Er hatte ihr diese Fähigkeit nicht zugetraut. Und nun hatte er es trotzdem mit eigenen Augen gesehen.

Sie gingen miteinander, als kennten sie sich seit Jahrhunderten. Nie war ihre geheimnisvolle Gemeinsamkeit so sichtbar gewesen, die verblüffende Übereinstimmung ihrer Bewegungen, die schmerzliche Gleichheit in der Art, den Kopf zu wenden, als ob dieselbe Veranlagung sie beide lenkte. Er war überzeugt, sie sei in dieser Eintracht glücklich, und sah voll wilder Eifersucht, daß sie mit jenem hundertmal glücklicher sein mußte, als sie je mit ihm gewesen war.

Gleichzeitig beobachtete er zu seiner Verwunderung – sie war die aktive Seite. Wie das? War sie hemmungslos genug, ihn zu verführen? Sie überredete ihn zu etwas. Sie erklärte ihm etwas, während sie neben ihm herging; lachend reizte sie ihn und heizte seine Vorstellungskraft an.

Der Verlobte litt! Wenn Maja ihn bisher durch ihre moderne Erziehung, ihre kühnen Extravaganzen, ihre »nüchterne« Lebensauffassung gefesselt hatte, so wurde ihm jetzt heimgezahlt!

Schließlich hatte er selbst in ihr alle moralischen Grundsätze erschüttert, er hatte sie gelehrt, das Glück auf dem kürzesten Weg zu suchen. Und nun mußte er erleben, daß sie ihn zwang, mit diesem Leszczuk zu rivalisieren! Cholawicki reagierte außerordentlich empfindlich auf gesellschaftliche Konventionen. Jeden Flirt hätte er Maja vergeben, nicht aber einen mit ihrem Trainer!

Wenn er das Gespräch hätte verstehen können, wäre sein Erstaunen noch größer gewesen.

»Dort gibt es allerlei Kleinigkeiten, Miniaturen«, sagte sie bedächtig und schaute vor ihre Füße. »Einen Schrank voller Miniaturen.«

»Miniaturen, sind das diese kleinen Bilder?« fragte Leszczuk.

»Ja. Und außerdem sind da silberne und vergoldete Becher. Tafelsilber. Scheren mit Perlmutt. Viele wertvolle Kleinigkeiten.«

Sie blieb stehen.

»Ich werde meinem Verlobten sagen müssen, daß er zur Nacht einen Wächter anstellt. Das Schloß wird überhaupt nicht bewacht. Der beste Beweis dafür ist, daß Sie bis zum Fürsten vorgedrungen sind und niemand Sie gehindert hat. Aber der Fürst duldet keine Wächter. Es ist eine ausweglose Situation.«

Leszczuk antwortete nicht. Was sollte das? Redete sie ihm zu, noch einmal in das Schloß zu gehen? Er schaute sie von der Seite her an. Sie lächelte irgendwie seltsam.

Ihre Beziehungen hatten sich so stürmisch und unklar entwickelt, daß es ihm schwerfiel, irgend etwas zu verstehen. Er fing an, sie unbestimmter Absichten zu verdächtigen.

Manchmal fragte er sich, ob sie ihn verhöhne.

Und manchmal eher das Gegenteil...

Trotz der ganzen »Ähnlichkeit« machte das Gespräch ihn entsetzlich befangen. Wenn er mit ihr Tennis spielte oder wenn sie schweigend nebeneinander hergingen, war alles ideal, und sie ergänzten sich großartig; sobald es jedoch zum Gespräch kam, entstanden Schwierigkeiten und Unklarheiten.

»Ich ertappe mich gelegentlich selbst bei der Lust, dort etwas mitzunehmen«, sagte sie plötzlich halblaut und mit heftiger Ungeduld. »Dann hätte ich Geld. Ich nehme was und fertig. Dann wäre ich unabhängig. Es würde reichen fürs Leben!«

»Ich möchte lieber ein ehrliches Leben führen«, sagte er, wie um sich zu verteidigen. Sie reagierte mit einem Lächeln.

Er konnte ihr nicht erläutern, daß ein Mißverständnis zwischen ihnen herrschte, daß sie ihn fälschlicherweise für einen Dieb hielt. Wenn er damals das Geld aus dem Schrank hatte nehmen wollen, dann nicht um des Gewinns willen, sondern um sich an ihr zu rächen – nichts, gar nichts konnte er ihr erklären!

»Ich bin nicht so, wie Sie glauben«, sagte er.

»Ich weiß, wie Sie sind!«

»Woher wissen Sie das?«

»Sie vergessen, daß... daß wir einander sehr ähnlich sind. Alle sagen das. Ich weiß, wie Sie sind... weil ich weiß, wie ich bin.«

Er warf einen Blick auf ihr dunkles Gesicht und das kleine Ohr. Vielleicht stimmte es? Vielleicht hatte sie recht. War dieses elegante Fräulein aus besseren Kreisen zu lichtscheuen Machinationen fähig? Und wenn? Sie war ihm doch ähnlich. Und sie benahm sich zudem seltsam, gar nicht wie ein normales, gebildetes Fräulein. Nun gut, aber was folgte daraus, daß sie ihm ähnlich war? Er war doch kein Krimineller. Ja, aber er war wiederum ihr ähnlich. Wenn sie also verdächtig ist, dann ist auch er verdächtig. Und wenn er verdächtig ist, dann ist auch sie... Leszczuk verlor völlig den Kopf.

Dabei hegte er ständig den Verdacht, sie verhöhne ihn, oder sie wolle ihn aufziehen, ihr Haß sei größer als ihre Liebe. Sie konnte mit den Augen blitzen – stolz und haßerfüllt–, dieselbe Hartnäckigkeit ihm gegenüber, die er schon beim Tennisspiel kennengelernt hatte.

Inzwischen dachte Maja, die ihn heimlich beobachtete: Ja, es wäre nicht schwierig, ihn zu überreden – zu allem.

Sie wollte endlich herausbekommen, wie er sei. Er war nicht frei und offen zu ihr, sondern verbarg seine wahre Natur. Um ihm also Mut zu machen und zugleich um ihn zu erproben, hatte sie angefangen, ihn zu bereden.

Doch während sie ihn lockte und beredete, lockte und beredete sie sich selbst. Der Gedanke, das Schloß zu bestehlen, zog ihre abenteuerliche Vorstellungskraft an, obgleich sie das natürlich nie getan hätte. Aber der Gedanke hatte etwas Angenehmes an sich... Von schräg unten blickte sie in sein Gesicht.

Da fuhr sie zusammen.

Leszczuk sah anders aus als gewöhnlich.

Irgend etwas in seinem Gesicht hatte sich verändert. Auf den ersten Blick konnte sie nicht erkennen, worin diese Veränderung bestand. Erst nach einer Weile wurde ihr klar, daß er blaugraue Lippen hatte. Fast schwarze. Nein, das war keine Täuschung. Und es waren keine aufgesprungenen Lippen wie im Fieber, sondern ekelhaft blaugraue. So etwas hatte sie noch nie gesehen. Wie angemalt.

»Sind Sie krank?« fragte sie.

»Wieso?«

»Schauen Sie sich an.«

Sie zog einen Spiegel hervor. Er betrachtete sich interessiert und voller Abscheu. Auch Maja erlebte ein Gefühl übermächtigen Ekels. Das wirkte wild, brutal, grell.

»Das habe ich schon zum zweiten Mal«, sagte er.

»Zum zweiten Mal?«

»Gestern früh hatte ich das auch, als ich mich rasierte. Es muß eine Krankheit sein.«

»Fühlen Sie sich nicht wohl?«

»Doch... Ganz gut... Weiß der Kuckuck, woher das kommt. Ich kaue gern auf Halmen herum, wenn ich spazierengehe. Vielleicht kommt es daher.»

Er war beschämt. Irgendeine Unruhe bemächtigte sich ihrer, sie gingen schneller. Erleichtert bemerkte Maja, daß die blaugraue Farbe schwand und Leszczuk langsam wieder normal aussah. Was war das nur?

Sie erreichten den Park. Gleichzeitig erschien am Tor Rat Szymczyk und hinter ihm die beiden Damen, Frau Doktor und Fräulein Wyciskówna, sowie Frau Ochołowska, die genötigt war, mit höchst unglücklichem Gesicht die mehr oder weniger durchsichtigen Anspielungen und Bemerkungen anzuhören. Die Gutsherrin hätte diese Spaziergänge am liebsten vermieden, doch das wäre bestimmt als Verachtung und Geringschätzung verstanden worden. Darum mußte Frau Ochołowska trotz ihrer zahlreichen Beschäftigungen und der ebenso zahlreichen Sorgen alltäglich den Nachmittagsspaziergang mit den Herrschaften aus der Pension absolvieren.

Die Herrschaften langweilten sich über die Maßen. Alle diese Gäste, von ihrer Alltagsarbeit getrennt, zur Untätigkeit verdammt und per Zufall auf diesem Hof versammelt, wußten nicht, was sie mit sich anfangen sollten. Sie wußten sich nicht zu amüsieren und hatten auch keine Gelegenheit zu arbeiten. Daraus entstanden ihre sauren Mienen, schlechten Launen und Geziertheiten.

Die Frau Doktor meinte, Fräulein Wyciskówna sei zu dünn, und gab ihr das mit der ihr eigenen herzlichen Direktheit zu verstehen.

»Ach, meine Liebe, Sie müssen mehr essen, Sie sind ja so dünn, dünn wie ein Kienspan.«

Fräulein Wyciskówna fühlte sich weniger durch die Feststellung ihrer Dünnheit als durch den Vergleich mit dem Kienspan getroffen. Sie fand die Frau Doktor taktlos und gab ihr das auch zu verstehen, indem sie sagte:

»Ich möchte nicht zu dick werden, weil fette Personen manchmal zu... schwierig werden.«

»Ich meine es doch nur gut!« rief die Frau Doktor empört. »Ich bin nett zu Ihnen, doch Sie sind giftig! Mit Recht heißt es, Dünne seien sauertöpfisch. Ich wundere mich über Sie!«

»Und ich wundere mich gar nicht über Sie!« entgegnete Fräulein Wyciskówna und musterte nicht ohne Ironie die umfangreichen Rundlichkeiten der Frau Doktor. »Ich wundere mich gar nicht über Sie. Es fällt schwer, sich zu beherrschen, wenn man nach allen Seiten zerläuft. Nicht wahr?« Damit wandte sie sich an Frau Ochołowska.

»Entschuldigung, ich habe nicht gehört, worüber Sie sprachen«, antwortete die Gutsbesitzerin geniert, weil sie sich nicht in den Streit einmischen wollte.

»Ihre Gedanken flattern stets weit von Ihren Gästen weg«, sagte Fräulein Wyciskówna diesmal sehr süß.

»Um Gottes willen, was reden Sie da! Frau Ochołowska hat unsere Gesellschaft sicher längst satt«, rief die Frau Doktor mit ihrer üblichen Offenherzigkeit und Unmittelbarkeit. »Das kann man doch nicht verlangen! Sind wir ihre Verwandten oder sind wir Pensionsgäste?«

»Die Damen verstehen nicht, miteinander umzugehen«, warf Rat Szymczyk streng ein.

Unter dem Eindruck dieses überzeugenden Urteils verstummte die Gesellschaft. Doch ärgerten sich beide Damen über Frau Ochołowska, weil sie sie nicht in Schutz genommen hatte. Die Frau Doktor, die sich tief getroffen fühlte, sann sogar auf Rache. Sie wußte längst, daß Fräulein Wyciskówna einen häßlichen Ausschlag auf dem Rücken hatte, man sah ihn durch die leichte Bluse.

Sie war schon mehrfach drauf und dran gewesen, ihr das »in ihrem eigenen Interesse« zu sagen, hatte sich aber bislang zurückgehalten. Jetzt beschloß sie, ihre spontane Ehrlichkeit nicht länger zu bremsen.

»Und bei Ihnen sieht man die Pick...«, begann sie gerade melodisch, als Maja und Leszczuk auf dem Weg erschienen. Beide Frauen blickten sich vielsagend an. Das roch bereits nach Skandal. Die arme Frau Ochołowska! Sah sie denn nichts?

»Waren sie wieder spazieren?« betonte die Beamtin mit einem deutlichen Blick auf Frau Ochołowska.

Maja kam langsam näher, sie spielte mit einem Taschenmesser. Leszczuk blieb in einiger Entfernung stehen.

»Und Sie sagen abermals, daß wir wieder spazieren waren?« bemerkte sie arrogant durch die zusammengebissenen Zähne. In ihrer Stimme lag viel hochherrschaftliche Geringschätzung, die offenkundige Sicherheit, daß ihr, Maja, die Meinung dieser Frau gleichgültig sein konnte. Fräulein Wyciskównas Gesicht wurde blaß, rote Flecken traten hervor.

»Jeder sucht sich seine Gesellschaft nach Geschmack und Neigung!« entgegnete sie.

»Richtig. Und ich bin der Ansicht, es wäre zu grausam, denen Schwierigkeiten zu machen, die nach einer besseren Gesellschaft streben!« Maja musterte Fräulein Wyciskówna auf eine Weise, die keinen Zweifel daran ließ, daß sie gemeint war, und wandte sich dann an ihre Mutter.

»Ist dir auch nicht kühl, Mama?«

»Maja«, flüsterte Frau Ochołowska, »geh heim und warte oben auf mich. Ich komme gleich.«

Der Ernst und Schmerz, der in ihrer Stimme mitschwang, bestürzte das Mädchen.

»Gut«, antwortete sie leise.

Nach ihrem Weggang wandte sich Fräulein Wyciskówna an Frau Ochołowska:

»Bitte geben Sie mir heute abend die Rechnung. Morgen reise ich ab.«

»Gut. Sie erhalten die Rechnung heute nach dem Abendbrot.«

Frau Ochołowska verabschiedete die Damen mit einem Kopfnicken und begab sich in Richtung des Hauses. Sie versuchte, nicht daran zu denken, was die beiden verrückt gewordenen Dämchen jetzt wohl reden mochten, welches Meer von Galle, schmutzigen Verdächtigungen und Invektiven sie über sie und Maja ausschütteten. Im übrigen verblaßte das hinter der Notwendigkeit, sich mit Maja auszusprechen – solange es nicht zu spät war. Der Trainer mußte so schnell wie möglich abreisen! Aber sollte sie offen mit Maja reden oder es lieber nicht auf die Spitze treiben? Vielleicht war es besser, ihrer jungen Phantasie jene Verdächtigungen nicht zu unterschieben, die sie erst ins Uferlose führen konnten. Kann ja sein, daß sie im freien Umgang mit Leszczuk auf der Ebene des Sports nichts Böses sieht.

»Warum hast du das getan?« fragte sie ihre Tochter, als beide sich allein im Zimmer befanden. »Ich habe einen Gast verloren. Fräulein Wyciskówna hat ihre Rechnung verlangt und reist morgen ab.«

»Es tut mir sehr leid. Aber dieses ordinäre Weib soll sich nicht zuviel erlauben.«

»Maja, solche Hochnäsigkeit hat überhaupt keinen Sinn, und sie ist heute unter unseren Bedingungen geradezu lächerlich.«

»Und wenn sie Berge von Gold bezahlte, würde ich sie nicht halten. Du hast doch ihre dummen Anspielungen gehört, Mama. Ich dulde es nicht, daß irgendwer mir Rügen erteilt.«

»Aber du gehst mit irgendwem in den Wald.«

»Näherst du dich auch dem Blickwinkel dieser Wyciskówna? Leszczuk ist nicht irgendwer, er ist sogar besser als ich«, sagte sie kindlich.

»Wieso besser als du?«

»Weil er mich beim Tennis schlägt. Und zweitens ist er ein einfacher Bursche, beinahe auf der Stufe eines Dieners. Glaubst du, ich flirte mit Leszczuk?«

Am Grunde dieser Worte bebte die Kränkung. Die Mutter kannte das unerhörte Ehrgefühl ihrer Tochter, sie hatte nicht den Mut, mit ihr über die »Ähnlichkeit« zu sprechen.

»Maja«, sagte sie und ergriff herzlich ihre Hand, »ich weiß

nicht... vielleicht hast du recht...Aber die Leute sehen das anders. Das beste Beispiel ist die Wyciskówna. Wenn du also etwas für mich tun willst, dann laß ihn unter diesem oder jenem Vorwand abreisen. Verzichte auf das Spielen.«

»O nein», stieß Maja durch die Zähne.

Sie war sehr blaß und hatte den Kopf abgewandt.

»Das ist kränkend für mich! Ich will solche unerhörten... nicht einmal zur Kenntnis nehmen. Es kränkt mich! Ich wundere mich, daß du nicht verstehst, wie sehr mich das kränkt! Geh nie wieder so mit mir um, sonst könnte ich... Leszczuk bleibt und Schluß!«

Sie lief aus dem Zimmer. Frau Ochołowska rang die Hände. Sie kam mit ihrer Tochter überhaupt nicht mehr zurecht.

Doch Majas heftige und verächtliche Reaktion beruhigte sie wenigstens darüber, daß von einer romantischen Gefahr nicht die Rede sein konnte. Ihr Ehrgefühl würde sie besser schützen als die besten mütterlichen Ratschläge.

Woher aber nahm das Mädchen soviel Verachtung? Warum hatte ich, dachte sie, die ich schließlich unter anderen Bedingungen und in weniger demokratischen Zeiten erzogen wurde, nie dieses absolute Überlegenheitsgefühl?

Frau Ochołowska machte sich an die Rechnung für Fräulein Wyciskówna, doch erwies sich diese Tätigkeit als unnötig, denn gleich nach Majas Fortgang erschien sie bei ihr.

In eisigem Tone erklärte sie, sie schreibe Fräulein Majas unangemessenes Verhalten ihrem jugendlichen Alter zu und wolle sie nicht durch ihre unverzügliche Abreise beschämen. Zudem gestatte ihr Wohlwollen Frau Ochołowska gegenüber einen so radikalen Schritt nicht, denn sie sei gewiß, ihre Abreise hätte die Empörung der übrigen Pensionsgäste und auch deren Abreise zur Folge. Deshalb habe sie beschlossen, vorerst Fräulein Majas Launen zu ignorieren, selbstverständlich unter der Voraussetzung, daß Frau Ochołowska auf ihre Tochter Einfluß nehme. Was Fräulein Majas Spaziergänge und Vergnügungen angehe, so habe sie nicht die Absicht, sich einzumischen, sondern überlasse das der Sorge ihrer Mutter.

Frau Ochołowska dankte ihr recht kühl. Sie ließ sich die Erleichterung nicht anmerken, die sie empfand, denn die Abreise der Beamtin hätte tatsächlich eine Katastrophe für die neugegründete Pension sein können. Allerdings wußte sie nicht, daß sie die glückliche Beilegung des Zwischenfalls vor allem der Frau Doktor verdankte.

Denn die Frau Doktor war erschrocken, Fräulein Wyciskówna könne abreisen, ehe sie Gelegenheit fände, ihr in aller Herzlichkeit etwas über die Pick ... zu sagen, die sie unter ihrer Bluse bemerkt hatte. Deshalb gab sie sich jede Mühe, ihr die vorzeitige Abreise auszureden.

Die unerfreuliche Geschichte wurde auch aus anderen Gründen vergessen. Denn unmittelbar vor dem Abendessen trafen zwei weitere Personen in der Pension ein, Majas Kollegin und Freundin Krysia Leniecka mit ihrem entfernten Vetter, dem Jurastudenten Gustaw Żałowski. Das hatte eine angenehme Ablenkung von der düsteren Stimmung zur Folge.

Beide Mädchen konnten sich nicht genug übereinander freuen. Als geschickte Politikerin nutzte Frau Ochołowska die Gelegenheit und ließ bei Tisch eine Flasche guten Wein reichen, das gab dem Abendessen einen festlichen Charakter. Sogar Fräulein Wyciskówna und die Frau Doktor vergaßen ihre noch frischen Meinungsverschiedenheiten und zogen festliche Kleider an, wobei die Frau Doktor feststellte, man sehe auch durch dieses Kleid Fräulein Wyciskównas Pick... sich deutlich abzeichnen, was die Unglückliche überhaupt nicht bemerke.

Doch während des Abendessens ergab sich eine neue Komplikation. Hufschlag ertönte, und gleich darauf erschien Cholawicki. Sein Besuch war nicht besonders erwünscht. Frau Ochołowska bemerkte peinlich berührt die vielsagenden Blicke, die zwischen der Frau Doktor und Fräulein Wyciskówna ausgetauscht wurden. Sie schienen zu sagen: Haha, der kommt genau zur rechten Zeit!

Mehr jedoch beunruhigten sie die gefährlichen Fünkchen in Majas Augen und ihre vorzügliche Laune. Sie war amüsiert! Sie wirkte erfreut über den Besuch ihrer Freundin. Sie lachte fast pausenlos.

Nach dem Abendessen nahm Cholawicki sie beiseite.

»Ich möchte mit dir reden!« flüsterte er.

»Warum hockst du nicht im Schloß?«

»Ich habe etwas mit dir zu erledigen!«

»Gut, aber nicht jetzt! Später! Gehen wir spazieren!« rief sie. »Der Abend ist so schön.«

Der Einfall wurde von der Jugend mit Beifall aufgenommen, und Cholawicki blieb nichts anderes übrig, als vorläufig auf das Gespräch zu verzichten.

Maja nickte Leszczuk zu:

»Kommen Sie mit!«

»Ich?«

Er war bereits auf dem Wege nach oben und blieb auf halber Treppe stehen. Er wollte nicht mitgehen, weil er Maja fürchtete, aber er wußte nicht, wie er sich herausreden sollte.

»Ich möchte schlafen«, sagte er.

»Schlafen können Sie später. Sie können sich nützlich machen, und wär's nur, um die Mäntel zu tragen. Eigentlich ist es zu warm für Mäntel, aber man muß sie mitnehmen, denn im Wald kann es kühler sein. Krysia und Gustaw, gebt eure Mäntel Herrn Leszczuk, er wird sie tragen.«

»Warum das«, protestierte Żałowski höflich, als er sah, daß Leszczuk Majas Mantel nahm. »Ich jedenfalls trage meinen und Krysias selbst.«

»Herr Leszczuk kann alles tragen!« rief Maja launisch und stampfte mit dem Fuß auf. Leszczuk wurde rot, Cholawicki blaß.

»Du nimmst uns die Ehre und das Vergnügen, euer Zeug zu tragen«, lachte Żałowski und versuchte, den unangenehmen Eindruck zu verwischen. Sie begaben sich in die vom Mondschein versilberte Allee. Die Hunde schmiegten sich an Majas Beine.

Cholawicki ging voran, er versuchte, sich zu beherrschen und einen kühlen Kopf zu bewahren. In angemessenem Abstand folgten ihm die beiden Mädchen und der Student, am Schluß Leszczuk. Żałowski aber, der gut erzogen war, blieb zurück, um mit Leszczuk zu plaudern. Fräulein Leniecka wandte sich an Maja:

»Wie behandelst du diesen Trainer, Maja? Das muß ihm doch unangenehm sein.«

»Ach, das schadet ihm nichts. Er hat kein dünnes Fell, kann ich dir versichern.«

»Was? Was?«

»Nun, wenn man ›dickes Fell‹ sagt, kann man doch auch ›dünnes Fell‹ sagen! Ach nein, stimmt, man sagt ›dünne Haut‹!«

»Maja, mit dir ist etwas nicht in Ordnung«, sagte die Freundin. »Was ist nur los? Du bist verändert.«

»Weiß ich!«

Die Luft war berauschend, Wald, Park und Lichtung atmeten in vollen Zügen. Als dunkle Flecken zeichneten sich die Bäume gegen den hellen, gestirnten Himmel ab. Die große Süße des Abends durchdrang die Landschaft.

»Liebst du ihn?« fragte Maja und wies dabei mit dem Kopf leicht hinter sich. Fräulein Leniecka drückte sich an sie.

»Endlich!«

»Was – endlich?«

»Endlich habe ich mich verliebt. Ach, Maja, Maja, Maja!«

»Und er?«

»Ach.«

Sie atmete tief auf.

»Sobald er mit seinem Studium fertig ist, heiraten wir. Unsere Eltern sind miteinander befreundet. Das gibt sozusagen eine vergrößerte Familie. Weißt du, täglich denke ich, es kann nicht wahr sein, weil es zu... zu... Aber was ist mit dir? Du weinst? Du weinst?«

»Sei nicht töricht!«

»Eine Träne ist mir auf den Ellbogen gefallen.«

»Das war keine Träne, sondern der Tau von einem Baum.«

Warum konnte sie nicht auch so lieben, gleichmäßig, ruhig, glücklich? Warum hatte sie anstatt solch eines lieben, ordentlichen Burschen, dessen man sich nicht zu schämen brauchte, mit dem zusammen man das Schicksal auf sich nahm, diese beiden Männer, die sie verfolgten und zugrunde richteten? Mit denen sie sich zugrunde richtete?

»Vertue deine Zeit nicht mit mir. Solch einen Abend gibt's nicht jeden Tag. Gustaw« – rief sie –, »komm her! Krysia nimmt dir übel, daß du sie nicht untergehakt hast.«

Sie ging nun etwas abseits, Cholawicki vor sich und Leszczuk hinter sich – ganz allein. Was war geschehen, wer trug die Schuld, daß sie sich mit ihren achtzehn Jahren und ihrer Schönheit über diese Nacht nicht freuen konnte, sondern ringen und sich quälen mußte, während die andere, die weniger hübsche, in ihrer Liebe voll erblühte? War der Zufall schuld? Die Erziehung? Die angeborenen, gefährlichen Neigungen ihrer Natur? Sie ging noch langsamer und blieb hinter dem glücklichen Paar zurück.

Der Student ließ Fräulein Leniecka für einen Moment los, um einen Johanniskäfer zu fangen, er hielt ihn in der geschlossenen Hand und beugte sich darüber. Maja bemerkte den zärtlichen Blick, mit dem Krysia ihren Geliebten bedachte, ehe sie im Schatten der Bäume zu ihm eilte.

Könnte auch ich so zärtlich, süß und treu blicken? dachte Maja neidisch. Wen aber sollte sie so anschauen? Cholawicki, der vor ihr herging, oder Leszczuk, der ihr folgte? Was geschähe, wenn sie versuchte, Leszczuk so anzuschauen? Oh, nur ein Versuch, niemand würde es sehen in der Dunkelheit, nur zum Vergnügen, nur um sich zu überzeugen, ob es überhaupt geht, ob es gelingt, ihn so anzuschauen.

Sie verlangsamte ihren Schritt noch mehr, und als sie ganz am Ende angelangt war, umfing sie seine Silhouette mit einem ihr ganz fremden, für sie zu zärtlichen Blick. Und sogleich verging sie in diesem Blick, verlor sich ganz in ihm, versank und ertrank in ihrem eigenen Blick. Eine heiße Welle durchdrang ihr Herz; es begann so zu schlagen, daß sie ihre Hand dagegen pressen mußte.

Jetzt beschleunigte sie ihren Schritt und tauchte dicht neben Leszczuk auf. Die Nacht verlieh ihr Leichtigkeit. Sie erschien plötzlich so unbemerkt und beschwingt neben ihm, wirkte so schlank in ihrem Sommerkleid, daß er zusammenzuckte. Sie sagte kein Wort, sondern ging nur einige Schritte zusammen mit ihm, und er sah, daß ihre großen, schwarzen Augen leidvoll und zärtlich auf ihm ruhten. Doch plötzlich erschienenen Abscheu und Ekel in diesen Augen.

Leszczuks Lippen waren pechschwarz! Nein, nicht schwarz. So wirkten sie nur bei Nacht. Sie waren blaugrau!

Ekelhaft! Welch eine schreckliche, abstoßende Krankheit! Wo mochte er sich angesteckt haben? Das war – einfach wild!

Sie verließ ihn. Sie eilte voran. Sie floh zu ihrem Verlobten.

Cholawicki bemerkte ihre Nähe erst, als sie ihre Hand in seinen Arm schob. Er konnte sich der Wonne nicht erwehren, die ihm diese Annäherung bereitete.

Sein Zorn zerstob spurlos und verwandelte sich sofort in Glück – besonders als er spürte, wie stark, krampfhaft und heiß sie sich an seine Schulter preßte.

Sein Mißtrauen ließ ihn sogleich ein Manöver mit der Absicht vermuten, seine Wachsamkeit Leszczuk gegenüber einzuschläfern. Aber er war glücklich. Er hatte in diesen Stunden, während er die beiden beobachtet hatte und dann in der Nähe des Gutshofes herumgeirrt war, zu sehr gelitten. Jetzt ergriff er ihre Hand, drückte sie an sich und wollte von nichts wissen, nach nichts fragen. Maja lehnte ihren Kopf leicht an seine Schulter und ging eine ganze Weile so mit ihm.

Sie probierte. Sie probierte, ob sie überhaupt so mit ihrem Verlobten gehen konnte. Ob ihr das gelänge. Sie tat, was sie konnte, um ihr Herz ihm gegenüber zu erwärmen, um mit Hilfe äußerer Anzeichen Gefühle herzustellen. Er stammte aus ihrer Welt. Er stahl nicht. Er war nicht wild und ungezähmt. Er hatte keine ekelhaften Krankheiten. Aber ihr Herz blieb kalt, und dort hinter ihnen war der zurückgeblieben, den sie eben noch angeblickt hatte, dieser kompromittierende...

So plötzlich, wie sie sich ihm genähert hatte, entfernte sie sich auch wieder von ihrem Verlobten; als Cholawicki das bemerkte, war sie schon nicht mehr neben ihm. Wieder ging sie ganz einsam, ein bißchen neben dem Weg, ließ alle vorbei und folgte ihnen ungetröstet am Ende.

Die Nacht, warm und duftend, gesättigt vom Balsam der Kräuter und Sträucher, verhüllte mit dunkelblauem Schleier Glück und Unglück gleichermaßen. Sowohl die berauschten Gesichter der beiden glücklichen Verliebten wie Cholawickis blasses, verbissenes, Majas kindlich verzweifeltes und Leszczuks unsicheres Gesicht.

Krysia Leniecka trat zu ihr und legte zart ihren Arm um sie. Eine ganze Zeit lang gingen sie wortlos. Früher waren sie einander sehr nahe gewesen, soweit Majas verschlossene und hochfahrende Natur das zuließ.

»Wer ist dieser Leszczuk?« fragte Leniecka leise.

Maja erblaßte. Warum die Frage? Hatte auch sie ihre Ähnlichkeit bemerkt?

»Ein Trainer.«

»Das weiß ich. Aber außerdem?«

»Außerdem weiß ich genausoviel von ihm wie du. Meinst du, von einem solchen Burschen kann man etwas wissen? Wo er aufgewachsen ist? Was er gemacht hat, mit wem er sich eingelassen hat? Er ist ein Simpel, eine wilde, ungezähmte Natur – so wie das da!«

Sie wies auf einen großen Buschen Unkraut, der nahe am Wasser wucherte.

»Kannst du wissen, was darin steckt? Ebensogut Blumen wie Frösche!«

Ihre Stimme klang kalt und hart.

»Du übertreibst.« Leniecka schaute sie scharf an. »Maja, du urteilst zu heftig über ihn!«

»Meinst du, daß... daß... Warum sollte ich übertreiben?«

»Weil es so ist!«

»Warum?! Sag, was du meinst?«

In diesem Augenblick rief Żałowski:

»Ein Eichhörnchen!«

Das Tier huschte vor seinen Füßen davon und kletterte flink auf eine Kiefer. In halber Höhe verharrte das Eichhörnchen, preßte sich an den Stamm und blickte sich über seinen riesigen graubraunen Schwanz hinweg nach den Menschen um, worauf es weiter hinaufkletterte. Man sah es im Mondlicht deutlich.

Sie umringten den Baum.

»Entfliehen kann es nicht«, sagte Żałowski.

Tatsächlich, das Eichhörnchen hatte sich einen falschen Baum ausgesucht. Er stand so weit entfernt von den anderen, daß ein Sprung unmöglich war. Cholawicki zog seinen Browning und repetierte.

»Schießen Sie nicht!« rief Fräulein Leniecka.

Aber der Schuß fiel bereits. Das Eichhörnchen sprang von Ast zu Ast. Der Sekretär schoß zum zweiten Mal. Welch ein Glück, daß er sich wenigstens hierdurch entladen konnte!

»Weshalb ermorden Sie es?« fragte der Student unwillig. Maja schwieg.

»Ich muß es treffen!« Cholawicki ärgerte sich. »Aller guten Dinge sind drei.«

Aber auch beim dritten Schuß traf er nicht und hob die Waffe wieder in Augenhöhe. Er war wütend, seine Hand zitterte, er konnte sich nicht damit abfinden, daß er danebenschoß. Mordgier erfüllte ihn.

»Ich schnappe es lebendig«, rief Leszczuk, und bevor Cholawicki schoß, war er bereits auf dem Baum. Mit großer Geschwindigkeit kletterte er hinauf.

Der Sekretär wollte noch einmal schießen, doch Maja faßte seinen Ärmel.

»Genug!« rief sie schnell.

»Keine Angst«, murmelte er.

Mittlerweile näherte Leszczuk sich seinem Ziel. Er konnte Tierquälerei nicht leiden und war nur auf den Baum gestiegen, um das Schießen unmöglich zu machen. Jetzt jedoch mußte er das Eichhörnchen schnappen, zumal er das angekündigt hatte. Es floh vor ihm in den Baumwipfel und hockte dort zwischen den Zweigen.

Er kletterte höher, und der dünne Stamm begann unter seinem Gewicht gefährlich zu schwanken.

»Kommen Sie lieber runter«, rief Krysia Leniecka.

Leszczuk schob sich noch höher, und die Baumkrone bog sich dermaßen, daß sein Rücken parallel zur Erde hing. Plötzlich tobte das Eichhörnchen wie verrückt. Es sprang in panischem Schrecken auf die dünnsten Zweige und stürzte sich schließlich, weil es dem Menschen anders nicht entkommen konnte, vom Baum direkt zu Boden. Er schnappte es in der Luft, doch in diesem Augenblick brach der Wipfel krachend, die Zuschauer unten schrien auf.

Zum Glück brach der Wipfel ziemlich langsam. Ohne das Eichhörnchen loszulassen, konnte Leszczuk einen Ast ergreifen, an dem der herabfallende Wipfel sich verhakt hatte. Er ließ sich hinuntergleiten, bis er auf die Erde springen konnte.

»Ist Ihnen auch nichts passiert?« rief Fräulein Leniecka.

»Fast habe ich es erdrückt!« entgegnete er. Das Eichhörnchen zitterte in seiner Hand.

»Wie hübsch!« Vorsichtig berührten sie das Fell.

»Ich lasse es los!«

»Nein, nein, nicht loslassen, einen Moment noch!«

Krysia Leniecka, die, mit ihrem Studium beschäftigt, lange nicht auf dem Lande gewesen war, konnte sich an diesem frisch duftenden Waldbewohner nicht genug freuen.

»Wir bringen es heim und lassen es dann laufen. Ich möchte sehen, wie es sich im Zimmer verhält.«

»Ich würde es loslassen«, sagte Leszczuk, der unter seinen Händen die rasenden Herzschläge des Eichhörnchens spürte.

Fräulein Leniecka warf Maja einen schelmischen Blick zu, und nachdem sie weitergegangen waren, um vom Waldrand aus das Schloß zu sehen, sagte sie:

»Das muß ein grundanständiger Bursche sein!«

Maja antwortete nicht.

»Sieh mal, wie er es streichelt. Wer so tierlieb ist, kann nicht böse sein.«

»Meinst du? Vor guten Menschen fürchten sich Tiere nicht!«

»Das Schloß!« Der Ruf des Studenten drang bis zu ihnen. Sie standen am Waldrand, und vor ihnen erhoben sich zart und majestätisch die Konturen von Türmen und Mauern. Die Luft war außergewöhnlich rein, infolgedessen wirkte das Schloß sehr viel näher, als es in Wirklichkeit lag. Cholawicki ballte die Fäuste. Was ging dort vor? Warum vertat er hier seine Zeit? Ach, welch Wahnsinn, sich von diesem Mädchen nicht losreißen zu können! Und Maja näherte sich unter dem Vorwand, das Eichhörnchen streicheln zu wollen, wieder diesem Leszczuk.

Seine Lippen waren nicht mehr so schwarz, aber die natürliche Farbe hatten sie auch noch nicht. Außerdem war das bei Nacht schlecht festzustellen. Sie berührte das Eichhörnchen. Das Tierchen war vor Angst in seinen Händen erstarrt, es regte sich nicht. Maja fand, es fürchtete sich zu sehr. Doch während sie das dichte Fellchen streichelte, spürte sie plötzlich etwas Seltsames. Das Eichhörnchen wogte. Wogte? Nein, das war nicht der richtige Ausdruck, es pulsierte. Es bewegte sich in sich selbst, es blies sich sozusagen auf. Als ob er es rhythmisch mit den Händen drückte. Maja achtete nicht besonders darauf, aber wieder blieb in ihr der Eindruck von etwas Wildem und Widerwärtigem.

Könnte er das Eichhörnchen umbringen? Diese Frage entstand in Maja. Wenn er solche Lippen hatte...

Leszczuk wäre am liebsten fortgegangen, hätte das Eichhörnchen freigelassen und wäre geflohen. Alles in ihm drängte auf sie zu, auf ihr wunderschönes Gesicht im Mondschein, auf ihre bei Nacht schwarz wirkenden Haare, auf ihre kleinen Hände. Und gleichzeitig floh alles in ihm vor ihr. Was wollte sie nur wieder von ihm?

»Könnten Sie das Eichhörnchen umbringen?«

»Warum?«

»Und wenn ich Sie bäte?«

»Warum?«

»Nur so. Ich habe mit meiner Freundin gewettet, wenn ich Sie bäte, würden Sie es tun.«

Sie blickte ihm in die Augen, und er hörte ihr Lachen, ein aufreizendes, ungeduldiges, unerfülltes, grausames Lachen. Nur eine Sekunde lang lachte sie ihm mit blitzenden Zähnen zu.

»Nun?« flüsterte sie, als wäre es zwischen ihnen schon vereinbart, als verstünde es sich von selbst. Er lachte wie sie und schleuderte das Eichhörnchen, ohne sich zu besinnen, aus voller Kraft gegen einen Baum. Es quiekte und rollte sich schmerzhaft zusammen.

Alle sprangen hin. Maja blieb reglos stehen, sie atmete schwer.

»Was für eine Barbarei!« rief Krysia Leniecka. »Was hat es Ihnen getan?«

»Gebissen hat es mich«, sagte Leszczuk unsicher.

Die Augen des Eichhörnchens trübten sich. Es krepierte.

Alle starrten es an. Nur Maja konnte ihren Blick nicht von Leszczuk lösen.

»Ordinär!« sagte Cholawicki kurz und stieß den Kadaver mit dem Fuß fort.

Maja schluchzte auf. Und ehe noch jemand etwas merkte, rannte sie in den Wald. Leszczuk, der bisher mit herabhängenden Armen reglos dagestanden hatte, sprang hinter ihr her und verschwand im Dunkel.

Cholawicki eilte ihnen nach, stolperte aber über eine vorstehende Wurzel und fiel hin. Er riß sich sofort hoch und lief, ohne Zeit zu verlieren, mit langen Sätzen weiter.

»Halt! Halt!« schrie er.

Nach längerer Verfolgung holte Leszczuk Maja ein und faßte sie bei den Schultern. Er stieß sie gegen einen Baum, daß die Zweige über ihr zusammenschlugen. Noch einmal packte er sie und drückte sie zu Boden.

Sie ließ sich auf ein Knie nieder und schaute ihm mit aufgerissenen Augen ins Gesicht, während er sie anblickte, als sähe er sie zum ersten Mal. Er riß ihren Kopf hoch.

»So... so... sind Sie?«

Sie war überzeugt, er würde sie umbringen wie das Eichhörnchen. Sie erwartete Grausamkeit. Sie wußte, daß sie sie an sich erfahren würde. Seine Finger legten sich enger um ihren Hals, seine Augen verengten sich.

»So sind Sie!« flüsterte sie, als glaubte sie ihren eigenen Augen nicht.

Er schlug sie heftig. Maja stürzte sich auf ihn. Er hielt sie fest. Sie biß ihn. Da stieß er sie, ohne sich noch beherrschen zu können, und sie fielen zu Boden. Sie schlugen einander, wo es gerade traf, und wälzten sich auf dem Moos. Absolute Wildheit bemächtigte sich ihrer!

Es schien, als wollten sie sich beide vernichten, töten, ermorden, auslöschen, als wäre in ihnen jene schreckliche Verbissenheit gegen sich selbst ausgebrochen, die sie beim Tennisspiel überfallen hatte.

Er erschrak über ihre Wut! Doch diese Wut steigerte nur seine Raserei. Und obwohl Maja nicht mehr daran zweifelte, daß ihre letzte Stunde gekommen sei, dachte sie nicht daran – sie wußte nur, daß ihre Hände ihn bei den Haaren zerrten, kratzten, schlugen, zerstörten, so gut sie konnten, bis die schreckliche, dunkle und blinde Kraft des Mörders sie massakrieren würde.

Beide waren sie Mörder. Beide lebten sie nur, um sich zu ermorden. Sie haßten sich grenzenlos! Er erschrak als erster über sie oder auch über sich – und floh.

Sie lag am Boden, atemlos, kraftlos, die Lippe aufgeschlagen, das Blut tropfte ihr auf die Finger. Alle Knochen taten ihr weh. Im Kopf Leere. Und nur dieser eine Gedanke: So ist das? So ist das?

Aha, so ist er – so bin ich – so ist das? So ist das?

Irgendwo in der Tiefe des Waldes rief Cholawicki: »Maja!«

Sie richtete sich auf, hielt ihre zerrissene Bluse zusammen und gelangte auf Umwegen ins Gutshaus. Zum Glück konnte sie sich unbemerkt in ihr Zimmer schleichen. Sie weinte nicht.

Sie war nur verzweifelt, gedemütigt, entsetzt bis zum Äußersten. Sie betrachtete sich im Spiegel. Der blutige Mund kontrastierte mit dem blassen, von blauen Flecken übersäten Gesicht. Sie hatte ein blaues Auge. Ihre Kleidung war zerfetzt, die Haut auf den Knien zerkratzt.

Sie erinnerte sich, wie sie einmal mit ihrer Mutter vom Theater heimgekehrt war und auf der Straße einen Auflauf erblickte. Ein Polizist hatte zwei Straßendirnen festgehalten, die sich schlugen. Das hatte genauso ausgesehen, sie hatten auch nicht geweint, sondern nur schwer geatmet, weil sie keine Luft bekamen, und dumpf und kraftlos vor sich hingeschaut.

Sie schlich sich ins Badezimmer und drehte den Hahn auf. Überall war sie mit Erde beschmutzt.

War das denn möglich – diese Wut? Diese unwahrscheinliche Verbissenheit? Dieses letztlich Tierische? Sie hatten sich ja gebissen, sich an den Haaren gerissen, mit solchem Haß aneinander gezerrt, mit solcher Gier nach Vernichtung – so beißen sich nicht einmal Hunde!

Aha, so bin ich? Das steckt in mir...

Und er ist auch so...

Jemand klopfte an die Tür.

»Maja?«

Es war Cholawicki. Schnell sprang sie zur Tür und drehte den Schlüssel um. Wußte er, was geschehen war?

»Ich möchte mit dir reden.«

Schweigen.

»Maja, wir müssen miteinander reden. Ich muß zurück auf das Schloß. Ich möchte ein paar Worte mit dir wechseln.«

Seine Stimme klang ernst. Sie antwortete nicht. Sie hörte, wie er fortging, kehrte in ihr Zimmer zurück, schloß sich ein, löschte das Licht, legte sich ins Bett und lag bis spät in die Nacht auf dem Rücken, die Arme unter dem Kopf, ins Dunkel starrend, zu keinem sinnvollen Gedanken fähig. Nichts als Fetzen. Und ein entsetzlicher Kummer, eine bedrückende Traurigkeit über einen unwiederbringlichen Verlust, etwas Zartes, das in ihr gewesen und ermordet worden war, zu Staub zerfallen durch ordinäre Gewalttätigkeit, tierische Wut und ekelhafte Brutalität.

Und dann noch das Eichhörnchen, das Eichhörnchen, das sie zu zweit am Baum zerschmettert hatten, das kleine krepierende Tier am Fuß des Baumes!

Sie machte Leszczuk keine Vorwürfe. Sie empörte sich nicht mehr gegen ihn. Sie wunderte sich nur, daß er so war und daß sie so war, daß sie beide so sind, daß dies ihre wahre Natur ist.

Jemand öffnete die Tür.

Maja wußte nicht recht, ob sie geschlafen und dieses Geräusch sie geweckt hatte oder ob sie nur in Gedanken versunken war und das Zeitgefühl verloren hatte. Es dämmerte schon. Jemand schob ein Messer in den Türspalt und versuchte, das Schloß auszuhebeln. Sie war sofort sicher, daß es sich um Leszczuk handelte, rührte sich aber kein bißchen. Sie hatte kein Recht, ihm etwas zu verwehren, sie war ja wie er! Genauso!

Wie in einem bösen Traum sah sie, ohne ein Auge zu schließen, daß die Tür nachgab und er sich ins Zimmer schob, leise hinter sich die Tür schloß und lauschte, ob auch niemand in der Nähe aufgewacht sei. Sein konzentriertes, wachsames Profil zeichnete sich im Halblicht deutlich ab.

Er ging zum Schrank, zog den Schlüssel aus dem oberen Schloß und öffnete die Schublade mit dem Geld.

Auf Maja achtete er überhaupt nicht. Er warf nicht einmal einen Blick zu ihr hinüber. Anscheinend wußte auch er, daß es auf jener Seite keinen Widerstand geben konnte, weil... sie einander ähnlich waren, weil sie sich glichen.

Er nahm die Geldscheine heraus und ging, während Maja wie eine Komplizin aufstand und die Schublade wieder schloß. Sie hob sogar einen Hundertzłotyschein auf, der zu Boden gefallen war.

9

Was aber geschah zur gleichen Zeit im Schloß, das in der herabsinkenden Dämmerung zwischen den Wasserflächen verharrte, ein machtvolles, tausendjähriges Massiv, drohende, stolz aufgetürmte, in ewiger Nachdenklichkeit versunkene Mauern – die Ruine vergangener Herrlichkeit, die Erinnerung an frühere Glorie, heute ein trauriger, tragischer Ort, wo Begierden, Ängste und Wahnvorstellungen ihren schlimmen Tanz vollführen?

Die Abwesenheit des Sekretärs nutzend, weihte Grzegorz Skoliński in die Vergangenheit ein. Mit gespannter Aufmerksamkeit lauschte der Professor der Erzählung des alten Dieners, der sich ständig umblickte und widerwillig in knappen Sätzen berichtete. Skoliński mußte ihn pausenlos antreiben und mit Fragen bedrängen.

»Viel weiß ich da nicht«, meinte der Kammerdiener vorsichtig, »aber was ich weiß, das sage ich wie bei der heiligen Beichte.

Aufgewachsen bin ich im Schloß von Kindesbeinen an. Noch zu Lebzeiten des verstorbenen Fürsten war ich Kredenzhelfer, und der jetzige Fürst Aleksander ist zusammen mit mir großgeworden, wir sind fast gleichaltrig. Damals gab es noch keine Geister.

Die Geister sind erst später entstanden, sehr viel später. Wollen Sie das wissen? Soweit ich es verstehe, haben die Geister einen Zusammenhang mit dem Lakaien Franio, das heißt mit dem Sohn des Fürsten. Aber sicher bin ich da nicht.«

»Dann war der Fürst verheiratet?« fragte Skoliński.

»Ja, aber seine Frau ist kinderlos gestorben, und den Sohn hatte er mit einer anderen. So haben wenigstens die Leute geredet. Aber ich will der Reihe nach erzählen.

Vor vierzig Jahren kam ein Junge mit einem Brief für den Fürsten ins Schloß gelaufen. Von wem, wollte er nicht sagen. Der Fürst ist gleich die Nacht darauf fortgefahren und erst zwei Tage später zurückgekehrt. Etwa zwei Wochen danach rief mich der Fürst in sein Kabinett, und da war auch derselbe Junge, der den Brief gebracht hatte. Der Fürst sagt zu mir:

›Grzegorz, dieser Junge gefällt mir. Nehmt ihn für die Kredenz. Er ist Vollwaise‹, sagt er, ›ich sorge für ihn.‹

Ja, und so blieb er im Schloß. Zwölf Jahre war er alt und dumm. Wenn ich ihn nach seinen Eltern fragte, sagte er, sein Vater sei Ofensetzer gewesen und seine Mutter vor kurzem gestorben. Er hieß Sikorski. Aber die Leute redeten, er muß ein Sohn des Fürsten sein – obwohl der Fürst sich nicht um ihn kümmerte oder sonst etwas.

Als er größer wurde, setzte der Fürst ihm einen Lohn aus und gab ihn mir zur Hilfe. Aber wie mir scheint, hat dieser Sikorski schon damals gemerkt, daß der Fürst seine Gründe hatte, ihn auf dem Schloß zu halten. Und bestimmt haben ihm die Leute gesagt, er wäre sein Sohn. Außerdem gab es eine Ähnlichkeit zwischen ihnen.

Je älter er wurde, desto ähnlicher. Dieselbe Nase. Genau dieselben Augen. Und wenn er sprach, glichen sich auch die Stimmen. Sonst war er zu nichts nütze.

Der Fürst sah die Ähnlichkeit auch, schämte sich aber. Wie das bei dem Fürsten so ist, es war ihm unangenehm, daß sein Diener ihm glich wie ein Ei dem anderen. Der Fürst war voller Bedenken und schamhaft. Er sah sich vor, mit den Menschen ließ er sich nicht gern ein, es war ihm unangenehm, daß seine Sünden sich in dieser Ähnlichkeit zeigten.

Und dazu wurde dieser Sikorski, als er merkte, daß er genauso aussah wie der Fürst, auch noch frech. Dem Fürsten gegenüber wagte er keine Ansprüche zu stellen, aber in den Kopf gesetzt hat er sich, der Fürst muß ihn als Sohn anerkennen.

Manchmal kam er zu mir in die Küche und sagte, es wäre nun genug mit seiner Erniedrigung. Der Fürst muß ihn anerkennen!

Und eines Tages ging er zum Fürsten, doch der Fürst beschimpfte ihn, daß man's bis unten hörte. Er war in Zorn geraten, Gott sei's geklagt.

›Du bist verrückt geworden!‹ schrie er, und zwar so laut, daß man's in allen Zimmern hörte. ›Raus! Weg mit dir! Geh mir aus den Augen! Keine Minute länger! Das ist eine schamlose Lüge!‹

Franio bat um Entschuldigung und schwor, er würde so etwas nie, nie wieder sagen. Da erlaubte der Fürst ihm, auf dem Schloß zu bleiben. Und irgendwie verwehten seine Ideen, er hatte Angst vor dem Fürsten und verbarg alles in sich selbst. Drei Monate vergingen.

Eines Tages kommt mir dieser Franio – ich weiß es noch wie heute – in die Küche und ist nicht mehr derselbe. Er lächelt so süßlich und boshaft, er ist so zufrieden und böse, daß ich richtig betroffen bin.«

Grzegorz wurde leiser und bekreuzigte sich kaum merklich.

»In dieser Stunde begann es!« sagte er feierlich. »Von da an war der Teufel los!

Ich sage also, er kommt in die Küche und sagt:

›So, jetzt werde ich mit ihm abrechnen!‹

›Mit wem willst du abrechnen?‹ fragte ich, und er darauf:

›Mit dem Fürsten, mit meinem Vater.‹

›Paß auf, daß er dich nicht Hals über Kopf davonjagt‹, sage ich zu ihm, weil sein Gerede mir auf die Nerven ging. Er aber lächelte nur und sagt:

›Er wird mich nicht davonjagen, selbst wenn er wollte.‹

›Und warum sollte er dich nicht davonjagen?‹

›Weil er mich liebt!‹

›Daß er dir nur vor Liebe nicht in die Schnauze schlägt!‹ sage ich, und er darauf:

›Ihr könnt nachts zu mir kommen, Grzegorz, und mit eigenen Augen sehen, wie er mich liebt.‹

Das interessierte mich, und nachts stand ich hinter der Tür, wie er gewünscht hatte. Ich schaue, da kommt der Fürst barfuß und ganz leise. Er tritt an das Bett, in dem Franio schläft, er kommt ganz nahe, sage ich, mit der Kerze, schaut ihn lange an, seufzt, flüstert etwas und streicht ihm ganz sacht mit den Fingern übers Haar, und die Tränen rinnen ihm übers Gesicht, und er streichelt ihn und schluchzt, streichelt und schluchzt...

Dann ging er fort und kam wieder und streichelte ihn noch einmal mit warmer, väterlicher Zuneigung. Er hat ihn so geliebt, so geliebt, nie und niemals habe ich solche Liebe gesehen.

Und da liegt dieser Lümmel und tut so als ob er schläft. Manchmal schnarcht er, und wenn's ihm zuviel wurde, bewegte er sich wie im Traum, worauf der Fürst sogleich floh.

Da setzte Franio sich im Bett auf und ließ sich mit diesen Worten vernehmen:

›Na bitte! Ihr habt's doch wohl gesehen? Er liebt mich! Na, da werd' ich jetzt mit ihm abrechnen für alle Zeiten! Für meine Mißachtung! Bei Nacht, wenn es keiner sieht, liebt er mich, aber bei Tage schämt er sich! Nun gut! Ich werd's meinem lieben Vater schon zeigen!‹

Damit fing alles an! Denn Franio« – hier bekreuzigte sich Grzegorz – »fing an, sich selbst zugrunde zu richten, seinem Vater zum Trotz. Er richtete sich selbst zugrunde! Seither gibt's den Teufel im Schloß, erst von da an.«

»Was heißt das: Er richtete sich selbst zugrunde?« fragte der Professor, tief erschüttert von dem Bericht des alten Kammerdieners, der mit seinen ausgeblichenen Augen in vergangene Zeiten zurückzublicken schien.

»Böse ist er geworden«, entgegnete Grzegorz kurz, »absichtlich ist er böse geworden! Nur aus Trotz! Um dem Fürsten zu zeigen, zu welchem Schicksal der Fürst ihn verdammt hätte. Solche Bosheit hab' ich noch bei niemand gesehen, solange ich lebe. Er fing an, Wodka zu trinken. Mit den Weibern ließ er sich ein, Krach geschlagen hat er, seiner Gesundheit geschadet, und was sich nur Schlimmes ausdenken ließ, hat er sich ausgedacht und ausgeführt. Und nichts war ihm genug! Denn mancher junge Hund tut viel Unrechtes, aus Dummheit oder zum Spaß, aber er hat's um des Bösen willen getan, damit der Fürst erkannte, wie böse er ist. Es gab keine Schandtat, die er nicht begangen hätte, und dazu prahlte er noch vor den Leuten damit.

›Da‹, sagte er, ›mein Vater hat mir keine Erziehung gegeben, er schämt sich meinetwegen, deshalb bin ich so!‹

Und dann« – Grzegorz blickte ängstlich hinter sich – »fing er an, sich zu vergiften. Ich weiß nicht mit welchem Gift, aber er wurde weniger von Monat zu Monat, seine Haut wurde gelb, er aß kaum etwas, er hatte ständig Fieber.

Alles nur, um voller Freude anzuhören, wie der Fürst nachts zu ihm kam und über ihm bittere Tränen vergoß!

Ich war dumm, weil ich mich nicht traute, dem Fürsten zu sagen, aus welchem Grund das geschah. Ich dachte, er würde zur Vernunft kommen, denn es ist doch unerhört, daß ein Mensch sich selbst zugrunde richtet. Ach, nichts als Grillen, dachte ich, sie kommen und gehen, besser erzählst du dem Fürsten nichts.

Bis der Fürst mich eines Tages beim Abendessen vorsichtig ansprach, ob ich vielleicht wüßte, was mit Franio los ist, weil er so schlecht aussieht. Da wollte ich es nicht mehr auf mein Gewissen nehmen und habe alles gesagt, wie es war.

Wie er dem Fürsten nachträgt, daß der Fürst seine Vaterschaft geheimhält, wie er sich dem Fürsten zum Trotz zugrunde richtet und sogar irgendein Mittel nimmt. Jesus Maria! Der Fürst wurde erst rot und dann bleich wie das Tischtuch.

Darauf ich zu ihm, er braucht sich nicht so aufzuregen, das sind Grillen, die kommen und gehen, ein junger Hund und sonst nichts! Er antwortete nicht, sondern befahl mir nur, ihn gleich zu einem Gespräch herbeizuholen.

›Und‹, sagte er, ›Grzegorz, zu niemandem ein Wort!‹«

Grzegorz hielt inne.

»Nun, und was geschah bei diesem Gespräch?« fragte Skoliński.

»Das weiß ich nicht.«

»Na, na, das ist doch klar, Sie haben gelauscht. Sagen Sie's lieber ehrlich.«

»Bei diesem Gespräch«, sagte Grzegorz, »hat der Fürst ihn als Sohn anerkannt, umarmt, geküßt, ist auf die Knie gefallen vor ihm und hat ihn um Verzeihung gebeten.

›Du wirst mein Sohn sein‹, hat er gesagt, ›ich werde es allen bekanntgeben, ich werde dich zu meinem Namen und Vermögen erheben, vergib mir! Du bekommst eine Ausbildung, ich öffne dir mein Herz, nur vergib mir!‹

Richtig gewundert hat's mich, daß ein geborener Fürst sich vor seinem eigenen Lakaien im Staub wälzt! Der aber – nein und nein! Er stand unbewegt da, die Hände in den Hosentaschen, und schaute nur.

›Ich will nicht!‹ sagte er. ›Sie hätten mich gleich anerkennen müssen! Jetzt will ich nicht mehr! Ich kann diese verspätete Liebe nicht mehr gebrauchen.

Ich‹, schreit er, ›ich liebe nicht, sondern hasse! Ich richte mich zugrunde! Ich bringe mich um! Zum Trotz! Zum Trotz! Soll mich doch der Teufel holen, wenn mein leiblicher Vater sich meinetwegen schämt!‹

Er kam aus dem Kabinett gestürzt (damals hatten wir noch ein Kabinett im Schloß, jetzt gibt es das nicht mehr) und rannte durch das Schloß. Deshalb rief mich der Fürst gleich und befahl mir, auf ihn achtzugeben.

›Lauf ihm nach, Grzegorz, und laß ihn nicht aus den Augen, er ist fähig, sich umzubringen!‹

Ich laufe ihm nach und komme gerade noch zurecht. Ich stürze in den Holzschuppen, da hat er schon die Schnur um den Balken geschlungen. Wie er mich sieht, macht er nicht weiter und will mich mit Scherzen abspeisen.

›Wenn nicht heut, dann morgen‹, sagt er und lacht, aber ein Lachen, als wenn jemand Eis hackt.

Ich meldete das dem Fürsten. ›Jesus!‹ Erst sagte er nur dieses einzige Wort. Später dann, ich müßte auf ihn achtgeben. ›Grzegorz, nur zu Euch habe ich Vertrauen! Wir müssen ihn Tag und Nacht bewachen, bis er darüber hinweg ist!‹

Was waren das damals für Tage und Nächte im Schloß, Gott behüte! Nichts als ständige Verfolgung eines Verrückten! Ewiges Bewachen! Ewige Angst, er könnte sich das Leben nehmen, wenn man ihn aus den Augen läßt!«

Grzegorz schloß die Augen und schwieg eine ganze Weile.

»Weiter will ich nicht reden«, sagte er entschieden. »Warum aufwärmen, was einmal gewesen ist. Es ist gewesen und vergangen, soll es in Ruhe schlafen, den ewigen Schlaf.«

»Sie wissen, Grzegorz, daß es absolut nicht schläft. Das Böse schläft nicht«, warnte der Professor und zeigte flüchtig auf die Tür zur alten Küche. »Ich rate Ihnen, Grzegorz, reden Sie.«

»Gnädiger Herr! Man malt den Teufel besser nicht an die Wand!«

»Ich rate Ihnen, Grzegorz, reden Sie!«

Der Kammerdiener gab nach, dämpfte aber seine Stimme, so daß man sie kaum noch vernehmen konnte.

»Abwechselnd mit dem Fürsten habe ich unaufhörlich gewacht. Wenn der Fürst schlief, schlief ich nicht, und umgekehrt. Pausenlos war einer von uns in Franios Nähe und gab acht, ob er nicht wieder dumme Gedanken hatte. Und er wurde ruhiger und ganz höflich – aber man sah, daß er nur daran dachte, wie er sich umbringen könnte, sich völlig vernichten! So lauerte er ein paar Tage.

Und dann fing es an. Heilige Muttergottes! Immer wieder! In der Küche wollte er sich mit dem Messer erstechen! Durchs Fenster wollte er vom Turm springen! An der Mauer dort neben dem Tor wollte er sich den Kopf zerschmettern! Völlig wahnsinnig! Der Fürst und ich haben nur aufgepaßt, was er tut, was sich in seinem verrückten Gehirn abspielt.

Da befahl der Fürst, ihn einzusperren; wir haben beraten und sind zu dem Schluß gekommen, am besten in der alten Küche, weil sie eine schwere, eisenbeschlagene Tür hat und man aus dem Fenster nicht springen kann, weil es zu schmal ist.«

Hier stockte Grzegorz erneut und fragte plötzlich den Professor in besonderem Tone:

»Entschuldigen Sie, gnädiger Herr, warum flattern Ihre Lippen so?«

»Meine Lippen?« antwortete der Professor verwundert. Er hob seine Hand an den Mund. Es schien, seine Lippen wären aufgesprungen. Aber außerdem – pulsierten sie.

Eine Bewegung konnte man das nicht nennen. Und doch spürte man bei der Berührung deutlich, daß sie größer geworden waren und gewissermaßen pulsierten.

Es war entsetzlich. Sofort fiel dem Professor das Handtuch in der Küche ein. Die Flatterbewegung der Lippen war der Bewegung des Handtuchs verwandt. Grauenvoll. Diese ekelhafte Bewegung auf den Lippen zu haben? Er hatte das Gefühl, die Herrschaft über seine Lippen ginge ihm verloren, sein Mund hätte sich in ein widerwärtiges Tier verwandelt, das sich selbständig bewegte.

Auch Grzegorz beobachtete das Phänomen wortlos. Sie tauschten Blicke. Schließlich erklärte der Professor, damit keine Panik entstand:

»Das macht nichts. Das passiert mir manchmal. Sehen Sie, Grzegorz, ein nervöser Muskelkrampf. Nichts von Bedeutung. Reden Sie weiter, Grzegorz.«

Langsam hörte das Pulsieren auf.

»Nun ja«, murmelte Grzegorz wenig überzeugt. »Wie gesagt«, fuhr er dann fort, »der Fürst befahl mir, ihn in der alten Küche einzusperren.

Ich ließ ihn dort Ordnung machen, und als er drin war, gaben wir ihm zu verstehen, so ist es nun einmal, er muß dort bleiben, bis sein Irrsinn vergeht, und er soll alle Gegenstände hergeben, mit denen er sich etwas antun kann.

Da ging der Irrsinn mit ihm durch. Er stürzte sich auf uns, er biß und kratzte, heulte wie ein Hund, er trat nach uns, sein Mund schäumte – es muß eine unreine Kraft darin gewesen sein, denn dieser achtzehnjährige Bengel hätte uns fast überwältigt, uns, zwei Männer im besten Alter.

Wie er um sich biß, wie er heulte – kein Mensch und kein Tier hätte das so können.

Aber wir haben ihn überwunden. Den Hosenriemen haben wir ihm abgenommen, sogar die Schuhe. Die Tür haben wir geschlossen und eine Wache festgelegt. Tagsüber ich, nachts der Fürst.

Ich wollte einen Pfarrer oder einen Doktor holen, aber der Fürst sagt: ›Nein, nicht nötig. Ich werd's ihm selbst klarmachen, ich werde ihm zureden. Wenn er auf mich nicht hört, kommt niemand mit ihm zu Rande. Ich allein! Ich allein!‹

Und damit fing ein neues Grauen an.

Er tobte dort in der Küche, und der Fürst stand vor der Tür und redete ihm zu.

Schon damals wohl ist es dem Fürsten aufs Gehirn geschlagen. Durch diese Tür, sage ich Ihnen, gnädiger Herr, haben die beiden stundenlang miteinander geredet. Der Fürst flehte, weinte, schrie dann und raste, und der da hinter der Tür erregte und reizte ihn noch, lachte, brüllte und lästerte wütend. Aber niemand wußte davon außer mir.

Schon damals gab es fast keine Dienstboten im Schloß, nur eine Wirtschafterin oder Köchin, Frau Ziółkowska. Ich sagte, Franio ist schwer krank, der Fürst hat jeden Besuch bei ihm verboten.

Bis eines Tages der Fürst mich anweist, ihn nicht weiter zu bewachen. Er selbst würde Tag und Nacht vor der Tür wachen, er würde sich ein Lager herrichten, ich soll ihm nur das Essen in das Zimmer nebenan bringen und es dort stehenlassen.

Ich dürfte unter keinem Vorwand wagen, zu ihm zu kommen. Er wollte mit seinem Sohn allein sein, er würde ihn selbst überzeugen, er würde seinen Sohn überwinden.

Was sollte ich tun? Jetzt weiß ich, daß ich falsch gehandelt habe. Man hätte jemand informieren, man hätte um Hilfe bitten müssen, doch damals konnte niemand wissen, wie das ausgehen würde. Ich dachte ja, der Fürst hätte einen besseren Verstand als ich. Er sah schrecklich aus, wohl eine Woche lang hatte er sich nicht rasiert und nicht gewaschen. Er schlief im Anzug, seine Augen irrten hin und her wie verdreht, er stotterte beim Sprechen, aber mir ist der Gedanke nicht gekommen, bei ihm könnte eine Schraube locker sein. Schließlich versteht ein Vater seinen Sohn immer besser als jeder andere.

Ich habe die beiden also sich selbst überlassen im Obergeschoß und habe den Fürsten nur alle paar Tage beim Mittagessen gesehen. Er war sogar ruhiger, er lächelte... Als ich nach Franio fragte, antwortete er, alles wäre auf dem besten Wege.

›Alles ist auf dem besten Wege, Grzegorz‹, sagte er. ›Er wird immer ruhiger. Ein leichtsinniger Junge, aber er hat ein gutes Herz. Und ich habe schwere Schuld an ihm auf mich geladen, sehr schwere. Doch alles ist auf dem besten Wege, nur still, still, zu niemandem ein Wort.‹

Nun gut. Nur daß mir das nach einiger Zeit verdächtig vorkam. Einige Wochen vergingen, und der Fürst sagte immer dasselbe – alles auf dem besten Wege. Ich ahnte Schlimmes, machte mir einen Nachschlüssel, denn der Fürst schloß die Tür ab, damit ich jene Räume nicht betrat, und schaute eines Nachts nach Franio. Der Fürst schlief gerade.

Ich schaue nach, da ist die Tür zur alten Küche halb offen. Von Franio aber nicht die geringste Spur.

Ich renne zum Fürsten und wecke ihn. Wo ist Franio?! Was ist mit ihm geschehen?! Der Fürst lächelt und antwortet:

›Er ist verreist, verreist, Grzegorz. Ich habe ihn auf die Reise geschickt, damit er sich etwas beruhigt. Das wird ihm guttun. Reg dich nicht auf, Grzegorz, und sei still, zu niemandem ein Wort!‹

Da merkte ich, daß er den Verstand verloren hatte. Ich konnte nicht herausbekommen, was zwischen ihnen vorgegangen war. Franios Leiche habe ich nicht gefunden, obwohl ich das Schloß von oben bis unten durchsucht habe.

Seither ist der Fürst, wie er jetzt ist. Er will nicht darüber sprechen, und wenn man ihn fragt, tut er, als hätte er es vergessen. Und man kann ihn nicht fragen, weil es ihm dann gleich schlechter geht. Jetzt habe ich Ihnen die ganze Wahrheit erzählt, wie's gewesen ist.«

»Und sonst niemandem, Grzegorz?«

»Das weiß keine lebendige Seele! Ich will mich da nicht einmischen! Wenn die Menschen erst über etwas reden, wird es noch schlimmer!«

Mit Mühe zügelte der Professor seine angeheizte Phantasie. Welche Entsetzlichkeiten mußten sich zwischen diesen beiden Wahnsinnigen und Besessenen zugetragen haben während der schrecklichen Tage und Nächte, die sie allein miteinander verbracht hatten? Kann man sich wundern, daß solche Erlebnisse nicht spurlos vorübergegangen sind, daß sie in der alten Küche ihren dämonischen Bodensatz hinterlassen haben?

Doch in welchem Zusammenhang mit dieser düsteren Geschichte stand der geheimnisvolle Krampf des Handtuchs? Auf diese Frage konnte Grzegorz keine Antwort geben. Es war ein Rätsel, das heute außer dem Fürsten niemand mehr lösen konnte. Vielleicht kannte sogar der Fürst es nicht.

»Und wann haben Sie bemerkt, Grzegorz, daß es dort spukt?«

Der Kammerdiener hob die Schultern.

»Lange Zeit hindurch wußte ich nichts. Der Fürst hatte die Tür abgeschlossen und verboten, dort einzutreten, angeblich weil Franio bald wiederkäme. Und um die Wahrheit zu sagen, irgendwas hat mich von dieser Küche zurückgehalten, ich habe da wohl ein Jahr lang nicht hineingeschaut. Erst nach einer ganzen Zeit merkte ich, daß der Fürst etwas geheimhielt. Er hatte Angst! Nachts konnte er nicht schlafen und ging bis vor diese Küche, aber reingehen, das tat er nie.

Er umkreiste sie von weitem, aber er kreiste ständig um sie. Manchmal sagte er, da geht was vor, aber ich dachte, er phantasiert. Einmal sagte er zu mir:

›Grzegorz, ich zeig dir was, aber sag's niemandem.‹

Er führte mich zur Küche, trat aber nicht ein, sondern blieb auf der Schwelle stehen und zeigte mir das Handtuch.

›Siehst du, was da für ein Durchzug ist. Siehst du, wie dieses Handtuch pulsiert. Es pulsiert, nicht wahr?‹

Er war wohl nicht sicher, ob seine Sinne ihn nicht täuschten, und verlangte von mir eine Bestätigung. Anfangs bemerkte ich nichts an diesem Handtuch und wollte es schon vom Haken nehmen, doch der Fürst schrie auf:

›Nicht anfassen! Nicht anfassen!‹

Da geschah etwas in mir. Mir wurde schwindlig. Irgendwie ganz schrecklich, übel, ekelhaft... Pfui!

Der Fürst lief mit einem Schrei davon. Ich schlug die Tür zu und floh ebenfalls. Jahrelang habe ich den Ort nicht wieder aufgesucht. Aber die Leute begannen zu reden, auf dem Schloß spukt es. Woher sie es erfahren hatten, weiß Gott allein, denn ich habe keinem was gesagt.

Da war hier mal ein Praktikant, ein Herr Rudziański. Eines Tages kam er zu mir. ›Angeblich‹, sagte er, ›spukt's‹ hier bei euch. Erlauben Sie mir, Grzegorz, dort zu übernachten. Ich will mal sehen, mit Geistern kenne ich mich aus, und Angst hab' ich keine.‹ Das war schon an die fünf Jahre nach den anderen Geschehnissen. Ich war gleichgültig geworden, ich hatte vergessen, wie ein arbeitender Mensch manchmal vergißt. Ich habe ihm erlaubt, dort zu übernachten. Morgens schaue ich nach ihm – weg ist er. Ich suche – nichts. Schon dachte ich, er wäre entführt wie der Franio seinerzeit. Aber nichts da! Ich fand ihn in der Ecke unter der Treppe. Er erkannte mich nicht. Er verdeckte sein Gesicht mit den Händen und redete Unsinn. Die Familie hat ihn abgeholt, die Ärzte sollen gesagt haben, eine Krankheit, die er hatte, sie ihm aufs Gehirn geschlagen. Dummes Zeug! Das war keine Krankheit, er muß etwas gesehen haben, was er nicht aushalten konnte.

Genauso war es Jahre später mit einem anderen, dem Sohn des Kochs. Im Wald hat man ihn gefunden – verrückt. Er war völlig verrückt geworden, und dabei noch am Tag zuvor gesund und fröhlich gewesen. Niemand wußte, was ihm zugestoßen war. Erst als ich die zerknautschte Wäsche auf dem Bett in der alten Küche sah, begriff ich, daß er sich dort aus Neugier eingeschlichen und den Verstand verloren haben mußte. Auch davon habe ich niemandem etwas gesagt. Was sollen die Leute reden.

Und daß Sie, gnädiger Herr, dort ohne Schaden für Ihre Gesundheit übernachtet haben, das ist ein Wunder! Gnädiger Herr! Ich habe eine Bitte. Ich erzähle Ihnen alles. Aber wenn ich's nicht aushalten sollte und den gnädigen Herren fragen, was der gnädige Herr dort gesehen hat, dann sagen Sie's bitte nicht! Auch wenn ich frage! Ich will mich nicht einmischen! Mich geht das nichts an!«

»Und der Herr Sekretär, wie hat der das Vertrauen des Fürsten gewonnen?«

Grzegorz verzog das Gesicht.

»Pah! Der Fürst fürchtet ihn mehr, als daß er ihn mag.«

»Und warum fürchtet er ihn?«

»Der Herr Sekretär ist schlau. Vor einigen Jahren ging es dem Fürsten gesundheitlich etwas besser. Er wollte sein Vermögen ordnen und stellte damals Herrn Cholawicki an, den er schon länger kannte. Ein entfernter Vetter oder so. Die gesundheitliche Besserung dauerte nicht lange, doch der Herr Sekretär blieb auf Dauer. Er gelangte mit dem Fürsten zu einem Einverständnis. Der Kern der Sache besteht darin, daß der Fürst das Schloß um nichts in der Welt verlassen will, sich aber vor der Einsamkeit fürchtet. Das hat der Sekretär bemerkt und macht von nun an mit dem Fürsten, was er will.«

»Aber Sie, Grzegorz, sollten doch besser mit dem Fürsten befreundet sein.«

»Mich läßt er nicht an sich heran«, knurrte der Alte, »weil er sich schämt. Er mag mich nicht, weil ich mich an jene Zeiten erinnere. Nur gut, daß er mich überhaupt noch hier läßt. Ich fürchte, man wird mich auf meine alten Tage hinauswerfen!«

»Hat der Fürst Herrn Cholawicki vielleicht in jene alte Geschichte eingeweiht?«

»Nein, der Sekretär weiß nichts. Wenn er etwas wüßte, würde er mich ausfragen. Er hört, daß es läutet, aber nicht, von welchem Kirchturm. Er hat bemerkt, daß der Fürst was auf dem Gewissen hat, daß er bei Nacht herumläuft und sich fürchtet, aber mehr weiß er nicht. Erst jetzt habe ich ihm unglücklicherweise in der Kemenate gesagt, daß es dort spukt. Vor lauter Angst bin ich durchgedreht. Zu meinem Unheil! So viele Jahre habe ich geschwiegen und es nun doch gesagt. Das Reden ist das Schlimmste! Jetzt fängt's erst richtig an.«

Er klopfte sich an die Stirn.

»Moment! Ich zeige Ihnen Franios Photo. Ich hab' es bei mir im Koffer! Er hat's mir gegeben, als er einmal aus dem Städtchen zurückkam; es war nicht gut und gefiel ihm nicht.«

Nach kurzer Zeit brachte er ein kleines, vergilbtes Photo. Der Professor warf einen Blick darauf und fuhr verblüfft zusammen.

Die Photographie zeigte den Kopf eines etwa achtzehnjährigen Jungen. Das hübsche, durchaus nicht düstere Gesicht lächelte unerhört intensiv, auch wenn man an Mund und Augen die Verbissenheit erkennen konnte. Die Ähnlichkeit mit dem Fürsten war in der Tat deutlich, obwohl der Kopf auf der Photographie sich nicht durch die etwas degenerierte, hochherrschaftliche Verfeinerung des fürstlichen Kopfes auszeichnete. Er stellte mehr eine Mischung bäuerlicher und herrschaftlicher Züge dar. Doch etwas anderes hatte zur Folge, daß Skoliński sich die Photographie forschend anschaute.

Das Gesicht erinnerte ihn an jemanden. Nicht nur an den Fürsten. An jemand anderen. Der Blick des Kunsthistorikers, daran gewöhnt, bei Porträts Einflüsse und Ähnlichkeiten festzustellen, empfand auch hier einen Einfluß, eine Ähnlichkeit, eine Verwandtschaft.

Plötzlich wußte er es: Franio erinnerte ihn ein wenig an Leszczuk.

Nein, das war eine Täuschung. Die Jugend machte sie ganz einfach ähnlich. Sie waren vermutlich gleichaltrig. Außerdem spürte der Professor, daß er einer Hypnose der Ähnlichkeiten erlag. Majas Ähnlichkeit mit Leszczuk, Franios Ähnlichkeit mit dem Fürsten, Franios Ähnlichkeit mit Leszczuk – zu viele Ähnlichkeiten.

»Grzegorz«, sagte er, »wissen Sie etwas von einem Zeichen? Was ist das für ein Zeichen, auf das der Fürst wartet? Anscheinend wartet der Fürst auf eine Botschaft von diesem Franio, daß der jemanden zu ihm schickt und ihm die Schuld vergibt, und dieser Jemand soll sich mit einem Zeichen ausweisen.«

»Von einem Zeichen habe ich nichts gehört.«

»Das ist sehr wichtig. Wenn wir wüßten, was das für ein Zeichen ist, könnte man den Fürsten heilen«, sagte Skoliński nachdenklich, »und hier herausholen.«

»Einmal nur... Aber das war Frau Ziółkowska.«

»Los, los!«

»Wir hatten eine Wirtschafterin. Frau Ziółkowska. Einmal wurden der Fürst und ich gleichzeitig krank, damals herrschte strenger Frost, die Grippe überfiel uns. Frau Ziółkowska betreute den Fürsten, sie hat auch was von einem Zeichen gesagt. Ach so, eines Nachts kam sie mit einer Medizin zum Fürsten und – ich kann mich nicht mehr erinnern – entweder hob sie die Hand oder wollte niesen oder so ähnlich. Als der Fürst das sah, schrie er: ›Das Zeichen, das Zeichen‹ und hielt sie für einen Geist. Sie ist gleich weggelaufen.«

»Erinnern Sie sich genau, Grzegorz! Wenn wir dieses Zeichen kennten, könnte man mit dem Fürsten alles tun wie mit einem Kind.«

Der Kammerdiener schloß die Augen halb, kratzte sich am Kopf und rieb sich die Stirn.

»Ich kann mich einfach nicht erinnern.«

»Denken Sie noch darüber nach, Grzegorz. Und diese Frau Ziółkowska, wo wohnt sie?«

»Nach Grodno ist sie gezogen, es wird an die zwölf Jahre her sein. Aber wo sie jetzt ist, das weiß ich nicht.«

Der Professor überlegte, was er tun sollte.

Frau Ziółkowska suchen? Ja, das war das Wichtigste. Dieses Zeichen hatte Macht über die Seele des Wahnsinnigen. Mit seiner Hilfe konnte man Cholawickis Pläne durchkreuzen, den Fürsten zur Entlassung seines Sekretärs zwingen, ihn heilen, den Komplex lösen, der diese kranke Psyche lähmte.

Vorläufig aber mußte man die ziemlich lange Abwesenheit Cholawickis nützen. Vielleicht ließen sich irgendwelche Einzelheiten erkunden.

»Ich gehe zum Fürsten«, sagte er.

»Tun Sie das nicht, der Herr Sekretär wird jeden Augenblick kommen«, warnte Grzegorz und schaute ängstlich zum Fenster hinaus in die grenzenlose, vom dunklen Rand der Wälder gesäumte Ebene. »Ich weiß nicht, was ihm passiert ist, daß er dort so lange bleibt. Der Fürst aber kennt Sie nicht, er könnte schreien oder einen Anfall kriegen.«

Doch der Professor zählte darauf, daß der Fürst die nächtliche Begegnung nicht vergessen hatte.

Was sollte er ihm sagen? Wie sollte er zu seinem hermetisch verschlossenen, kranken Ich vordringen?

Vorsichtig öffnete er die Tür. Der Fürst saß im Bett, seine Hand hielt ein leeres Fläschchen. Er zuckte, aber er antwortete auf Skolińskis Verbeugung mit einem höflichen Kopfnicken.

»Störe ich auch nicht?« fragte der Professor, so sanft er konnte. Sein Herz zog sich zusammen beim Anblick des armen Greises.

»Aber bitte sehr«, sagte der Fürst. »Ich fange gerade an, Ordnung zu machen. Ich muß etwas Ordnung in diesen Abfall bringen. Sie stören mich durchaus nicht, wenn Sie nur gestatten, daß ich mich weiter mit meiner Arbeit beschäftige.«

Es fiel nicht schwer zu bemerken, daß der Fürst allem höflichen Anschein zum Trotz am ganzen Leibe zitterte. Die gute Erziehung war ihm noch aus früheren Zeiten geblieben, doch Skolińskis Erscheinen hatte ihn offenbar zutiefst erschreckt.

»Sie werden viel zu tun haben, Fürst, hier ist tatsächlich ein großer Abfallhaufen«, sagte der Professor freundlich.

»O ja. Groß, sehr groß. Und Herr Cholawicki ist nicht da?« brachte er ängstlich heraus, während er den Professor anschaute.

Der Professor beruhigte ihn, Cholawicki sei für kurze Zeit nach unten zu Grzegorz gegangen. Plötzlich fiel dem Fürsten die Flasche hinunter, die er in der Hand gehalten hatte.

»Aufheben?«

»Nein, nein, danke.«

»Soll ich Ihnen beim Ordnungmachen helfen, Fürst?«

»O nein, danke sehr. Ich überlege gerade einen Plan«, erläuterte er plötzlich fieberhaft, »doch ich weiß nicht, wo ich anfangen soll. Henryk, das ist – entschuldigen Sie – Herr Cholawicki, will mir nie raten, und ich selbst weiß es nicht, weiß es nicht... Aber entschuldigen Sie, daß ich Sie langweile mit meinen...«

Wieder wurde er apathisch und saß da wie ein aufgeplusterter Vogel.

Skoliński begriff, daß der Greis nur so daherredete, um die Dinge nicht zu streifen, die sich diese Nacht ereignet hatten. Vielleicht war sich der Fürst nicht sicher, ob er nachts mit ihm gesprochen hatte. Wirklichkeit und Einbildung mußten sich im Kopf dieses Wahnsinnigen zu einem untrennbaren Ganzen verbunden haben.

Trotzdem trat der Professor einige Schritte vor und sprach wie zu einem Kinde.

»Es ist gar nicht so schwer, mit dem Ordnungmachen anzufangen. Ich möchte empfehlen, mit dieser Ecke zu beginnen und dann langsam nach rechts an der Wand entlang vorzugehen.«

Der Fürst warf ihm einen Blick zu.

»Richtig! Natürlich, erst die Ecke dort! Ja, ja! Aber warum diese Ecke und nicht jene?«

»Diese Ecke ist dem Bett am nächsten.«

In einer Geste des Erstaunens hob er die Hände.

»Richtig«, flüsterte er.

»Wenn Sie gestatten, Fürst, beginnen wir sofort.«

Der Professor beugte sich über den Abfall.

»Gleich, gleich!« Der Fürst war erschrocken. »Man weiß ja nicht, was noch nützen kann. Besser nichts anrühren! Werfen Sie nichts weg! Das ist durchaus nicht so einfach!«

»Ich würde überhaupt nichts wegwerfen. Meiner Meinung nach kann alles noch nützlich sein. Man weiß ja nie.«

»Ganz genau...«

»Aber das ist noch kein Grund, einen solchen Abfallhaufen bei sich zu haben. Auf diese Weise können Sie nichts verwenden, Fürst, weil niemand weiß, was überhaupt vorhanden ist. Ich möchte vorschlagen, diesen Abfall nach einem bestimmten System zu sortieren und im Nachbarzimmer hinzustellen. Man wirft nichts weg, und gleichzeitig gibt es Ordnung.«

»Wissen Sie, das ist eine Idee.«

Der Fürst schaute ihn an wie einen Erlöser. Skoliński verstand, daß er den Zugang zu diesem Wahnsinnigen gefunden hatte.

Er erläuterte ihm die Sortierungsmethode, stellte fünf Kategorien von Gegenständen auf, schlug vor, ein Verzeichnis anzulegen und es mit einem Register zu ergänzen. Er führte so viele technische Erleichterungen ein, daß der Fürst sich bereits von dem schrecklichen Abfallhaufen befreit fühlte, der ihm sein Leben vergällte. Er vergaß all sein Mißtrauen, sprang aus dem Bett, und beide machten sich an die Arbeit.

Doch Skoliński befand sich in einer schwierigen Situation. Er fürchtete, Cholawicki werde jeden Augenblick auftauchen, während das Ordnungmachen längere Zeit dauern würde. Er versuchte, unter allerlei Vorwänden zu gehen, aber der Fürst hielt ihn jedesmal krampfhaft fest. Man sah, daß er sich zwar vor Skoliński fürchtete, noch mehr aber vor der Einsamkeit.

»Nein! Nein! Nein! Noch nicht! Noch dieser Haufen!«

Da ging die Tür auf, und Cholawicki stand auf der Schwelle.

»Was geht hier vor?«

»Ach, Henryk! Nichts, schrei nicht, Henryk. Ordnung! Wir machen Ordnung! Reg dich nicht auf, Henryk. Dieser Herr war so freundlich... es ist nichts, nur so.«

Er begann zu zittern. Doch der Sekretär beachtete ihn nicht, sondern trat auf den Professor zu.

»Bitte gehen Sie!« flüsterte er wütend.

»Sei nicht böse, Henryk!« rief der Fürst flehentlich. »Bitte bleiben Sie«, wandte er sich angstvoll an Skoliński. »Bitte gehen Sie nicht fort.«

Skoliński zögerte. Doch Cholawicki packte ihn bei der Schulter und stieß ihn brutal aus dem Zimmer, worauf er sich dem Fürsten näherte.

»Sehen Sie das, Fürst?« sagte er leise und zeigte die Reitpeitsche, die er in der Hand hielt. »Ich rate Ihnen gut – ohne Mätzchen! Es reicht mir! Ich habe genug!«

»Was denn? Was willst du, Henryk? Jesus, Maria!«

Er warf sich auf das Bett und preßte den Kopf in die Kissen. Nie hatte sein Sekretär ihm bisher mit Schlägen gedroht. Ein kindlich-hohes Schluchzen erschütterte seinen Körper.

Der Sekretär befand sich wirklich nicht in kompromißbereiter Stimmung. Eben war er aus Połyka zurückgekehrt. Er war die ganze Zeit Galopp geritten, Zweige hatten ihm das Gesicht verletzt. Auch wenn es sinnlos schien, hatte er noch einmal dorthin wollen, um mit Maja zu sprechen. Er war nur für kurze Zeit ins Schloß gekommen, um zu kontrollieren, was dort vorging, und hatte sogleich feststellen müssen, welch üble Folgen seine Abwesenheit gehabt hatte.

Der Professor war zum Fürsten gelangt!

Er ließ ihn weinend auf dem Bett zurück, knallte die Tür zu und ging zum Professor.

»Ich habe Sie gebeten, sich vor dem Fürsten versteckt zu halten! Ich habe Ihnen gesagt, daß der Anblick fremder Menschen den Fürsten aufregt!«

»Haben Sie so etwas gesagt?« antwortete Skoliński apathisch. »Ach ja, ich erinnere mich...«

Cholawicki glaubte nicht mehr an seine Apathie. Die schreckliche Kemenate kam ihm jetzt wie dummes Zeug vor. Wie konnte er noch am Morgen so naiv gewesen sein!

»Hören Sie gut zu! Sie verlassen auf der Stelle das Schloß! Ihre Anwesenheit hier paßt mir nicht. Verstanden? Und nun geben Sie acht. Sie können mir im Grunde nicht schaden, denn ich handle legal. Doch möchte ich Schikanen vermeiden. Wenn Sie also die ganze Sache bei sich behalten, werde ich Sie belohnen – Sie werden verstehen, daß unter diesen Bedingungen die Frage einer größeren Summe keine Rolle spielt. Und falls Sie mich hindern wollen, werde ich Mittel finden... radikale Mittel. Ich habe keine Zeit, mit Ihnen zu spielen!«

Der Professor schaute ihn an und erkannte, daß weiterer Widerstand nicht mehr viel nützte.

»Ich fahre«, sagte er. »Aber jetzt hören Sie mich an. Sie berücksichtigen eingebildete Gefahren und bemerken die tatsächlichen nicht. Ich an Ihrer Stelle würde alles hinwerfen und dahin gehen, wo der Pfeffer wächst.«

»Da bin ich neugierig, warum?«

»Mit Rücksicht darauf!«

Er zeigte mit dem Finger in Richtung der alten Küche.

»Was soll der Unsinn!«

»Das ist kein Unsinn! Ich schwöre es bei der Seele meiner Mutter! Sie begreifen nicht, wie echt und wirklich das dort ist. Nehmen Sie sich in acht. Ich würde lieber weit weg von dieser Stelle jemanden ermorden, als hier – in der Nähe – etwas weniger Böses zu tun. Hier hat das Böse eine besondere Resonanz.«

Seine Stimme klang feierlich und warnend. Trotz seiner Wut zögerte nun der Sekretär.

»Was haben Sie dort gesehen?«

»Das ist meine Sache.«

»Raus!« schrie er. »In fünf Minuten sind Sie hier weg! Ich habe genug von diesen Hirngespinsten! Und vergessen Sie nicht, entweder – oder!«

»Und ich rate Ihnen, lassen Sie sich nicht zu Endgültigem hinreißen! Sie wissen nichts! Denken Sie daran, daß Sie nicht wissen, was hier vor sich geht – im Schloß!«

In diesem Augenblick ertönte die Stimme des Fürsten:

»Erlauben Sie!«

Auf der Schwelle des halbdunklen Saales wirkte er in seinem phantastischen Morgenrock wie eine Erscheinung aus einer anderen Welt. Der Sekretär lief zu ihm.

»Warum bleiben Sie nicht in Ihrem Zimmer, Fürst?!« rief er, verstummte aber sogleich. Der Fürst hatte sich bis zur Unkenntlichkeit verändert! Mit einer einzigen großen Handbewegung schob er ihn beiseite.

»Wer soll hier weggehen? Ich habe gehört, jemand soll das Schloß verlassen? War da vielleicht von Ihnen die Rede?«

Trotz aller Empörung senkte Skoliński unwillkürlich den Kopf, soviel Würde und herrschaftlicher Stolz gingen von dem Verrückten aus.

»Leider werde ich abreisen müssen«, sagte er bewegt, mit einem Herzen voller Erbarmen für den Unglücklichen.

»Und warum?«

»Weil ich es so will!« rief Cholawicki.

Der Fürst wunderte sich.

»Seit wann verfügen meine Angestellten über mein Schloß? Ich fürchte, wenn Sie bei Ihren Dispositionen beharren, werden Sie als erster hier abreisen.«

Cholawicki wurde weiß wie die Wand. Noch nie hatte er etwas Ähnliches aus dem Munde des Fürsten gehört. Dieser Wandel wirkte unbegreiflich! Und der Fürst machte jetzt den Eindruck eines Menschen mit klarem Verstand.

»Entschuldigung«, stammelte er.

»Sie sind mein Gast«, sagte Holszański immer noch mit der gleichen Würde zu dem Professor. »Ich lade Sie ein und bitte Sie sehr, beachten Sie die Taktlosigkeit meiner Angestellten nicht. Ich werde sie kurz halten. Sie dürfen nicht abreisen. Sie sind mir unbedingt nötig zum Ordnungmachen! Dieses Schloß ist randvoll mit Trödel und Gerümpel – allein schon dieser Saal. Ich ersticke im Abfall! Ich ertrinke im Abfall! Das schadet meiner Gesundheit! Sie müssen mich retten! Ich könnte krank werden! Retten Sie mich, retten Sie mich, retten... mich, retten...«

Die letzten Worte sprach er immer schneller, bis sie in einen Schrei übergingen und der Wahnsinnige zu Boden stürzte.

»Weg!« knurrte Cholawicki, als der Professor zur Hilfe eilte. Er nahm den elenden Körper des Fürsten auf die Arme und trug ihn ins Schlafzimmer.

Erst jetzt wurde er sich des ganzen Ernstes der Lage bewußt. Die Mauer der Einsamkeit rund um den Fürsten war gebrochen! Man hatte ihm einen wertvollen Trumpf geraubt – er war nicht mehr der einzige Mensch, ohne den der Fürst nicht auskam! Der Fürst wollte Skoliński hier behalten! Und in welchem Ton er gesprochen hatte!

Was tun? Er legte den Fürsten auf das Bett und eilte zum Professor.

»In fünf Minuten sind Sie hier verschwunden!«

Doch der Professor schüttelte verneinend den Kopf. Er war sehr ernst.

»Ich reise nicht ab!«

»Wie?! Sie reisen nicht ab?«

»Sie haben doch gehört, der Fürst hat mich eingeladen.«

»Aber das ist doch ein Verrückter!«

»Wenn er verrückt ist, muß man ihn entmündigen. Vorläufig bin ich hier und habe nicht die Absicht, mich zu entfernen. Ich entferne mich nicht, solange der Fürst das nicht deutlich verlangt.«

»Sie haben die Absicht, ihn in Schutz zu nehmen?«

»Kann sein.«

Der Entschluß des Professors war unwiderruflich.

Genauso – und das war schlimmer – der Entschluß des Fürsten. Vergeblich versuchte Cholawicki, den krankhaften Widerstand des Verrückten zu überwinden. Aus der Ohnmacht erwacht, verfiel der Fürst in einen Zustand großer Schwäche. Die heroische Haltung, die er dem Sekretär gegenüber eingenommen hatte, war doch über seine Kräfte gegangen. Zugleich kehrte die Angst vor Cholawicki zurück. Demütig lauschte er dessen strengen und harten Worten. Trotzdem beharrte er auf seinem Entschluß, und Cholawicki begriff, daß der Fürst sich eher von ihm als von Skoliński trennen würde. Es war geschehen. Der Professor hatte sich ins Schloß eingeschlichen, mit dieser Tatsache mußte man sich abfinden.

Die folgende Nacht war für Cholawicki keineswegs besser als die letzte, im Gegenteil hundertfach schlechter. Die beiden schweren Niederlagen, die er erlitten hatte, eine in Połyka, die zweite im Schloß, raubten ihm den Schlaf, obwohl er seit achtundvierzig Stunden eigentlich keine Ruhe gefunden hatte. Maja! Was war nur mit Maja?! Warum war sie in den Wald gelaufen, warum hatte Leszczuk sie verfolgt, warum hatte sie sich in ihrem Zimmer eingeschlossen und nicht mit ihm sprechen wollen? Was war zwischen ihr und Leszczuk vorgegangen? Er mußte gleich morgen früh wieder hinreiten. Doch wenn er hinritt, verlor er wieder die Kontrolle über Skoliński und den Fürsten. Also vielleicht nicht hinreiten?

Und zu diesen Qualen kam noch die dumpfe Furcht vor den rätselhaften Worten des Professors: »Ich würde lieber weit weg von dieser Stelle jemanden ermorden, als hier – in der Nähe – etwas viel weniger Böses zu tun«. Und dieses Handtuch – die unablässige Arbeit des Handtuchs dort hinten im Schloß, in der alten Küche. Der Gedanke, daß sich das Handtuch pausenlos aufblähte, zusammenzog, bewegte... und daß Skoliński, sein Feind, besser informiert sein mußte als er, daß er etwas wußte, was er nicht wußte...

Erst gegen Morgen versank er in tiefen Schlaf. Doch um zehn Uhr weckte ihn Grzegorz. Ein Bote aus Połyka hatte einen Brief von Frau Ochołowska gebracht.

Sich die Augen reibend, erst halb bewußt nach dem Schlaf, riß er den Umschlag auf und wurde sofort hellwach. Nur wenige, mit Bleistift hingeworfene Worte:

Bitte kommen Sie schnell. Maja ist fort. Ich bin sehr beunruhigt.

10

Als Maja die Bahnstation erreicht hatte, befahl sie dem Stallburschen, mehrere Stunden zu warten und dann im Schritt nach Połyka zurückzukehren. Gerade wurde ein Zug nach Lemberg angesagt. Das erschien ihr besser, als direkt nach Warschau zu fahren.

Im Lemburg frühstückte sie und stieg nach langem Warten in den D-Zug nach Warschau.

Sie nahm fest an, daß Leszczuk nach Warschau gefahren sei. Weil er das Geld gestohlen hatte, konnte er nicht zu seinem Club nach Lublin zurückkehren. Sicher war er nach Warschau gefahren, um seine Tennispläne zu verwirklichen.

Was sie selbst anging, so hätte sie auf die Frage, warum sie von daheim geflohen war und besinnungslos hinter Leszczuk herreiste, keine klare Antwort geben können. Sie wußte nur, daß sie nicht in Połyka hatte bleiben können.

Alle mußten vermuten, daß zwischen ihr und Leszczuk etwas geschehen war.

Maja schämte sich, sie schämte sich vor ihrer Mutter, vor Krysia, Cholawicki, den Dienstboten, vor allen, allen! Die Scham brachte sie um!

Nein, in Połyka hatte sie nicht bleiben können! Ihre Zeit in Połyka war vorüber!

Außerdem war es unmöglich, daß es zwischen ihr und Leszczuk so blieb, so zu Ende war!

Ihn noch einmal sehen! Als einen anderen, nicht wie bisher. Noch einmal sich überzeugen, ob denn das stimmte, daß er so war und daß sie so war. Das Wichtigste aber – sie mußte ihm nachreisen. Die Übermacht, die sie trieb, war stärker als sie.

Zum Glück saß sie in einem leeren Abteil. Sie warf sich auf die Bank und schlief, von den vielen Erlebnissen überwältigt, ein.

Bald jedoch erwachte sie und gewahrte wie durch einen Nebel auf der Bank gegenüber einen Herrn, der sie beobachtete.

Maja schloß die Augen und versuchte, erneut einzuschlafen, warf aber nach einer Weile durch die halbgeschlossenen Lider einen Blick hinüber. Wieder schaute er sie ruhig und streng an. Das war unerträglich.

»Entschuldigen Sie«, sagte der Mitreisende, als er sah, daß Maja die Augen aufschlug. »Wenn ich Sie störe, gehe ich in ein anderes Abteil. Der Träger hat mein Gepäck hier hereingebracht, ehe ich selbst das Abteil wählen konnte.«

Er hatte eine tiefe und sehr angenehme Stimme, sein Äußeres ließ auf beste Manieren schließen. In seinem Verhalten lag kein Tüttelchen unangemessener Intentionen. Maja fühlte sich sogleich als Dame, was ihr unaussprechliche Freude bereitete.

»Danke«, antwortete sie. »Ich werde nicht länger schlafen.«

Man sah, daß der Unbekannte etwas sagen wollte, sich aber zurückhielt. Sie bemerkte das und empfand wiederum tiefe Befriedigung und zugleich etwas wie Dankbarkeit. Sie hatte in letzter Zeit so viele Demütigungen erfahren, daß der gewisse geistige Komfort, den der unbekannte Mitreisende ausstrahlte, ihr unendlich angenehm war. Sie saß auf ihrer Bank und schaute in die vorbeifliegende Landschaft.

»Verzeihen Sie«, sagte er etwas befangen, »aber Sie haben sich verletzt. Blut...«

Schnell hob sie die Hand an den Mund. Eine kleine, gestern im Wald davongetragene Wunde hatte sich geöffnet. Jetzt erst fiel ihr ein, daß sie dem Fremden zerkratzt und mit blauen Flecken gegenübersaß.

Ihr Mund war ganz blutig. Sie suchte ihr Taschentuch.

»Ach ja, ich bin vom Pferd gefallen.«

»Gestatten Sie, daß ich Ihnen mit Kölnisch Wasser zu Hilfe komme. Es ist zwar nichts Ernstliches, aber unterwegs muß man immer achtgeben.«

Er versuchte, nicht zu zeigen, in welchem Maße das junge, schöne Mädchen ihn interessierte.

Wer konnte das sein – diese erstaunliche Mischung noch kindlicher Mädchenhaftigkeit, weiblicher Vornehmheit und einer besonderen Brutalität, wie sie sich sowohl in ihren Wunden und blauen Flecken als auch in ihrem ganzen Verhalten kundtat? Aus unbekannten Gründen bedauerte er sie sehr, und um sie nicht zu beschämen, sagte er eilig:

»Sie müssen sich tüchtig weh getan haben. Auch ich bin einmal vom Pferde auf die Steine gefallen und habe mir das ganze Gesicht böse zugerichtet.«

Maja schaute wieder aus dem Fenster. Wie schnell die Bäume vorbeihuschten! Der Tag war traurig und regnerisch, das nasse Schachbrett der Felder zog monoton vorüber im gleichmäßigen Takt der sich wiegenden Waggons. Was wartete in Warschau auf sie! Und was würde ihre Mutter sagen?

Sie holte einen Bleistift hervor und schrieb auf Blättern, die sie aus ihrem Notizbuch riß:

Mama!

Sei mir nicht böse. Ich habe das Geld genommen und komme so bald nicht wieder. Bitte suche mich nicht. Ich habe es so beschlossen.

Aber ich bin mit niemandem geflohen, sondern allein, darauf gebe ich Dir mein Ehrenwort.

Ich möchte selbständig sein. Ich muß ein neues Leben beginnen. Ich will nicht, daß jemand anderes – vor allem Du – mir jetzt zuschaut und sich um mich kümmert. Eine Zeitlang muß ich ganz unter Fremden leben.

Sag Cholawicki, daß ich mit ihm breche.

Den anderen erzähl ein Märchen über meine so plötzliche Abreise.

Liebe Mama, ich weiß, was diese Abreise für Dich bedeutet, aber ich mußte. Du weißt nicht, was mir begegnet ist. Wenn ich glücklich heimkehre, werde ich es Dir erzählen, und wir werden anders miteinander leben als bisher. Es ist nicht nur meine Schuld.

Maja

Nachdem sie das nicht sonderlich klare Schreiben durchgelesen hatte, überlegte sie und fügte hinzu:

Ich muß herausfinden, wie ich wirklich bin. Ich muß erfahren, was ich für eine Natur habe.

Und darunter, undeutlich:

Ich fürchte, ich bin viel schlechter, als ich glaubte. Auf jeden Fall aber küsse ich Dich tausendmal. Du sollst wissen, daß mehr Liebe zu Dir in mir war, als Du denkst. Ich konnte sie nur nicht zeigen.

Den Brief steckte sie in einen Umschlag.

Sie hatte also den von Leszczuk begangenen Diebstahl auf sich genommen. Aber hatten sie nicht zu zweit gestohlen? Hatte sie ihn nicht zum Diebstahl überredet?

Sie näherten sich bereits Warschau. Der junge Mann schaute Maja mit seinem ruhigen und strengen Blick noch lange nach, während sie in der Menge die Bahnhofstreppe hinabging, bis sie ihm aus den Augen entschwand. Er pfiff durch die Zähne. Unerträgliche Traurigkeit bedrückte sein Herz.

Maja hatte beschlossen, vorläufig bei ihrer Schulkameradin Róża Włocka zu wohnen. Im Hotel konnte sie nicht absteigen, weil sie nur etwa 150 Złoty besaß, den Hunderter, den Leszczuk verloren hatte, mitgerechnet. Auch hoffte sie, Róża werde eine Arbeit für sie finden, so daß sie ihren Lebensunterhalt selbst verdienen konnte.

Im Internat hatte ihr Róża recht nahe gestanden, obwohl sie fast drei Jahre älter war. Vor etwa einem Jahr hatte Maja den unmittelbaren Kontakt mit ihr verloren, aber sie schrieben sich, wenn auch selten.

Aus diesen Briefen wußte Maja, daß Róża an der Universität in Warschau studierte und ein kleines Zimmer in der Krucza-Straße hatte. Anfangs klagte Róża über Einsamkeit und Langeweile und wollte unbedingt zu ihren Eltern zurückkehren, die in der Gegend von Tarnów eine Wasser- und eine Sägemühle besaßen, dann jedoch wurden ihre Briefe sehr lebhaft.

Sie schrieb, sie sei in die Czerniakowska-Straße umgezogen und habe sehr angenehme Beziehungen geknüpft. Über diese Beziehungen standen in ihren Briefen viele geheimnisvolle Anspielungen, die mit ebenso nebulösen Kommentaren wie »man muß sich im Leben zu helfen wissen«, »man soll sich nicht aufregen« usw. versehen waren.

Da sie Różas bescheidene materielle Mittel kannte, war Maja überzeugt, das Zimmer in der Czerniakowska-Straße würde sich weder durch Größe noch durch Luxus auszeichnen. Auch fürchtete sie, ihrer Schulkameradin ernstliche Unbequemlichkeiten zu machen.

Doch Róża empfing sie mit offenen Armen. Das Zimmer war herrlich. Eigentlich war es eine eigene Wohnung mit kleinem Flur und Bad, in einem der neuen Häuser dieses Stadtteils. Sehr viel Sonne und Luft sowie ein riesengroßer Balkon mit weitem Blick.

»Wir finden sehr gut Platz!« rief Róża. »Mach keine Umstände! Du kannst meinetwegen hundert Jahre bei mir wohnen! Aber was führt dich nach Warschau?«

»Ich bin geflohen.«

»Von daheim geflohen? Das ist ja was!«

»Ich habe mich mit meiner Mutter verzankt und mit Henryk gebrochen.«

»Du bist verrückt geworden! Warum? Maja! Hat er dich so zugerichtet? Du bist ja ganz voll blauer Flecken!«

»Eine Eifersuchtsszene.«

»Ach so! Dann wundere ich mich nicht mehr, daß du mit ihm gebrochen hast. Hast du einen anderen?«

»Ja, aber der ist verheiratet«, log Maja, »und muß sich erst scheiden lassen. Das wird länger dauern. Ich muß mich inzwischen selbst unterhalten, verstehst du? Ich kann weder von daheim noch von ihm Geld annehmen.«

»Pah! Das läßt sich machen!«

Beide Mädchen betrachteten sich genau.

»Du hast dich verändert«, sagte Róża.

»Du hast dich verändert«, antwortete Maja wie ein Echo.

In der Tat, Róża Włocka kam ihr völlig verändert vor. Maja hatte sie als schüchternes, hübsches, aber nicht besonders attraktives Mädchen gekannt, jetzt aber stand vor ihr ein bezauberndes Persönchen, vorzüglich angezogen und nach kosmetischen Mitteln duftend, ungezwungen und selbstsicher.

Sie lachte, ihre Augen blitzten, sie redete viel und schnell.

Doch seltsamerweise war diese Fröhlichkeit ziemlich traurig. Es schien, als könnte sie jeden Augenblick in bitteres Weinen umschlagen.

Möglicherweise kam auch Róża, während sie Maja anschaute, zu irgendwelchen Schlüssen, denn beiden verging die gute Laune, etwas Unausgesprochenes hing in der Luft. Sie redeten noch lange und viel miteinander, aber das Gespräch verlief am Rande der Dinge, die sie voreinander geheimhielten. Sie erforschten sich gegenseitig, ob und wieweit sie offen zueinander sein konnten.

Am nächsten Tag gegen Mittag ging Maja in die Stadt und irrte lange fast gedankenlos durch die Straßen. Ihre blauen Flecke waren im Laufe der Nacht verblaßt, sie sah wieder erträglich aus.

Schließlich begab sie sich zum Tennisclub. Man begrüßte sie begeistert. Die Position der jungen Meisterin in der Sportswelt war sehr stark.

»Wen sehe ich da!« rief Meister Wróbel und kam vom Platz auf sie zugelaufen. »Bei Gott! Maja ist da! Zum Match, was?«

»Was für ein Match?«

»Das weißt du nicht?! Wir rüsten uns gegen die Holländer. Davis-Pokal. Ich wette, wir verpassen ihnen ein 3 : 2, du wirst sehen! Aber in was für einer Welt lebst du, daß du davon nichts weißt, Mädchen!«

Er mußte gehen, man rief vom Platz aus nach ihm: »Zeisig, verdreh ihr nicht den Kopf! Komm spielen!«

Maja begrüßte den Verwalter, Herrn Brzdąc. Er hatte die Aufsicht über die Jungen, die die Plätze sprengten. Von ihm erfuhr sie, daß Leszczuk sich tatsächlich gestern abend im Club gemeldet hatte, um den Hausherrn Rytwiński zu sprechen. Weil der jedoch nicht da war, hatte man ihn gebeten, in zwei Tagen wiederzukommen. Ob er seine Anschrift hinterlassen habe? Nein.

»Stellen Sie sich vor, ich weiß bisher nichts!« sagte sie wie nebenbei. »Er will beitreten. Er hat mich um Fürsprache gebeten, aber ich kann ihn nicht besonders empfehlen! Ist Klonowicz hier?«

»Da kommt er gerade aus dem Umkleideraum.«

Klonowicz kam als vierter Mann für das Spiel gegen die Holländer in Frage, doch war über seine Teilnahme noch nicht entschieden.

»Stellen Sie sich vor, ich weiß immer noch nichts! Unter uns gesagt, das ist ein richtiger Intrigenstall. Einer ekelt den anderen hinaus, richtig schön! Glauben Sie, man hat mir gesagt, Dymczyk beeinflusse Wróbel gegen meine Mitwirkung. Und wie man weiß, setzen alle auf Wróbels Meinung.«

»Das macht nichts, das ist überall so, da braucht man sich nicht aufzuregen! Dafür kommen neue Kräfte hinzu.«

»Neue Kräfte?« sagte Klonowicz bitter. »Davon habe ich

nichts gehört. Da sind Wróbel, Gawlik, ich und Lipski, sonst niemand mehr, denn Wodziński wird entschieden überschätzt.«

»Am Donnerstag soll sich ein Neuer melden. Er heißt Leszczuk und stellt hohe Ansprüche. Angeblich ein erstklassiges Talent, wenn auch ungeschult. Das hat mir Brzdąc soeben erzählt. Wer weiß, vielleicht eignet er sich gegen die Holländer.«

»Was sagen Sie da? Unmöglich! Wieso denn?! Am Donnerstag? Wann?«

»Um sechs Uhr.«

Klonowicz verabschiedete sich mit höchst unzufriedener Miene. Sie war sicher, daß er sich Leszczuks entsprechend »annehmen« und alles tun würde, um ihm den Beitritt zum Club unmöglich zu machen. Und genau das wollte sie!

Träte er dem Club bei und machte eine sportliche Karriere, gewänne er ein anderes Ansehen. Er wäre einer jener kultivierten, gut angezogenen jungen Männer, mit denen sie Umgang pflegte. Dann aber könnte sie sich vielleicht der »Ähnlichkeit« nicht mehr widersetzen, die sie auf ihn zudrängte.

Nein, nein, lieber nicht.

In der Wohnung hatte sich eine junge Blondine auf der Couch breitgemacht und die Füße auf den Tisch gelegt; sie wurde ihr von Róża als Izabella Krzyska, Kommilitonin von der Universität, vorgestellt. Maja konstatierte sofort, daß Fräulein Krzyska eine erstaunliche Schönheit war. Sie hatte riesengroße blaue Augen und eine blendendweiße Haut; Zähne, Ohren, Arme und Beine ergänzten das großartige Ganze.

»Wir wollen uns gleich duzen«, schlug Fräulein Krzyska alsbald vor, »ich mag dies Getue nicht.«

Róża holte inzwischen eine Flasche Likör aus dem Schrank und bewirtete ihre Freundinnen. Maja, die schon früher zwei Bekannte von Róża kennengelernt hatte, wunderte sich darüber, wie hübsch alle diese Freundinnen aussahen, sagte aber nichts.

Seit einiger Zeit nahm sie sich Róża gegenüber in acht. Sie hatte den Eindruck, Róża kreise ständig um ein Thema, das sie nicht direkt anschneiden wollte. Ihr Umgang miteinander war dadurch äußerst vorsichtig geworden, denn Maja wahrte gleichfalls ihre Geheimnisse.

Früher hatten sie voreinander nichts verborgen. Beide wußten, wie sehr sie sich inzwischen verändert hatten, aber keine von ihnen war sich dessen sicher, ob die Veränderung der anderen so weit ging, daß sie sich ihr mit voller Offenheit mitteilen konnte. Sie verstanden es nicht, auf der neuen Ebene Beziehungen miteinander anzuknüpfen.

Maja sah, daß das allzu nonchalante Benehmen der kleinen Blondine Róża ein wenig störte. Fräulein Krzyska erzählte von einem Ausflug nach Wilanów, den sie gestern in der Gesellschaft von Industriellen aus Kattowitz unternommen hatte. Im übrigen musterte sie auch Maja in allen Einzelheiten, sie wunderte sich sowohl über die blauen Flecken als auch über bestimmte unerwartete Veränderungen in ihrer Stimme, zum Beispiel wenn sie »nei-ein« sagte oder wenn ihr Blick etwas Böses oder Geheimnisvolles verriet, das nur ihr bekannt war.

So beobachteten die drei Grazien sich gegenseitig und versuchten herauszubekommen, ob sie einander vertrauen konnten – jede belastet mit ihrem eigenen Geheimnis, mit ihrem besonderen Makel.

»Komm heute mit uns zum Dancing«, wandte Róża sich an Maja. »Wir gehen mit Izas Bekannten, das sind die Direktoren einer Fabrik in Kattowitz. Sie sind für kurze Zeit hergekommen und wollen sich amüsieren. Außerdem geht Frau Präses Halimska mit«, fügte sie hinzu, »eigentlich sind das ihre Bekannten.«

»Wer ist diese Frau Halimska?« fragte Maja.

»Eine sehr angenehme Persönlichkeit, meine große Freundin. Sie wird dir bestimmt gefallen. Nun? Einverstanden? Es wird gut sein, wenn du sie kennenlernst, sie kann dir bei deinen Plänen helfen. Sie hat gute Beziehungen.«

Um halb elf Uhr betraten sie alle drei in Gesellschaft zweier älterer, sehr geschniegelter Herren und der höchst majestätischen Frau Halimska ein beliebtes Tanzlokal der Hauptstadt.

Maja hatte irgendwelche biederen Oberschlesier erwartet, statt dessen sahen beide Repräsentanten der Schwerindustrie vorzüglich aus in ihren Smokings, und einer war sogar Schwede oder Däne und konnte kaum polnisch sprechen. Wie sich herausstellte, war Frau Halimska Russin von Geburt, sie verband östliche Herzlichkeit mit westeuropäischer Distinktion.

Wein wurde gebracht, es entspann sich ein leichtes, weltläufiges Gespräch. Maja war leicht benommen vom Spiel der Lichter und Klänge, von der Bewegung der tanzenden Paare.

Bald setzten sich noch zwei Herren dazu, der eine Sekretär irgendeiner Botschaft, der zweite, ein halb kahler und etwas ausgelaugter Blonder, hieß Szulk und schien ein guter Bekannter von Frau Halimska zu sein.

Nach Mitternacht tauchten noch zwei Frauen in Begleitung eines Grafen auf, und Maja wunderte sich erneut über deren außergewöhnliche Schönheit und die eleganten, wenn auch bescheidenen Kleider.

An beiden Tischen, die sie besetzt hielten, gab es außer Frau Halimska keine Frau, die sich nicht durch besondere Anmut ausgezeichnet hätte, und dieses Ensemble schöner Frauen aus der Gesellschaft machte auf Maja den geradezu umgekehrten Eindruck, den es machen sollte – einen unpassenden und verdächtigen Eindruck, obwohl ihr Benehmen einwandfrei war.

Von allen Seiten richteten sich Blicke auf sie, und kurz danach setzte sich noch ein Herr zu ihnen, ein beleibter, rotgesichtiger Mensch, der mit großen Ehren empfangen und mit »Herr Minister« tituliert wurde.

Um Maja kümmerte sich der Botschaftssekretär, den ihr vorzügliches Französisch sympathisch berührte. Sie tanzte lange und trank eine Menge, bis Frau Halimska sich zu ihr herüberbeugte.

»Nur nicht übertreiben, mein Kind.«

»Nei-ein«, sagte Maja und spürte, wie es sich ihr im Kopfe drehte.

Ein weiterer Ausländer erschien, ein Engländer, lang, ernst und dünn. Inzwischen ließ sich Frau Halimska mit Maja in ein längeres Gespräch über allgemeine Themen ein, sie war freundlich und gutmütig. In einem Moment nur, als Fräulein Krzyska unter Alkoholeinfluß zu laut zu lachen anfing, sagte die Frau Präses mit leichtem Nachdruck zu ihr:

»Mach deine Locke fest, mein Kind.«

Iza wurde auf der Stelle nüchtern.

Und wieder Tanz in der Menge, die einen großen, schwer, mühsam und krampfhaft kreisenden Leib bildete. Und die Lichter, die Klänge, der Alkoholdunst, die nervöse, erregte Atmosphäre, in der Maja sich verlor, sich und die Erinnerung an die Angelegenheit, die sie hergeführt hatte.

Sie erwachte. Unter dem Pfeiler am Eingang zur Bar stand der Unbekannte aus dem Zug. Sein Blick machte sie sofort nüchtern. Sie bemerkte, daß der Diplomat sie im Tanz etwas zu sehr an sich drückte, und entzog sich ihm. Er warf ihr einen empörten Blick zu und – unterbrach sofort den Tanz.

»Ich bringe Sie zu Ihrem Tisch«, sagte er trocken.

Sie war beleidigt. Was bildete er sich ein?

»Bringen Sie sich selbst so weit wie möglich von mir weg. Mir liegt an der Wahrung der... Distanz«, sprach aus ihr das frühere Fräulein Ochołowska.

Und um sich von ihm zu befreien, trat sie auf den Unbekannten zu.

»Guten Abend. So treffen wir uns wieder.«

»Gehören Sie zu der Gesellschaft dort an den beiden Tischen?«

»Warum fragen Sie?«

»Weil mir diese Gesellschaft nicht gefällt.«

»Und warum?«

»Zu viele Ausländer. Zu viele Honoratioren. Und zu viele schöne Frauen, solche wie Sie.«

»Solche wie ich, das heißt – was für welche?«

»Weniger verdorben als verderbt.«

»Wie können Sie es wagen?!«

Er blickte ihr in die Augen.

»Vergessen Sie sich nicht.«

»Nei-ein, ich vergesse mich nicht, ich tanze nur.«

»Und wissen Sie, was ich in diesem Augenblick tue?«

»Sie stehen hier und reden mit mir.«

»O nein, nicht nur das.«

»Was denn noch?«

»Ich verehre Sie«, sagte er mit Nachdruck. »Sie sollen wissen, daß ich Sie wirklich und aufrichtig verehre. Sie sind dessen würdig, und außerdem ist es meine Pflicht.«

Maja stieg das Blut in die Wangen.

»Ich brauche Ihre Verehrung nicht!«

»Falsch, denn Sie brauchen Verehrung. Außerdem ist das alles egal. Ich verehre Sie und werde Sie immer verehren, unabhängig davon, ob Sie das wollen oder nicht.«

Sie schaute ihn an. Wollte er sie mit seiner Verehrung ködern? Nein. Seine ganze Gestalt, seine starken, entschiedenen Augen, die Form seines Kopfes – alles weckte besonderes

Vertrauen. Er war vornehm – in geistiger Hinsicht. Solch ein Mensch konnte jemanden unverhofft mit seiner Verehrung beschenken, und man mußte diese Gabe annehmen, weil es wirklich eine ernsthafte Gabe war.

»Sie gehen schon?« sagte sie bedauernd, als er sich schweigend verbeugte.

»Ich habe hier nichts verloren.«

»Warten Sie«, flüsterte sie und schaute sich ängstlich um. »Ich möchte mit Ihnen sprechen. Kommen Sie übermorgen in das Café hier oben. Um fünf.«

»Gut.«

An den Tisch zurückgekehrt, fragte die Frau Präses sie:

»Sie haben einen Bekannten getroffen?«

»Ja«, antwortete sie.

»Oh, den hätten Sie mir vorstellen sollen. Seien Sie mir nicht böse, meine Liebe, aber ich bin die einzige ältere Dame in unserem Kreise, ihr alle seid gewissermaßen unter meinem Schutz. Ich habe nichts gegen das Vergnügen, aber die Formen müssen gewahrt werden. Was diesen Ausländer anbetrifft« – sie lächelte –, »so haben Sie ihn gut abgefertigt! Ich hab's gesehen. Diese Herren muß man kurz halten. Man erkennt doch gleich, daß Sie Rasse, Tradition und Erziehung haben.«

Gegen vier Uhr früh beglich einer der Industriellen die Rechnung, und die Gesellschaft verließ das Lokal. Genüßlich sog Maja die belebende Morgenluft ein. Die Menschen der Arbeitswelt, die Hauswarte, die über ihre Schienen gebeugten Straßenbahnarbeiter, die wenigen Fußgänger, die zu so früher Stunde zu ihrem Arbeitsplatz eilten – sie alle achteten nicht auf die zerknitterten Kleidungsstücke und Gesichter derer, die da in die Autos stiegen. Sie waren diesen Anblick gewöhnt.

»Na?« fragte Róża. Sie hatten sich vor dem Schlafengehen noch auf die geräumige Terrasse gesetzt, von der aus man die Weichsel und den Stadtteil Saska Kępa sehen konnte.

»Willst du, daß ich's dir offen sage?«

»Natürlich!«

»Das alles kommt mir verdächtig vor.«

Róża lachte auf.

»Du hast recht. Es ist auch verdächtig! Maja, gib mir dein Ehrenwort, daß du's nicht weiterschwatzt, dann sag' ich dir, worum es sich hier handelt. Na? Gibst du mir dein Wort?«

»Ja.«

»Fang!«

Sie warf ihr eine Orange zu, machte sich selbst über die zweite her und redete mit vollem Mund.

»Siehst du, das ist der Verein zu Gegenseitiger Hilfe, den die Frau Präses gegründet hat. Hahaha! Maja, du stellst dir wirklich Gott weiß was vor, dabei ist daran nichts Schlechtes! Das ist nur ein großartiger Einfall der Frau Halimska.«

Tatsächlich, der Einfall der Frau Präses war zugleich unschuldig und großartig. Es handelte sich ganz einfach um – mit ihren Worten gesprochen – einen Austausch von Dienstleistungen, die auf rationalen und kultivierten Grundsätzen beruhte.

Reiche Industrielle, Kaufleute und andere Globetrotter, die nach Warschau kamen, amüsierten sich gern in der Stadt, verfügten aber meist nicht über entsprechende Bekanntschaften.

Sie waren äußerstenfalls auf die Vortänzerinnen angewiesen oder auf andere Frauen von unklaren Sitten, was – erläuterte Róża – für sie weder nützlich noch angenehm sein konnte. Sehr viel erfreulicher war es dagegen, mit einer Persönlichkeit aus der guten Gesellschaft in ein Lokal zu gehen, das schafft eine völlig andere Atmosphäre.

»Siehst du, wir bieten ihnen unsere Gesellschaft, und sie bieten uns das Vergnügen. Ohne Frau Halimska wäre das nicht möglich. Die Frau Präses erfreut sich eines ausgezeichneten Rufes und schützt uns vor Kompromittierung. Sie ist wirklich außerordentlich taktvoll und vermag in allem genau das richtige Maß zu halten. Du hast selbst gesehen, daß man ihr in dieser Hinsicht nichts vorwerfen kann. Sie hat weitverzweigte Beziehungen, kennt sich vortrefflich mit den Leuten aus und läßt niemanden zu, der sich nicht entsprechend benehmen kann.

Und außerdem ist es ihr gelungen, eine Gruppe sehr gut aussehender Mädchen und junger geschiedener Frauen aus gutem Hause um sich zu scharen. Hübsche Frauen in größerer Zahl bilden eine große attraktive Kraft. Der beste Beweis dafür ist, daß sogar der Minister – allerdings ein ehemaliger – sich zu uns gesetzt hat. Das gestattet Frau Halimska, immer neue Bekanntschaften in maßgeblichen Kreisen anzuknüpfen und zwischen Menschen zu vermitteln, die sich gegenseitig brauchen. Daraus zieht sie großen Nutzen, selbstverständlich strikt in den zugelassenen Grenzen, weil sie eine in jeder Hinsicht anständige Frau ist. Wir sind eine Art Lockspeise.

Ich sage dir«, erläuterte Róża bewegt, »sechs oder sieben sehr schöne und gut erzogene Mädchen sind eine Kraft, der niemand widersteht. Alte und Junge wollen zu unserem Kreis gehören. Diese Frau Präses hat diese Kraft organisiert und hat davon großen Nutzen, dafür hilft sie uns und gibt uns etwas für die notwendigen Ausgaben. Denn weil wir uns oft in Lokalen aufhalten, müssen wir elegant sein.«

»Ihr nehmt also Geld von ihr?«

»Nun, eigentlich – nicht. Aber manchmal. Wenn sie uns etwas gibt, dann weil es sich für sie lohnt. Daran ist nichts Schlimmes. Dienstleistung gegen Dienstleistung. Wenn ich nichts annähme, wäre ich von meinen Eltern abhängig.«

»Weißt du, was ich dir rate: Pfeif auf diesen Verein.«

»Du bist dumm! Vor allem, es ist kein Verein, wir nennen das nur unter uns so zum Spaß. Und zum zweiten, daran ist nichts Schlimmes. Zudem habe ich nicht die Absicht, auf einen kleinen Schwarzen mit Studenten in die Konditorei zu gehen! Und schließlich ... Maja, du hast ihr sehr gut gefallen. Sie würde eine Stelle für dich finden und dir überhaupt helfen. Wenn du mit Połyka Schluß gemacht hast, gibt es keine bessere Gelegenheit für dich.«

Sie blickte sie scharf und ein wenig beunruhigt an.

»Gut«, stimmte Maja unerwartet zu.

Róża verbarg ihre Verwunderung. Diese Maja war wirklich abgründig. Noch vor einer Sekunde hat sie sich dermaßen gesperrt, und jetzt stimmt sie zu. Was für ein Teufel steckt in ihr? Majas Gesicht war beinahe starr, nur der Mund schmerzhaft verzogen. Plötzlich gähnte sie.

»Gehen wir schlafen.«

»Sehr gern, mein Kind, komm nur morgen abend* in die Wohnung auf der Kredytowa-Straße.« Offizielles Ziel des Besuchs war, sie darum zu bitten, für Maja, die sich unvermuteterweise in einer schwierigen Lage befände, eine Stelle zu suchen.

»Sehr gern, mein Kind, komm nur morgen abend** ins

* Fehler im Zeitungsabdruck
** Fehler im Zeitungsabdruck

›Europejski‹, ich werde dich einem sehr einflußreichen, mir gut bekannten Finanzier vorstellen. Er wird dir vieles erleichtern. – Aber natürlich, das versteht sich doch von selbst, die Menschen müssen einander helfen.«

Sie verabschiedeten sich sehr höflich.

Abends kam Róża in bester Laune aus der Stadt.

»Du hast eine Eroberung gemacht«, sagte sie. »Sie interessiert sich sehr für dich. Stell dir vor, dieser Finanzier, den du morgen sehen sollst, ist Maliniak. Weißt du, der aus Amerika, ein ganz Reicher, der nach Polen gekommen ist, um Kapital zu investieren und die Autoproduktion zu organisieren. Ich war vor einer Stunde bei ihr, um mich zu erkundigen. Sie sagt, du seist die beste von uns allen, weil du eine außerordentliche Anmut besitzt und – wie hat sie doch gesagt? – in dir alles steckt, Kind und Dame und Vamp und Mädchen aus gutem Hause und sogar Mädchen aus dem Volke, was dich unerhört interessant macht. Weißt du, so ein Kompliment von einer derartigen Kennerin, das ist nicht irgendwas«, schloß sie und umarmte Maja, um den Schatten von Unzufriedenheit zu verbergen, den sie nicht ganz unterdrücken konnte. »Ach ja, und noch etwas! Zieh dich möglichst bescheiden an. Dein Kleid hat ihr gut gefallen.«

»Ich bin dir sehr dankbar«, sagte Maja. »Ohne dich wüßte ich nicht, was ich tun sollte.«

Sie küßten sich. Aber beide wußten, daß ihre frühere offenherzige Vertrautheit unwiederbringlich vergangen war.

Die Geschäfte hatten sich zwischen sie geschoben, und – noch wichtiger – sie hatten kein Vertrauen mehr zueinander. Im Grunde wunderte sich Róża, daß Maja so leicht auf die Hilfe der Frau Präses eingegangen war, und Maja wiederum hegte den Verdacht, Róża sei auf diesem glatten und abschüssigen Wege schon weiter gelangt, als sie sagte. Insgeheim staunten sie beide übereinander und verachteten sich sogar ein wenig, doch beiden kam es zupaß, daß die andere so war, wie sie war.

Maja zögerte, ob sie zu der Begegnung mit Mołowicz gehen solle – so hieß ihr Mentor aus dem Club-Café. Wozu? Um ihm zu sagen, daß sie sich bei dieser ihm unsympathischen Gesellschaft im Ernst engagiert habe? Nein, das konnte sie nicht einmal sagen, weil sie Róża ihr Wort gegeben hatte.

Andererseits wollte sie ihn um keinen Preis irreführen und

sich lieber so geben, wie sie wirklich war. Seine Ehrlichkeit zwang zur Ehrlichkeit.

Zudem hatte sie Angst, er könne sich in sie verlieben. Sie kannte die Kraft ihrer Anmut, und es kam ihr sogar so vor, als hätte diese Kraft zugenommen, seit sie auf diese Bahn geraten war. Doch um alle Schätze der Welt willen wollte sie nicht, daß er sich ernstlich für sie interessierte, denn sie konnte das nicht erwidern und ihn so annehmen, wie er es verdiente.

Schließlich ging sie dennoch hin. Ach, wenigstens eine Stunde mit jemandem verbringen, der nicht verdächtig, zweifelhaft, kompromittierend und kompromittiert ist, der weder Leszczuk ist noch Cholawicki, weder die Frau Präses noch Róża, noch schließlich sie selbst, Maja.

»Guten Tag. Ich dachte schon, Sie kämen nicht.«

»Ich habe mich ein wenig verspätet. Eine halbe Stunde lang habe ich an der Ecke gestanden.«

»Und warum?«

»Ich habe überlegt: Soll ich kommen oder nicht.«

»Es ist für Sie besser, daß Sie gekommen sind.«

»Vielleicht besser für mich, aber schlechter für Sie.«

Sie empfand ihm gegenüber einen plötzlich aufkommenden Zorn. Sein Ton schien ihr zu selbstsicher, er behandelte sie von oben herab, von den Höhen seiner entschiedenen Moral. Was für ein Recht hatte er, so zu ihr zu sprechen? In ihrem Inneren räumte sie ihm dieses Recht ein, und das ärgerte sie noch mehr.

»Warum meinen Sie, das sei schlechter für mich?«

»Weil ich nicht weiß, ob ich mich in Ihrer Gesellschaft hocharbeite, während Sie in meiner viel verlieren können.«

»Und Sie meinen nicht, es könne umgekehrt sein?«

»Nei-ein ...«

Sie lachte ihr leichtsinniges, hungriges, unerfülltes Lachen. Wieder nahm Leszczuk sie in Besitz. Wieder war sie ihm »ähnlich«. Mit schmerzlicher Wonne spürte sie es.

Sie saßen auf der Veranda. Regen nieselte, der Tag war neblig, von den gleichsam gebeugten Bäumen tropfte Wasser. Oben zerriß der Wind hier und dort die Monotonie der Wolken, weiße Fetzen zeigten sich vor dem Hintergrund des traurigen, bleigrauen Himmels.

Majas hungriges Lachen unter diesem kläglichen Himmel bewegte ihn tief.

»Wissen Sie, was ich denke?« fragte er.
»Was?«
»Daß Sie besessen sind.«
»Wie bitte? Von einem bösen Geist?«
»Nicht unbedingt von einem bösen Geist. Man kann auch von einem bösen Menschen besessen sein.«
»Iii... Machen Sie mich nicht verrückt!«
Er fuhr auf. Das war beinahe trivial. So konnte sich nur ein Mädchen aus den sozialen Niederungen äußern, das paßte nicht zu Maja. Woher kamen bei ihr diese gewöhnlichen, diese ordinären Anflüge, wo hatte sie das gelernt? Doch bemerkte er, daß sie finster und zerstreut dasaß. Er beschloß, nicht über sie zu sprechen.
Geschickt lenkte er das Gespräch in allgemeine Bahnen. Er redete begeistert von Kunst, Poesie, Politik und sozialen Fragen, über die tausendfachen Aufgaben, die die gegenwärtige Epoche der jungen Generation aufdrängt.
In seiner Stimme schwang Offenheit und Ernst. Maja ließ sich mehrmals von seinem Eifer hinreißen und warf Bemerkungen ein, die von ihrer Intelligenz und Sensibilität zeugten.
Er freute sich. Seine Augen blitzten, er bemerkte, daß sie ihn verstand, und sprach mit um so größerem Eifer weiter.
Maja reagierte nicht so sehr auf den Inhalt seiner Ausführungen als vielmehr auf seine Art zu reden. Auf das freundschaftliche Sichneigen über den Tisch, auf den tiefen, edlen Klang seiner Stimme, auf das Vertrauen, das er ihr entgegenbrachte, und vor allem auf die unbestimmbare innere Anständigkeit des echten Gentlemans. Sie atmete durch. Immer ehrlicher, immer freier atmete sie durch.
Sie war ihm dankbar, daß er nur allgemeine Fragen berührte und sie nicht zu Lügen zwang, die sie nicht hätte aussprechen können.
Er fing nun an, von sich selbst zu erzählen. Er war Architekt, hatte kürzlich sein Diplom erhalten und wollte sich der Stadtplanung widmen. Leidenschaftlich erzählte er Maja vom wahnsinnigen Wachstum Warschaus, von diesem wunderbaren Zeugnis für die Lebenskraft und Energie einer Nation, deren Herz, eben Warschau, mit jedem Tage mächtiger würde.
Er sprach vom Problem der Arbeiterhäuser. Vom Verkehr. Davon, daß Warschau endlich einen Verwalter gefunden

habe, der seine blinden Kräfte in ein organisiertes Bett lenken konnte, und was daraus für Nutzen erwuchs für das allgemeine Wohl.

»Sie hören nicht zu«, sagte er plötzlich.

»Wieso?« entgegnete sie lebhaft. Sie wollte zu ihm nicht unhöflich sein. Was ihr bei ihm am meisten gefiel, war, daß sie sich in seiner Gegenwart zusammennehmen und auf sich aufpassen mußte.

»Vielleicht gehen wir spazieren«, schlug er vor. »Der Regen hat aufgehört.«

Sie gingen in Richtung auf die Poniatowski-Brücke an den Fluß. Maja bezeugte ihm immer mehr ihre Gunst. Sie fühlte sich seinem unbestreitbar hohen Niveau verbunden und wollte ihn bei sich behalten. Er verstand das, und in seinen Augen blinkten kaum merklich Fünkchen tiefer Zufriedenheit.

Plötzlich blieb sie unruhig und ungeduldig stehen.

»Ich muß jetzt gehen.«

»Wohin?«

»Ach, ist Ihnen das nicht ganz egal? Zudem«, sagte sie langsam und lehnte sich gegen das Brückengeländer, »kennen Sie mich so wenig. Sie wissen doch nichts über mich. Woher können Sie wissen, was ich im nächsten Augenblick tun werde?«

Er heftete seinen scharfen, tiefen Blick auf sie und nahm sie bei der Hand.

»Ich bitte Sie, ich bin sicher, Sie werden nichts tun, dessen Sie sich schämen müßten.«

»Und woraus leiten Sie solche Schlüsse ab, wenn man fragen darf?«

»Aus Ihrem Aussehen. Dem Menschen ist sein Charakter ins Gesicht geschrieben.«

Im gleichen Augenblick entdeckte Maja in seinem Gesicht Erstaunen. Sie begriff nicht, was passiert war. Er starrte sie mit offenem Mund an.

Sie sprang in eine gerade anfahrende Straßenbahn und rief ihm von der Plattform aus zu:

»Übermorgen um fünf!«

Sie fuhr in den Club. Noch einmal mahnte sie den Verwalter, unbedingt Leszczuks Adresse zu besorgen. Sie mußte ihn sehen! Ihm begegnen, sich kontrollieren, sich davon überzeugen, daß nichts sie verbindet, daß alles eine Täuschung ohne alle Grundlagen war!

Obwohl Leszczuk sich erst morgen im Club melden sollte, wartete sie auf der Straße lange in der Hoffnung, er könnte zufällig vorbeikommen und sie würde auf den ersten Blick feststellen, daß sie beide nichts Gemeinsames hätten.

Doch Leszczuk kam nicht.

Abends begab sich Maja in das Café des Hotels »Europejski«. Sogleich erblickte sie die Frau Präses; sie saß mit Maliniak unmittelbar vor einem der Riesenspiegel, die den Saal ins Unendliche verlängerten. Maliniak war weißhaarig, dieses Detail verwunderte und genierte sie, ein Mensch über sechzig, weiß wie Milch, schlank und gerade wie ein Rohr.

Die Frau Präses begrüßte sie, als kennten sie sich seit Jahrhunderten.

»Maja«, rief sie mit ihrem russischen Akzent, »gestatte, daß ich dich vorstelle. Herr Maliniak. Was führt dich her, mein Kind?«

Sie hatten verabredet, die Begegnung solle zufälligen Charakter haben.

Maliniak stand mühsam auf und reichte ihr wortlos die Hand. Die Bediensteten kreisten mit besonderer Unterwürfigkeit rund um den Millionär. Ohne überhaupt auf Maja zu achten, bestellte er zwei weichgekochte Eier und Radieschen, wobei er sich lange vergewisserte, ob die Eier auch frisch seien. Dann fing er an zu essen und tat das ohne Rücksicht, fast ohne der Frau Präses zu antworten, die mit vollendeter Meisterschaft den Anschein eines geselligen Gesprächs aufrechterhielt. Als er nach guten zehn Minuten fertig gegessen hatte, wandte er sich ebenso plötzlich wie ungeniert von den Damen ab.

»Dann gehe ich«, sagte er und atmete tief auf. Es fehlte ihm an Luft.

»Warum?« reagierte Frau Halimska bestürzt, weil er ihre längere Erzählung unterbrochen hatte. »Sie wollen uns schon verlassen?«

»Ich gehe. Dort sitzt meine Nichte.«

Er wies mit dem Finger hin. An einem Tischchen nahe der Wand gegenüber saß eine elegante Dame und musterte Maja aufmerksam. Maliniak erhob sich. Ohne sie anzublicken, reichte er den Damen die Hand und ging, auf den Piccolo gestützt, durch den Saal.

Er hatte die Rechnung für die Frau Präses nicht bezahlt.

Maja hatte noch nichts bestellen können. Der Maître d'hôtel kam zu ihnen und sagte der Frau Präses mit achtungsvoller Vertraulichkeit zum Trost:

»Herr Maliniak zahlt immer nur für sich selbst. Und das Personal hat bisher keinen Groschen Trinkgeld gesehen. Er glaubt, alle hätten soviel Geld wie er.«

Mühsam verbarg die Frau Präses ihre Irritation und Enttäuschung. Auf der Straße wandte sie sich kühl an Maja.

»Nun ja, das ist mißlungen. Du hast kein größeres Interesse bei ihm erweckt, mein Kind.«

Maja juckte die Hand. Wie konnte diese Hochstaplerin es wagen, sie so zu behandeln? Mołowicz' harter und reiner Blick fiel ihr ein. Also werde ich ihr ein paar deutliche Worte sagen und gehen. Schluß mit dem Schmutz!

Plötzlich erbleichte sie, ihr Gesicht verkrampfte sich, als hätte sie eine Ohrfeige bekommen.

In der Menge, die aus dem nahen Kino strömte, gewahrte sie einen Rücken, einen Nacken, den sie – so schien es ihr – kannte. Dieselbe Bewegung, das Lachen... Sie stürzte vorwärts. Nein! Ein Arbeiter ging mit seinem ordinären Mädchen, das Bonbons aus seiner Jackentasche holte und in den Mund steckte.

Von nahem war er Leszczuk überhaupt nicht ähnlich. Maja aber zitterte wie Espenlaub. Erst jetzt wurde ihr klar, wie schnell sie gelaufen, wie besinnungslos sie dieser Bewegung, diesem Lachen nachgerannt war, das sie erinnerte...

»Rennen Sie nicht so, ich habe nicht Ihre Beine!« sagte die Frau Präses gekränkt. »Und Sie hören gar nicht auf mich. Mein Kind, wenn wir uns vertragen wollen, rate ich Ihnen, besser auf das zu achten, was man Ihnen sagt.«

»Entschuldigen Sie«, sagte Maja demütig.

11

Leszczuk war halbtot aus Połyka geflohen. Das gestohlene Geld brannte ihn wie Feuer. Noch mehr aber peinigte ihn der Gedanke an das Eichhörnchen – er konnte die brechenden Augen des Tierchens und seinen schmerzhaften Krampf vor dem Tode nicht vergessen. Sooft er sich daran erinnerte, ballten sich ihm von selbst die Fäuste, bereit, Maja aufs neue zu massakrieren.

Sie hatte ihn dahin gebracht! Ihretwegen war das alles passiert! Sie hatte ihn zugrunde richten wollen! Sie war gemein und böse und unsäglich verdorben! Er konnte es nicht verstehen, aber schon bei der Erinnerung an den Zusammenstoß im Walde wurde ihm so kalt, als wäre das etwas Teuflisches gewesen. Daß er sie hatte schlagen können! Und dann hatte er das Geld genommen...

Aber wie er damals, als er mitten in der Nacht in ihr Zimmer ging, völlig sicher gewesen war, sie würde ihn nicht hindern oder durch Schreien verraten, so war er auch jetzt sicher, sie würde alles tun, um eine Aufklärung dieses Diebstahls nicht zuzulassen.

Selbst wenn man ihn schnappte und die Sache untersuchte, könnte er sie kompromittieren. Nein, weder Frau Ochołowska noch Cholawicki noch Maja würden ihn verfolgen – sie wissen zu gut, daß das Fräulein kein reines Gewissen hat.

Und das Geld brauchte er unbedingt! Ohne dieses Geld hätte er nicht nach Warschau fahren können.

Für Leszczuk bedeutete Tennis jetzt eine Frage von Leben und Tod. Tennis allein schützte ihn gegen Majas vergifteten Zauber. Tennis allein bewirkte, daß er sich nicht vertun und verlieren wollte und von Maja hatte fliehen können.

Mit riesengroßem Lampenfieber begab er sich zum vereinbarten Gespräch in den Club. Dort sollte sich sein Schicksal endgültig entscheiden.

Er kam mindestens eine Stunde zu früh, setzte sich auf die Tribüne des Hauptplatzes und schaute den Spielern zu, einer Amateurpartie ohne jedes Niveau. Doch bald gingen diese Spieler, und richtige Asse betraten den Platz.

Ohne Mühe erkannte Leszczuk Wróbel und Gawlik, die er auf Photographien in Zeitschriften gesehen hatte. Gespannt folgte er ihrem Spiel. Jeder Schlag bot ihm Gelegenheit zu blitzschneller Gewissenserforschung – kann ich das, ist mir das möglich?

Dieses Spiel war sehr viel stärker als Majas, jeder der beiden hätte sie in Grund und Boden spielen können. Und dennoch waren ihre Bälle nicht absolut unerreichbar, sie begingen viele, sogar für ihn offensichtliche Fehler. Auf jeden Fall gewann er die Gewißheit, daß sein Spiel mit einem von diesen

Meistern kein Skandal wäre, sondern – so kalkulierte er – 6 : 3 oder 6 : 4 ausginge.

»Herr Brzdąc läßt bitten.« Der Balljunge führte ihn zum Büfett, wo Herr Brzdąc ihn dem Hausherrn, Hauptmann Rytwiński, vorstellte. Leszczuk stammelte schüchtern bittend, er sei aus der Provinz gekommen und wolle sein Spiel vorzeigen, weil er wisse, daß der Club neue Kräfte suche.

Spieler mit Limonadengläsern in der Hand und Handtüchern über der Schulter traten zu ihnen. Leszczuks Vorschlag weckte allgemeines Interesse, wurde aber nicht besonders ernst genommen.

»Reichen Sie ein normales Aufnahmegesuch in den Club ein, versehen mit den Empfehlungen zweier Mitglieder«, sagte Rytwiński, »dann wird es zur gegebenen Zeit geprüft, und wir benachrichtigen Sie.«

»Ich habe kein Geld und kenne keine Mitglieder. Ich möchte sofort aufgenommen werden.«

»Und warum sollen wir ausgerechnet für Sie eine Ausnahme machen?«

»Ich spiele gut.«

»Was Sie nicht sagen?« meinte Klonowicz ironisch.

»Ich könnte mich sogar für das Spiel mit den Holländern eignen.«

»Nun seht ihn euch mal an!«

»Wo ist denn dieses Phänomen aufgewachsen!«

»Wróbel, da hast du einen Partner für das Spiel gegen Holland.«

»Pst, meine Herren«, besänftigte sie der ziemlich amüsierte Hauptmann. »Haben Sie jemals an irgendwelchen Wettkämpfen teilgenommen?«

»Nein, nie.«

»Haben Sie jemals mit einem renommierten Spieler gespielt?« Leszczuk mochte Maja nicht erwähnen. Er antwortete nur hartnäckig:

»Nein. Aber ich spiele gut.«

Schließlich verlor der Hauptmann die Geduld.

»Bitte, überlegen Sie«, sagte er. »Wie wollen Sie wissen, daß Sie gut spielen, wenn Sie sich noch nie im Leben an einem anständigen Spieler gemessen haben!«

»Machen Sie doch einen Versuch mit mir!« beharrte Leszczuk.

Klonowicz, ein Lächeln auf den schmalen Lippen, stieß ihn in diesem Augenblick an.

»Na, wollen wir's versuchen?« sagte er. »Wir tun das für Sie. Aber unter einer Bedingung. Wir spielen versuchsweise drei Games, und wenn Sie alle drei verlieren, drängen Sie sich hier nicht mehr auf. Sie sehen, das ist keine Schikane, aber es liegt uns daran, Sie so schnell wie möglich aus den Wolken herunterzuholen und der gewöhnlichen Wirklichkeit zurückzugeben. Einverstanden, Herr Hauptmann?«

»Einverstanden«, antwortete der Hauptmann, der befürchtete, Leszczuk werde den Club unablässig heimsuchen.

Leszczuk schaute sich ernüchtert um.

»Gut, aber ich bin nicht entsprechend angezogen und habe meinen Schläger nicht mitgebracht.«

»Macht nichts. Im Umkleideraum bekommen Sie Tennisschuhe, und Sie können meinen Reserveschläger nehmen.«

»Vielleicht komme ich besser morgen.«

»Nein, sofort!«

Im Umkleideraum zog er sich provisorisch an, aber er war sehr unzufrieden. Die Schuhe waren ihm etwas zu groß, Klonowicz' Schläger zu schwer, das Schlimmste allerdings, er trug ein gewöhnliches Hemd mit Ärmeln und Anzughosen. Gewöhnt, in leichter Tenniskleidung zu gehen, störten ihn dieses Hemd und der Sonntagsanzug, den er für Warschau angezogen hatte, sogar auf der Straße. Zugleich wußte er, wie dumm er auf dem Tennisplatz darin aussehen würde.

Und auf der Tribüne saßen noch viele Menschen, die das unerwartete Schauspiel lockte.

»Wir spielen!« rief Klonowicz. »Wer gibt?«

»Gleich, vorweg ein paar Bälle«, schrie Wróbel. »So geht das nicht! Klon hat schon den ganzen Tag gespielt, und der überhaupt nicht! Er soll erst in Schwung kommen!«

Leszczuks Herz schlug aus voller Kraft. Er rieb sich die Augen, weil er nicht gut sah – er schaute fieberhaft hin, er verlor das Gefühl für Abstände und Proportionen. Klonowicz gab nonchalant ein paar Bälle. Sie waren so nachlässig und schwach geschlagen, daß kein einziger sich zu regelrechtem Rückschlag eignete.

Trotzdem schlug Leszczuk sie zurück, so stark er konnte. Es lag ihm daran, gleich die richtige Länge der Bälle zu erreichen. Doch Klonowicz nahm keinen von ihm zurückgeschlagenen Ball an, sondern servierte ihm, ohne sich von der Stelle zu rühren, weitere, die ebenso ungeschickt waren wie die früheren.

»Das ist kein Training«, murmelte Wróbel vor sich hin. »Dieser Klon ist trotz allem ein komplettes Schwein.«

Der polnische Meister hatte einst einen sehr schwierigen Start gehabt. Er wußte, wie schwer der Anfang ist, und hegte den Verdacht, Klon werde seinen Partner von Anfang an nicht ernst nehmen und mit den Kunststücken und Methoden eines routinierten Spielers fertigmachen.

Sie begannen zu spielen. Beim ersten Game hatte Klonowicz den Aufschlag.

Leszczuk stand hinter der Linie und erwartete einen starken, heftigen Aufschlag. Klonowicz machte eine volle, klassische Bewegung in amerikanischem Stil. Leszczuk rannte los und...

Klonowicz' Ball fiel dicht hinter das Netz, sprang in unvorhergesehener Richtung zur Seite und hüpfte wie verrückt auf dem Boden.

Leszczuk blieb auf halbem Platz völlig desorientiert stehen, und das Publikum lachte laut. Der alte Spieler hatte den Ball im letzten Moment »angeschnitten«, indem er auf nur ihm bekannte Weise den Schläger in der Hand verdreht hatte. Infolgedessen ergab dieses anscheinend heftige und regelrechte Ausholen einen schwachen Ball mit minimalem Absprung.

Unverhofft schlug er den nächsten Ball von unten. Er sprang genau auf Leszczuk zu und traf ihn ins Gesicht, was wiederum eine Lachsalve hervorrief.

»So spielt man nicht!« sagte Wróbel laut.

»Wenn nicht, dann nicht!« entgegnete Klonowicz.

Und schlug nacheinander zwei blitzschnelle und starke Bälle an die Linien.

Dieser Aufschlag war im Prinzip nicht besonders schwer anzunehmen, doch Leszczuk, der bis zur Bewußtlosigkeit nervös war, erreichte den einen Ball überhaupt nicht und traf den anderen mit dem Rahmen des Schlägers.

Das erste Game war »trocken«. Beifall erklang. Sogar der Junge, der Leszczuk die Bälle zu bringen hatte, lachte.

Der Aufschlag war Leszczuks schwächster Punkt. Die ersten Bälle gelangen ihm selten, und die zweiten waren zu weich. Diesmal wußte er von vornherein, daß der erste Ball ihm nicht gelingen würde, weil er nicht gelingen konnte.

Er war so sehr durcheinander, daß er für einen Moment seine eigene Bewegung vergaß, den Mechanismus des Aufschlags. Vier Bälle packte er ins Netz. Der fünfte ging ins Aus. Der sechste, sanft und weich, wurde von Klonowicz so unterschnitten, daß er gar nicht erst zu laufen brauchte.

Der achte gab endlich Gelegenheit zu ein paar Schlägen, doch der aus seinem Rhythmus gebrachte, demoralisierte, zitternde Leszczuk konnte sich zu nichts als zu Durchschnittlichem aufraffen, und Klonowicz machte ihn mit Leichtigkeit fertig.

Verdammt nochmal, dachte der Bursche fieberhaft.

Er wußte selbst nicht, wie er den nächsten Ball aufschlug. Er wußte nur, daß er sich zusammenzog und dann hochsprang, er traf den Ball in der Luft mit einer anderen Bewegung als der normalen. Daraus resultierte ein blitzartiger Aufschlag. Klonowicz reagierte nicht einmal. Es war ihm kaum gelungen, mit den Augen den Ball zu erfassen, der wie aus heiterem Himmel kam.

Ein solcher Schlag war etwas Außergewöhnliches, nur wenige Spieler auf der Welt konnten dagegen ankommen.

»Zufall!« urteilten die Tribünen.

Nur Wróbel bewertete die herrliche Harmonie, Natürlichkeit und Vollendung der Bewegung Leszczuks in diesem Augenblick. Er murmelte durch die Zähne:

»Na, na, prima!«

Doch genau dieser Erfolg richtete den Anfänger zugrunde. Er versuchte, den Schlag zu wiederholen. Das fiel wie eine Karikatur aus. Das zweite Game ging an Klonowicz. Beim dritten und vierten sah es aus, als könnte Leszczuk überhaupt nicht spielen. Die Bälle landeten hier und dort, bis schließlich die gelangweilten Zuschauer auseinandergingen und sogar Wróbel leise sagte:

»Nun ja.«

Klonowicz selbst war überzeugt, Leszczuk habe keine Ahnung vom Spiel. Was aber den Hauptmann anging, so trat er auf den jungen Mann zu und erklärte kurz und bündig:

»Nicht der Rede wert!«

Leszczuk ging mechanisch in den Umkleideraum, zog sich an, gab Tennisschuhe und Schläger zurück und verließ den

Club, ohne irgend etwas zu denken. Langsam ging er zur Chełmińska-Straße, wo er bei einer kleinen Beamtenfamilie ein Zimmerchen gemietet hatte.

Auf der Pułaska betrat er den drittrangigen ›Ausschank für Wodka und Alkoholika‹ von M. Łopatka.

Er trank ein Gläschen Wodka. Das tat ihm gut. Noch eins. Dann ein englisches Bier, ein Heringsbrötchen und noch zwei Gläschen Wodka. Um sich zu betäuben, um zu vergessen.

»Was zahle ich?«

»Drei Wodka, ein englisches, ein Brötchen, zusammen 25 Złoty.«

»Wieso drei Wodka, ich habe doch vier getrunken, ich weiß es genau.«

Herr Łopatka hob die Brauen.

»Es waren bestimmt drei, ich weiß doch, was ich eingeschenkt habe.«

»Und ich weiß, es waren vier!«

Łopatka schnappte ein.

»Wollen Sie mich auf den Arm nehmen?«

Leszczuk hörte, wie neben ihm ein hochgewachsener Mann leise vor sich hin lachte. Er kicherte freundlich und zugleich gedämpft. Leszczuk blickte zu ihm hin.

Es war ein parfümierter, pomadisierter Mensch in gestreiften Hosen, hellem Jackett, mit einem bezaubernden Bärtchen auf der Oberlippe und einer Adlernase.

»Und was ist mit Ihnen?«

»Hi-hi-hi! Hi-hi-hi! Sie haben mir einen Wodka weggetrunken, ehe ich zufassen konnte. Meinen Wodka haben Sie getrunken.«

»Na so was! Nun, dann zahle ich vier!«

»Ich bitte tausendmal um Entschuldigung! Aber es war meiner, deshalb bezahle ich ihn! Für Wodka nehme ich kein Geld an. Was glauben Sie, mit wem Sie es zu tun haben! Sie haben sich mit meinem Wodka bedient, nun beruhigen Sie sich doch, alles ist gut. Und beleidigen Sie einen anständigen Menschen nicht.«

»Dann spendiere jetzt ich zwei Wodka.«

»Das ist etwas anderes! A propos! Gestatten Sie, daß ich mich vorstelle: Ewaryst Pitulski, auf eigene Kosten.«

Herr Pitulski drückte Leszczuk freundschaftlich die Hand und lud ihn, um sich zu revanchieren, noch zu einem weiteren

Wodka ein, worauf sie beide an einem Tischchen Platz nahmen und sich zwei Schoppen Bier bestellten.

Binnen kurzem herrschte große Freundschaft unter ihnen. Herr Pitulski sang etwas vor sich hin, und Leszczuk lächelte trübe.

»Gehen wir spazieren«, schlug Pitulski vor. »Jetzt ist die angenehmste Tageszeit. Die lila und grünlichen Töne des herabsinkenden Abends, Meisen die Menge und überhaupt – das Lied der Großstadt. Kommen Sie! Denn ich bin vom Temperament her ein Dichter! Ich war Damenfriseur, aber das ist ein kläglicher Beruf! Es gibt bessere! Und was machen Sie, wenn das keine indiskrete Frage ist?«

»Arbeitslos«, entgegnete er kurz. Und sogleich fiel ihm alles wieder ein.

»Und wovon leben Sie dann?«

»Wie's eben kommt. Und Sie?«

Pitulski blinzelte verständnisinnig.

»Seien Sie nicht zu aufdringlich, Herr! Ich lebe, basta! Aber was sehe ich da. Eine Bank, und auf der Bank eine Frau. Eine kleine Köchin, wie ich vermute, oder ein Stubenmädchen. Genau richtig für uns! Sie werden sehen, wie ich mit ihr anbändle!«

Und Herr Pitulski setzte sich auf die Bank. Er ließ alle seine Fähigkeiten mit solcher Energie spielen, daß sich die dicke Köchin, von seiner romantischen Nase bezaubert und erobert, für den Sonntag mit ihm ins Kino verabredete und ihm zahlreiche Einzelheiten anvertraute, die ihre Lebensumstände anbetrafen. Wo ihre Herrschaft wohnte, wieviele Zimmer sie hätten, wovon sie ihren Unterhalt bestritten – das waren die Informationen, die Pitulski aus ihr herausholte, während er über das schwere Los der Dienstboten im allgemeinen und dieser Köchin im besonderen lamentierte.

Schließlich entfernte sich die Köchin, eifrig mit ihm Blicke tauschend und ihn in ihre Küche einladend, am besten zwischen sechs und acht Uhr, dann sei die Herrschaft in der Stadt und sie habe ein wenig Ruhe.

»Die hab' ich!« sagte der ehemalige Damenfriseur stolz, als sie ihm aus den Augen entschwunden war. »Aber was sehe ich! Ein Laden, und vor dem Laden eine Frau. Eine Köchin oder ein Zimmermädchen. Sie werden sehen, wie ich mit ihr anbändle!«

Nach einigen mit derlei romantischen Zwischenfällen angefüllten und reichlich mit Alkohol begossenen Stunden, duzten sich Leszczuk und Pitulski und hatten ewige Freundschaft geschlossen. Leszczuk war alles egal. Er mochte nicht nach Hause gehen. Lieber Pitulskis Gesellschaft als Überlegungen. Immer wieder stand ihm Maja lebendig vor Augen. Er hörte ihre Stimme wie damals auf der Treppe in Połyka, als sie zornig und unbarmherzig zu ihm gesagt hatte: »Jeder Trainer bildet sich Gott weiß was auf sein Spiel ein.«

Er schüttelte es ab.

»Was hast du von diesen Bekanntschaften?« sagte er zu Pitulski, der sich gerade vom zehnten oder elften Opfer seiner Adlernase verabschiedete.

»Einfaltspinsel!« rief Pitulski heftig taumelnd, »Einfaltspinsel!«

»Warum?«

»Maniek, wir sind Freunde! Hier meine Hand! Jede von diesen Frauen bedeutet für mich einen Złoty. Elf Köchinnen, das heißt elf Złoty! Wenn du willst, kannst du auch verdienen, warum nicht?! Für einen Freund gebe ich alles! Nicht jeder, versteht sich, hat meine Begabung, die nämlich, daß keine, aber auch keine mir widerstehen kann. Auf meine Nase fliegen sie, denn ich habe eine große, eine romantische, eine Adlernase.«

Und Herr Pitulski erläuterte Leszczuk in kurzen Worten den Sinn seiner romantischen Unternehmungen. Er erfuhr von Köchinnen, Verkäuferinnen, Dienstmädchen, Modistinnen und anderen arbeitenden Frauen allerlei interessante Einzelheiten, für die ein gewisser Herr, dessen Namen er Leszczuk nicht verraten wollte, ihm einen Złoty pro Stück zahlte.

Pitulski verschwor sich, nicht zu wissen, wozu dieser Herr die Einzelheiten brauche und was er daraus für einen Nutzen ziehe – ihm genüge der angemessene Verdienst für seine Arbeit und sein Talent, für die angeborenen Vorzüge seines Äußeren und besonders für die Nase, die sich bei Spaziergängen im Mondlicht vorzüglich eigne. Nein! Er, Pitulski, lasse sich auf keine verdächtigen Geschäfte ein.

»Aber was sehe ich!« rief er leicht stammelnd. »Eine Bank, und auf der Bank eine Frau! Ein Zimmermädchen oder eine Köchin! Hm, was sehe ich? Neben der Frau auf der Bank eine Damenhandtasche. Bändle du mit ihr an, ich setze mich auf die andere Seite und werfe einen Blick in die Tasche.«

Es war bereits nach elf. Sie befanden sich in der Ujazdowskie-Allee nicht weit vom Schloß Belvedere. Um diese Zeit war die Allee noch ziemlich belebt, verspätete Paare saßen dicht bei dicht auf den Bänken.

Leszczuk wurde plötzlich nüchtern und begriff, was Pitulski ihm vorschlug.

Doch im gleichen Augenblick überflutete eine Welle von Erinnerungen seinen Kopf. Maja stand ihm lebendig vor Augen.

Er überlegte nicht lange, ging hin und setzte sich zu der Unbekannten, einer jungen Blondine in bescheidenem dunkelblauem Jackett.

Pitulski entfernte sich auf der Allee.

»So einsam«, begann Leszczuk und brach ab.

Das Mädchen weinte. Über ihre Backe lief langsam eine Träne.

»Entschuldigen Sie«, sagte er, »ich gehe schon.«

»Gehen Sie nicht weg. Es ist nichts. Es vergeht gleich«, flüsterte sie, als müßte sie sich rechtfertigen.

»Ist es Ihnen lieber, wenn ich sitzen bleibe?«

»Ja, denn wenn jemand da ist, höre ich auf zu weinen, allein kann ich nicht aufhören.«

Sie brach in ein kurzes Schluchzen aus. Er war über ihre Offenherzigkeit verwundert.

Ist sie so naiv, oder tut sie nur so? dachte er.

»Und warum weinen Sie?« fragte er und schob sich näher heran.

»Ich habe mich gestritten.«

»Mit wem?«

»Mit meinem Verlobten.«

»Haben Sie sich sehr gestritten?«

»Für... für immer.«

»Und wo arbeiten Sie?«

»Ich arbeite als Kellnerin in einer Konditorei. Er ist Monteur.«

»Worüber haben Sie sich mit ihm gestritten?«

»Er... hat angefangen, mit einer anderen zu gehen. Er hat mich verlassen. Jetzt bin ich mutterseelenallein! Wieder habe ich niemand!«

Inzwischen tauchte Pitulski in der Ferne auf und kam langsam, sich anmutig auf den Beinen wiegend, heran. Nahe der

Bank putzte er sich zur Vorbereitung seiner Tätigkeit die Nase und setzte sich dann in einiger Entfernung hinter die verweinte Kellnerin.

»Sie reden mit mir«, sagte Leszczuk, »aber woher wissen Sie, wer ich bin?«

Er war stark betrunken.

Gleichzeitig fing Herr Pitulski an, vorsichtig mit dem Arm zu manipulieren und sich vorzubeugen. Leszczuk kam zu sich.

»Hauen Sie ab!« schrie er.

Das Mädchen fuhr zusammen und ergriff die Tasche. Pitulski war verblüfft, zog sich schnell zurück und stotterte:

»Sind Sie noch normal?«

»Machen Sie, daß Sie wegkommen!«

»Na, entschuldigen Sie nur!«

Beleidigt stand Herr Pitulski auf.

»Ich sehe, ein anständiger Mensch muß mehr darauf achten, mit wem er das Vergnügen hat. Seht ihn euch an, diesen arroganten Lausekerl!«

Die letzten Worte erklangen bereits aus einem gewissen Abstand, denn Pitulski verschwand schnell in der spazierengehenden Menge, ohne im übrigen aufzuhören, sich anmutig auf den Beinen zu wiegen.

»Sehen Sie, er hätte Ihnen die Tasche weggenommen.«

»Aber Sie haben mich verteidigt!«

»Nun ja«, antwortete er unsicher.

Er war verwirrt. Er konnte nicht verstehen, was sich da plötzlich in ihm »umgedreht« hatte. Er war bereit, diese Kellnerin gegen die ganze Welt zu verteidigen, sogar – gegen sich selbst.

Er begleitete sie heim. Sie wohnte auf der Podchorążych-Straße und hieß Julia Nowak. Sie war vor kurzem aus einem Dorf bei Płock hergekommen, wo ihre Eltern ein Stück Land besaßen.

Vertrauensvoll erzählte sie Leszczuk, wie unglücklich sie in den ersten Monaten ihres Aufenthalts hier gewesen sei. Sie kannte keinen Menschen, konnte mit niemandem reden, und nach der Arbeit hatte sie nur Heimweh und weinte.

»In jener Zeit habe ich sehr abgenommen«, sagte sie, »bis meine Tante an meine Mutter geschrieben hat, sie soll mich wieder zurückholen.«

Doch gerade da lernte sie diesen Monteur kennen, und es ging ihr besser, er verliebte sich sogar in sie und sie sich in ihn. Was machte es, wenn er vorher schon ein Mädchen geliebt hatte, die ihn wegen eines anderen verlassen hatte.

»Doch als der sie laufen ließ, kehrte sie wieder zurück zu Władek. Darum hörte Władek auf, mit mir zu gehen und ging wieder mit der. Ich habe mich gegrämt und gegrämt und dann mit ihm zerstritten für immer«, schloß sie. »Das ist nun mein Glück.«

Er schwieg.

»Und wo arbeiten Sie?« fragte sie.

Er war verwirrt und antwortete eine Weile nicht.

»Im Augenblick habe ich keine Stellung«, sagte er.

»Das ist schlecht. Und in welchem Beruf arbeiten Sie?«

»Als Kellner.«

Vom Tennis wollte er ihr nichts sagen. So zog er es vor, die andere Aufgabe zu nennen, die er in Mieczkowskis Restaurant erfüllt hatte.

»Dann kann ich eine Stelle für Sie finden! Ich habe eine Bekannte, die in einer Bar arbeitet und mir gesagt hat, daß dort eine Hilfe für den Kellner gebraucht wird. Sie mag mich sehr gern. Wenn die Stelle noch frei ist, wird man Sie nehmen.«

Sie war so froh, daß er ihr die Freude nicht verderben wollte.

»Ausgezeichnet!«

»Sehen Sie, wie gut es ist, daß wir miteinander geredet haben! Sie kriegen eine Stellung!«

Sie verabredeten sich für den nächsten Nachmittag, denn Julia arbeitete abwechselnd an einem Tage von mittags bis abends und am anderen von morgens bis mittags. An der Haustür verabschiedete er sich von ihr so dankbar, als hätte sie ihm wer weiß was für einen Gefallen getan.

Doch kaum hatten sie sich getrennt, wußte er, daß er sich nicht mit ihr treffen konnte. Wozu? Sie war ja nicht Maja! Und er spürte, wie etwas mit ihm – immer mehr – nicht stimmte und daß eine Bekanntschaft mit ihm für dieses naive Mädchen nicht ungefährlich war.

Etwas fiel ihm ein. Vor einem spiegelnden Schaufenster blieb er stehen und betrachtete seine Lippen. Sie waren normal. Nun ja, schließlich konnten die blaugrauen Lippen damals im Wald ein Zufall gewesen sein, vielleicht hatte er etwas

Ungesundes gegessen, oder seine Lippen waren einfach angeschwollen – vielleicht waren sie auch gar nicht so schrecklich blaugrau gewesen, wie es ihm geschienen hatte. Trotzdem konnte er es nicht vergessen, und zu aller Sorge und inneren Unruhe kam noch die Unsicherheit über seinen physischen Zustand.

Leszczuk hatte sich bisher nicht klargemacht, wie sehr er in Maja verliebt war. Die Heftigkeit seiner Reaktionen auf alles, was in Verbindung mit diesem Mädchen stand, erschrak und verwunderte ihn. Er verstand ihr Verhalten ihm gegenüber nicht – und auch sonst war alles zwischen ihnen weit entfernt von einem normalen Zustand – eine hoffnungslose Verstrikkung.

Die Ähnlichkeit, die blaugrauen Lippen, die Seltsamkeit und Unberechenbarkeit ihrer Beziehung, das Spiel unterdrückter Instinkte, das sich zwischen ihnen ausgebildet hatte, alles verflocht sich zu einer unverständlichen und bedrohlichen Kette.

Nachts hatte er schwere Träume und warf sich vermutlich im Bett hin und her, denn morgens war sein Bettzeug zerwühlt. Dennoch ging er am nächsten Tage zu dem Treffen mit Julia. Die Furcht, sie zu betrüben, weil sie ihn am verabredeten Ort nicht antraf, überwog. Um keinen Preis wollte er sie betrüben. Sie hatte etwas an sich, daß man ihr nichts Unangenehmes zufügen mochte.

Und schließlich hatte er von dem allen genug! Ja! Er wird das Tennisspielen aufgeben, die Erinnerungen an Maja auch, ihr das Geld zurückschicken. Er wird die Stelle in der Bar bekommen, das wird ihn heilen. Er fürchtete sich ganz einfach vor dem, was in ihm vorging, und wollte es unterbrechen, ändern, ein neues Leben beginnen.

Eine Stunde später ging Leszczuk, bereits in den Kreis der Barmitarbeiter aufgenommen, untergehakt mit Julia über das Krakowskie Przedmieście. Als Belohnung lud er sie zum Mittagessen ein, sie aßen im Gärtchen eines kleineren Restaurants.

Sie wirkten beide sehr aufeinander. Er war fröhlich und unterhielt sie, so gut er konnte, ihre schnelle, natürliche Freude machte ihm Spaß. Das Leben schien einfach und normal, er selber aber war weit entfernt von jenem Leszczuk, der sich im Wald geprügelt hatte.

Sein Lachen war anders, seine Rede, seine Bewegungen, mindestens aber sein Selbstgefühl. Bei Julia fühlte er sich nicht schlechter, fürchtete er nicht, ausgelacht zu werden. Er verstand sie, und vor allem war er gut zu ihr und wußte, daß sie zu ihm auch gut war und sein würde.

Er bekundete ihr ein immer größeres Interesse. Manchmal erschrak er, wenn er sah, wie sie sich an ihn gewöhnte und alles für bare Münze nahm. Hin und wieder dachte er daran, sie davor zu warnen, sich mit ihm einzulassen.

Aber er konnte es nicht. Zu sehr lag ihm daran, daß sie sich nicht einsam und unglücklich fühlte. Wenn er sah, wie das Mädchen bei jedem Zärtlichkeitsbeweis strahlte, konnte er ihr das nicht versagen. Sie aber freute sich, daß jemand mit ihr ging, sich ihrer annahm und daß die schweren Tage der Einsamkeit, die sie vor allem anderen fürchtete, nicht wiederkehren würden.

12

Seit Majas Flucht war Cholawicki zwischen ihr und den Schätzen hin- und hergerissen. Er stürzte sich wie irre von einer dringenden Angelegenheit in die andere und hatte stets den Eindruck, nicht das Notwendige zu tun.

Saß er auf dem Schloß, um den Fürsten und Skoliński zu bewachen, so glaubte er, Maja sei ihm verloren, wenn er nicht alles täte, um sie zu finden und Leszczuk zu entreißen. Und verreiste er für einige Tage, um sie zu suchen, so befiel ihn das Gefühl, diese heftigen, improvisierten Suchaktionen seien hoffnungslos, zugleich aber befahlen ihm die Gier und die Unruhe um die Schätze, alsbald heimzukehren. Deshalb war er schon mehrmals, kaum hatte er Warschau oder Lemberg erreicht, mit dem nächsten Zug zurückgefahren, nur um festzustellen, daß im Schloß während dieser Zeit nichts geschehen war.

Irgendwie festigten und normalisierten sich die Verhältnisse im Schloß, wenn man von einer Normalisierung der Verhältnisse zwischen vier Männern reden kann, die in permanenter Wachsamkeit voreinander und vor dem düsteren, bebenden Phänomen lebten, das keiner zu beseitigen wagte.

Das Beben, ja, das Beben war wohl das Hauptkennzeichen dieser Tage und Nächte im Schloß. Jeder bebte vor jedem, und dazu bebte noch das alte, vergilbte, verstaubte Handtuch an dem Haken in der Küche, pausenlos und unablässig.

Und gleichzeitig fand zwischen Cholawicki und Skoliński ein stiller, unterschwelliger Kampf statt um die Seele des Wahnsinnigen und um den Einfluß auf seine Entscheidungen.

Nach jenem heroischen und herrischen »Kurzhalten« seines Sekretärs hatte der Fürst sich ungeheuer verändert. Skolińskis Anwesenheit im Schloß, die Möglichkeit, sich auf ihn gegen Cholawicki zu stützen, hatte seine Psyche radikal beeinflußt. Er hatte seinen Stolz und seine gebieterische Haltung wiedergewonnen.

Der Sekretär wußte, daß er es gewagt hatte, dem Fürsten mit der Reitpeitsche zu drohen, würde dieser ihm nie verzeihen. Das war ein schlimmer Fehler gewesen! Es hatte die Psyche des Fürsten total verändert. Unter dem Einfluß dieser Reitpeitsche hatte Holszański auf wunderbare Weise seine Herrschaftlichkeit wiedererlangt! Er behandelte seinen Sekretär jetzt höflich, aber mit Majestät. Er gab Befehle. Er sprach Wünsche aus – und war sich wieder dessen bewußt, daß er und niemand sonst hier der Herr sei.

Er war es auch, der das Zusammenleben im Schloß organisierte. Für Skoliński bestimmte er ein geräumiges Gemach nicht weit von Cholawickis Zimmer, ließ es möblieren, ordnete an, daß Grzegorz sich um das Wohlergehen des Professors kümmerte – er tat das so überlegt und entschieden, daß es aussah, als kehrte er zu vollem Bewußtsein zurück.

Am meisten erschreckte es Cholawicki jedoch, als Grzegorz bei ihm im feierlichen, wenn auch ausgeblichenen Frack und mit weißen, vorsintflutlichen Handschuhen auftauchte.

»Was ist denn das für eine Maskerade?«

»Das Mittagessen ist im Säulensaal angerichtet.«

»Wo?«

»Im Säulensaal, auf Wunsch des Fürsten.«

Cholawicki folgte dem Kammerdiener in den Raum, der »Säulensaal« genannt wurde, weil er sich auf vier Pfeiler stützte, die das gotische Gewölbe trugen, und sah dort einen für drei Personen gedeckten Tisch, der in eigentümlichem Gegensatz zu dem beklagenswerten Zustand der Mauern stand.

Das durch schmale Fenster schräg einfallende Sonnenlicht brach sich in den herrlichen Kristallgläsern und dem von Grzegorz fleißig geputzten Silberbesteck, und in der schönen Jardiniere aus Nieborów standen Blumen.

»Ist das ein Empfang zu Ihren Ehren?« fragte er den bereits im Saal wartenden Skoliński ironisch.

Im gleichen Augenblick trat der Fürst ein, erstaunlicherweise nicht im Morgenrock, sondern im dunklen Anzug mit geschlossenen Knöpfen.

»Bitte nehmen Sie Platz, meine Herren«, sprach er, »von heute an werden wir zusammen essen. Ich bin zu dem Schluß gekommen, daß es nicht gesund ist, Anzug und Essen allzusehr zu vernachlässigen. Ein bestimmtes Minimum an Formen muß gewahrt werden. Sehen Sie, der brave Grzegorz hat sich sogar um Blumen bemüht. Welch ein schönes Ding das ist, eine Blume!«

Und es begann ein vornehmes Gespräch bei Kartoffelsuppe und gebratenem Fleisch, das Grzegorz feierlich servierte, während er vor Rührung in seinen Schnurrbart schluchzte. Nach dem letzten Gang in Gestalt gar nicht so schlechter Äpfel verabschiedete der Fürst die Gäste mit einem Kopfnicken und kehrte in seine Räume zurück.

Cholawicki beschloß abzuwarten. Gelegentlich auftretenden nervösen Reaktionen des Fürsten entnahm er, wieviel verheimlichte Angst und Anstrengung hinter all dem steckte. Er hoffte also, der Verrückte werde früher oder später versagen, und dann würde er, Cholawicki, erneut die Oberhand gewinnen.

Skoliński dagegen nahm die Zeichen einer besseren geistigen Verfassung mit Freuden auf und bemühte sich, sie nach Kräften zu stärken. Das Bindeglied zwischen ihm und dem Fürsten war das Ordnungmachen, dem sich der ehrliche Historiker voller Eifer widmete, obgleich das pausenlose Wühlen in Abfall- und Dreckhaufen nicht gerade zu den angenehmsten Beschäftigungen gehörte. Doch diese Beschäftigung erlaubte ihm, mit dem Fürsten allein zu sein und immer mehr dessen Vertrauen zu erringen.

Er hütete sich vor zu heftigen Befragungen. Kein einziges Mal machte er auch nur die kleinste Anspielung auf jene Begegnung bei Nacht, als Holszański von ihm ein »Zeichen« gefordert und ihn für ein Wesen aus einer anderen Welt gehalten hatte. Er wartete, daß der Fürst selbst darauf zurückkäme, und versuchte vorläufig, ihn durch Freundlichkeit und Feinfühligkeit für sich zu gewinnen. Zugleich schaute er sich in dem Abfall sorgsam nach einem Papier oder anderen Gegenständen um, die Licht auf die tragische Geschichte mit Franio werfen könnten.

Auch beobachtete er des Fürsten Reaktionen auf verschiedene Bewegungen. Wie zufällig hob er die Hand oder berührte seine Kehle oder nieste – und gab acht, wie der Fürst reagierte. Doch erinnerten diese Bewegungen offenbar an kein Zeichen, denn nichts erzeugte irgendeine Wirkung. Hatte der Fürst vielleicht vergessen, wie dieses Zeichen aussah? Alles schien möglich.

Der Professor spürte aber, daß ihr Verhältnis keineswegs so klar war, wie es den Anschein hatte. Manchmal ertappte er den Fürsten bei Blicken, die bezeugten, daß er ihn gleichfalls heimlich beobachtete, daß er in unaufhörlicher Spannung eine Offenbarung von ihm erwartete.

Wahrscheinlich hatte der Fürst die Idee nicht völlig aufgegeben, Skoliński sei jener mystische Abgesandte Franios, der aus unbekannten Gründen seine Mission nicht verraten wolle. Darum war ihre wachsende Vertrautheit, die sich auf kleine, vergängliche und ganz irdische Hilfeleistungen wie zum Beispiel das Aufräumen des Zimmers gründete, fortwährend mit tiefem Mißtrauen durchsetzt, mit Spannung und dem Warten auf etwas »aus jener Welt«.

Ach, bis zu welchem Grade mußte der Professor alle seine seelischen Kräfte anspannen, um das auszuhalten! Dieses Schloß mit seiner leeren Riesenhaftigkeit, mit seinen hallenden Geräuschen, mit seinen endlosen Labyrinthen, mit seiner Feuchtigkeit und Melancholie konnte einen nicht Eingewöhnten und Akklimatisierten schon nervlich schwächen. Dazu kam noch der tägliche Umgang mit dem tragischen Irren. Und ferner der ewige Krieg mit Cholawicki, die ständige Möglichkeit einer List oder eines Anschlags. Schließlich das grauenvolle Handtuch, jene ekelhafte und schreckliche Kemenate! Reale Gefahren verflochten sich mit dem Wahn, dem Irresein und zu allem Übel mit dem Schrecken metaphysischer Wirklichkeit; die Welt verband sich im Schweigen der altertümlichen Räume unmittelbar mit der Überwelt.

In die alte Küche warf er keinen Blick mehr. Er wollte nicht riskieren, Ekel und Abscheu zu empfinden. Manchmal fragte sich der Professor, warum er dort nicht eintrat und den scheußlichen Lappen hinauswarf. Aber er fürchtete sich… Obgleich er an eine direkte teuflische Herkunft des Phänomens nicht glaubte, nahm er doch an, hier müßten irgendwelche ungenügend bekannten Naturkräfte eine Rolle spielen, bei denen Vorsicht geboten sei. Er wußte, während einer spiritistischen Sitzung konnte das Unterbrechen der Kette Krankheit oder Tod des Mediums zur Folge haben. Außerdem war dieser Lappen sein Verbündeter, er hielt damit Cholawicki und Grzegorz in Schach. Schließlich – und das war das Wichtigste – irgend etwas stieß ihn von dieser Sache ab.

Dagegen unternahm er Schritte, um Frau Ziółkowska wiederzufinden. Nur von ihr würde er etwas über das »Zeichen« erfahren.

Zum Glück konnte Cholawicki ihm die Verständigung mit der Außenwelt nicht abschneiden. Skoliński mochte das Schloß nicht verlassen aus Furcht, Cholawicki könne sich in seiner Abwesenheit zu etwas Radikalem aufraffen. Statt dessen mußte er brieflich tätig werden.

Er unterrichtete Frau Ochołowska von seinem Aufenthalt im Schloß, ohne ihr nähere Informationen zu geben. Außerdem wandte er sich an einen seiner Freunde in Warschau mit der Bitte, die Ziółkowska ausfindig zu machen und festzustellen, ob sie sich erinnere, welche ihrer Gesten den Fürsten Holszański aus dem Gleichgewicht gebracht hatte.

Binnen kurzem kam die Antwort. Man hatte die Haushälterin mühelos gefunden. Aber sie erinnerte sich an nichts.

Nach so vielen Jahren war das völlig natürlich. Der Briefpartner des Professors schrieb, er habe sie detailliert befragt, aber Frau Ziółkowska leide an Sklerose und zeichne sich sowieso nicht gerade durch Intelligenz aus. Ja, sie erinnerte sich, daß der Fürst entsetzt gewesen sei und »das Zeichen, das Zeichen« geschrien habe, als sie sein Zimmer betrat. Aber ob sie damals eine Bewegung gemacht habe und welche, das wußte sie nicht mehr.

»Und was jetzt, Grzegorz?« fragte Skoliński enttäuscht, als Grzegorz ihm abends den Brief überbracht hatte.

»Nun ja, nichts zu machen! Wir werden's nicht erfahren.«

»Wir müssen es erfahren! Ich werde mit ihr reden müssen!«

»Wenn Sie abreisen, könnte der Sekretär etwas anstellen!«

Der Professor raffte sich zu einem entschiedenen Schritt auf. Wenn er nicht zur Ziółkowska fahren konnte, sollte halt die Ziółkowska zu ihm kommen. Er trug seinem Freund auf, das Weib ohne Rücksicht auf Kosten nach Mysłocz zu expedieren.

Grzegorz brachte sie bei einem Waldhüter einige Kilometer vom Schloß entfernt unter, ohne daß Cholawicki auch nur das geringste davon erfuhr. Dem Waldhüter wurde gesagt, die alte Haushälterin sei mit Erlaubnis des Fürsten gekommen, um sich zu erholen.

Gleich an ihrem Anreisetag suchte Skoliński sie abends auf. Er begegnete einer fetten, teigigen, äußerst geschwätzigen, aber sklerotischen Frau.

»Sicher, sicher, das weiß ich wie heute. Es herrschte Grippe, der Fürst war erkrankt und Grzegorz auch, ich komm' mit dem Kaffee – ja, ich trug den Kaffee, vielleicht auch das Tablett, wohl eher das Tablett als den Kaffee, aber vielleicht auch den Kaffee –, da fährt der Fürst plötzlich zusammen und schreit! Für ein Gespenst hat er mich gehalten! Aber was ich für'n Zeichen gemacht hab'? Vielleicht die Hand bewegt? Oder mit dem Kopf genickt? Oder mit den Zähnen geknirscht? Ich denk' darüber nach und denk' und krieg's nicht mehr zusammen.«

Der Professor versprach ihr eine reichliche Belohnung, wenn sie sich erinnere, doch hatte das üble Folgen. Ohnehin schon erregt durch die hartnäckigen Fragen, denen sie seit Tagen ausgesetzt war, fing die Haushälterin an zu toben, sie versuchte es mit den wildesten Bewegungen, strengte ihr Gedächtnis an und drehte am Ende vollends durch.

»Vielleicht hab' ich ein Bein gehoben!«

»Warum sollten Sie wohl ein Bein heben, wenn Sie mit dem Kaffee kamen?«

»Vielleicht hab' ich mich ans Knie gegriffen? Es konnte mich zwicken im Bein vor Rheumatismus.«

Er ließ sie in Ruhe und bemühte sich, heimlich ins Schloß zurückzukehren, aber Cholawicki mußte ihn durchs Fenster bemerkt haben, denn er fragte beim Abendessen:

»Sie waren aus?«

»Ich habe einen kleinen Spaziergang gemacht.«

Doch der Sekretär bezweifelte, daß der Professor ohne wichtigen Grund das Schloß verlassen hatte, und sei es auch nur für kurze Zeit. So kontrollierten und verfolgten sie gegenseitig ihre Aktivitäten.

Es kam soweit, daß alle (denn auch Grzegorz überwachte den Ablauf der Geschehnisse) den größten Teil des Tages im Halbschlaf verbrachten, nachts aber in Bereitschaft lagen. Die Nacht war am gefährlichsten. Der Tag eignete sich mehr zum Ausruhen.

Nur die Arbeit des Katalogisierens und Abschätzens der Antiquitäten hielt den Professor mehr oder weniger im Gleichgewicht. Täglich verbrachte er mehrere Stunden damit.

Was für Wunder er entdeckte! Von den Bildern ging er zu den Wandteppichen, zum Porzellan, zum Silber, zu den Rüstungen aus dem sechzehnten und siebzehnten Jahrhundert über und entdeckte die großartigsten Seltenheiten. Einige herrliche Uhren aus den Zeiten Jan Kazimierz'. Zwei berühmte Gobelins. Eine unschätzbare Sammlung alter polnischer Teppiche.

Und nebenbei allerlei architektonische Entdeckungen. Vor allem der Schloßhof hatte die Spuren schöner, wenn auch strenger Architektur bewahrt. Alles in den ursprünglichen Zustand zurückversetzt und die entstellenden Anbauten beseitigt – was für eine Residenz wäre Mysłocz geworden!

Cholawicki assistierte seinen Forschungen mit angehaltenem Atem. Das verband sie.

Aber Cholawicki ließ seinerseits nicht nach in seinem Bemühen, seine Verteidigung zu organisieren und den Gegenangriff vorzubereiten.

Die ganze Geschichte mit der Küche hatte ihn wie ein Blitz aus heiterem Himmel getroffen. Jetzt, wo es darauf ankam, um den Einfluß auf Holszański zu kämpfen, wurde ihm klar, wie wenig er von dessen Vergangenheit wußte, wie er sich überhaupt nicht mit den Wegen seiner kranken Psyche auskannte. Er merkte, daß der Professor, obwohl erst seit wenigen Tagen im Schloß, sehr viel besser Bescheid wußte und manche Geheimnisse kannte, was ihm erlaubte, aufgrund eines genauen Plans zu handeln.

Was waren das für Geheimnisse?

Hatte der Aufenthalt in der alten Küche ihn tatsächlich befähigt, in Holszańskis Vergangenheit einzudringen? In das Geheimnis seines Irrsinns? Verband sich das eine mit dem anderen?

Cholawicki kreiste um die schreckliche Kemenate wie ein Nachtfalter um die Kerze. Er blieb auf der Schwelle stehen und sondierte mit dem Blick die Krämpfe des Handtuchs, konnte sich aber nicht zu dem Heroismus durchringen, dort eine Nacht lang zu bleiben, um endlich Konkretes zu erfahren.

Etwas stieß ihn ab.

Er quälte Grzegorz mit Bitten und Drohungen. Doch der Kammerdiener, der seit dem Eintreffen des Professors und der erneuten Aktualität der Gespenster wie in Trance lebte und sich hundertmal am Tag bekreuzigte, wollte ihm keine weiteren Informationen geben.

»Ich weiß da nichts! Mir ist da nichts bekannt!«

Folglich wand sich der Sekretär, dem alle konkreten Voraussetzungen fehlten, in hilfloser Wut, er spürte, wie er den Boden unter den Füßen verlor und wie der glückliche Rivale ihn in Kürze aus der Gnade des Fürsten verdrängen würde.

Das einzige, was ihm blieb, war, Skoliński und den Fürsten pausenlos zu beobachten. So lag er Tag und Nacht auf der Lauer.

Als er feststellte, daß der Professor das Schloß verlassen hatte, überlegte er sofort, was das wohl für einen Grund haben könnte. Kaum dämmerte es, da folgte Cholawicki heimlich den Spuren des Professors.

Auf dem feuchten, morastigen Boden ließen sich diese Spuren gut erkennen. Ohne Mühe kam Cholawicki voran, bis er zum Waldhüterhaus gelangte.

Er näherte sich vorsichtig, ohne auf das Gebell der Hunde zu achten. Das kleine Fenster war erleuchtet. Vergeblich dachte der Sekretär darüber nach, was der Professor wohl in diesem Waldhüterhaus machte. Er blickte ins Fenster, und seinen Augen bot sich ein unheimlicher Anblick.

Eine alte, mollige Frau, allein im Zimmer, vollführte irgendwelche Beschwörungen oder Zeremonien. Sie verdrehte die Arme, sie hob mit nachdenklichem und konzentriertem Gesicht ein Bein, sie griff sich ans Ohr.

Dann unterbrach sie dieses Tun, um alsbald wieder zu beginnen.

Den Sekretär hatte die Geisteratmosphäre schon dermaßen durchdrungen, daß er sich vor Angst zusammenkrampfte. Wenn irgend jemand, dann rief diese Hexe einen bösen Geist herbei. Stand das im Zusammenhang mit der schrecklichen Kemenate?

Welchen Sinn konnten diese Bewegungen haben? Waren es Beschwörungen? Ihre entsetzliche Dummheit und Sinnlosigkeit vergrößerten nur ihre Unheimlichkeit.

Vom Bellen der Hunde herbeigelockt, trat der Waldhüter Matyjas aus der Scheune.

»Wie geht's«, sagte Cholawicki. »Hört mal, was ist das da für eine Frau am Fenster?«

»Das ist, gnädiger Herr, die frühere Haushälterin vom Schloß, Frau Ziółkowska. Sie ist aus der Stadt zur Erholung hergekommen, und der Fürst hat befohlen, daß sie bei mir wohnen soll.«

»Ist sie schon lange hier?«

»Seit heute früh.«

»Und warum hampelt sie so?«

Der Waldhüter lachte auf.

»Was weiß ich! Seit ihrer Ankunft hampelt sie immerzu so herum.«

»War jemand bei ihr?«

»Ja, ein Herr vom Schloß. In seiner Anwesenheit hat sie noch mehr gehampelt.«

»Und wer hat Euch den Befehl des Fürsten überbracht?«

»Gestern kam Grzegorz mit diesem Befehl zu mir, da habe ich gleich das Zimmer für sie hergerichtet und die Kinder beauftragt, sich um sie zu kümmern, weil ich selbst in den Wald mußte.«

Cholawicki überlegte. So war Grzegorz im Bunde mit dem Professor. Beide hatten das Weib hergeholt und im Waldhüterhaus versteckt. Nur – wozu brauchten sie sie? Jetzt erinnerte er sich, daß Grzegorz einmal diese Ziółkowska, die Haushälterin auf dem Schloß vor langen Jahren, erwähnt hatte.

»Sagt ihr, der Sekretär des Fürsten ist gekommen, und ruft sie her. Ich will mit ihr reden.«

»Zu Befehl.«

Nach einer Weile erschien, von dem unerwarteten Besuch sichtlich überrascht, Frau Ziółkowska in Hut und Handschuhen, den Mantel über die Schultern geworfen.

»Zu Diensten, Herr Sekretär. Ich höre, Herr Sekretär. Herr Sekretär haben den Wunsch, mit mir zu sprechen?«

»Weshalb sind Sie hergekommen?«

»Ich? Ich? Zur Sommerfrische. Ich bin nicht gesund, angegriffen... Die frische Luft...«

»Na, na! Lügen Sie anderen was vor! Was soll das alles bedeuten?! Was wollte der Herr, der hier war, von Ihnen? Sie wissen, wer ich bin! Also los! Ich rate Ihnen, ehrlich zu antworten, sonst benachrichtige ich die Polizei! Wer hat Sie hergeholt?!«

»Ich habe nichts Böses getan!«

»Ich rate Ihnen, die Wahrheit zu sagen, sonst rufe ich die Polizei.«

Die eingeschüchterte Frau widersetzte sich nicht lange. Sie gestand alles und flehte, daß Cholawicki es nicht dem Professor sage. Sie sei unschuldig! Sie wisse nichts! Der Professor wolle nur, daß sie sich erinnere, welches Zeichen sie vor einigen zwanzig Jahren gemacht habe, als sie mit dem Kaffee das Zimmer des Fürsten betrat. Warum er das brauche, wisse sie nicht.

Sie beschrieb noch einmal ganz genau, wie sie das Zimmer betreten, wie sie jenes Zeichen gemacht habe, an das sie sich ganz und gar nicht erinnern könne, und wie der Fürst »das Zeichen, das Zeichen!« gerufen und sie für ein Wesen aus einer anderen Welt gehalten habe.

Cholawicki verbot ihr streng, dieses Gespräch vor dem Professor zu erwähnen. Selbst wenn sie sich des Zeichens doch noch erinnere, sollte sie tun, als erinnere sie sich an nichts. Seine Drohungen und Versprechungen bewirkten, daß Frau Ziółkowska versprach, seine Ermahnungen genauestens zu befolgen.

Mit dem Gefühl der Erleichterung kehrte er ins Schloß zurück. Endlich war auch er auf einen Faden in diesem Labyrinth gestoßen. Seine Ahnungen hatten nicht getrogen. Der Professor und Grzegorz hatten eine bestimmte Absicht – nur was war das für ein Zeichen? Und wozu brauchten sie es?

Noch genauer beobachtete er nunmehr den Fürsten. Jetzt erinnerte er sich, was ihm im Laufe des mehrjährigen Umgangs mit dem Fürsten manchmal aufgefallen war. Er hatte beobachtet, daß der Fürst während seiner nächtlichen Wanderungen für eine halbe oder dreiviertel Stunde verschwand. Vielfach hatte er nachts bei ihm hereingeschaut und ihn weder in seinem Schlafzimmer noch in den anderen Gemächern getroffen, durch die er zu wandeln pflegte – erst nach geraumer Zeit tauchte der Fürst plötzlich auf, man wußte nicht woher, und in seiner Stimmung hatte sich eine deutliche Veränderung ergeben.

Er kam weniger bewußt, stärker verstört zurück.

Bisher hatte das den Sekretär nicht weiter erregt, jetzt aber beschloß er, das Ziel seiner Ausflüge zu erkunden.

Ehe das jedoch geschah, ereignete sich ein kleiner Zwischenfall, der dem Sekretär ebenfalls viel zu denken gab. Als er nämlich am nächsten Tage zum Essen in den Speisesaal kam, erblickte er an den Wänden vier Ahnenporträts riesigen Ausmaßes. Vier würdevolle Fürsten Holszański-Dubrowicki mit den Insignien der von ihnen bekleideten hohen Würden, ausgeblichen, aber immer noch im Purpur herrlicher Gewänder.

Der Saal sah ganz anders aus, wie von einem Zauberstab berührt. Er war prächtig und zugleich wohnlicher geworden.

»Was bedeutet das?« fragte er Grzegorz.

»Der Herr Professor hat diese alten Porträts, die hinter einem Schrank steckten, wiedergefunden und sie aufhängen lassen, um den gnädigen Fürsten zu überraschen.«

Cholawicki biß sich auf die Lippen. Skolińskis Politik war ihm klar. Den Fürsten in seinem Stolz auf sein Geschlecht und seine Macht bestärken, ihn aus Schmutz und Verlassenheit herausholen, ihn den Konvenienzen der Welt wiedergeben, für die der alte Aristokrat sensibel war. Zu diesem Zweck hatte er die Porträts aufhängen lassen.

Der Sekretär wagte nicht, sie abzunehmen. Das Verhalten des Fürsten beim Betreten des Speisesaals war seltsam. Anfangs schien er sich zu schämen und überging die Porträts mit Stillschweigen. Bei der Suppe sprachen sie wie üblich in fast höfischem Ton über Allgemeines. Schließlich lächelte Holszański kläglich und traurig.

»Wer hat das aufgehängt?« fragte er.

»Ich habe diese Porträts beim Aufräumen der Säle wiedergefunden und mir erlaubt, sie hier anzubringen«, entgegnete der Professor. »Wenn sie Ihnen nicht gefallen, Fürst, kann man sie jederzeit entfernen. Es gibt noch viele andere Porträts. Eine ganze Galerie.«

»Ach ja«, sagte der Fürst und betrachtete mit einem seltsamen Lächeln auf den Lippen die Bildnisse seiner Vorfahren.

Dann wurde er lebendig, seine Backen röteten sich, die Augen blitzten.

»Das ist Józefat Holszański, Wojewode von Kiew, mein Ururgroßvater in gerader Linie. Verheiratet mit einer Ostrogska. Und der dort Jerzy, Kastellan von Mścisław, später Feldhetman. Und der Starost von Pińsk. Ein berühmter Oberst, Parteigänger Zborowskis. Neben den Ostrogskis und Zasławskis war meine Familie die erste in Reußen. Sie hatten eine gute Idee, Professor. Man muß die Porträts aufhängen. Dieses Schloß ist zu groß, um es mit den Lebenden bevölkern zu können, es braucht viele Generationen, um es zu füllen...«

Er brach ab.

»...und ich bin der letzte meines Geschlechts.«

Wieder huschte das schwache, unsichere Lächeln um seinen Mund.

Cholawicki ahnte, was er hatte sagen wollen. Ich bin der letzte meines Geschlechts – ein Idiot. Was empfinden wohl diese Statisten, diese Heerführer und Würdenträger, wenn sie den letzten Sproß ihres Geschlechts in diesem Zustand sehen? Eine solche Frage bebte unausgesprochen auf den verzogenen Lippen des Fürsten.

Plötzlich schrie er:

»Nein! Bitte abnehmen! Ich will nicht, daß sie mich anschauen! Tun Sie sie dahin, wo sie waren! Ich wünsche es nicht! Außerdem bin ich nicht der letzte! Ich habe doch auch einen Sohn! Ich habe einen Sohn! Mein Sohn existiert! Wo ist mein Sohn?«

Er heftete seinen Blick auf den Professor in Erwartung einer Offenbarung.

Dann stieß er den Tisch zurück, daß die Teller klirrten, brach in Schluchzen aus und stürzte aus dem Raum, die Hände vors Gesicht geschlagen.

Cholawicki murmelte ironisch:

»Noch eine Woche diese Kur, und der Arme wird endgültig verrückt.«

»Das glaube ich nicht«, entgegnete der Professor kühl. »Solche Erschütterungen haben oft die gewünschten Wirkungen. Ich hoffe, der Fürst wird in Kürze seiner Sinne wieder mächtig sein.«

»Ich wußte nichts von einem Sohn des Fürsten«, sagte

Cholawicki langsam und musterte den Professor. »Das hat mir gegenüber nie jemand erwähnt.«

»Ach, was er in solchen Anfällen sagt, ist nicht maßgebend.«

»Auf jeden Fall müssen die Porträts abgenommen werden. Tun Sie sie wieder dorthin, Grzegorz, wo sie waren.«

Doch Grzegorz beeilte sich nicht, den Befehl auszuführen, und Skoliński sagte:

»Lassen Sie sie vorläufig, Grzegorz. Wir werden noch sehen.«

Der Sekretär stand auf.

»Sie sind zwar Gast des Fürsten«, sagte er beherrscht, »was aber nicht heißt, daß Sie das Recht hätten, Anordnungen zu treffen. Haben Sie gehört, Grzegorz, was der Fürst gesagt hat? Bitte nehmen Sie die Porträts sofort ab.«

»Junger Mann«, sprach der Professor, »tun Sie, was Sie wollen! Ich bin für Ihre Taten nicht verantwortlich.«

»Lassen Sie lieber diesen hochfliegenden Ton! Ich bin kein Kind und versichere Sie, daß ich mich von Geistern nicht erschrecken lasse.«

»Und dennoch haben Sie Angst vor ihnen.«

»Meinen Sie?«

Der Professor dämpfte seine Stimme.

»Warum nehmen Sie das Handtuch nicht ab? Wenn es Ihnen doch gleichgültig ist? Wenn Sie vor ihm weder beben noch innerlich schaudern? Was ist einfacher, als hinzugehen und das Handtuch hinauszuwerfen?«

Der Sekretär fand keine Antwort.

In der Tat, dazu konnte er sich nicht aufraffen. Vergeblich redete er sich ein, die Anwesenheit böser Kräfte in der Kemenate sei eine Kinderei, das Ganze nur Wasser auf die Mühle des Professors, der ihn mit »Geistern« erpreßte, um psychische Überlegenheit zu gewinnen. Wie oft war er zur Tür der alten Küche gegangen, hatte den unermüdlichen Lappen angestarrt und sich nicht entschließen können, ihn einfach zu nehmen und zum Fenster hinauszuwerfen.

Diese Unfähigkeit überschattete fatal alle seine Vorhaben. Sie hielt ihn in ständiger Nervenanspannung und ließ ihn, entgegen seinem Willen, den unheilverkündenden Warnungen Skolińskis nachgeben.

Und wenn er über Nacht dort bliebe? Um festzustellen,

was der Professor gesehen haben konnte? Um dasselbe zu wissen wie er? Doch zu diesem radikalen Schritt konnte er sich erst recht nicht aufraffen.

Hatte der Fürst wirklich einen Sohn? Rührte seine Krankheit von da her? War »Franio«, von dem er so oft träumte, dieser Sohn? Solche Fragen verfolgten den Sekretär. Er fühlte, daß der Fürst sich seinem Einfluß entzog, deshalb suchte er mit Gewalt den Schlüssel zu dessen Seele.

Nachts lauerte er im Nachbarsaal, und als der Fürst seine nächtliche Wanderung durch das Schloß antrat, folgte er ihm von Gemach zu Gemach, durch leere Galerien und Gänge. Holszański glitt wie gewöhnlich langsam die Wände entlang, blieb an den Fenstern stehen und flüsterte etwas, kehrte dann zurück, legte sich ins Bett und schlummerte, um nach einer halben Stunde, wie von wachsender Unruhe getrieben, wieder hinauszugehen.

Und das bis gegen zwei Uhr nachts. Gerade beschloß der Sekretär, sich hinzulegen, da ging der Fürst zur Tür von Cholawickis Schlafzimmer und lauschte. Dann bog er langsam in einen schmalen, langen Gang ein, der zum Nordflügel führte.

Der Sekretär folgte ihm. Warum begab sich der Fürst in diesen Teil des Schlosses? Dort lagen nur kleine, enge, völlig leere Stuben, die ohne Sinn und Verstand auf verschiedenen Ebenen angeordnet waren.

Doch der Fürst ging weiter durch niedrige Kellergemächer des alten Schlosses mit spitzbogigen Wölbungen und schob sich dann wie ein Geist durch die Riesensäle des Südflügels, den Rosensaal, den Arianischen, den Rittersaal.

Nachdem er auf diese Art das ganze Schloß abgeschritten hatte, befand er sich wieder unweit seines Schlafzimmers. Dann bog er in Richtung der Bastei ab, wo einst die Schloßkapelle gewesen war.

Cholawicki verstand schließlich, warum der Fürst einen solchen Umweg gemacht hatte. Anders hätte er nicht hierhergelangen können, außer er ging an der alten Küche vorbei, die sein Zimmer von der Bastei trennte.

Aber Holszański betrat die Bastei nicht, sondern bog noch einmal ab und verschwand in einem engen Durchgang, der schräg hinabführte zu den Parterresälen. Dieser von der Natur am wenigsten geschützte Teil des Schlosses war am solidesten gebaut. Mauern von unheimlicher Dicke türmten sich auf und bildeten enge, unbegründete und unverständliche Verstecke.

Er ging ganz nach unten, bis zu den Kerkern, und blieb hier an einer der Wände stehen. Seiner Brust entrang sich ein Seufzer. Der Greis lehnte den Kopf an die Wand und verharrte lange in dieser Haltung. Dann glitt er auf die Knie und umfaßte seinen Kopf in entsetzlichem Schmerz.

Es war sehr dunkel dort. Cholawicki konnte nicht recht erkennen, was der Fürst an der Wand machte. Sein Tun wirkte phantastisch und sinnlos. Er tastete anscheinend mit den Händen die Wand ab oder kratzte daran. Dem Sekretär fiel die Ziółkowska ein. Auch das hier trug den Charakter eines unwirklichen Gottesdienstes.

»Franio! Franio! Franio!« rief der Fürst mit dumpfer, qualvoller Stimme. Und wieder machte er etwas an der Wand. Lange.

Plötzlich begann er zu winseln – schmerzlich, leise, wie ein Hund. Darauf wieder:

»Franio? Franio?«

Doch diesmal war es kein Stöhnen, sondern eine Frage, der Fürst lauschte deutlich auf eine Antwort.

»Franio? Franio?«

Und wieder nichts. Schließlich ging Holszański fort. Der Sekretär hockte sich hinter einer Mauerecke nieder und sah sein Gesicht ganz dicht vorbeigleiten. Es war tränenüberströmt und schmerzverzogen. Doch was Cholawicki am meisten wunderte: Der Fürst hatte dunkle und blutige, fast schwarze Lippen.

Kaum war er seinen Augen entschwunden, lief der Sekretär zu jener Wand, ließ seine Lampe aufleuchten und erblickte Seltsames.

Die rätselhafte Tätigkeit des Fürsten stellte sich als Schreiben heraus. Auf dem Steinfußboden lag ein Tintenstift. Mit diesem Stift hatte er irgendwelche Wörter an die Wand geschrieben.

Doch waren es keine Wörter. Eher einzelne, ohne Zusammenhang auf verschiedenen Stellen verstreute Buchstaben, die manchmal Figuren bildeten, manchmal auf den Kopf gestellt waren. Es sah aus wie ein Bilderrätsel.

Außerdem bedeckten dunkelviolette Zeichen in Form kleiner Herzen die Wand. Dem Lebemann Cholawicki fiel sogleich ein spaßhafter Brief ein, den er kürzlich von einer Dame erhalten hatte. Diese Person hatte, statt zu unterschreiben, mit ihrem geschminkten Mund kräftig das Papier geküßt, deshalb war dort ein ähnliches Herzchen entstanden.

Der Fürst küßte also die Wand. Er küßte sie, nachdem er sich den Mund mit Tintenstift bemalt hatte. Irgend etwas mußte sich hinter dieser Wand verbergen. Doch war die Steinmauer so dick und fest, daß keine Kraft sie anzugreifen vermochte. Außerdem zeigte sie keine Spuren.

Diese Mauer bildete eine Innenwand, die einen Keller vom anderen trennte. Sie war unermeßlich dick. Cholawicki warf einen Blick in den Nachbarkeller, fand dort aber nichts Wichtiges.

Die Buchstaben an der Wand fesselten seine Aufmerksamkeit. Er hatte ohne Zweifel das geheime Sanktuarium des Wahnsinnigen gefunden, seinen versteckten Traumtempel, den Ort, den der Fürst aus unbekannten Gründen zur Stätte seines Nachdenkens, seiner Seufzer und Bekenntnisse auserwählt hatte. Der Einsame mit der unverheilten Seelenwunde vertraute sich dieser Wand an, weil ihm ein besserer Freund fehlte.

Anscheinend konnte er dem Bedürfnis nicht widerstehen, seine Geheimnisse auszusprechen. Aus Angst, jemand könnte seine Bekenntnisse finden, verstreute und vermischte er die Buchstaben – beliebig oder nach einem bestimmten Schlüssel?

Cholawicki hatte sich die letzten Jahre auf dem Schloß entsetzlich gelangweilt und sich glücklicherweise auf das Lösen von Bilderrätseln und Rebussen spezialisiert. Dieses Wissen kam ihm jetzt zustatten.

Sehr wahrscheinlich würde sich der Name Franio in jenen mystischen, an die Wand geschriebenen Aufzeichnungen oft wiederholen. So tauchte denn auch der Buchstabe F viele Male und in verschiedenen Konfigurationen auf.

Der Sekretär suchte die nächsten Buchstaben dieses Worts und entschlüsselte mühelos die Methode des Fürsten. Doch konnte er nur einige Sätze und einzelne Wörter entziffern. Der Rest blieb unleserlich.

Aber was er entziffert hatte, reichte aus, um den Charakter des Ganzen zu erkennen – es war erstrangiges Informationsmaterial.

Keine Aufzeichnungen oder Bekenntnisse. Briefe. Briefe an diesen Franio! Folgendes enthielt die riesige Buchstabensammlung:

Franio, mein Sohn, mein einziges Kind, mein Söhnchen, Du quälst mich immerzu sehr.

Dein Dich liebender Vater.

Solch eine schlichte und unkomplizierte Korrespondenz führte der Fürst an der Wand – und das seit vielen Jahren. Darauf verwies ein Datum: 1926. Und weiter:

Franio, mein Kind, mein Söhnchen.
Ständig warte ich und flehe.
Erbarme Dich. Dein Vater.

Und weiter:

1931
Wann hörst du auf, mich zu quälen?
Hör auf zu zürnen! Du bist böse.
Bewegst du es ständig? Ich hab's gesehen. Ich habe dort hineingeschaut und weiß, daß du es bewegst.
Oh, wann kommt die Erlösung?

War das eine Anspielung auf das Handtuch in der alten Küche?

Cholawicki überging die ältesten, fast schon verwischten Inschriften und gelangte zu den neuesten.

Franio, mein Söhnchen, mein geliebtes und einziges Kind.
Hast du ihn geschickt?
Warum hat er sich nicht durch das Zeichen ausgewiesen?
Habe Mitleid mit mir.
Wenn er von dir kommt, soll er es sagen.
Befreie mich.
Ich bin alt.
Erbarme Dich…
Mach ein Ende! Befreie mich! Erlaub mir zu gehen! Verzeih!
Sei nicht böse.
Du bist böse!

Cholawicki schrieb sich das alles in sein Notizbuch. Er hatte keine Zeit, den Inhalt der schmerzerfüllten Sätze zu zerlegen. Denn es war nicht auszuschließen, daß der Fürst noch einmal herkam.

Er betrachtete die in einer Ecke stehende Schachtel mit kleinen Andenken. Eine Haarlocke, mit einem Bändchen zusammengebunden, eine Medaille. Mehrere Knöpfe. Ein bißchen Kleingeld, an die zwei Złoty. Ein kleiner Kamm.

Dies war das geheime Sanktuarium des Fürsten Holszański.

13

Zwei Tage nach jener Begegnung mit Maliniak, die so schlimm endete, rief Frau Halimska Maja an und bat sie, in einer eiligen Angelegenheit sofort zu ihr zu kommen.

Die Frau Präses küßte sie gerührt.

»Meine Liebe! Verzeihen Sie meine Nervosität vorgestern. Dieser Maliniak könnte einen Heiligen aus der Fassung bringen! Was für ein sonderbarer Typ! Wissen Sie was?! Ich habe mich geirrt, wir beide haben es völlig falsch verstanden. Alles ist auf dem besten Wege! Lesen Sie!«

Und sie zeigte ihr Maliniaks Visitenkarte mit einer kaum lesbaren handschriftlichen Notiz:

»Sehr verehrte gnädige Frau! Falls diese Dame eine Beschäftigung sucht, kann sie Sekretärin bei mir werden. Anmeldung 4–6, im Hotel, Mittwoch, beim Sekretär.«

»Kindchen«, sagte die Frau Präses, »ich bin glücklich. Ich gratuliere! Du hast das große Los gezogen! Du wirst Maliniaks Sekretärin! Das ist ein Triumph! Ein Triumph fürs Leben! Das öffnet dir alle Möglichkeiten! Und ich habe angenommen, er interessiert sich überhaupt nicht für dich! Mein Kind, wie soll ich mich bei dir entschuldigen?!«

Auch für Maja war der unerwartete Erfolg angenehm. Ihr weiblicher Ehrgeiz war befriedigt, besonders vor Róża und ihren Freundinnen, die den anfänglichen Mißerfolg mit geheimer Genugtuung aufgenommen hatten.

Doch die Stelle stimmte sie mißtrauisch. Wozu braucht er eine Sekretärin, wenn er bereits einen Sekretär hat?

Frau Halimska aber quittierte ihr Zögern mit Lachen.

»Du bist verrückt geworden, mein Goldkind! Das ist doch ein alter Mann, wie du selbst gesehen hast! Du kannst sicher sein, wäre daran auch nur ein Schatten von Ungehörigkeit, so hätte ich dir nicht dazu geraten. Ich vertrete doch deine Mutter!«

»Lassen Sie bitte meine Mutter aus dem Spiel.«

»Wie hübsch du bist mit deiner Zuneigung zu deiner Mutter! Ach du, du! Aber glaube mir, wenn du überhaupt bei jemandem Sekretärin sein kannst, dann nur bei Maliniak. Er ist ein kranker, nur halb lebendiger, greisenhafter Millionär – man kann sich nichts Passenderes für eine junge Person erträumen! Vertraue meiner Lebenserfahrung. Niemand kann irgend etwas dagegen haben!«

»Nun gut, aber dann soll er sich eine routinierte Sekretärin nehmen und nicht mich.«

»Das verstehst du nicht! So ein alter Millionär am Rande des Grabes hat auch seine Neigungen. Er hat gern etwas Frisches und Junges um sich – aus ästhetischen Gründen. Dich braucht er wie die Blumen. Es wäre sogar egoistisch, ihm diese vielleicht letzte Annehmlichkeit, die er im Leben haben wird, zu versagen. Es ist geradezu deine Pflicht! Überlege mal, wie traurig, kraftlos, einsam und verlassen er ist. Er wird dich anschauen, deiner Stimme lauschen, sich deiner annehmen, und das trägt ihm vielleicht seine letzte, reine und stille Freude im Leben ein!«

Maliniaks persönlicher Sekretär, Herr Tocki, halb Pole, halb Amerikaner, den Maja im Hotel »Bristol« aufsuchte, teilte ihr zuerst mit, er habe überhaupt keine Zeit. Das war die Wahrheit, denn auf ihn warteten mindestens fünfzehn Personen, und das Telefon belästigte ihn unaufhörlich. Danach sagte er ihr, sie erhalte vorläufig 500 Złoty monatlich und solle um neun Uhr in der Halle erscheinen, weil sie Herrn Maliniak beim Abendessen Gesellschaft leisten müsse.

Als Maja nach ihren künftigen Pflichten fragte, wurde er plötzlich sehr höflich und sah ihr flehentlich in die Augen.

»Ich bitte Sie«, rief er in Eile, »Ihre erste und einzige Pflicht ist, mir keine Zeit zu stehlen. Belästigen Sie mich nie mit irgend etwas!«

Und ehe sie sich noch zurechtfinden konnte, drängte er sie durch die Tür hinaus, wobei er ihr kordial die Hand drückte.

Pünktlich um neun stand Maja im Abendkleid bereit und sah Maliniak und jene Dame, die seinerzeit auf ihn im Café gewartet hatte und angeblich seine Nichte war, den Lift verlassen.

Kühl stellte sie sich Maja vor und nannte mit Nachdruck ihren Titel.

»Marquise di Mildi.«

»Komm her«, sagte Maliniak zu Maja und trat, sich schwer auf beide Frauen stützend, in den Speisesaal. Er setzte sich weit hinten hin und bestellte bei sechs herbeilaufenden Kellnern zwei weiche, gekochte Eier, »aber frisch!«, und ein Brötchen, die Marquise dagegen ein Perlhuhn.

»Wozu?« murmelte er. »Sehr viel besser ist ein Omelett mit Erbsen. Und dazu ein Toastbrot.«

Die Marquise biß sich auf die Lippen.

»Und womit kann ich Ihnen dienen?« fragte der Kellner Maja, die völlig übergangen worden war.

»Ich? Ach, ich vielleicht auch das Omelett...«

»Halt, halt!« Maliniak wurde lebhafter. »Gebt mir die Karte!« Und er bestellte für sie ein erlesenes und reichliches Abendessen mit mehreren Gängen.

Maja wagte nicht zu protestieren. Sie mußte alles essen, was man ihr auftischte, obwohl ihr Appetit unter dem neidischen Blick der hungrigen Marquise nicht gerade wuchs. Maliniak ließ aber kein Auge von ihrem Teller.

»Das noch!« Er wies mit dem Finger auf die schmackhafteren Bissen. »Gut, was? Und nun ein Gläschen Wein.«

»Ich kann nicht mehr!« stöhnte sie vor einer äußerst seltsamen Kombination von Ananas und Schokoladenmasse, die mit einer brennenden Flüssigkeit übergossen war.

»Was heißt, ich kann nicht? Das da ist gut! Essen Sie! Zuza, tu der Dame noch Schlagsahne auf!«

»Ich danke wirklich sehr. Ich kann nicht mehr.«

Maja sagte das in so entschiedenem, ja sogar etwas herrischem Ton, daß der Millionär sich mit seinem Elan zurückhielt.

»Was denn, sind Sie schon satt hergekommen?« fragte er.

»In der Tat, ich habe ein ziemlich reichliches Vesper gegessen.«

»Das ist nicht gut. In Zukunft müssen Sie sich ganz hungrig zum Mittag- und Abendessen setzen. Ich selbst darf nicht essen, weil ich krank bin. Statt dessen sehe ich gern zu, wenn jemand ißt.«

Er versank in Gedanken und blieb noch etwa eine halbe Stunde schweigend sitzen. Die Marquise, die an derartige Mahlzeiten anscheinend gewöhnt war, äußerte sich überhaupt nicht.

Sie war eine feurige Brünette, vielleicht dreißigjährig, mit leidenschaftlichem und verschlossenem Gesicht. Sie raffte sich zu keiner Anstrengung auf, dem Mädchen die etwas schwierige Situation leichter zu machen.

»Na gut, genug«, sagte Maliniak unverhofft. »Ich gehe. Kommen Sie morgen um... nun, sagen wir mal, um vier. Aber seien Sie hungrig. Was die anderen Aufgaben angeht, wollen wir mal sehen. Leben Sie wohl. Ziehen Sie noch heute ins Hotel.«

Maja biß die Zähne zusammen.

»Ich ziehe nicht hierher.«

Er wollte gerade, auf den Arm des Kellners gestützt, fortgehen und blieb stehen.

»Was? Und warum?«

»Weil ich nicht die Absicht habe, hungrig zu sein oder zu warten oder überhaupt bei Ihnen zu sein. Ich verzichte auf die Stellung.«

»Na, Tocki soll zweihundert Złoty zulegen.«

»Ich bleibe auch nicht für zweihunderttausend, weil Sie sich schlecht benehmen!«

Maliniak blieb der Mund offen. Das hatte er nicht erwartet. Sein totes Gesicht strahlte in tiefer Befriedigung auf.

»Bravo! Ausgezeichnet! Sie gefallen mir.«

Maja stand auf.

»Ich bitte Sie«, sprach sie, »mir scheint, weitere Diskussionen sind überflüssig. Ich habe gesagt, daß ich nicht bleibe, und ich bleibe nicht.«

»Sie verlassen die Stellung – bei mir?«

Sie zuckte mit den Achseln und blickte ihn so herablassend an, daß er sich wie eine Null fühlte, ein Nichts, ein ehemaliger Emigrant. Er wurde purpurrot und hätte fast ein sehr grobes Wort zu Maja gesagt, als er die unverhohlene Befriedigung im Gesicht seiner Nichte bemerkte.

»Du, Marquise«, brüllte er. »Freu dich nicht zu früh! Sie bleibt!«

Er ergriff Majas Hand.

»Na, ärgern wir uns nicht! Sehen Sie, ich bin ein alter Sonderling und Flegel... aber ich habe nur noch kurz zu leben. Einen Monat, zwei... Doch ich sehe, mit Ihnen muß man anders umgehen! Verzeihen Sie mir altem Mann. Na los! Eine wie Sie finde ich nicht so leicht.«

Er bat sie so herzlich, daß sie Mitleid empfand.

»Einverstanden«, sagte sie.

Er mußte heftig husten. Die Bediensteten trugen ihn mehr hinaus, als daß sie ihn führten. Die Marquise reichte Maja zum Abschied die Fingerspitzen.

»Ich gratuliere, Fräulein! Sie haben den besten Weg zu meinem Onkel gefunden. Nur so weiter, und Sie werden mit Ihrer Uneigennützigkeit ein prima Geschäft machen.«

»Zu mir sagt man nicht Fräulein, sondern Frau.«

»Ach, mein Gott, so ein junges Wesen wie Sie. Ich wollte Sie nicht kränken. Mein Onkel mag solche jungen Geschöpfe, die er gegen mich aufwiegeln kann. Ich weiß nicht, ob Ihnen klar ist«, sagte sie betont, »daß Sie speziell dafür engagiert worden sind, mich zu ärgern. Aber mich kann man nicht so leicht ärgern, und ihm vergeht das in einer Woche.«

Die Marquise wandte Maja den Rücken, ehe sie antworten konnte.

So begann Majas Tätigkeit als Maliniaks Privatsekretärin. Sie zog ins »Bristol«.

Nach wenigen Tagen beherrschte sie ihre Aufgaben. Die meiste Zeit verging tatsächlich mit Warten. Nie wußte sie, wann Maliniak sie zu sich rufen würde. Weil sie sich nicht unten in der Halle aufhalten wollte, vergingen ihre Stunden im Hotelzimmer – mit Nichtstun. Sie konnte sich mit nichts beschäftigen, und das quälte sie am meisten. Sie dachte an Leszczuk. Schließlich meldete der Boy, Herr Maliniak lasse bitten, und Maja ging zu ihm, ohne jeweils sicher zu sein, ob er sie empfangen oder was dem wunderlich gewordenen Steinreichen einfallen würde.

Schon am nächsten Tag merkte sie, daß die Marquise recht hatte. Es sah wirklich so aus, als hätte Maliniak sie angestellt, um seine Nichte in Wut zu versetzen.

Kaum trat Maja ein, unterzog er sie einer genauen Betrachtung und äußerte, sie sei seiner Ansicht nach nicht elegant genug angezogen. Er, Maliniak, liebe den Luxus. Er werde sich erlauben, ihre Toilette zu vervollständigen, wenigstens die letzten Monate seines Lebens sollten in Gesellschaft luxuriös angezogener Personen vergehen!

Der Sonderling fuhr mit Maja in die Geschäfte, und der Marquise befahl er, sie zu begleiten. Er fing mit dem Kopf an. Gleich danach sah sich Maja im Besitz einiger wunderhübscher Hüte. Die Ladenbesitzerin hatte, weil sie Majas Charme sah und Maliniaks Zahlungsfähigkeit kannte, das Schönste aus ihrem Angebot hervorgeholt.

»Dir steht auch ein Hut zu«, sagte er zu der Marquise, die in der Rolle einer Person »mit Geschmack« assistiert hatte. »Ich suche ihn dir selber aus.«

Und er wählte etwas Scheußliches. Einen ekelhaften, prätentiösen und überladenen Hut, in dem die unselige Marquise di Mildi wie eine Vogelscheuche aussah und der sie zehn Jahre älter machte.

»Den setze ich nicht auf«, sagte sie leichenblaß.

»Wie? Du setzt ihn nicht auf? Es ist ein Geschenk von mir!«

Die arme di Mildi mußte ihre Wut unterdrücken und dieses Scheusal aufsetzen. Dasselbe wiederholte sich in anderen Läden. Maja kam doppelt so schön wieder heraus und Frau di Mildi zehnmal so häßlich. Mit raffinierter Bosheit betonte und unterstrich er ihr nahendes Alter.

So etwas verzeiht eine Frau nie. Maja wußte, daß sie in der Person der leidenschaftlichen Marquise von nun an eine Todfeindin hatte.

Maliniak verhielt sich gegenüber dieser älter werdenden internationalen Löwin tatsächlich erbarmungslos. Ob er sich an ihr rächte, weil er sie verdächtigte, auf seinen Tod zu warten und das Erbe an sich reißen zu wollen? Oder hatte er sie geliebt und rächte sich jetzt dafür? Oder wollte er ganz einfach die letzten Monate seines Lebens mit Leidenschaft füllen und hetzte die beiden Frauen, von denen die eine am Anfang stand und die andere am Ende, gegeneinander? Nicht genug, daß er seine Nichte unter dem Vorwand der Fürsorge auf Diät setzte, ja beinahe hungern ließ, er gab ihr eine für das Notwendige kaum ausreichende Summe und erdachte unablässig tausend raffinierte Bosheiten.

Die Marquise unterdrückte ihre Wut und unterwarf sich den Launen ihres Onkels. Es waren schreckliche Erlebnisse für die stolze, dämonische, zu herrschen gewohnte Intrigantin der Schlafwagen und Salons. Sie wußte, daß Maliniak mit Maja ein wunderbares Spielzeug gegen sie gefunden hatte, erwartete aber, das werde bei ihm vorübergehen. Sie mußte nur durchhalten.

Besonders schwer konnte sie ertragen, wenn Maliniak bei

all seiner Extravaganz Maja dennoch mit einer gewissen Achtung behandelte. Maja selbst vermochte nicht zu begreifen, warum der Millionär manchmal ihr gegenüber demütig und untertänig war wie ein Bauer. Nichts begründete die unvermittelten Wechsel. Doch irgendwann einmal löste sich das Rätsel.

»Sie müssen vom Gut stammen«, sagte Maliniak, »aus einem Gutshaus, nicht wahr?«

»Erraten.«

»Ihre Eltern haben Bankrott gemacht?«

»Richtig.«

»Schade. Waren sie reich?«

»Wir hatten an die hundert Hufen.«

»Hoho! Was für ein Vermögen!«

Sie lächelte, als sie vernahm, mit welcher Hochachtung das ein Mann sagte, dessen Vermögen auf viele Millionen geschätzt wurde. Maliniak bemerkte dieses Lächeln.

»Sie lachen über mich... Aber was ich habe, ist kein Vermögen. Ein Vermögen, das ist ein Gutshaus mit Park, Zugpferde, Wald, Felder... Das ist etwas ganz anderes. Ich weiß das, weil ich meine Jugend auf dem Lande verbracht habe, ich bin Bauernsohn, und mein Vater diente bei der Herrschaft, beim Grafen Ostecki in Plewo.«

»Er ist mit mir verwandt.«

Von nun an behandelte Maliniak sie mit noch größerer Achtung – und tyrannisierte sie zugleich noch mehr. Maja machte sich ihre schreckliche und entsetzlich demütigende Rolle hier klar.

Ein Spielzeug zu sein in Maliniaks Händen. Ein Werkzeug zu sein, um die Marquise wütend zu machen. Zu gestatten, daß ihre Schönheit und Jugendlichkeit auf diese Weise ausgenützt wurde, Geschenke anzunehmen. Manchmal erinnerte sie sich an Mołowicz und wollte fliehen. Häufiger noch fiel ihr Leszczuk ein – und dann stimmte sie allem zu, nahm alles ohne Protest hin.

Und die Marquise, die so viel in der Welt herumgekommen war, staunte über den Zynismus dieses Mädchens. Alle Freizeit vertat Maja damit, ziellos durch die Stadt zu spazieren und Ausschau zu halten, ob nicht irgendwo ein bekannter Kopf, ein Nacken, eine Silhouette auftauchte, ob der Bursche dort, der gerade einbog, nicht zufällig...

Sie wußte bereits, daß man Leszczuk nicht in den Club aufgenommen hatte. Aber seine Anschrift kannte sie nicht. Sie fragte in einem Adreßbüro nach. Nichts. Vermutlich hielt er sich versteckt.

Aber vielleicht war er gar nicht mehr in Warschau? Sie wurde immer unruhiger. Sie hatte schwere Träume, in denen sie nicht nur ihn, sondern auch sich mit ihm zusammen sah.

Das einzige, was sie beruhigte und im Geist bestärkte, waren die fast täglichen Begegnungen mit Mołowicz.

Der junge Ingenieur verriet immer größere Ungeduld. Maja gab ihm nur sehr sparsame Auskünfte über sich. Er wußte, daß sie Maliniaks Sekretärin war, aber sonst blieb ihr Privatleben ein Geheimnis für ihn.

Er wollte sich nicht erkundigen, weil er gewiß war, daß der Moment kommen würde, in dem sie selbst ihm das alles erzählte.

Doch die schreckliche Unruhe des Mädchens konnte seiner Aufmerksamkeit nicht entgehen. Ihr Verhalten war äußerst seltsam. Sie suchte etwas ... unablässig suchten ihre Augen etwas.

Im Café wählte sie stets einen Platz am Fenster, und selbst im lebhaftesten Gespräch beobachteten ihre Augen die Vorbeigehenden. Auf der Straße blickte sie sich häufig um. Ja, sie war imstande, ganz plötzlich zu flüstern:

»Warten Sie bitte. Ich bin sofort wieder da.«

Und sie verschwand in der Menge, um alsbald zurückzukehren.

»Da bin ich«, sagte sie.

Mołowicz ahnte, daß sie verliebt war. Das erfüllte ihn mit Schmerz. Einmal hielt er es nicht mehr aus und fragte sie direkt, ob sie etwas suche. Sie antwortete nicht.

Am meisten nachdenklich stimmte ihn Majas Gleichgültigkeit gegenüber eleganten und gut angezogenen Männern. Die proletarische Jugend dagegen fesselte sofort ihre Aufmerksamkeit. Das verband sich seltsam mit vulgären Anflügen, die er schon früher bei ihr beobachtet hatte, mit diesem gedehnten »Nei-ein«, mit einer bestimmten Schattierung ihres Lachens, mit unerwarteten und bei einem so feinen Fräulein überraschenden Derbheiten im Benehmen.

Und dazu ihre finsteren Grübeleien. Die Grausamkeit und der Zorn in ihren Augen.

Schließlich beschloß er, etwas zu riskieren! Er konnte nicht länger warten – und sich quälen.

»Fräulein Maja, unterdrücken Sie nicht Ihre Vergangenheit. Sprechen Sie mit mir darüber. Sie sind noch zu jung – aber ich helfe Ihnen, ich bringe Sie da heraus.«

»Mir fehlt gar nichts!«

»Das stimmt nicht! Irgend etwas quält Sie! Wenn Sie wirklich Vertrauen zu mir haben, dann sprechen Sie.«

Maja erbleichte.

»Nein, ich rede nicht. Außerdem ist das besser für Sie. Wenn Sie alles wüßten – wären Sie von mir enttäuscht.«

»Sie haben den Glauben an sich verloren«, sagte Mołowicz mit der ihm eigenen Energie. »Sie müssen eine schreckliche Demütigung erfahren haben. Sie sind auf einem schlimmen Wege. Ich weiß nicht, was Sie bei diesem Maliniak tun, das ist alles so unklar. Warum wollen Sie nicht bei mir Zuflucht suchen, Sie wissen doch, daß ich...«

Maja schaute zu Boden. Es war geschehen. Sie wußte, er hatte sich in sie verliebt und würde das im nächsten Augenblick sagen. Dabei wollte sie ihm keine Abfuhr erteilen.

»Ich bin mit jemandem beschäftigt«, sagte sie schnell und unterbrach ihn mitten im Wort. Jetzt wurde er blaß.

»Aha«, sagte er, »ich habe es vermutet. Ich wußte es von Anfang an.«

Sie gingen den Nowy Świat entlang. Er begleitete sie zum »Bristol«. Immer wieder trennte sie die Menge.

Da faßte er sie kräftig unter.

»Gehen wir hierhin«, sagte er und bog in die Traugutt-Straße ein, »dort kann man nicht sprechen.«

»Haben wir noch etwas miteinander zu besprechen?«

»Fräulein Maja«, sagte Mołowicz, »entschuldigen Sie, aber mir genügt das nicht. Überlegen Sie. Auch wenn Sie jemand anderen lieben, ist das bestimmt keine gesunde und keine glückliche Liebe. Mir scheint, Sie haben sich in ein Gefühl verstrickt, aus dem Sie selbst gern herauskommen möchten – aber mit eigenen Kräften schaffen Sie es nicht. Maja! Erlauben Sie mir, Ihnen zu helfen. Mit gemeinsamen Kräften können wir Sie da vielleicht herausholen.«

Sie wußte, daß er recht hatte. Sie ließ die Lider sinken. Für einen Moment sah sie sich als seine Frau.

Konnte er sie wirklich von Leszczuk heilen?

Doch wie sollte sie ihm das bekennen? Wie ihm alles erzählen? Es ließ sich doch nicht erzählen. Bekennen, daß sie Leszczuk ähnlich sei? Das war lächerlich und sinnlos. Außerdem fürchtete sie sich vor seinem Niveau. Um nichts in der Welt wollte sie in seinen Augen komisch oder trivial erscheinen, sie hätte es eher einem Fremden erzählt als ihm. Die ganze Geschichte konnte bei ihm eine Reaktion des Ekels zur Folge haben.

»Gehen wir in eine Bar«, sagte sie. »Bestellen Sie mir ein bißchen Wodka.«

Er runzelte die Stirn.

»Wodka?«

»Sie begreifen nicht! Das ist ein Betäubungsmittel bei schmerzhaften Operationen.«

»Ach so.«

Noch zögerte sie und blieb stehen in der Absicht zu fliehen. Doch er faßte sie bei der Hand.

»Gehen wir. Aber Sie erzählen mir alles!«

»Ja, alles.«

Sie setzten sich an ein Tischchen. Der Raum war ziemlich leer. Mołowicz heftete seine starken und ruhigen Augen auf Maja.

»Reden Sie ohne Wodka«, sagte er.

Er war sicher, bereits gesiegt zu haben. Das spürte er. Freude überflutete sein Herz. Maja stand bereits unter seinem Einfluß. Wenn sie ihm erst ihr Geheimnis verraten hatte, würde sie sich nicht mehr von ihm losreißen.

Er beugte sich über die Speisekarte.

»Ich esse nichts«, sagte sie. »Trinken wir ein Bier.«

»Gut.«

Mołowicz hob den Blick, schaute sie über die Speisekarte hinweg an und erstarrte.

Das Gesicht des Mädchens hatte sich innerhalb einer Sekunde auf geheimnisvolle und schreckliche Weise verändert. Zwar saß ihm Maja immer noch gegenüber, aber eine völlig andere, unbekannte Maja. Es war eine rote Maja, sie hatte die Augen gesenkt, den Mund zu schmerzlicher Grimasse geöffnet, die Arme hingen ungeschickt am Körper herab, ihr Blick wirkte verhüllt und trübe. Sie beugte sich immer tiefer über das Tischchen, als wollte sie sich auf die Tischplatte legen.

»Wasser bitte. Schnell. Kaltes Wasser!«

»Ist Ihnen nicht wohl?« rief er und winkte dem Kellner. »Wasser bitte. Schnell! Kaltes Wasser!«

»Jawohl.«

Doch Maja kam schon zu sich. »Gehen wir«, flüsterte sie.

»Ist Ihnen schlecht geworden?«

»Ich muß nach Hause.«

»Wann sehen wir uns?«

Entsetzt gewinnt Mołowicz die Gewißheit, daß ihm dieses Mädchen entglitten ist, entflohen, er hat sie verloren, es wird zu keinem Gespräch mehr kommen. Deshalb verlangt er krampfhaft einen Termin.

Doch statt zu antworten, lächelt Maja. Ihre Lippen öffnen sich, zeigen die scharfen, gleichmäßigen Zähne, das Lächeln ist heiß und verbissen, glücklich und böse zugleich, auch zwinkert sie verständnisinnig. Mołowicz ist entsetzt, denn dieses Lächeln gilt nicht ihm.

Er will sich nicht umschauen. Auf jeden Fall weiß er bereits, Maja ist für ihn – mit diesem Lächeln und mit diesem Gesichtsausdruck – verloren.

»Ich bringe Sie hin.«

»Gut.«

Sie verlassen die Bar. Mołowicz begleitet sie schweigend und weiß, daß in Maja irgend etwas vorgeht. Irgendwelche schrecklichen Veränderungen. Er blickt sie nicht an, aber er ahnt es. Als sie das »Bristol« erreicht haben, wiederholt er seine Frage: »Sehen wir uns?«

Sie reicht ihm die Hand und sagt irgendwie von der Seite: »Es lohnt nicht.«

Und geht davon.

14

Sie wußte, daß der tägliche Schichtwechsel der Kellner in Kürze stattfinden würde, deshalb ging sie auf den Platz, blieb in der Toreinfahrt eines der Häuser stehen und wartete. Von dort aus konnte sie sehen, ob Leszczuk herauskäme.

Sie wartete lange. Über eine Stunde. Aber sie empfand keine Müdigkeit. Nur ein wachsendes Staunen.

Ach, da bin ich hergerannt wie eine Dumme und warte auf ihn! Mit Mołowicz ist also Schluß! Wie konnte das nur passieren?!

Bislang hatte sie sich über ihre eigene Unberechenbarkeit im Verhältnis zu Leszczuk sehr gewundert. Kaum war er in ihren Gesichtskreis getreten, hatte sie angefangen, anders zu handeln, als sie wollte, war sie wie betrunken gewesen – und bis jetzt vermochte sie nicht zu begreifen, wie dieser Bursche sie, Maja Ochołowska, hatte in seinen Bann schlagen können.

In der Toreinfahrt verborgen, schaute sie fieberhaft zur Bar hinüber, aber Leszczuk ließ sich nicht blicken. Dagegen tauchte vor der Bar eine andere Person auf; ein junges Mädchen, bescheiden in ein dunkelblaues Jackett gekleidet, blieb an der Ecke stehen und wartete ganz offensichtlich auf jemanden.

Anfangs beachtete Maja sie nicht, doch nach einiger Zeit befiel sie eine schlimme Ahnung. War das möglich? Daran hatte sie nicht gedacht. Wartete sie etwa auch auf Leszczuk?

Da kam er heraus, trat auf die Unbekannte zu, sie faßten sich unter und gingen über den Platz zur Królewska-Straße.

Das wagte er?! Stand es so?!

Die furchtbare Demütigung erschütterte sie plötzlich wie ein elektrischer Funke. Das hatte sie nicht vorausgesehen. Er hatte eine andere! Nie war ihr der Gedanke gekommen. Unmöglich, daß er sich mit einer anderen Frau beschäftigte. In großer Entfernung ging sie ihnen nach. Leszczuk schaute sich mehrmals um, als fürchtete er, verfolgt zu werden.

Auf dem Nowy Świat, wo mehr Menschen gingen, näherte sie sich ihnen – und da begann für sie eine Tortur, die sie sich bisher nicht hatte vorstellen können.

Leszczuk, mit Hut und hellem Jackett, sah wie jemand aus ihren Kreisen aus, wie einer ihrer Vettern oder einer aus der Gutsbesitzerschicht. Während Maja ihn von hinten betrachtete, ahnte, nein, wußte sie bestimmt, daß es so war, daß er ihnen glich. Wenn er sprach oder lachte oder sich vorbeugte, waren alle seine Bewegungen ihr, Maja, verwandt, mit ihr verbunden, eigentlich für sie bestimmt!

Gleichzeitig aber wurde ihr das weggenommen, wurde angenommen von der, die neben ihm, an seiner Seite ging. Schräg von hinten sah Maja, wenn die andere den Kopf drehte, ihre großen lachenden Augen und ihr sanftes Profil.

Verwundert und entsetzt blickte das Fräulein Ochołowska in diese Augen.

Konnte man Leszczuk so anschauen? Mit einem so hellen, heiteren Blick, so sicher, offen, freundschaftlich? Sie, Maja, konnte ihn nicht auf diese Weise ansehen. Ihr Blick war, wenn er auf ihm ruhte, stets von Scham befleckt, sozusagen atemlos, heftig, unruhig, verächtlich und von unterdrückter, gefährlicher Leidenschaft.

Währenddessen bogen Leszczuk und seine Gefährtin in Richtung Poniatowski-Brücke ab. Maja mußte die Distanz vergrößern, hier gab es weniger Leute. Doch bemerkte sie, daß nicht nur sie solche Manöver hinter dem Paar ausführte.

Ein junger, brünetter Mann, dem Aussehen nach ein Handwerker, ohne Hut und in abgetragenem Anzug, als käme er direkt von der Arbeit, bog auch hinter den beiden in die Allee ein und verlangsamte seine Schritte. Anscheinend hatte er Maja ebenfalls bemerkt, denn er schaute mehrmals heimlich herüber.

Die beiden gingen die Treppe hinunter, die von der Brücke zum Ufer führte. Maja wurde schneller, der Unbekannte auch. Unversehens glitt Maja, die wahrlich nicht sorgsam achtgab, auf einem Kern aus und fiel. Sie stürzte einige Stufen hinab.

Der Unbekannte sprang herzu.

»Haben Sie sich weh getan?«

Er half ihr aufzustehen.

»Danke! Nein! Alles in Ordnung.«

»Auf den Stufen muß man achtgeben.«

Irgendwie beeilte er sich nicht weiterzugehen.

Schließlich riskierte es Maja.

»Mir scheint, wir haben beide unsere Augen woanders.«

Er zögerte, dann gab er es zu.

»Das glaube ich auch.«

»Ihnen geht es um das Mädchen?«

»Und Ihnen um ihn?«

Sie nickte. Er warf ihr einen erstaunten Blick zu, aber... Vielleicht eine Tänzerin? Wer weiß das schon? Tritt sie vielleicht in der Bar auf?

»Dann versetzt er Sie mit meiner Verlobten?«

»Ist das Ihre Verlobte!?«

»Klar doch! Nur daß ich mich vorübergehend für eine andere interessierte und wir uns gezankt haben. Aber ich erlaub's ihr nicht, bei Gott, schon zwei Tage bin ich hinter ihr her. Wenn er nicht auf sie verzichtet, gibt's was zwischen uns! Sie soll nur wagen, mit ihm auf Bälle zu gehen!«

»Auf Bälle?«

»O ja! Heute gehen sie zum Ball in die ›Syrena‹. Ihre Tante hat's mir gesagt. Dort ist eine Veranstaltung für irgendwelche Kurse, und viele Kellner gehen hin. Packen Sie ihn beim Schlafittchen, damit ihm die Lust vergeht, anderleuts Verlobte einzuladen. Und wenn nicht, sag' ich ihm was ins Ohr! Daß er sich mit meiner Julka abgibt, wenn er so 'ne... Pfui, pfui! Was ist das für 'ne Welt heutzutage, Gott sei's geklagt! Warten Sie, ich geh' nur nachsehen, wo die beiden hin sind, dann können wir weiterreden. Ich bin gleich wieder da!«

Maja lehnte sich an das Brückengeländer.

»Ma-ja! Ma-ja! Ma-ja!«

Auf der Fahrbahn stand ein prächtiger offener Buick, ein Siebensitzer, braun wie Kaffee mit Sahne, randvoll gefüllt mit einer amüsierten Gesellschaft, Róża, Iza Krzyska, die Frau Präses und zwei Herren, die sie in den Nachtlokalen kennengelernt hatte.

Einer von ihnen war Krystyn Krzewuski, der andere Herr Szulk, der Besitzer des Autos, ein blasser, langer Blonder, der in nasalem Tonfall redete.

»Was machst du hier?«

»Komm, fahr mit uns! Für ein Stündchen nach Konstancin! Wir waren auf der Lubliner Chaussee und fahren jetzt nach Konstancin! Steig ein! Macht ihr Platz!«

»Ich passe doch gar nicht mehr hinein!«

»Das machen wir schon«, rief Krzewuski und kauerte sich zwischen die Klappsitze. Majas Anwesenheit hob für ihn den Wert dieses Ausflugs um hundert Prozent.

»Ich komme mit«, sagte Maja und trat auf sie zu, »aber am Steuer!«

»Einverstanden«, sagte Herr Szulk, »außerhalb der Stadt lasse ich Sie ans Steuer.«

Er hatte eine merkwürdige Art, manche Wörter mit besonderer Betonung auszusprechen.

»Wird es dir auch nicht zu kühl?« erkundigte sich die Frau Präses besorgt. »Das Blüschen ist ein bißchen leicht.«

»Nein! Los!«

Sie stieg ein, und der Wagen fuhr ab. Ein heftiger Luftzug umwehte sie. Róża formte aus ihrer Hand eine Röhre und rief Maja ins Ohr:

»Wer war der Mann, mit dem du dich unterhalten hast?«

Außerhalb der Stadt trat Szulk mit vergnügten Worten Maja den Platz am Steuer ab. Die großartige Maschine startete schwungvoll. Es rauschte ihnen in den Ohren. Bäume und Telegrafenmasten huschten vorbei. Szulk beugte sich zu Maja.

»Wissen Sie, daß wir hundert fahren?«

»Mehr nicht?«

Kurz darauf zeigte der Tacho bereits hundertunddreißig. Tempo und Angst verschlugen der Frau Präses die Sprache. Aber die Mädchen fingen an zu schreien. Die Autos, die sie überholten, schienen stillzustehen.

»Nehmen Sie ihr das Steuer weg!« rief Róża Szulk zu. »Du bist verrückt geworden! Wir fahren uns zu Tode! Hör auf!«

Vor Angst packte sie Maja von hinten bei den Schultern. Doch Krzewuski zog sie fort.

»Hände weg, das ist lebensgefährlich!«

In der Tat, alle waren ihr auf Gnade oder Ungnade ausgeliefert. Eine Katastrophe drohte, wenn man bei diesem Tempo dem Fahrer das Steuer entriß. Erst als sie an einer scharfen Kurve langsamer wurde, fing Szulk an, mit ihr zu ringen, doch sie stieß ihn fort, das Auto schlingerte, und wieder rasten sie mit Höchstgeschwindigkeit dahin. Die Frau Präses betete und weinte tränenlos, denn der Wind fegte ihr die Tränen weg. Alle wurden ernst und hielten sich krampfhaft am Auto fest, während sie nach Hindernissen auf der Straße Ausschau hielten.

Kurz vor Konstancin ging sie auf zwanzig Stundenkilometer zurück und sagte:

»Ja, wir sind spazierengefahren!«

Szulk atmete tief auf und sprach in nasalem Tonfall:

»Noch nie bin ich dem Tod so nahe gewesen. Wie konnten Sie nur!«

Eigentlich waren alle außer vielleicht Krzewuski über sie empört. Die Frau Präses verbarg ihren Groll nicht, sie schwieg ostentativ. Maja wandte den Kopf um und lachte sie aus! Ihr Lachen war so gefährlich und provokant, daß sie erst jetzt begriffen, wie sehr sie mit ihnen gespielt und sich an ihrem Entsetzen geweidet hatte. Krzewuski aber rief:

»Zum Teufel mit euren Vorwürfen! Seht ihr nicht, wie großartig sie ist?!«

Es stimmte, sie war nie großartiger. Ihre Augen blitzten, die Zähne glänzten zwischen den halbgeöffneten Lippen, das schmale, von Wind gepeitschte Gesicht war angespannt, und obwohl sie lachte, hatte sie die Brauen zusammengezogen – alle schauten sie bewundernd an, als sähen sie sie zum erstenmal. Szulk murmelte nasal auf französisch:

»Sie ist gefährlicher als diese Fahrt war.«

Und plötzlich packte alle eine unbestimmte Erregung, sie verfielen in beste Stimmung. Der Groll verschwand spurlos. Die Männer schämten sich, daß sie sich neben ihr gefürchtet hatten – es ging etwas Elementares aus von ihr. Sogar der blasierte, gleichsam ausgewrungene Szulk empfand das heftige Bedürfnis nach irgendeinem kleinen »Irrsinn«, das sich in folgendem Vorschlag kundtat:

»Wollen wir nicht etwas trinken?«

»Wir fahren zum Dancing!« rief Krzyska.

»Wieder zum Dancing? Das lohnt nicht.«

»Etwas anderes bleibt uns nicht übrig.«

»Richtig. Es gibt nichts anderes.«

Das Elend ihrer Vergnügungen blickte sie an. Ewig dasselbe. Maja wendete langsam das Auto, und jetzt erst zeigte sich, wie wenig sie die Maschine beherrschte – sie würgte zweimal den Motor ab. Die Frau Präses drohte, sofort auszusteigen, wenn Herr Szulk nicht das Steuer übernähme.

»Nun und was wollen wir tun?«

»Wir fahren zum Ball im ›Syrena‹!« sagte Maja.

»Wohin?«

»Wo findet das statt?«

»Die ›Syrena‹? Eine prima Idee!«

»Da treffen wir viele Bekannte!«

Das Auto glitt langsam auf der Chaussee dahin, und sie schrien wie verrückt über Majas tolle Idee! Gerade das hatte ihnen noch gefehlt! Die Frau Präses widersetzte sich zwar, ihrer Ansicht nach roch das nach Exzentrizität. Aber Szulk beruhigte sie.

»Ich glaube nicht, daß uns von den ›anwesenden Elementen‹ irgend etwas droht. Wir verstehen uns zu isolieren! Und an-schau-en kann man sich das!«

Sie fuhren in ihre Wohnungen, denn nach Różas und Krzyskas Vorschlag sollten die Damen möglichst prächtig auftreten. Am Abend stieg die amüsierte Gruppe vor der ›Syrena‹ aus den Autos.

Schon in der Garderobe vernahmen sie die Musik.

Und dann zog die elegante Gesellschaft in den Saal, wo sich mitten in Musik und Lärm die Paare im Walzertakt drehten. Neben ihnen drängten sich die Gäste, Gespräche summten. Luftballons schwebten über den Frauen.

»Oho! Eine Menge Bekannte«, rief Krzyska, als sie die vielen vertrauten Gesichter der Angestellten aus den Restaurants und Cafés sah.

»Klar!« entgegnete Szulk. »Das ist ein Wohltätigkeitsball zugunsten irgendwelcher Kurse für Piccolos oder so etwas.«

»Aber doch ein normaler Ball«, sagte Krzyska naiv.

Sie wunderte sich, daß Kellner so gut aussehen konnten. In den Restaurants und Cafés pflegte sie sie nicht zu beachten. Hier erblickte sie plötzlich Herren, deren gewöhnlicher Arbeitsfrack sich in einen Ball- und Festfrack verwandelt hatte. Gewohnt, sich in einer großen Menge zu bewegen, waren sie ungezwungener und geschickter als andere Männer.

In diesen Menschen steckte die Disziplin der täglichen Arbeit, die sich äußerst vorteilhaft abhob von den launischen und manchmal prätentiösen Manieren der Herren ihres normalen Umgangs. Sie amüsierten sich fröhlich und natürlich, sie kannten sich aus mit dem Vergnügen, dem sie in den Lokalen ständig begegneten, sie waren es gewohnt, sich zu beherrschen und alle Impulse und Reaktionen im Griff zu behalten.

Aber Szulk litt am »Kellnerkomplex«. Er gehörte zu den Lebemännern, die sich auf besondere Weise Kellnern gegenüber gehenließen. Er nutzte gern die privilegierte Situation des Gastes, der immer recht hat und dessen Launen befriedigt werden müssen. Im Restaurant wollte er »gut bedient« werden. Er mochte es, wenn der Kellner auf seinen Wink hin diensteifrig herbeieilte. Er knauserte nicht mit Trinkgeldern und wollte der Herr im Lokal sein. Außerdem wollte er die Kellner drillen, das hielt er für eine kulturelle Mission; und von den Höhen seiner Unfehlbarkeit aus behandelte er sie rücksichtslos und streng.

»Ich warte!«

Deshalb wirkte der Anblick der Tanzpaare auf ihn auch als Provokation. Er musterte sie von oben herab.

»Was für ein Gehopse!« murmelte er.

Und hatte ein bißchen recht.

Erst bei näherem Zusehen konnte man die Uneinheitlichkeit der Gesellschaft im Saal erkennen. Kellner und Kellnerinnen stellten nur einen kleinen Prozentsatz der Gäste. Der Ball war eine Wohltätigkeits-Veranstaltung; es kam, wer wollte, wenn er nur ordentlich angezogen war.

Friseure und Ladenschwengel, Stenotypistinnen und kleine Beamtinnen, das Proletariat und die Kleinbürger, das Volk und die »Herrschaft« – alle wälzten sich vorüber, mitgerissen und vereint von der allmächtigen Walzermelodie.

> Die Hochzeit! Alle schrein hurra!
> Und alle sagen froh aha!
> Zum Tanze ruft uns jemand laut,
> doch leider fehlt uns noch die Braut!

Maja riß die Augen auf und sog das ungewöhnliche Schauspiel ein.

Während ihre Begleiterinnen sich billigen Scherzen widmeten und Lächerlichkeiten suchten, wurde sie von diesem Vergnügen völlig überwältigt. Sie stand ganz in seinem Bann und fühlte sich in ihrem persönlichen Schicksal betroffen.

Das stolze und hochfahrende Fräulein betrachtete den wenig gekonnten Tanz, das Unharmonische der Kleider, die Mängel und Unzulänglichkeiten, die sie schmerzlich berührten. Für sie war das nicht komisch, sondern – tragisch. Alle schienen vor ihr und für sie zu tanzen, das ganze Tanzvergnügen verlachte und verspottete sie. Maja, Maja! schien das Vergnügen ihr zuzurufen. Komm zu uns! Tanz mit uns! Amüsier dich mit uns! Du gehörst zu uns!

Dann sah sie einen Bekannten. An der Wand, mitten in der Menge stand Julkas Verlobter und schaute sich um; und wieder durchfuhr Maja die Klinge der Eifersucht.

Doch Szulk, der eigenen Müdigkeit überdrüssig, schlug vor, sich in den nächsten Saal zu setzen. Kleiderraschelnd liefen sie hinter ihm her, setzten sich an einen Tisch in der Ecke nicht weit vom Büffet und bestellten Wein.

Man schaute sich nach ihnen um. Man sah, das waren Leute, die herkamen, um zuzusehen, ja vielleicht um herumzualbern und zu kritisieren. Ihnen galten einzelne unfreundliche Blicke, doch im allgemeinen wurden sie kaum beachtet. Man amüsierte sich, als ob sie nicht vorhanden wären.

»Es ist taktlos gewesen, hierherzukommen«, sagte Krzewuski plötzlich. »Ich fühle mich unwohl!«

»Warum denn?!« meinte Szulk und machte sich auf dem Stuhl breit. »Was denn? Sie amüsieren sich, da dürfen wir uns auch amüsieren!«

»Ich glaube, sie können sich eher auf unsere Kosten amüsieren!« entgegnete Krzewuski.

Szulks Getue, seine übertriebene Vornehmheit reizten ihn. Aber die übrige Gesellschaft spielte sich unwillkürlich ebenfalls auf. Die Frauen spürten zu gut ihre Besonderheit. Jede Bewegung, jedes Wort, jede Miene von ihnen schrien gen Himmel: Wir sind anders, anders! Sogar ihre Diskretion war indiskret.

»Laßt uns tanzen!« rief Róża übertrieben ungezwungen.

»Gut, aber nicht mit euch«, schrie Krzyska den Herren zu. »Ich will mit Andraszek tanzen. Ich habe ihn gesehen! Er ist hier!«

Andraszek war der Spitzname eines in Warschau populären Droschkenkutschers, der gegen Morgen die Jeunesse dorée von einem Lokal zum anderen fuhr.

»Paß auf, daß du dich nicht in ihn verliebst!« scherzte Szulk.

»Ach, das kann nur euch passieren! Für uns Frauen kommen Männer von geringerem Niveau überhaupt nicht in Frage. Die gibt es nicht! Ich könnte mich in keinen Bauern oder Arbeiter verlieben!«

»Warum?« fragte Krzewuski.

»Komische Frage! Nicht weil ich sie verachte. Aber was kann ich mit einem solchen Menschen gemeinsam haben? Was kann es zwischen uns für geistige Annäherungen geben?«

»Warum aber können dann Menschen aus unserer Sphäre manchmal ihre Dienstmädchen heiraten und lange Jahre glücklich mit ihnen leben?«

Iza war empört.

»Das ist etwas ganz anderes! Der Mann ist der stärkere! Er kann die Frau auf sein Niveau heben. Wenn ich einen Arbeiter heiratete, würde ich mich selbst deklassieren.«

»Ich finde, das beruht alles auf einem tiefen Mißverständnis.«

Doch Szulk, den die Diskussion irritierte, schlug ein Bein über das andere, zeigte seine untadeligen Socken und sagte näselnd:

»Ach, lassen Sie mich in Ruhe!«

Krzewuski gab indessen nicht nach.

»Ich empfehle euch zwar nicht, Primitivlinge zu heiraten«, sagte er eifrig. »Von solchen Sentimentalitäten bin ich meilenweit entfernt! Darum geht es nicht. Aber ihr seid absolut nicht vertraut mit einfachen Menschen. Die Männer verschiedener sozialer Schichten begegnen sich wenigstens beim Militär oder bei der Arbeit und fassen zueinander Vertrauen. Die Frauen aus der Intelligenz leben, wenn sie nicht berufstätig sind, mehr oder weniger isoliert. Daher stammen eure unbegründeten Phobien! Für euch ist ein elender Schwächling im Smoking und ein vollendeter Lump mit Maniküre beachtenswerter als ein wertvoller, gesunder Arbeiter. Unsere Nation ist immer noch in Klassen und Kasten geteilt, die keinen Umgang miteinander haben!«

Doch diese mit jünglingshaftem Eifer gehaltene Ansprache wurde gleichgültig aufgenommen. Niemand hatte die Absicht zu diskutieren.

»Wo ist Maja?« fragte die Frau Präses, die wie immer sorgsam ihre Herde hütete.

»Sie schaut sich den Tanz an.«

Maja stand wirklich auf der Schwelle zum Saal und hielt Ausschau.

Unter dem Einfluß des Tanzes und des Alkohols begann das Gedränge sie zu amüsieren. Der große Luftzug des Vergnügens wehte durch den Saal. Die machtvolle Dynamik der Freude und des Wahns, die Dynamik von Menschen, die sich nicht oft ein Vergnügen erlauben können, durchdrang die Menge und riß sie mit. Für manche Näherin war es die Nacht ihrer Sehnsucht.

Sie bemerkte Leszczuk, der mit Julka tanzte, in dunkelblauem Anzug und weichem hellblauem Hemd. Er tanzte ruhig und steif, voller Achtung vor dem Ballritual, und hielt seine Partnerin auf Distanz. Sie dagegen wirkte bescheiden und befangen, wenn auch voller Freude.

Als Maja die beiden entdeckt hatte, versteckte sie sich hinter dem Rücken der Zuschauer. Ach, es genügte, ihn zu erblicken, und sofort wurde alles heftig und leidenschaftlich, schrecklich und unberechenbar, wahnsinnig und böse! In seinen Armen sein wie die dort! Und wie die dort sanft und unschuldig den Kopf auf seine Schulter legen!

Oh, wie sehnte sie sich danach! Wieder nagte die Schlange der Eifersucht an ihrem Herzen. Es gab nichts mehr im Saal außer der Eifersucht. Ihr verletztes Recht. Ihr Recht, das sich rächen würde...

Der Tanz endete. Die außer Atem geratenen Kavaliere führten ihre Tänzerinnen zu den Plätzen, Zigaretten wurden angezündet.

Der Monteur Wladzio kam auf Maja zu.

»Da sind sie!« flüsterte er.

Maja stellte wie durch eine Nebelwand fest, daß der Bursche sich vor ihr demütig und mit einer gewissen Furcht äußerte – wie vor einer höheren Instanz, einer Gottheit, die sein Schicksal entschied.

Leszczuk und Julka standen an der Wand gegenüber und unterhielten sich. Die pausenlos vorbeiziehenden Mädchen und ihre Kavaliere trennten sie von den beiden. Doch zwischen den Köpfen der Menge sah sie die lächelnd einander zugewandten Köpfe, und das genügte ihr.

Langsam ging sie auf sie zu, doch nicht geradeaus durch den Saal, sondern auf einem Umweg, an der Wand entlang, um sie unbemerkt zu erreichen. Aber die Menge wich vor ihr zurück. Man wandte die Köpfe. Verwunderte Blicke. Ausrufe.

»Die da! Na, na! Du, schau mal!«

Zornig stellte Maja fest, daß die Menge sie verriet und ihr den Zugang zu Leszczuk erschwerte. An nichts anderes dachte sie.

Die anderen konnten sich nicht satt sehen! Dieses wunderhübsche und leidenschaftliche Mädchen, das dort im Ballkleid, mit zusammengepreßten Zähnen und einem halben Lächeln vorbeiging, war schöner und bezaubernder als alles, was sie bisher gesehen hatten, sogar im Kino. Nie hatte sich ihnen die Welt des Schönen mit so übermächtiger Kraft offenbart.

Die Männer rissen die Augen auf. Und die Frauen – auch die hübschesten – erloschen neben ihr wie Kerzen. Mit dem schmerzlichen Gefühl der eigenen Unvollkommenheit sahen sie Maja eifersüchtig an – warum war sie hergekommen, warum entstellte sie mit ihren herrlichen Armen ihre Arme, mit ihren Augen ihre Augen? Was hatte sie auf diesem Vergnügen zu suchen?

Sie aber beneidete die einfachen Mädchen, weil sie so waren, wie sie waren, weil jede, ohne sich zu verstecken, offen wie zu ihresgleichen auf Leszczuk zugehen konnte. Ach, was hätte sie dafür gegeben, wie sie zu werden!

Sie näherte sich ihm immer mehr. Dicht hinter ihm blieb sie stehen, trotz des Lärms vernahm sie seine Stimme. Wie lange schon war sie ihm nicht so nahe gewesen?

Im gleichen Augenblick ertönten starke, schwere, rhythmische Akkorde, die Geigen stimmten eine Tangomelodie an:

> Niemand kann das so wie er –
> betrüben, täuschen, plagen.
> Niemand kann das so wie er –
> verschwinden in dem Menschenheer
> und wiederkehrn nach Tagen.
> Die Musik beherrschte den Saal.

Leszczuk verbeugte sich vor Julka und wollte sie schon umfassen, da spürte er, daß jemand leicht seine Schulter berührte. Er blickte sich um.

Sie!

Sie stand regungslos und schweigend neben ihnen. Sie sagte nichts. Doch Julka erkannte in der ersten Sekunde, daß sie Leszczuk verloren hatte. Das war offensichtlich. Dagegen konnte sie nichts tun. Er wurde ihr weggenommen!

Entsetzt umfaßte ihr Blick die beiden.

Was war das für ein Fräulein, und warum, ach, warum gehörten die beiden sogleich zusammen? Warum war sie selbst plötzlich ausgeklammert, ausgeschlossen? Warum wurden diese beiden sofort ein Paar? Leszczuk war doch mit ihr auf den Ball gekommen und nicht mit der anderen.

»Julka!« rief er und streckte die Hände nach ihr aus.

Doch Julka ging schnell fort, sie verschwand in der Menge, rasch, mit hängendem Kopf. Der Monteur Wadzio holte sie ein.

»Julka!« rief er.

Sie brach in Tränen aus, er faßte sie unter und führte sie fort, in ferne, leere Zimmer.

Maja und Leszczuk blieben allein.

Sie sagten nichts. Sie standen nur nebeneinander. Und wieder war Haß zwischen ihnen.

Der Tango tobte. Die Geigen kletterten in die Höhe, um in schmerzhaftem, ersticktem Stöhnen abzufallen. Die dumpfen Schläge des Schlagzeugs markierten den Rhythmus.

Majas Lippen öffneten sich zu einem Lächeln, als wäre nichts geschehen.

»Laß uns tanzen«, sagte sie.

Er wollte sich weigern, doch das gehörte sich nicht.

»Können wir tun«, sagte er, und sie umfaßten sich plötzlich. Das war seit Jahrhunderten so festgelegt. Sie tauchten im Kreis der Tanzenden unter.

Er tanzte steif und vorsichtig mit ihr, ganz wie zuvor mit Julka. Er hielt sie von sich fern, und sein Tanz war ungeschickt, mehr ein Ritual als ein Tanz. Maja spürte seine Bewegungen im voraus. Es waren – redliche Bewegungen. Bewegungen eines ordentlichen Menschen aus dem Volk, voller Achtung für den Tanz, naiv, aber ehrlich.

Sie dagegen fühlte sich alsbald zu den Höhen der Musik erhoben und in die dunkelsten Abgründe hinuntergestoßen. Als großartige Tänzerin lauerte sie und versteckte sich in sich selbst. Langsam, unmerklich zog sie ihn hinein in das verwunschene Land des Tanzes, wo Bewegung sich in Melodie, Melodie in Bewegung verwandelt. Schon führte nicht er sie, sondern sie ihn.

Listig und langsam zog sie ihn hinein in den Gesang der Geigen, in das Dröhnen der Trommel, in die unvermittelt, unverhofft einsetzenden Stimmen der Flöten, in alles, was sich in dieser Musik ereignete.

> Niemand kann das so wie er –
> verlachen deine Tränen.
> Niemand kann das so wie er –
> nur böse sein und gähnen –
> sangen die Musiker.

Und Maja beobachtete stirnrunzelnd und ernst, wie er zum Tanz erwachte; stumm vor Glück, entdeckte sie seine Feinfühligkeit, Sensibilität, Poesie, das Eingehen des geborenen Tänzers auf den Klang. Woher wußte er das? Wieso verstand er das wunderbarerweise? Jetzt soll er noch das verstehen, den Wechsel! Und mit ihrem ganzen Wesen flüsterte sie ihm die geheimen Zeichen des Gesanges ein, der sie beide in Bann schlug.

Auch die Musiker bemerkten das Paar; vielleicht überraschte sie die »Ähnlichkeit« der beiden, vielleicht auch der Tanz selbst, genug, das Orchester fing an, ganz anders zu spielen als bisher, es wurde ausdrucksvoller. Es drang mit hoher Welle auf die Tanzenden ein, führte sie, verband sich mit ihnen. Die Flöten erklangen ganz anders, der Ton des Saxophons, der Geigen und Celli; trunken von der eigenen Schönheit, übertrafen sie einander vor Wonne.

Doch wenn er mit mir tanzen geht,
dann werd' ich bleich und blaß,
vor meinen Augen Dunkel steht,
und eins nur fühl' ich, daß...

Der Saal wiegte sich und floß dahin. Steckten sie die anderen Paare an, oder teilte ihre Selbstvergessenheit sich allen mit? Da war etwas, das den Herzschlag beschleunigte, die Leute betäubte und sie zu absoluter Hingabe an den Tanz zwang.

Jetzt führte nicht mehr sie ihn, sondern er sie nach den Geboten der Musik, die ihm nur eingab, einflüsterte... Der Saal tanzte. Es drehten sich schöne und komische Paare, alte und junge, sogar Herr Pitulski, der gleichfalls hier war, seine romantische Nase in die Höhe reckte und blaß und selbstvergessen aus seiner Dame, die er auf phantastische Weise nach allen Seiten schwenkte, wahre Wunder herausholte.

Durch Majas lange Abwesenheit berunruhigt, zeigte sich Frau Präses mit Róża, Krzewuski und Szulk in der Tür.

»Wo kann sie nur sein?« sagte sie.

Gleichzeitig entdeckte sie Maja mit Leszczuk. Allen wurde klar, daß im Saal etwas Merkwürdiges vor sich ging. Die Musik? Der Tanz? Die konzentrierten, bewegten Gesichter der Zuschauer? Niemand wußte, woher dieser Eindruck rührte.

»Mit wem tanzt sie?« fragte Frau Präses.

Und Róża flüsterte mit erstickter Stimme und wie zu sich selbst:

»Solange ich lebe, habe ich so etwas noch nicht gesehen!«

Szulk verzog sein Gesicht.

»Der Kerl tanzt ja ent-setz-lich!«
»Ach, darum geht's doch gar nicht.«
»Worum denn sonst?«
»Schweigen Sie endlich, Sie verstehen ja nichts!« sagte sie leise, während ihr Blick dem tanzenden Paar folgte.
Instinktiv erriet sie Majas wahnwitziges Glück.
Doch Szulk verstand es besser als irgendein anderer. Obwohl gefühlsmäßig an Maja nicht interessiert, würgte ihn die Eifersucht. Nervös rieb er die Spitze seines Lackschuhs am Knöchel.
»Sie kompromittiert sich«, sagte schließlich Frau Präses, obwohl sie keineswegs imstande gewesen wäre darzulegen, was an diesem Tanz kompromittierend war. »Tut doch was! Holt sie da weg!«
Der Tango zerbrach und endete, als sie diese Worte ausgesprochen hatte. Die Paare verliefen sich, Stimmenlärm entstand, alle schritten nach rechts oder links, und in diesem Durcheinander verschwand Maja aus ihren Augen.
Die beiden standen noch an der Stelle, wo der Schluß der Musik sie überrascht hatte. Plötzlich spürten sie absolute Ratlosigkeit. Der Zauber war zerbrochen.
»Gehen wir«, sagte sie dumpf.
Sie bahnten sich einen Weg durch die Menschenmenge. Sie spürten beide im Nacken aufdringliche Blicke, eine seltsame Scham erfaßte sie.
Nicht weit von ihnen eilte Herr Pitulski mit seiner romantischen Nase vorbei und zog mindestens sechs amüsierte Damen hinter sich her, denen er Wodka und belegte Brötchen spendieren wollte – dorthin richtete er seine romantische Nase.
»Fiu, fiu!« rief er arrogant.
»Fiu, fiu!« wiederholten die Damen.
Gleich nach dem Ende des Tanzes erwachte in der Menge eine Abneigung gegen dieses Paar. Wer dessen übermächtigem Zauber erlegen war, wurde jetzt boshaft und spöttisch. Plumpe Witze waren zu hören, jemand stellte Leszczuk sogar ein Bein. Das fremde Glück hatte sie gereizt, Majas Charme sie provoziert.
Doch Maja und Leszczuk drängten sich nur mit einem einzigen Gedanken durch die Menge: Aus ihren Augen und fort! Sie beeilten sich immer mehr.
Jemand pfiff neben ihnen.

»Wenn Sie sich schämen, hinter mir herzugehen, kann ich mich davonmachen.«

»Warum sollte ich mich schämen?«

»Ich bin nichts für Sie.«

Sie blieb stehen, lehnte sich an die Wand und widmete ihm einen tiefen, ernsten Blick, der streng und forschend seine ganze Gestalt umfaßte.

»Und ich glaube«, sagte sie, »daß wir genau füreinander bestimmt sind.«

Er war bestürzt und antwortete nicht.

»Was hatten Sie da für eine Julka bei sich? Gehen Sie doch zu ihr, sie wartet!« warf sie ihm höhnisch hin. Doch er entgegnete hartnäckig:

»Ich gehe nicht fort.«

Und fügte mit einem Unterton von Fatalismus in der Stimme hinzu:

»Sie sind mir oft im Traum erschienen, immer auf dieselbe Weise.«

»Wie denn?«

»In einer weißen Stube. Und am Haken in der Ecke etwas, ich weiß nicht recht was, das sich bewegte.«

Er schüttelte sich. Sofort fiel ihr der Traum ein, der sie so oft quälte.

Beide spürten Unruhe und fragten einander nicht länger aus.

»Wie steht's mit dem Tennis?«

Er wurde rot.

»Nichts.«

»Man hat Sie in den Club nicht aufgenommen?«

»Nein. Aber woher wissen Sie das?«

»Ich habe mich erkundigt.«

»Bei wem?«

»Ich war dort und habe mit Klonowicz gesprochen.«

»Ach so.«

Er griff nach ihrer Hand und drückte sie so heftig, daß sie beinahe aufgeschrien hätte. Er beugte sich über sie, genauso wie damals im Wald von Połyka. Sein Gesicht wurde dunkel, und seine Zähne, diese Zähne, die womöglich das »Ähnlichste« an ihm waren, diese gleichmäßigen und scharfen Zähne glänzten zwischen seinen verzerrten Lippen.

»Warum tun Sie das alles mit mir? Was liegt Ihnen daran,

daß mein Leben falsch läuft? Sie wollen mir alles verderben. Sie haben sich an mich gehängt.«

Sie stieß ihn zurück.

»Was erlauben Sie sich!« rief sie laut. Doch er kümmerte sich nicht darum.

»Warum verfolgen Sie mich!«

Seine Stimme klang ehrlich. Sie schaute ihn an, er wirkte aufrichtig. Der Tanz fiel ihr ein, das Wissen über ihn, das sie beim Tanz erfahren hatte. Er mußte feinfühlig, sensibel und intelligent sein.

Und trotzdem...

Sie hob den Kopf. Beide standen sie am oberen Ende der Treppe, die zum Ausgang führte. Soeben war es hier noch ziemlich leer gewesen. Jetzt spazierten mehrere Dutzend Menschen dicht vor ihnen hin und her, Damen mit Luftballons, Herren im Frack oder Jackett, mit weichem oder steifem Kragen. Alle gingen spazieren und – schauten zu.

Plötzlich verneigte sich jemand tief vor ihr.

Es war Szulk, und hinter ihm standen untergehakt und mit schelmischen Gesichtszügen Róża und Krzyska.

»Verzeihen Sie, meine Dame, daß ich störe«, sprach Szulk feierlich und verbeugte sich auch vor Leszczuk, »doch die Frau Präses bittet Sie zu sich.«

»Ich komme gleich.«

»Gestatten Sie, mein Herr, daß ich mich vorstelle – Szulk.«

Gleichzeitig traten beide Mädchen heran. »Was sind das für Flirts im Abseits! Wir sehnen uns nach dir!« riefen sie lachend. Szulk stellte ihnen sogleich Leszczuk vor.

»Sehr angenehm.«

»Ich komme schon«, sagte Maja nervös, sie wandten sich aber an Leszczuk.

»Sie bitte auch.«

»Beide zusammen!«

»Bitte kommen Sie an unseren Tisch!«

Das Orchester begann einen Foxtrott. Die Flut der hüpfenden, leichten, abgerissenen Klänge schlug der Menge entgegen, die sich wieder zu Paaren vereinte.

Maja zögerte. Sie wollte nicht, daß Leszczuk mitkam. Aber dagegen war nichts zu machen – sie führten ihn zur Frau Präses. Hier fing Szulk wiederum an, mit seiner feierlichen nasalen Stimme Leszczuk jedem einzeln vorzustellen.

»Herr Leszczuk!«

Maja wurde rot. Leszczuk verbeugte sich unbeholfen und drückte die ihm eigentlich zum Kuß hingereichten Hände. Frau Präses sagte gedehnt:

»Sehr angenehm! Bitte setzen Sie sich!«

Alle betrachteten ihn mit kaum verhohlener Neugier. Es war Szulks Gedanke gewesen, sie beide herzuholen und »mal zu sehen, wer das ist«. Alle waren sie wahnsinnig gespannt.

Wer war er? Wo hatte die verrückt gewordene Maja diesen Burschen hergeholt? Was sollte das bedeuten? Was gibt es zwischen ihnen? Denn daß da etwas sein mußte, stand fest!

Besonders Szulk war in tiefster Seele gekränkt und wütend, daß Maja ihre Gesellschaft verraten hatte. Er beschloß, sie zu bestrafen und lächerlich zu machen, und bemühte sich absichtlich, die drastischen Momente der Situation herauszustreichen. Und alle beherrschten sich kaum noch!

Übertrieben höflich wandte sich Szulk an Leszczuk. Er goß ihm Wein ein, doch dem Burschen zitterte die Hand, die Flüssigkeit spritzte herum, teilweise auf Różas Kleid.

»Entschuldigen Sie.«

»Kennen Sie sich schon lange?« fragte Szulk Maja und versuchte, durch den höflichen Ton das Unpassende der Frage auszugleichen. Maja hob die Brauen.

»Oh, Marian ist schon sehr viel länger mein Bekannter als Sie!«

Szulk verschluckte sich am Wein. In welchem Ton das gesagt war! So sprach er nicht einmal mit den Kellnern! Was bildete sie sich ein, diese Göre?! Und duzen tun sie sich auch noch!

Für Leszczuk war das gleichfalls eine Überraschung. Auch er hatte nicht gewußt, daß sie sich duzten.

Doch in Majas Augen tauchten gefährliche Funken auf. Sie wußte bereits, daß die anderen sie lächerlich machen wollten. Diese Bande! Diese Bande von Großstadtgelichter!

»Ich hatte schon das Vergnügen, Sie irgendwo zu betrachten«, sagte Szulk. »Haben Sie auch diesen Eindruck?«

»Vielleicht in der Bar des ›Europejski‹«, warf Maja ein, »er ist dort Hilfskellner.«

Das war ein neuer Schlag für Szulk. Kellner! Nicht einmal Kellner, sondern Piccolo! Er griff nach seinem Etui und zündete sich eine Zigarette an, um seine wachsende Nervosität zu verstecken. Majas Freundinnen traten die Augen aus dem Kopf. Na, na, diese Maja! Frau Präses trank schweigend ihren Kaffee. Der junge Krzewuski rutschte geniert auf seinem Stuhl hin und her.

Szulk schob Leszczuk eine Schüssel mit Orangensalat hin.

»Vielleicht diese Kü-chel-chen!«

»Danke!«

»Womit kann man dem ver-ehr-ten Herrn die-nen? Vielleicht noch ein Zwi-schen-gang?«

»Ich danke wirklich.«

Er bediente ihn ostentativ, tat ihm Salat auf, stellte den Teller vor ihn hin und parodierte den Berufskellner.

Das mochte gerade noch so als der Versuch hingehen, einem Eindringling, der sich in ihrer Gesellschaft fremd und exotisch vorkommen mußte, Mut zu machen. Leszczuk fühlte sich wirklich fatal, zumal er wußte, daß man ihn beobachtete und beurteilte, daß man hoffte, er werde ihnen Grund zum Lachen geben. Um nicht unhöflich zu sein, nahm er den Salat an und begann – niemand wußte, wieso plötzlich – laut und bäurisch zu essen.

Er bemerkte es sofort. Was war da nur über ihn gekommen, so hatte er doch in Połyka nie gegessen! Vielleicht weil in Połyka niemand diese Art zu essen von ihm erwartet hatte. Trotzdem sagte Szulk boshaft:

»Ich sehe, es schmeckt Ihnen!«

Leszczuk fühlte sich unwohl und unglücklich. Er fing an zu schwitzen! Er, der auf dem Tennisplatz selbst bei größter Hitze nicht schwitzte. Schweißtropfen traten ihm auf die Stirn. Er quälte sich.

Und Maja quälte sich auch. Der Schweiß, dieses Schlürfen, diese ungeschickten Bewegungen! Wieder wurde ihr klar, aus was für einer sehr anderen Welt er kam! Er ärgerte sie. Sie fand ihn wieder sehr wild! Ungehobelt! Unberechenbar! Die Augen der Anwesenden wanderten von ihr zu ihm und von ihm zu ihr – neugierig, aufdringlich.

Weiter hinten wurde getanzt.

Szulk fuhr fort, den Narren zu spielen. Er bot Leszczuk immer neue Gerichte an und rief schließlich den Kellner.

»Die Karte!«

Und im gleichen Augenblick stieg die Wut in ihm hoch.

»Wie stehen Sie da!« brüllte er. »Stehen Sie bitte anständig!

Ich nehme meine Be-stel-lung zurück! Ich bin so etwas nicht ge-wöhnt! Bitte kommen Sie noch ein-mal und stehen Sie richtig!«

»Gut, schon gut«, beruhigte ihn Frau Präses. Doch er hatte sein Gleichgewicht völlig verloren. Der Kellner, ein bereits älterer und müder Mann, versuchte sich zu entschuldigen, doch er ließ ihn überhaupt nicht zu Worte kommen.

»Ich denke nicht daran zu diskutieren! Kommen Sie bitte noch einmal und nehmen Sie meine Bestellung in an-stän-diger Form ent-ge-gen! Verstanden!«

Allen wurde die Situation unangenehm. Das war zu dick aufgetragen, und sei es nur wegen Maja. Doch seine seit längerem aufgestaute Wut entlud sich. Wenn er schon Leszczuk nicht anschnauzen konnte, dann wenigstens in seiner Anwesenheit diesen Kellner.

»Hören Sie auf zu toben«, sagte Maja mit einem Mal nachdrücklich.

»Ich tobe nicht«, entgegnete er kalt, »ich verlange nur eine anständige Bedienung.«

»Dann verlangen Sie es auf anständige Weise, Herr Szulk!«

Er verstummte! Dieser Ton! Und das »Herr Szulk!« Die vergißt sich!

»Geruhen Sie gnädigst zur Kenntnis zu nehmen, daß ich kein Kind mehr bin und von niemandem Tadel akzeptiere!«

»Warum? Wenn Sie andere tadeln, sollten Sie auch Tadel akzeptieren!«

Man konnte nicht feststellen, ob sie im Ernst redete oder im Spott. Doch der Unterton der Geringschätzung stand außer Zweifel und traf ihn schmerzlich!

»Ich bin nicht verliebt – in Kellner!« konterte er giftig.

Fräulein Ochołowska schaute ihn an wie einen Gegenstand.

»Erraten! Das stimmt – und ich habe mich sogar mit einem von ihnen verlobt – gerade heute!« sagte sie wie nebenbei.

Das wirkte wie ein Blitzschlag. Frau Halimska schrie leise auf. Róża und Krzyska öffneten den Mund und wußten nicht, ob Maja das im Ernst meinte. Doch als das Schweigen sich länger hinzog, verstanden alle, daß sie dieses Mal nicht scherzte. Schließlich maß Szulk mit einem Blick von oben herab Leszczuk und sagte:

»Nun dann... meinen Glückwunsch für Ihren Geschmack.«

Leszczuk ließ die Augen sinken und rührte sich nicht. Er konnte seine Gedanken nicht sammeln. Maja aber legte ihre Hand auf die seine und verkündete ruhig, mit einem tiefen Freudenseufzer:

»Das ist mein Verlobter!«

In diesem Moment lief ein Reigen von Tanzenden in den Raum, wand sich endlos zwischen den Tischen hindurch, um dann in der nächsten Tür zu verschwinden. Die Damen und Herren rannten in rhythmischen Verrenkungen, sie hielten Luftballons oder reckten die Arme hoch, sie zogen im Vorübergleiten an den Tischtüchern und erzeugten ein fröhliches Durcheinander.

Sie mußten dem ausgelassenen Überfall Platz machen, alle standen auf.

»Genug«, sagte Szulk. »Ich zahle!«

Er griff in seine Tasche, während der Kellner ihm die Rechnung reichte. Doch die Hand kam leer zurück, und auf Szulks Gesicht spiegelte sich höchste Verwunderung.

»Meine Brieftasche ist weg«, verkündete er. »Vor fünf Minuten hatte ich sie noch.«

Die Herren eilten ihm zu Hilfe und zogen die eigenen Brieftaschen. Sie schauten sich in allen Richtungen um, als ob Szulks Brieftasche irgendwo in der Luft hinge.

»Vielleicht ist sie Ihnen aus der Tasche gefallen«, meinte Frau Präses.

»Ich hatte sie hier, in der hinteren Hosentasche.« Szulk zeigte es und schob den Frackschoß beiseite.

»Vielleicht haben Sie sie in der Garderobe vergessen, hier konnte sie Ihnen doch keiner wegnehmen.«

»Nein, ich hatte sie bestimmt hier!« sagte er und wandte sich Leszczuk zu, der neben ihm saß. »Würden Sie bitte aufstehen«, sagte er, »dann können wir sehen, ob sie auf diese Seite gerutscht ist.«

Leszczuk bewegte sich, stand aber nicht auf. Schweigen sank herab. Alle befremdete es, daß nur er saß, während der Rest der Gesellschaft schon längst aufgestanden war.

Maja wurde blaß. Sie bemerkte die Ecke der Brieftasche hinter Leszczuk, zwischen seinem Rücken und der Stuhllehne. Als er sich bewegte, rutschte die Brieftasche tiefer. Er spürte das und erstarrte.

»Nuuun«, sprach Szulk langsam.

Doch im gleichen Augenblick beugte Maja sich vor und schlug ihm aus voller Kraft ins Gesicht. Der Kneifer fiel ihm von der Nase. Es entstand Verwirrung. Die Damen warfen sich zwischen sie, Frau Präses schrie durchdringend.

»Sie ist verrückt geworden!«

Mittlerweile schnappte sich Maja die Brieftasche und steckte sie in ihre Handtasche. Gleichzeitig riß sie Leszczuk hoch. Er stand auf. Und als sie so beieinander standen, hatten alle wiederum den Eindruck, sie sind ein Paar, sie sind miteinander identisch.

»Ha!« sagte Szulk. »Sie haben es mir unmöglich gemacht, meine Dame, die Polizei zu rufen!«

Alle begaben sich eilends zur Garderobe. Maja und Leszczuk blieben.

»Fiu, fiu!« rief Herr Pitulski, als er an ihnen vorbeiging, von der Höhe seiner romantischen Nase herunter.

»Gehen wir«, sagte Maja.

15

Der Skandal um Fräulein Ochołowska verbreitete sich mit Windeseile in der »guten Gesellschaft« Warschaus. Szulk berichtete davon nach allen Seiten, und Majas Freundinnen gaben die Geschichte unter dem Siegel der Verschwiegenheit weiter. Endlich wurde das Geheimnis der schönen Maja bekannt, die während ihres kurzen Aufenthalts in Warschau durch ihre beunruhigende Lebensweise bereits alle interessiert hatte. In einen Piccolo verliebt! Mit einem Piccolo verlobt, der notabene im Verdacht steht, Szulks Brieftasche entwendet zu haben!

Menschenmengen eilten in die Bar des »Europejski«, doch Leszczuk war nicht mehr dort. Man hatte ihm nach dem Ball gekündigt, gewiß infolge einer Intervention Szulks.

Und Maja fand sich mit einem Male völlig vereinsamt. Die ganze Herde um Frau Präses löste sich mühelos und sofort von ihr. Sogar Róża lockerte die Beziehungen. Man lud sie nicht mehr zu Dancings und Vergnügungen ein. Ihr blieben nur Maliniak und die von ihm zum Wahnsinn getriebene Marquise.

Aber darüber war sie nicht böse. Sie brauchte diese Leute nicht. Sie lebte wie in Trance.

Nein! Er hat nicht gestohlen! redete sie sich ein. Nicht gestohlen! Nicht gestohlen! Das ist unmöglich! Wieso denn auch?! Ausgerechnet in dem Moment, als ich mich zu ihm bekannt hatte!

Aber die Wirklichkeit widersprach dem. Wer sonst konnte die Brieftasche gestohlen haben?

Doch noch eine andere Vorstellung von Leszczuk verfolgte Maja. Sobald sie ihre Augen schloß, sah sie sein ehrliches, freundschaftliches Gesicht, und das andere kam ihr unmöglich vor!

Dabei hatte er doch in Połyka einen Diebstahl begangen!

Sobald sie sich erinnerte, wie ordinär, wie bäurisch er den Salat gegessen und – geschwitzt hatte, begriff sie, daß er ihr fremd war, aus einem anderen Milieu, von dem sie nichts mit absoluter Sicherheit wissen konnte und dem jede Gemeinheit nahelag!

Schließlich ließ eine weitere Vorstellung Maja keine Ruhe. Leszczuk mit blaugrauen Lippen und mit dem ekelhaft verwandelten Gesicht. Damals hatte sie sich klargemacht, daß er ein kranker, ein degenerierter Mensch sein mußte – wogegen allerdings seine unbezweifelbare physische Gesundheit sprach, die man auf den ersten Blick sah.

Sie verlor sich in diesen Widersprüchen.

Gleich nach Verlassen des Balls war sie über ihn hergefallen, er solle es zugeben. Aber er schwor, nicht gestohlen zu haben! Sie konnte nichts aus ihm herausholen. Er wisse nicht, wer ihm die Brieftasche zugesteckt habe. Doch er sagte das recht seltsam. Maja spürte, er mißtraute ihr.

Und konnte man sich darüber wundern? Von Anfang an, seit sie ihn kannte, hatte sie sich doch zumindest exzentrisch betragen.

Und – offen gesagt – sie betrachtete sich selbst mit immer größerem Mißtrauen. Der Skandal beim Ball, die Ohrfeige für Szulk, das Verstecken der Brieftasche, dieser ganze Knoten von brutalen, trivialen, sogar unehrlichen Taten konnte eine in sich selbst sehr viel mehr gefestigte Person aus der Fassung bringen. Und gleichzeitig waren alle diese Taten irgendwie naiv, erniedrigend und dabei kindisch, fast sogar – dumm.

Maja kannte sich nicht mehr aus. War sie naiv und kindisch? Verdorben und zynisch? Trivial und gemein? Wie war sie, wozu war sie fähig? Alles schien unklar und trübe und zufällig.

In der dunklen Halle des »Bristol« faßte jemand sie zart beim Arm. Sie blickte sich um. Ihre Mutter.

Frau Ochołowska war um zehn Jahre gealtert. Um ihren Mund und ihre Augen zeichneten sich bläuliche Runzeln ab – das war Majas erster Eindruck.

»Du hast mich gefunden, Mama?«

Sie wunderte sich nicht übermäßig. Es war klar, ein längerer Aufenthalt in Warschau ließ sich nicht verbergen. Auf diese Auseinandersetzung hatte sie sich seit Wochen vorbereitet.

»Tante Wiktoria hat mir geschrieben, sie hätte dich in der Stadt gesehen. Auch im Club habe ich mich informiert. Zuerst dachte ich, du wärest nach Lemberg gefahren.« Frau Ochołowska redete schnell, während sie über den Korridor zu Majas Zimmer gingen. »Angeblich bist du Maliniaks Sekretärin?«

»Ja.«

»Maja, ist es wahr, daß…«

»Was?«

Schwer und steif setzte Frau Ochołowska sich auf einen Stuhl.

»Mein Kind, sag es mir. Hast du dich mit ihm verlobt? Ist er hier bei dir? Ist es wahr, was die Leute reden?«

»Du regst dich zu sehr auf, Mama.«

»Zu sehr? Du meinst also, es ist alles in Ordnung?«

Maja lachte auf.

»Nun ja, daran ist nichts Besonderes.«

Sie trat vor ihre Mutter und fing an zu sprechen, ungezwungen und ruhig, als wäre daran wirklich nichts Besonderes. Sie überwand die innere Bewegung, sie wollte auf jeden Fall vermeiden, daß ihre Mutter an ihren eigenen Qualen teilhatte. Nein, ihre Mutter mußte sie davon fernhalten!

Und sie erläuterte ihrer Mutter in fast kindlichem Ton, wie sehr ihre Flucht von daheim und ihr Aufenthalt in Warschau sie befriedigten. Ja, eigentlich sei alles vortrefflich gelaufen! Zwar hätte sie ihrer Mutter ein wenig Unruhe verursacht, doch seien solche radikalen Schnitte von Zeit zu Zeit nötig und trügen zur Gesundung bei. Sie habe eine Stelle bei Maliniak angenommen und verdiene sich ihren Unterhalt selbst. Das sei sehr heilsam. Außerdem habe sie viele Menschen kennengelernt, mit der Welt Kontakt aufgenommen.

»Weißt du, Mama, ich glaube, ich habe sehr viel gewonnen«, sagte sie naiv. »Ich habe meine Anschauungen vertieft. Ich fange an, das Leben ernstlicher zu begreifen. Und was Leszczuk angeht, so treffe ich ihn tatsächlich öfter und habe sogar auf einem Ball einen Skandal um ihn hervorgerufen, weil man ihm etwas vorwarf, was er nicht getan hatte. Ich nehme mich seiner ein bißchen an und möchte ihm seine Tennispläne erleichtern. Du kannst dir nicht vorstellen, was für Intrigen und Eifersüchte es in der Welt des Sports gibt. Das mit der Verlobung ist Unsinn! Märchen und Klatsch! Aber schaden kann mir das nicht, denn mit Cholawicki habe ich endgültig gebrochen.«

Frau Ochołowska traute ihren Ohren nicht. Kaum zu glauben, daß Maja sich ihr gegenüber dermaßen maskierte. Mit Schmerz und Angst im Herzen war sie hergekommen – und nun begegnete sie einer zufriedenen und ausgeglichenen Tochter. Sie hatte beim Zuhören den Eindruck, alles sei ganz einfach, selbstverständlich und natürlich.

Sie konnte Maja nicht verstehen.

»Kann sein, daß ich bald nach Połyka zurückkehre«, fuhr Maja im natürlichsten Tonfall der Welt fort. »Eins nur« -sie wurde rot-, »die Sache mit dem Geld. Ich bitte dich sehr um Verzeihung. Ich weiß gut, was eine solche Summe in deiner Lage bedeutet. Ich lege sie von meinem Gehalt beiseite und gebe sie dir zurück, dessen kannst du sicher sein!«

»Mein liebes Kind, verstehst du denn nicht, daß du dich kompromittierst?! Daß die Leute über dich reden?!«

Maja sah mit angehaltenem Atem die Spuren erlittener Leiden in diesem Gesicht und sagte sich: Ich muß sie beruhigen! Ich muß sie beruhigen!

Sie stellte ihre Existenz in Warschau heiter dar, und Frau Ochołowska begann sich der Tränen, die sie umsonst vergossen hatte, zu schämen. Zudem kannte sie Maja gut genug und wußte, daß jeder Druck erfolglos geblieben wäre. Das Versprechen, sie werde in Kürze nach Połyka zurückkehren, beruhigte sie endgültig. Im Fortgehen sagte sie:

»Da ist jemand, der mit dir sprechen möchte.«

Gleich darauf erschien Cholawicki in Majas Zimmer.

Frau Ochołowska zog sich diskret zurück. Von den beiden jungen Männern war Cholawicki für sie das geringere Übel. Maja gab ihm die Hand, und sie blieben voreinander stehen.

»Du hast dich verändert«, sagte Cholawicki.

»Du hast dich verändert«, antwortete Maja wie ein Echo. Gleich nach dem Fortgang ihrer Mutter war die Maske abgefallen. Cholawicki staunte erneut über ihre Schönheit, obwohl es nicht mehr der vornehme, herrschaftliche Charme des ehemaligen Fräulein Ochołowska war; es lag etwas Zweideutiges, Unsicheres, Unterdrücktes darin.

Maja wunderte sich nicht weniger über sein Aussehen. Cholawicki glich einem Gespenst. Er war abgemagert und gelb geworden, seine Hände bebten, er schien nervlich schwer krank zu sein. Man spürte, daß er sich nur durch unablässige Willensanstrengung aufrechterhielt, seine Stirn kerbten zwei senkrechte Falten, die es dort früher nicht gegeben hatte. Sie entdeckte sogar einige graue Haare an den Schläfen.

Es war ihr unangenehm. Sie empfand nichts mehr für diesen Menschen, aber er litt durch sie.

»Wir haben uns drei Wochen lang nicht gesehen«, sagte er. Plötzlich fiel ihr ein, daß sie erst kürzlich noch in Połyka gewesen war und wieviel sich inzwischen geändert hatte.

Er musterte sie sorgsam und sagte: »Es gibt nichts mehr zu reden. Du kommst nicht zu mir zurück. Es ist vorbei.«

»Woher weißt du das?«

»Ich sehe es. Es gibt nichts mehr zu reden.«

Sie atmete auf.

»Du hast recht.«

Er versuchte, sich zurückzuhalten, doch es gelang nicht.

»Drei Wochen lang habe ich in dem Gedanken gelebt, dich zu finden und mit dir zu reden. Aber es lohnt nicht!« Er lächelte giftig. »Ich wünsche dir Glück im Schoße der Natur mit diesem Hirten!«

»Glaubst du das?«

»Nun, man sieht's doch! Ich habe nicht geglaubt, was man mir erzählt hat – heute, vor einer Stunde. Jetzt glaube ich's! Du bist ihm nicht nur ähnlich, du bist identisch mit ihm! Du hast dich bei ihm angesteckt! Du bist gewöhnlich und simpel geworden. Mein Glückwunsch – nun trennt euch nichts mehr!«

»Ich habe eine Bitte an dich. Teile diese Beobachtungen nicht meiner Mutter mit. Sie darf nichts wissen.«

Nach längerem Schweigen sagte er, während er nervös umherblickte:

»In einer Stunde fahre ich zurück nach Mysłocz. Ich bin nur für ganz kurze Zeit hergekommen. Ich muß fahren. Hier ist alles verloren. Aber ich habe noch eine Bitte an dich. Du bist in meine Angelegenheiten eingeweiht – ich hoffe, du sagst niemandem etwas und behandelst meine Pläne diskret.«

»Du kannst beruhigt sein. Wie geht's mit den Geschäften?«

»Nicht übel.«

Wieder blickte er umher. Irgend etwas schien ihn zu beunruhigen.

»Bist du mit Skoliński zurechtgekommen?«

Wie fern lagen ihr diese Dinge! Sie sprach darüber wie von vorsintflutlichen Begebenheiten.

»Skoliński? Skoliński ist noch auf dem Schloß. Er macht einen Katalog. Ich habe mich mit ihm verständigt.«

Er stand auf, ging mit einigen Schritten in die Zimmerecke, wo das Waschbecken stand, und kehrte dann zurück.

»Möchtest du Wasser?« fragte sie verwundert.

»Nein.«

»Und wie steht's mit dem Fürsten?«

»Es geht. Noch hält er sich.«

Wieder stand er auf und ging zum Waschbecken. Über einem Metallstab hing Majas Schal. Cholawicki betrachtete ihn forschend.

»Warum bewegt er sich?« murmelte er. »Das Fenster ist doch geschlossen.«

»Was bewegt sich?«

»Siehst du's nicht? Er bebt von oben bis unten.«

Erst als sie nähertrat, konnte sie die kaum sichtbare Bewegung erfassen.

»Was ist daran Seltsames? Die Luftklappe ist offen, und hier in der Wand verläuft das Warmwasserrohr. Das erzeugt eine Luftströmung. Ich verstehe nicht, was du meinst.«

Er stürzte zum Fenster und schloß die Luftklappe. Der Schal hörte auf zu beben. Cholawicki fuhr sich mit der Hand über die Stirn und flüsterte:

»Ich werde verrückt.«

»Was ist dir passiert?«

»Nichts, nichts.«

Sie erinnerte sich an ihren Traum, an den sich bewegenden Stoff, der sie so erschreckt und von dem auch Leszczuk geträumt hatte.

»Ich habe mal von einem Stoff geträumt, der sich bewegte – an einem Haken«, sagte sie mechanisch.

Ihre Worte zeitigten eine unerwartete Wirkung. Cholawicki wurde bleich.

»Wie? Was für ein Stoff? Beschreib das genau.«

Maja erzählte ihm mit kurzen Worten ihren Traum. Der Kellerraum oder auch das schmale Zimmer, die weißen Wände, der Eisenhaken, daran das sich aufblähende Stück Stoff oder der Wischlappen, aber vielleicht auch ein Tier. Sie konnte es nicht richtig unterscheiden. Etwas so Ekelhaftes und Böses, daß man kaum davon sprechen mochte. Das hatte sie mehrfach geträumt, stets war sie erschöpft und schweißgebadet aufgewacht.

»Gab es in diesem Zimmer keinen Herd? Keinen Küchenherd?«

»Nein. Aber vielleicht doch. Ich erinnere mich nicht genau. Hast du das auch geträumt? Was bedeutet das?«

Doch sie bekam nichts aus ihm heraus. Er antwortete einsilbig und verabschiedete sich bald. Er schien ganz durcheinander zu sein und griff nach ihrer Hand.

»Ich habe eine Bitte an dich. Wenn du noch einmal von dem Stoff träumst, vergiß nicht, mir das zu schreiben. Ich bitte dich sehr. Mir liegt daran! Und nun – auf Wiedersehen.«

Erneut überfiel sie der aufdringliche Gedanke: Was bedeuten diese Träume?

Zum Glück hatte Maja keine Zeit, darüber allzuviel nachzudenken. Maliniak rief sie zu sich und teilte ihr seinen Entschluß mit, in zwei Tagen nach Konstancin umzuziehen. Es langweilte ihn, im Hotel zu wohnen, er sehnte sich nach Sonne und Grün. Außerdem glaubte er, an der frischen Luft die »Löwin«, für die er bereits auffällige, ländliche Kleider gekauft hatte, leichter fertigmachen zu können.

Der Haß der Marquise gegen Maja hatte eine krankhafte Spannung erreicht. Vergebens bremste sie sich, weil sie wußte, das war Wasser auf ihres Onkels Mühle, denn gerade das wollte Maliniak. Sie, eine europäische Intrigantin großen Stils, ein dämonischer, rabenschwarzer, bleicher Vamp mit karminrotem Mund, konnte es nicht ertragen, dieser Provinzpflanze weichen zu müssen, diesem halbgaren Gänschen, das sich in Maliniaks Gunst eingeschlichen hatte.

Auch zu ihr waren die seltsamen Geschichten über Maja gedrungen, und sie hatte nicht versäumt, sie Maliniak mitzuteilen. Dieses Gutsfräulein war in Wirklichkeit ein höchst verdächtiges Persönchen! Sie versteckte vor Maja ostentativ die Reste ihres persönlichen Vermögens, die ihr Maliniak noch nicht abgenommen hatte. Sie behandelte Maja fast wie jemanden aus der Halbwelt. Maja aber wußte selbst nicht, wer sie eigentlich war und wie sie behandelt werden wollte.

In diese nicht enden wollenden Zweifel schrillte ein Telefonanruf der Frau Präses Halimska.

»Wie geht es Ihnen, mein liebes Kind? Ich bin empört über Szulk! Mein Kind, könnten Sie sich heute abend mit mir treffen, ich möchte eine Kleinigkeit mit Ihnen besprechen.«

Für Maja war dieses Angebot ebenso überraschend wie die honigsüßen Worte der Frau Präses. Sie hatte seit dem Ball kein Lebenszeichen von sich gegeben. Jetzt verabredeten sie sich in einer kleineren Konditorei – anscheinend wollte Frau Halimska sich mit ihr nicht in der Öffentlichkeit zeigen.

Als Maja eintraf, begrüßte sie sie sehr zuvorkommend, wenn auch ein wenig anders als sonst.

»Na, na, ich habe Sie nicht für so resolut gehalten! Mit einem solchen Charakter kommen Sie durchs Leben, meine Liebe! Ich habe Ihnen so viel Witz nicht zugetraut! Wenn Sie ihn nicht geschlagen und damit der Sache eine völlig andere Wendung gegeben hätten, so hätte er die Polizei gerufen, und diesem Burschen wäre es schlecht ergangen. Apropos, willst du ihn tatsächlich heiraten, meine Liebe?«

»Warum fragen Sie?«

»Nun, dazu habe ich doch wohl ein Recht. Ich betreue dich schon seit längerer Zeit. Mir verdankst du diesen Maliniak, und in Zukunft, so nehme ich an, werde ich dir weiter behilflich sein können, denn mit deiner Familie... du kehrst wohl nicht zu ihr zurück? In deiner Lage kämst du ohne mich nicht aus.«

Frau Präses behauptete lang und breit, nur sie könne Majas gesellschaftliche und finanzielle Situation retten. Worauf sie zur Sache kam.

»Mein Goldstück, ich habe dich bei Maliniak untergebracht, und du mußt nun eine Kleinigkeit für mich tun.«

»Worum handelt es sich?«

»Um eine Dummheit. Aber auch um eine Brieftasche, nicht Szulks, sondern Maliniaks.«

»Wie das?«

»Mir wäre daran gelegen, daß du dort ein Papier entnimmst. Ein Projekt in Verbindung mit dem Ausbau seiner neuen Industriewerke. Diese Skizze bringst du mir für ein paar Stunden, und dann steckst du sie wieder in die Brieftasche. Keine lebendige Seele wird davon erfahren.«

Nun, dachte sich Maja, noch vor einer Woche hätte sie es nicht gewagt, mir einen derartigen Vorschlag zu machen. Aber sie hält mich ja für Leszczuks Verlobte und weiß, daß ich ihm ähnlich...

Wenn sie ablehnte, konnte Frau Halimska sich rächen, was bei ihrer Situation einer Katastrophe glich. Maja beschloß, die Entscheidung aufzuschieben.

»Und wenn Maliniak etwas bemerkt?«

»Wie sollte er? Er legt die Brieftasche über Nacht unter sein Kopfkissen, und sein Schlaf ist fest. Wir haben die ganze Nacht vor uns.«

»Ich überlege es mir.«

»Einverstanden. Ich warte gern. Ich weiß, du wirst nicht undankbar sein.«

Ein drohender Unterton schwang in der honigsüßen Stimme der Frau Präses. Maja sah sie an. Ja, so ist sie! Und so bin ich! Und Leszczuk...

Nein! Nein! Unmöglich! Weder Leszczuk noch sie... Ihn noch einmal sehen? Sich noch einmal überzeugen!

Sie sahen sich jetzt oft und verbrachten miteinander lange Stunden. Doch das Gespräch kam nicht recht voran. Vor allem scheuten sie sich, das Wichtigste zu berühren. Mit keinem Wort hatten sie die unerwartete »Verlobung« beim Ball erwähnt. Nichts über ihre gemeinsame Zukunft oder wenigstens über eine vorläufige Regelung. Zwar hatten sie viel zu besprechen, doch vergeudeten sie Zeit für so gleichgültige Bemerkungen wie: »Zu dieser Stunde herrscht auf der Straße das größte Gedränge.«

Sie vermieden, sich mit Sie oder Du anzureden – das erschwerte gleichfalls die Verständigung.

Maja beschloß, ihn in den Vorschlag der Frau Präses einzuweihen.

Sie hatte die unsinnige Hoffnung, Leszczuk würde das negativ oder wenigstens unwillig aufnehmen. Die geringste Regung seinerseits hätte ihren Widerstandswillen bestärkt. Zu wissen, daß ihm daran lag, sie aus solchen Dingen herauszuhalten... Wenn aber nicht, wenn ihm das ganz egal wäre, dann käme es auch ihr nicht darauf an, dann mochte was auch immer geschehen!

Sie erzählte ihm das Gespräch mit der Frau Präses. Ob er ihr helfen könne? Zu zweit könne man das sehr viel leichter erledigen.

Er bekundete nicht die geringste Verwunderung. Sofort machte er sich daran, die Einzelheiten der Angelegenheit zu besprechen. Sein einziger Vorbehalt war rein praktischer Art.

»Kann man uns dabei auch nicht ertappen?«

Wenn Maja noch Illusionen gehabt hätte, wären sie unwiederbringlich verflogen.

Sie wußte nicht, daß im gleichen Augenblick auch Leszczuks letzte Illusionen verflogen. Denn Leszczuk war nun beinahe überzeugt, sie habe Szulk die Brieftasche entwendet! Zwar hatte er Herrn Pitulski ein wenig verdächtigt, doch Majas neues Ansinnen wischte alle Zweifel fort. Ja, sie mußte verrückt sein oder kleptoman oder aber viel gewitzter als er und ohne jeden Skrupel. Außerdem konnte es ja gar nicht anders sein, denn ein normales Fräulein aus ihren Kreisen hätte sich nie mit jemandem wie ihn eingelassen.

Doch hatte er nicht die Kraft, sich ihr zu widersetzen. Sie war ihm allzu nahe. Allzu deutlich spürte er in sich dasselbe Verlangen wie sie, das Leben zu genießen. Und ihre Initiative machte es ihm sogar leichter, etwas auszusprechen, was ihm schon lange am Herzen lag.

»Ich möchte es noch einmal mit diesem Club versuchen.«

»Wie denn?«

»Ich würde Wróbel sechs zu null schlagen!«

Sie hob die Schultern – müde und von allem gelangweilt. Wróbel war eines der europäischen Asse, sein Name stand seit einigen Jahren auf der Tennisrangliste. Ausgeschlossen, daß Leszczuk ihn besiegen könnte.

»Ich habe mir einen neuen Schlag ausgedacht. Ich kann jeden schlagen, wenn ich will.«

»Unsinn!«

»Suchen wir einen Platz, dann zeig ich's.«

Kurz danach sahen sie ein Schild »Tennisplätze«. Sie traten ein, Maja gleichgültig und apathisch. Sie liehen sich Schuhe und Schläger, wobei Leszczuk lange die Bespannung prüfte, ehe er einen bereits stark abgenutzten Schläger mit schönem Rahmen aussuchte.

Dann standen sie sich auf dem Platz gegenüber wie seinerzeit in Połyka. Aber sie hatten keine Lust zu spielen. Sie waren nicht entsprechend angezogen, und außerdem... Tennis allein genügte ihnen nicht mehr, ihnen fehlte die Ungezwungenheit – nur Steifheit war da, Mühsal und Befangenheit.

»Bitte aufschlagen«, sagte er.

Sie schlug auf, er schlug zurück – der ziemlich scharfe Ball knickte dicht hinter dem Netz ab, wie von unsichtbarer Hand getroffen, und fiel fast senkrecht zu Boden. Kein Spieler hätte ihn rechtzeitig erreichen können, es lohnte sich erst gar nicht hinzulaufen.

Dasselbe wiederholte sich mit den nächsten Bällen. Sie änderte die Art des Aufschlags und lieferte ihm harte *Drives* auf die Grundlinie. Alle von ihm zurückgeschlagenen Bälle endeten wie abgeschnitten dicht hinter dem Netz. Unter diesen Umständen kam eigentlich gar kein Spiel zustande. Und zugleich konnte man ihm in formaler Hinsicht nichts vorwerfen. Leszczuk schien die Kunst zu beherrschen, die Bälle auf bisher unbekannte und unerreichbare Art zu verkürzen.

»Wie macht man das?« fragte sie verwundert, während sie zum Netz trat.

Er lächelte.

»Das ist eine Erfindung. Man muß den Schläger so nehmen«, erklärte er, »und ihn beim Schlag so durchziehen. Der Ball kriegt dann einen besonderen Drall und muß gleich hinter dem Netz herabfallen. Das ist keine Kunst, ein gewöhnliches ›Anschneiden‹ des Balls, nur daß man den Schläger anders halten muß und daß dadurch der Drall des Balles anders wird.«

»Darauf ist noch niemand gekommen?« rief sie.

In der Tat, es war unverständlich! Man konnte glauben, es gäbe keine Schläge und Kniffe mehr, die nicht schon von Millionen von Spielern auf Tausenden von Plätzen der Welt praktiziert würden!

»Dieser Schlag muß manchem zufällig passiert sein, wenn ihm der Schläger in der Hand verrutscht ist. Es kommt nur auf eines an – beim ersten Mal meint man, das sei dumm, das könne nichts werden. Ein Versehen, weiter nichts! Dem Anschein nach hält man den Schläger so ungeschickt, daß man's lieber sein läßt. Erst nach einer gewissen Übung sieht man, was dahintersteckt. Und zweitens braucht man dazu einen besonderen Schläger, einen alten mit weicher Bespannung, vor allem müssen die beiden Außensaiten locker sein. Mit einem guten Schläger kann man nicht so spielen.«

Sie wollte ihn fragen, wie er darauf gekommen sei, aber die Frage war schlecht ohne Anrede zu stellen. Doch er ahnte, worum es ihr ging.

»Ich habe das schon seinerzeit in Lublin erfunden«, sagte er, »aber erst jetzt bis zur Vollendung gebracht. Jetzt könnte der beste Spieler der Welt keinen Satz gegen mich gewinnen!«

»Das macht jedes Tennisspiel unmöglich! Man muß neue Regeln einführen. Dieser Rückschlag läßt ein Spiel gar nicht zustande kommen!«

»Ich könnte alle schlagen«, wiederholte Leszczuk verbissen. Er neigte sich zu ihr. »Man braucht ja niemandem etwas von meiner neuen Methode zu sagen«, flüsterte er eindringlich, ohne sie anzuschauen. »Ich spiele nicht schlecht, und wenn jemand nicht weiß, worum es geht, kann er denken, ich verkürze gut die Schläge, sonst nichts! Ich muß das ja nicht ständig tun, nur von Zeit zu Zeit. In jedem Satz kann ich damit ein paar Spiele gewinnen, ohne daß jemand etwas merkt. Wenn sie jetzt im Club einen Versuch mit mir machten, würde ich alle schlagen! Man müßte sie nur überreden, mit mir zu spielen! Ich würde sie in der Luft zerreißen!«

Maja sah ihn von der Seite her an. Aha, so war er! In seiner Stimme schwang Vertraulichkeit, er glaubte, daß sie ihn verstehe, und rechnete mit ihrer Unterstützung.

Er lächelte unsicher und fragte halblaut:

»Nun? Wenn ich gewinnen würde... hätten wir's doch auch leichter. Mindestens hätte ich eine Position.«

Aha, er hielt sie beide schon für ein Paar. Sie wollte sich angewidert abwenden, aber – das war ja ihr Lächeln, ihre Art zu sprechen, sie hätte das ganz genauso sagen können. Und außerdem – war sie etwa besser?

Sie beide – ein dummer, ordinärer Bursche und ein deklassiertes Fräulein.

»Wir werden sehen«, sagte sie unsicher und unwillkürlich.

»In Kürze ist ein Schauturnier in Skolimów. Da könnte man was einfädeln. Ich überleg's mir. Wenn es ein einziges Mal gelänge, Wróbel in aller Öffentlichkeit zu schlagen, dann müßten sie eine offizielle Begegnung ansetzen.«

Seine Augen leuchteten auf.

»Klar!«

Und sogleich fühlten sie sich einander nahe, waren sie völlig einig. Aber warum verbanden sie sich nur im Bösen?! Warum genügte es, sich miteinander zu verschwören, und sie fühlten sich beide vortrefflich, alle Schwierigkeiten im Umgang miteinander zerstoben?

Sie verabschiedete sich schnell, kehrte nach Haus zurück und legte sich hin, doch bevor sie einschlief, sprang sie noch einmal aus dem Bett und räumte alles weg, was an einen aufgehängten Lappen erinnern konnte, die Handtücher, den Schal, die Blusen auf den Bügeln, all das packte sie weg oder legte es auf den Stuhl, so daß es nicht mehr hing. Trotzdem suchte der Traum sie erneut heim. Wieder sah sie vor der weißen Wand mit dem schmalen Fenster den Lappen oder das Tier, etwas, das sich bewegte, etwas Schreckliches in so entsetzlich gedämpfter Bewegung, daß sie beide, Leszczuk und sie, vom Grauen gelähmt, diesem Etwas ausgeliefert waren und sein Näherkommen erwarteten. Und dann erblickte sie noch etwas. Sie erblickte, wie dieser Lappen Leszczuk in den Mund drang und ihn würgte. Sie schrie auf...

16

Das Schauturnier in Skolimów, das zwei Tage nach Maliniaks, Majas und der Marquise Umzug nach Konstancin stattfand, zog ein großes Publikum an. Es war zwar sportlich keine besondere Attraktion, doch der Feiertag und das herrliche Wetter lockten viele Menschen aus Warschau herbei, die Einheimischen und die örtlichen Gäste gar nicht gerechnet.

Die Tribünen waren bis zum letzten Platz besetzt. Solche mehr zu Spaß und Unterhaltung ausgetragenen Matchs ohne den Ballast der Verantwortung bereiten den Spielern und dem Publikum oft mehr Vergnügen als die todernsten Länderspiele.

Oft kommt es bei derartigen Veranstaltungen zweiten Ranges, wo es nicht leichtfertig ist, ein Risiko einzugehen, zu den besten Bällen.

Hinzu trat die angenehme Kühle unter den Bäumen, das Grün, die Sonnenflecken und das Orchester, das in der Ferne aufspielte. Alle waren bester Laune und tranken Limonade, die von verschwitzten Jungen ausgetragen wurde.

Zierde der Veranstaltung war selbstverständlich Wróbel, der polnische Meister. Er bestritt zunächst ein Einzel gegen Lipski und brachte ihm, zur Freude seiner Verehrer, eine komplette Niederlage bei. Nach der Pause sollte ein gemischtes Doppel folgen, Wróbel mit der Antonówna sollten gegen Maja mit Klonowicz spielen.

Die Antonówna, sehr viel schwächer als Maja, glich die Chancen etwas aus, doch zweifelte niemand, daß Wróbel, der sich in Höchstform befand, die Gegner zerschmettern würde. Allerdings war Klonowicz dank seiner Tricks und seiner Erfahrung im Doppel sehr viel besser als im Einzel.

»Los, jetzt wird's Zeit, Abmarsch!« trieb Ratfiński die Spieler an, während das Publikum klatschte und pfiff – vor Ungeduld ebenso wie vor Freude.

»Ich bin heute überhaupt nicht disponiert«, sagte Klonowicz für alle Fälle vorbeugend. »Schon seit dem frühen Morgen Kopfschmerzen.«

»Ich sehe, du bist leichenblaß!« sagte die Antonówna mitfühlend, was ein Gelächter hervorrief, denn Klonowicz war von der Sonne kaffeebraun gebrannt.

Alle kannten seine hysterischen Launen vor jedem öffentlichen Auftritt.

Wróbel dagegen hatte wirklich Lampenfieber, obwohl dieses Spiel für ihn ein Spaß war und obwohl er noch vor einer Viertelstunde seine Höchstform bewiesen hatte. Nervös warf er den Schläger hoch und schaute sich ungeduldig um.

»Gehen wir!« sagte er.

Beifall empfing ihn. Bei den ersten Bällen gab es keine Sensationen – die Köpfe der Zuschauer wanderten hin und her –, da glitt Maja aus und fiel hin. Klonowicz sprang hinzu, doch sie kam ohne seine Hilfe hoch. Nach ein paar Schritten zeigte es sich jedoch, daß sie hinkte.

»O weh, ich werde nicht weiterspielen können«, sagte sie.

»Was ist passiert?«

»Der Knöchel tut weh. Es geht wirklich nicht!«

Alle waren konsterniert.

»Was nun? Wir haben keine Reservespielerin!« rief Ratfiński. »Das Spiel ist beim Teufel! Haben Sie sich wenigstens nichts Ernstliches getan?!«

»Nein, das nicht. Ich habe mir die Sehne gezerrt.«

»Klonowicz wird mit Wróbel ein Einzel spielen müssen.«

»Was? Ich? Ausgeschlossen! Ich bin nicht disponiert!«

»Man kann doch das Spiel nicht abbrechen. Das Publikum hat bezahlt!«

Ratfiński stieg auf den Schiedsrichterstuhl und verkündete: »Fräulein Ochołowska hat sich den Fuß verletzt und kann nicht mehr spielen. Deshalb folgt jetzt ein Einzel Wróbel gegen Klonowicz.«

Aber diese Entscheidung wurde mit Pfiffen und Protesten quittiert. Klonowicz war für Wróbel zu schwach. Und außerdem unbeliebt. Die Erregten unter den Zuschauern schrien:

»Wir protestieren! Weg mit Klonowicz!«

»Was für ungeschliffene Gaffer!« zürnte Klonowicz.

Hinkend trat Maja auf ihn zu.

»Nimm statt meiner Leszczuk«, sagte sie, »er spielt nicht schlechter als ich und sitzt dort auf der Tribüne.«

»Was für einen Leszczuk?«

»Na, mit dem du versuchsweise drei Spiele gemacht hast.«

»Ach, der!« mischte Ratfiński sich ein. »Aber der hat doch keine Ahnung!«

»Ich habe oft mit ihm gespielt. Er spielt besser als ich. Ihr könnt es glatt wagen. Damals war er von Klon gänzlich demoralisiert. Ich bürge für ihn«, sagte Maja fieberhaft, und Klonowicz, entsetzt über die Aussicht auf ein Einzel gegen Wróbel, erwies sich als versöhnlich. Außerdem kam ihm Leszczuk nach jenen drei schwachen Spielen nicht bedrohlich vor.

»Das wäre eine Idee. Dann bleibt's beim Doppel. Und damals habe ich ihn wirklich aus dem Schlag gebracht. Wenn er überhaupt nichts taugt, kann Wróbel auf mich spielen, und wir kommen schon irgendwie durch. Nur – wird er einverstanden sein?«

Sie gingen auf ihn zu, Maja winkte ihn von der Tribüne herunter. Sofort wurde Klonowicz und Ratfiński klar, warum Maja sich den Fuß verletzt hatte. Sie brauchten nur die Augen aufzumachen. Beide hatten schon etwas läuten gehört von Fräulein Ochołowskas Abenteuern, jetzt schwanden für sie alle Zweifel. Wenn sie in eine Liebesgeschichte verstrickt war, dann nur mit ihm!

»Nun ja!« sagte Ratfiński peinlich berührt, konnte aber nicht mehr zurück. Das Publikum wurde ungeduldig.

»Bitte herhören!« verkündete der Kapitän. »Statt Fräulein Ochołowska wird Herr Leszczuk spielen.«

»Wer?!«

»Woll'n wir nicht!«

»Fangt an!«

»Abtreten! Abtreten! Schneller, schneller, schneller.« Alle Tribünen skandierten das und berauschten sich mit ihrem eigenen Geschrei an diesem heißen Sommertag.

Unter solcher Begleitmusik betraten die Spieler den Platz. Leszczuk mit Klonowicz gegen Wróbel und die Antonówna. Klonowicz belehrte Leszczuk halblaut:

»Hauptsache, Sie stören mich nicht! Versuchen Sie, so wenig wie möglich zu spielen!«

Ein mächtiger Aufschlag von Wróbel unterbrach diese Instruktion. Das Spiel hatte begonnen.

Klonowicz schlug ihn nicht zurück.

Leszczuk den nächsten auch nicht.

»Dreißig – null«, verkündete der Schiedsrichter.

Wieder gab Klonowicz nicht zurück.

»Vierzig – null.«

»Das ist doch kein Spiel!« hallte es von den Tribünen.

Doch der vierte Ball geriet seltsam. Wróbels Aufschlag – er pflegte nicht lange zu fackeln, auch nicht bei der schwächsten Partie – war schwierig und heftig. Trotzdem erwischte dieser zufällige Amateur nicht nur den Ball, er konnte ihn auch so verkürzen, daß er nicht zu erreichen war.

»Vierzig – fünfzehn.«

Das nächste Mal hatte Klonowicz Glück. Er schlug zurück auf die Antonówna. Der Ball war nicht zu scharf. Die Antonówna spielte zu Leszczuk, weil sie ihn für den Schwächeren hielt.

»Zu ihr!« flüsterte Klonowicz. »Wróbel meiden!«

Doch Leszczuk schickte den Ball mit voller Kraft zu Wróbel und stürzte ans Netz. Der Schlag war herrlich, der Ball flog wie ein Schuß. Erstaunlicherweise schlug Wróbel ihn zurück. Klonowicz hatte keine Mühe, ihn wieder zurückzuschlagen, brachte ihn aber auch nicht zu Ende.

Und plötzlich entspann sich zum Staunen der Zuschauer am Netz ein Zweikampf Wróbel – Leszczuk. Ein paar Volleys, blitzschnell, ein Lob Wróbels, ein Smash von Leszczuk – das war's.

Beifall brandete ringsum auf.

Doch noch ehe der Beifall verklungen war, schlug Wróbel bereits auf in Richtung Leszczuk. Und wieder die unverhoffte Verkürzung des Balls. Wie konnte das geschehen?

Kurz danach hatte das Paar Klonowicz–Leszczuk das erste Spiel siegreich beendet.

»Stören Sie nicht!« sagte Klonowicz fieberhaft. Er glaubte immer noch, er habe das Spiel gewonnen.

Doch die Zuschauer zweifelten nicht. Sowohl das Ergebnis als auch – besonders – Leszczuks glanzvolle Bewegungen, die unbestimmte, aber durchaus fühlbare Rasse seiner Schläge schienen wirklich auf einen Vollblutspieler hinzuweisen. Das gewöhnliche Sonntagsvergnügen war plötzlich zur Sensation geworden. Viele Leute hielten es indessen für momentanes Glück, wie es jedem einmal passieren könnte.

Doch schon beim zweiten Spiel waren alle diejenigen, die Wróbel kannten – und hier kannten ihn fast alle –, erstaunt über die in ihm vorgegangene Veränderung. Der polnische Meister spielte ernst, verbissen und düster. Er konzentrierte sich und schritt mit gespannter Aufmerksamkeit zur Aktion. Er sah aus wie bei den schwierigsten internationalen Matchs. Von nun an spielte er ausschließlich auf Leszczuk.

Und Leszczuk gab die Bälle nur in seiner Richtung zurück. Klonowicz und die Antonówna wurden völlig beiseite gedrängt. Unvergleichlich starke und scharfe Drives überquerten schräg das Netz. Die beiden schienen nur sich zu sehen auf dem Platz. In einem bestimmten Augenblick wollte Klonowicz hinlaufen und den Ballwechsel beenden, doch Wróbel rief: »Weg da!«

Wieder brauste Beifall auf. Alle begriffen, daß hier von einem weiteren Doppel nicht die Rede sein konnte. Die beiden Spieler waren zu neugierig aufeinander, sie wollten sich aneinander messen. Eigentlich spielten sie bereits ein Einzel.

Viele Leute standen auf. Rufe erklangen: »Einzel! Einzel! Einzel!«

Ratfiński verkündete, auf Wunsch des Publikums würde das Doppel abgebrochen. Statt dessen fände ein Einzel Wróbel – Leszczuk statt. Diese Ankündigung wurde mit neuem Geschrei aufgenommen, aber sobald Klonowicz und die Antonówna den Platz verlassen hatten, wurde es mucksmäuschenstill. Dann brach plötzlich Beifall für Wróbel aus. Wróbel drehte den Schläger in der Hand, warf dem Publikum seltsame Blicke zu und lächelte traurig.

Seine Erregung konnte der allgemeinen Aufmerksamkeit nicht entgehen. Wróbels eigentümliches Verhalten steigerte die Bewegung der Zuschauer noch mehr, erst jetzt wurde allen klar, daß dem Favoriten eine Niederlage drohte.

Dieser Gedanke wirkte unwahrscheinlich, und trotzdem verlieh Wróbels sonderbarer Ernst dem Match einen dramatischen Zug. Wieder wurde es still. Er trat an die Grundlinie und rief dem Schiedsrichter zu: »Anfangen!«

Gleich die ersten Bälle zeigten, daß der polnische Meister nicht die geringsten Chancen hatte.

Nach fünf Minuten gab es nicht einmal mehr den Schatten eines Zweifels.

War Wróbel fraglos einer der stärksten europäischen Spieler, so stand auf der anderen Platzseite ein elementares, unerhörtes Talent, angesichts dessen die ganze Technik und alle Fähigkeiten des Gegners wie angelernt aussahen.

Das zwar jünglingshafte und ungeformte Talent wog die Ruhe und Ausgewogenheit des anderen durch seine Furiosität auf. Alle taktischen Fehler konnten das natürliche Übergewicht nicht beeinträchtigen.

Niemand klatschte mehr. Das Publikum wohnte der Niederlage seines Lieblings in stummer Verwunderung bei.

Wróbel wirkte kraftlos, er hatte etwas Tragisches an sich. Leszczuks beste Schläge wurden in tiefem Schweigen hingenommen, das diktiert war von der Achtung für das Drama um Wróbel.

Der aber holte das Letzte aus sich heraus. Er wußte, er kämpfte um sein Publikum, das sich jeden Augenblick von ihm abwenden konnte. Er kämpfte schon nicht mehr um den Sieg, sondern darum, daß seine Niederlage nicht zu schrecklich würde.

Doch seine besten Schläge erwiesen sich als erfolglos, ihnen schien der Stachel genommen zu sein.

Sooft er bei einem Spiel im Vorteil war, verkürzte der andere seine Bälle. Und diese kurzen, mit einer unglaublichen Technik geschlagenen, unfehlbaren Bälle waren unerreichbar!

Gegen sie war kein Kraut gewachsen!

Bis Wróbels Hilflosigkeit komisch wurde.

Doch niemand lachte. Der Satz endete in tödlicher Stille. Erst nachdem der Schiedsrichter das Ergebnis mitgeteilt hatte, sechs zu null, erschütterte Gebrüll und Beifall die Luft. Das Publikum tobte.

Auf seinen Schläger gestützt, hörte Wróbel zu. Früher einmal hatte man *ihn* so gefeiert.

Beim zweiten Satz unterbrach der Beifall bereits unablässig das Spiel.

Die Menge hatte einen neuen Favoriten! Und was für einen! Leszczuk wurde zu ihrem Staunen, ihrer Hoffnung, ihrem Ruhm, ihrer Begeisterung, ihrem Traum! Sie sah nur ihn! Wróbels Niederlage riß sie hin.

Der aber wehrte sich bis zuletzt, so gut er konnte. Er verlor ehrenhaft in drei Sätzen, sechs zu null, sechs zu null, sechs zu null, und ging nach dem Ende des Matchs mit ausgestreckter Hand auf Leszczuk zu.

Doch die Menge riß ihm diesen vor der Nase fort und trug ihn in die Höhe.

Wróbel verließ den Platz und ging, von niemandem zurückgehalten, davon.

Inzwischen umringten die Spieler Leszczuk.

»Teufel, Teufel nochmal!« wiederholte Ratfiński ständig. »Welch ein Satan, meine Herren! Ich glaube, ich werde verrückt!«

»Der Daviscup ist unser!«

»Und der hat gegen Klonowicz verloren!«

»Sie haben uns betrogen«, sagte Ratfiński zu Maja, die ihren Knöchel völlig vergessen hatte, »aber sei's drum! Es ist gut für uns!«

Leszczuk hatte sich aus der Menge befreit und kam auf sie zu.

»Gehen wir«, sagte er ohne jedes Anzeichen von Freude.

Eine Stunde später wanderte er mit ihr über die schattige Allee in Konstancin.

Sie näherten sich der Villa, die Maliniak gemietet hatte. Es war ein geräumiges, einstöckiges Holzgebäude, sehr angenehm, ein wenig an einen kleinen Gutshof mit Garten erinnernd.

»Hier nehmen wir Abschied«, sagte sie und blieb in einiger Entfernung von der Villa stehen.

Die ganze Zeit über hatten sie nicht miteinander gesprochen.

»Wie machen wir's?« fragte er und wies auf die Villa.

»Wir haben noch Zeit«, sagte sie nervös. Sie war von dem entsetzlichen, betrügerischen Match völlig erschöpft, er aber entgegnete:

»Aufschieben lohnt nicht. Ich erledige lieber gleich alles zusammen.«

»Hier ist sein Fenster«, sagte sie. »Mein Zimmer liegt daneben, die Schwierigkeit besteht darin, daß es keinen Ausgang hat außer durch Maliniaks Zimmer. Ich könnte die Brieftasche selbst herausholen und wem auch immer aushändigen, aber ich müßte den Rest der Nacht entweder draußen verbringen oder durch dieses Zimmer in meins zurückkehren – dann aber könnte er aufwachen.«

»Wie also?«

»Ich schaue nachts zu ihm rein und sehe nach, ob er fest schläft. Wenn ja, reiße ich vor meinem Fenster kurz ein Streichholz an. Dann kann man durch das Fenster ins Zimmer steigen, die Brieftasche nehmen – sie ist unter dem Kopfkissen – und sie der Person übergeben, die im Auto am Parkeingang wartet. Alles in allem dürfte es nicht länger als zwei Stunden dauern. Dann wird mir durch mein Fenster die Brieftasche zurückgegeben. Sollte etwas dazwischen kommen, zum Beispiel wenn er aufwacht und das Fehlen der Brieftasche bemerkt, dann zünde ich bei mir eine Lampe an und lasse das Rollo vor meinem Fenster halb herunter.«

»Einverstanden! Wir erledigen das heute.«

»Heute?«

»Ja! Sofort. Aber ich muß den Plan des Zimmers kennen.«

Er gab ihr einen Bleistift. Eilig zeichnete sie auf ein Blatt den Plan und gab ihn ihm.

Noch im letzten Augenblick des Abschieds wollte sie sich am liebsten zurückziehen, wollte sagen, sie mache nicht mit, es sei unnötig – doch es fehlte ihr an Energie.

Während des Tennisspiels hatte Leszczuk ihr seinen wahren Charakter gezeigt. Sie resignierte. Lohnte es sich, die Rache der Frau Präses zu riskieren, wenn sie nach ein- oder zweimonatigem Umgang mit diesem Burschen vielleicht noch sehr viel Schlimmeres beginge?

Leszczuk kehrte für diese Nacht nicht nach Warschau zurück, sondern mietete sich in einer nahen Pension ein Zimmer und warf sich dort aufs Bett.

Er war erschöpft, schlief aber nicht ein. An seinen Triumph über Wróbel dachte er gar nicht. Das Tennisspiel hatte aufgehört, ihn zu interessieren. Nun ja, es war geschehen und konnte nicht mehr ungeschehen gemacht werden.

Dabei hätte er ihn ehrlich schlagen können!

Jetzt wußte er, daß er ihm überlegen gewesen wäre, auch ohne auf unehrliche Methoden zurückzugreifen. Das Ergebnis wäre weniger großartig gewesen, aber realistisch.

Nun ja, es war passiert...

Von nun an würde er das Spiel immer fälschen müssen, weil das Publikum stets zerschmetternde Niederlagen verlangen würde.

Und was Maja betraf – ebenfalls nun ja. Nun ja. Offenbar war es ihnen so vorherbestimmt, offenbar konnten Fräulein Ochołowska und ihn nur solche Bande verbinden. Dann aber schnell...

Also gut! Er würde Maja um nichts in der Welt mehr verlassen. Mag dann sein, was will, seit er begonnen hatte, beim Tennis zu betrügen, war ihm erst recht alles egal. Dann aber schnell...

Er hatte Lampenfieber, obwohl er sich schämte, das vor Maja zu zeigen.

Der Himmel war bewölkt, die Allee vor Maliniaks Villa beinahe schwarz. Die Bäume standen hier dicht beisammen.

Zwischen ihnen blieb er stehen und wartete auf Majas Zeichen.

Durch die angelehnte Pforte gelangte man leicht unter Maliniaks Fenster, zumal dort auch Bäume standen und alles in Schatten hüllten.

Leszczuk wartete auf Majas Zeichen, das angerissene Streichholz, und wurde immer unruhiger.

Wäre es nur um diesen Diebstahl gegangen, hätte er sich zwar gefürchtet, doch nicht so stark und jedenfalls auf andere Weise.

Hier aber kam zur konkreten Gefahr noch eine andere, über die er sich nicht recht klarwerden konnte.

Nein, sie war nicht normal.

Es war nicht natürlich, daß ein Fräulein aus ihrer Sphäre solche Dinge tat, sich mit ihm einließ, von daheim weglief.

Er erinnerte sich daran, wie ihre Bekanntschaft von Anfang an irgendwie unnatürlich verlaufen war.

Dazu ihre gleichen Träume...

Und sein Mund...

Und die Ähnlichkeit...

Er hätte sich vor der Tat hundertmal weniger gefürchtet, hätte sie nicht zusammen mit Maja vollbracht werden müssen. War sie etwa verrückt geworden? War sie krank?

Schließlich leuchtete in Majas Fenster der schwache Lichtschein des Streichholzes auf und verlosch sofort. Das Zeichen, daß Maliniak schlief.

Er wartete noch an die zehn Minuten, schaute sich um, ob niemand kam, und ging leise durch die angelehnte Pforte. Es mochte gegen ein Uhr sein.

Durch das Fenster schob er seinen Kopf in Maliniaks Zimmer und lauschte. Grabesstille herrschte.

Ohne länger zu überlegen, stieg er ein. Gleich darauf hielt er inne, jeden Augenblick bereit zu fliehen, falls sich etwas rühren sollte.

Aber es rührte sich nichts. Es überraschte ihn, daß Maliniaks Atem überhaupt nicht zu hören war. Irgend etwas war nicht, wie es sein sollte. Schlief er etwa nicht?

Leszczuk machte einen Schritt vorwärts und hielt sogleich wieder ein. Diese Stille?

Aber er war schon zu nahe, um sich zurückziehen zu können. Er stand zwei Schritte vom Bett entfernt und konnte eben den Kopf erkennen. Dieser Kopf aber sah aus, als wäre er an die Wand geklebt.

Und er schlief nicht. Er blickte Leszczuk mit weit geöffneten, ja aus den Höhlen getretenen Augen an. Mindestens kam es ihm so vor. Doch das Entsetzliche war, daß dieser Kopf sich überhaupt nicht bewegte, daß er nicht einmal bebte.

Leszczuk trat heftig zurück und stieß an eine Lampe, die krachend zu Boden fiel. Maliniaks Kopf bewegte sich nicht, er schaute nur ständig mit hervortretenden Glotzaugen vor sich hin... und die Lippen waren blaugrau, ja schwarz.

Leszczuk stürzte sich auf Maliniak und riß an seiner Schulter. Der Kopf glitt zur Seite.

Maliniak lag im Sterben...

In vollkommenem Schweigen, ohne zu atmen, mit glotzenden Augen. Nur die Finger krümmten und streckten sich...

Seinen Hals umspannte eine Schlinge aus kräftiger Schnur. Das Ende der Schnur hing vom Bett herab.

Jemand hatte Maliniak mit dieser Schnur ausgerechnet in dem Moment erdrosselt, als er ins Zimmer gestiegen war. Aber wer? Im Zimmer war niemand. Oder doch? Lag vielleicht jemand versteckt unter dem Bett?

Er schaute darunter. Nichts. Nichts. Niemand im Zimmer. Wer hatte an der Schnur gezogen? Wer hatte ihn erdrosselt?!

Das Haar stand ihm zu Berge. Er stürzte zum Fenster, sprang über das Fensterbrett und floh blindlings in die Allee.

Maja hatte Maliniak erwürgt!

Niemand sonst, nur sie! Es konnte ja niemand in sein Zimmer gelangen außer ihr. Durch das Fenster konnte niemand eingestiegen sein, das hätte er bemerkt.

Nur Maja! Maja hatte sich eingeschlichen, ihm die Schlinge umgelegt, sie zugezogen – und war dann, als sie ihn einsteigen hörte, fortgegangen. Alles andere blieb Illusion! Dies war die nackte Tatsache.

Warum? Zu welchem Zweck? Warum ausgerechnet in diesem Augenblick? Wer konnte das wissen? Vielleicht hatte sie selbst versucht, die Brieftasche herauszuziehen, und als Maliniak erwacht war, hatte sie ihn erwürgt?

Leszczuk versuchte nicht, in die Ursachen und den Verlauf des Mordes einzudringen. Für ihn genügte es, daß sie es getan hatte.

War sie wahnsinnig? Verrückt? Oder ein Ungeheuer, bis ins Letzte verdorben?

Und zu ihr hatte er diese unwiderstehliche Neigung empfunden! Sie hatte ihm so sehr gefallen! Ihr war er ähnlich! Was für eine Gemeinsamkeit verband ihn mit diesem wahnsinnigen, ekelhaften Mädchen?

Leszczuk verstand das nicht, spürte aber seine Verbindung zu ihr so tief, daß alles, was sie tat, gewissermaßen er tat, daß alles zu ihm gehörte, sein war.

Obwohl ihm also die Gedanken wie eine aufgescheuchte

Vogelschar durch den Kopf eilten, stellte er sich alsbald die Frage: Hätte ich so etwas tun können? Hätte ich Maliniak erwürgen können?

Von dieser Frage hing alles ab.

Denn wenn er es hätte tun können, hieß das, auch sie konnte es. Und wenn sie es tun konnte, hatte sie es auch getan.

Alles sprach dafür, daß sie...Und das einzige, was dagegen sprach, war, daß sie diese wahnsinnige, entsetzliche Tat einfach nicht vollbringen konnte – wie konnte sie dem Schlafenden eine Schlinge um den Hals legen und zuziehen? Nein, sie hatte wohl wirklich im Wahn gehandelt.

Plötzlich hielt Leszczuk im Laufen an.

Während er reglos dastand, überlegte er, ob er wohl... Er erforschte sich. Er horchte in sich hinein. War das überhaupt möglich? So eintreten, die Schlinge umlegen, zuziehen – so grausam, so wild?

Er überlegte.

Plötzlich holte er, wie auf einem unverhofften Gedanken ertappt, eilig einen Spiegel aus der Hosentasche.

Seine Lippen waren blaugrau, fast schwarz!

Und gleichzeitig erkannte er in sich eine Lockerung, als entglitte er sich selbst.

Er begann zu laufen. Doch das half nicht – er spürte, daß er sich selbst entglitt, daß er sich verlor, daß er sich nicht beherrschen konnte. Irgend etwas bemächtigte sich seiner. Er wollte schreien, schrie aber nicht. Mit zusammengepreßten, stummen Lippen rannte er blindlings durch die Felder und wußte nur, daß er diese blaugrauen, bösen, entsetzlichen Lippen mit sich herumtrug!

17

Gespannt näherte sich Maja der Tür, um Maliniaks Schlaf zu kontrollieren und Leszczuk mit dem entzündeten Streichholz das Zeichen zu geben.

Im gleichen Augenblick aber hörte sie, wie das Fenster des Nebenzimmers quietschte, und unmittelbar danach knarrte der Fußboden.

Sollte Leszczuk eingestiegen sein, ehe sie das Streichholz

entzündet hatte? Vielleicht wollte er nicht länger warten, vielleicht hatte er durch das Fenster bemerkt, daß Maliniak schlief. Auf jeden Fall war das nicht gut. Sie lauschte.

Plötzlich hallte der Lärm der herabfallenden Lampe durch das ganze Haus, es folgte das Geräusch heftiger Bewegungen.

Sie stürzte zum Fenster und sah gerade noch, wie Leszczuk in Panik durch die Gartenpforte flüchtete. Danach wurde es still.

Stille herrschte auch in Maliniaks Zimmer.

Fast fünf Minuten lang stand Maja an der Schwelle, ehe sie sich entschloß, die Tür zu öffnen.

Und wieder Stille. Eine wahrhaft tödliche Reglosigkeit.

Was war geschehen?

Maliniak lag im Bett, erwürgt durch einen Strick. Sein Mund war halb geöffnet, graublau bis schwarz.

Leszczuk...

Es wurde ihr schwach, sie setzte sich neben das Bett. Ihre Gedanken jagten sich. Was tun?! Leszczuk! Verbergen?! Es läßt sich doch nichts verbergen!

Jemand kam die Treppe herunter und klopfte zart an die Tür. Maja öffnete nicht. Noch einmal. Schließlich donnerte es an die Tür und zerrte an der Klinke.

Maja machte auf.

Vor der Tür stand die Marquise di Mildi mit einer brennenden Kerze in der Hand.

»Was tun Sie hier?« fragte sie, trat auf das Bett zu, schrie laut, und in fünf Minuten war das ganze Haus auf den Beinen. Der Lakai, die Köchin, der Nachtwächter. Die Lampen wurden entzündet, das Telefon in Gang gesetzt, ein großer Trubel entstand. Bestürzt wollte Maja die Villa verlassen, um Atem zu holen, doch die Marquise ergriff sie bei der Hand.

»Bitte gehen Sie nicht hinaus, ehe die Polizei eintrifft.«

»Ich bleibe hier vor dem Hause.«

»O nein! Bitte bleiben Sie bei uns.«

Maja wurde bleich.

»Warum?«

»Ich weiß nichts! Ich habe Sie bei meinem Onkel angetroffen. Ich verlange kategorisch, daß Sie nicht weggehen, ehe die Behörden da sind. – Bitte nichts anrühren!« wandte sie sich an die Bediensteten.

Ein Auto hielt vor dem Haus, der Kommissar trat in Begleitung mehrerer Polizisten ein. Er schickte alle ins Nebenzimmer, sicherte die Spuren und begann mit den einleitenden Vernehmungen.

»Wer von Ihnen hat den Mord entdeckt?« fragte er.

»Ich«, sagte Maja.

»Nicht sie, sondern ich«, unterbrach sie die Marquise. »Ich, ich, ich!«

Die »Löwin« drängte sich vor – blaß mit roten Flecken, ungekämmt, in einem persischen Morgenrock, den der Tote ihr geschenkt hatte. Alle Leiden der letzten Zeit hatten sich noch um ein Gerstenkorn vermehrt, ihr linkes Auge war schlimm verschwollen.

»Ich habe das Haus alarmiert! Ich möchte eine Aussage machen!«

»Bitte, reden Sie!« sagte der Kommissar, weil er sah, daß er die Hysterikerin so schnell nicht los werden würde.

»Herr Kommissar!« begann Frau di Mildi. »Das ist das rätselhafteste Verbrechen, von dem ich je gelesen habe!«

Der Kommissar konnte ein Lächeln nicht unterdrücken.

»Ich sehe, Sie haben sehr viel über Verbrechen gelesen«, meinte er.

»Nein, nein, nicht das wollte ich sagen! Ich bin so aufgeregt! Herr Kommissar, es ist ein Rätsel! Nachts bekam ich Kopfschmerzen und ging nach unten, um mir von meinem Onkel eine Tablette zu holen. Die Tür zu seinem Zimmer war abgeschlossen. Ich klopfte an, niemand antwortete. Da klopfte ich heftiger, und diese Frau hier öffnete. Ich sah, daß mein Onkel nicht mehr lebte. Er war noch warm.«

»Die Tür war also von innen verschlossen?«

»Ja.«

»Und das Fenster? Stand das Fenster offen?«

»Es war geschlossen.«

Maja wollte einwerfen, das Fenster sei offen gewesen, doch fehlte ihr die Kraft.

»Also konnte man nur durch das Nachbarzimmer in Herrn Maliniaks Zimmer gelangen?«

»Ja.«

»Und wem gehörte dieses Zimmer?«

»Fräulein Ocho...«

Die Marquise riß Mund und Augen auf, sie breitete ratlos die Hände aus.

»Das ist unmöglich!« schrie sie. »Vielleicht irre ich mich! Vielleicht ist jemand durch das Fenster... Bitte stellen Sie fest, ob es unter dem Fenster Spuren gibt.«

Voller Entsetzen blickte sie Maja an.

»Können Sie bestätigen, daß die Tür zum Flur von innen verschlossen war?« fragte der Kommissar Maja.

»Sie war verschlossen. Aber ich...«

»Seien Sie ganz ruhig.«

»Ich war in meinem Zimmer. Als ich Herrn Maliniaks Zimmer betrat, fand ich ihn bereits tot vor.«

»Und weshalb sind Sie hinübergegangen?«

»Weil ich den Eindruck hatte, jemand sei durchs Fenster eingestiegen.«

»Also stand das Fenster offen?«

»Ja.«

»Sie lügt«, warf die Marquise höhnisch ein. »Sie lügt! Das Fenster war geschlossen. Aber sucht nach Spuren. Wäre jemand durch das Fenster eingestiegen, müßte er Spuren hinterlassen haben, der Boden dort ist weich. Durchsucht den Vorgarten!«

Sie warf sich über Maliniaks Körper.

»Ermordet hat sie dich! Ermordet!« schrie sie. »O Gott! Gott! Gott! Seit langem habe ich gewußt, daß es so enden würde!«

»Wir warten erst einmal, bis der Untersuchungsrichter eintrifft«, sagte der Kommissar nach einem Blick auf die Uhr.

Die Marquise sank auf das Kanapee.

»Mir ist so schwach«, flüsterte sie.

Doch der Polizist, der vor dem Fenster Wache hielt, rief:

»Hier gibt es ganz deutliche Spuren! Jemand ist hier weggelaufen!«

Der Kommissar ging hinaus und kam sehr bald wieder. Sein Gesicht zeigte Erstaunen.

»Dort sind Fußspuren von der Pforte zum Fenster und zurück. Da gibt es keine Meinungsverschiedenheiten! Ganz frische Spuren.«

Sofort kam die Marquise wieder zu Bewußtsein.

»Was? Da sind Spuren?«

»Ganz deutliche. Von der Pforte zum Fenster.«

»Unmöglich! Das Fenster war geschlossen. Das ist Unsinn!«

Ehe jemand sie zurückhalten konnte, rannte sie vor das Haus. Aber sogar der deutliche Fußabdruck überzeugte sie nicht.

»Unmöglich!« schrie sie hysterisch. »Ausgeschlossen! Ich sage euch doch, das Fenster war zu! Mein Onkel hat immer zur Nacht das Fenster geschlossen. Das hier ist irgendein Zufall! Vielleicht ist gestern jemand hier entlanggegangen! Bitte stellen Sie das fest!«

Der Untersuchungsrichter traf ein und nahm die Nachforschungen von neuem auf.

»Das steht außer Frage. Jemand ist durch das Fenster eingestiegen«, entschied er. »Da, auf dem Fußboden sind ebenfalls Spuren.«

Von diesem Augenblick an verstummte die Marquise. Maliniaks Tod bedeutete für sie eine schreckliche Katastrophe. Sie wußte nämlich, daß der Verstorbene ihr nichts hinterlassen hatte. Und Maja, die anscheinend schon hoffnungslos im Meer der Schuld versunken war, kam wieder an die Oberfläche!

Sie verfiel in eine Art Erstarrung und lächelte nur von Zeit zu Zeit spöttisch – mit ihrem verschwollenen Auge und in ihrem großgemusterten, gelb-grünen Morgenrock.

Mittlerweile betrachtete der Untersuchungsrichter sorgsam das Kissen, auf dem Maliniaks Kopf ruhte, und sagte leise:

»Schauen Sie mal! Wie seltsam! Sehen Sie, wie der Kopf zwischen Kissen und Wand eingeklemmt ist? Das sieht aus, als hätte sich der Mörder unter dem Bett versteckt und von dort aus an der Schnur gezogen.«

»Unsinn!« entgegnete der Kommissar und fuhr sogleich fort: »Überhaupt ein seltsamer Mord! Haben Sie je so etwas gehört? Jemand mit einem Strick erwürgen? Oder ist das vielleicht ein Selbstmord?«

»Nein! Er ist deutlich erwürgt worden.«

»Von jemandem, der unter dem Bett lag?«

Die Lippen des Toten wurden immer schwärzer. Beide wandten sich von diesem Anblick ab. Der Kommissar blickte unter das Bett und holte ein Taschentuch hervor, das vom Bett auf den Fußboden gefallen war.

»Hat ihn vielleicht dieses Taschentuch erwürgt?« sagte er ironisch. »Nur das lag unter dem Bett!«

Nach einem ins einzelne gehenden Verhör wurde Maja entlassen. Doch als sie die Villa hinter sich hatte, versagten die Beine ihr den Dienst. Sie war bis zum letzten erschöpft.

Leszczuk? Was war mit Leszczuk passiert? Wie hatte er das tun können? Dies war der einzige Gedanke, der ihr durch das Hirn flatterte.

Wozu? Warum? Wie? Ach, er ist ein Ungeheuer! Und sie, die ihm geholfen hat? Die es ihm ermöglichte? Sie beide zusammen, zusammen...

Ihn sehen! Unmöglich! Und doch, er hat es getan! Getan!

In der Pension traf sie Leszczuk nicht an. Man sagte ihr, er sei zur Nacht nicht zurückgekehrt.

Sie fuhr nach Warschau. Sie fand ihn nicht. Zwei Tage lang suchte sie ergebnislos und erkundigte sich sogar diskret im Club.

In den Sportlerkreisen herrschte totale Verwirrung. Man organisierte gerade ein großes, offizielles Match mit Leszczuk, und nun war der neuentdeckte Meister verschwunden, ohne auch nur eine Adresse zu hinterlassen.

Zum Glück kam niemand der Gedanke, das Verschwinden des hervorragenden Tennisspielers könne mit dem Mord in Konstancin zusammenhängen. Wer hätte auch dem jungen Mann an der Schwelle zu einer großartigen Karriere etwas Derartiges zugetraut?

Was war mit ihm passiert?

Leszczuk wiederzufinden, seine Tat zu verstehen, ihm gegenüberzutreten, das wurde für Maja zur Frage auf Leben und Tod. Sie schien dem Irrsinn nahe zu sein. Ach, ihn sehen, ihn verstehen oder wenigstens wissen...

Sie fuhr gerade im Zustand völliger Verstörung mit der Straßenbahn Linie 9, als ein gegenübersitzender Herr sie ansprach.

»Entschuldigen Sie, aber ist Ihnen klar, was Sie tun?«

Erstaunt hob sie den Kopf und sah einen gesetzten, graumelierten Herrn über fünfzig mit ungewöhnlich verständigem Gesicht.

»Was tue ich denn?«

»Wenn Sie so weitermachen, zerfetzen Sie sich den ganzen Ärmel.«

Maja bemerkte, daß ihr Ärmel in Fetzen hing. Aus Nervosität hatte sie mechanisch daran gezupft. Der ältere Herr lächelte und lüftete seinen Hut.

»Mein Name ist Hińcz«, sagte er.

Sie schrak zusammen. So hieß der in Warschau berühmte Hellseher, der die Leute mit seinen ungewöhnlichen Fähigkeiten manchmal in Staunen versetzte. Er las Briefe, die in versiegelten Umschlägen steckten, er fand verlorengegangene Menschen und Gegenstände wieder. Mehrfach war es geschehen, daß er künftige Ereignisse richtig vorhergesagt hatte, während allerdings viele andere Voraussagen nicht eintraten. Doch war daran kein bißchen Scharlatanerie, Hińcz zeichnete sich vielmehr durch einen geheimen Sinn aus, der den übrigen Sterblichen nicht zu eigen war.

Außerdem war er ein Mensch von ungeheurem Wissen, ein Gelehrter, dessen Arbeiten aus dem Bereich der Telepathie im Ausland viel Aufsehen erregt hatten.

»Ja, ich bin jener Hińcz, an den Sie denken«, antwortete er humorvoll auf Majas fragenden Blick. Sie hingegen dachte gerade, er könne ihr behilflich sein, Leszczuk wiederzufinden. Sie wußte nur nicht, wie sie anfangen sollte.

»Nur zu«, sprach Hińcz, immer noch gutherzig lächelnd.

»Ich sehe, Sie können Gedanken lesen.«

»O nein, nur gestattet mir langjährige Erfahrung zu spüren, wer meiner Hilfe bedarf. Um ehrlich zu sein, muß ich bekennen, daß ich das Gespräch begonnen habe, weil mir scheint, Sie benötigen Hilfe.«

»Sie irren sich nicht«, flüsterte sie. »Ich suche jemanden.«

»Hier steige ich aus«, sagte er. »Wenn Sie das wünschen, können wir über die Angelegenheit sprechen. Ich habe gerade eine halbe Stunde frei und könnte sehen, was sich tun läßt.«

Dankbar nahm sie sein Angebot an. Sie stiegen aus und betraten ein kleines Café am Nowy Świat.

Doch als sie hätte anfangen sollen zu reden, biß sie sich auf die Zunge. In ihrer Lage war es nicht gefahrlos, sich dem Hellseher anzuvertrauen. Andererseits konnte nur er ihr helfen!

Sie entschloß sich.

»Ich suche jemanden«, wiederholte sie unsicher.

»Wen?«

»Egal.«

»Gut«, sagte er. »Sie brauchen nicht zu reden. Mir genügt ein Gegenstand, der dieser Person gehört, ein Gegenstand, mit dem sie in enger Berührung war. Haben Sie so etwas?«

Maja erinnerte sich, daß sie in ihrer Handtasche Leszczuks Bleistift hatte. Hergeben oder nicht hergeben? Gab sie ihn her, war ihr Gegenüber womöglich imstande, alle ihre Geheimnisse zu durchschauen!

Doch Hińcz, der plötzlich sehr ernst und irgendwie nervös wirkte, ergriff ihre Hand.

»Mit mir können Sie offen reden«, sagte er, »und ich rate Ihnen, reden Sie.«

»Warum?«

»Weil ich Ihnen nützlich sein könnte. Ich nehme kein Honorar, und wenn ich mich für Sie interessiert habe, dann aus anderen Gründen. Sie sind ein erstklassiges Objekt für mich. Das habe ich schon in der Straßenbahn bemerkt.«

Die Leidenschaft des Forschers blickte ihm aus den Augen.

Sie reichte ihm den Bleistift, den Leszczuk ihr vor ein paar Tagen geliehen hatte, als sie den Plan der Villa aufzeichnen wollte. Er betrachtete ihn genau.

»Hier sind Spuren von Zähnen«, sagte er.

»Ach ja, sein Besitzer hat häufig darauf herumgebissen. Er hat diese Angewohnheit.«

»Um so besser.«

Er barg den Stift in seiner Hand und schloß die Augen. Plötzlich fing seine Hand an zu zittern und er selbst schwer zu atmen.

»Weg hier«, sagte er heftig. »Hier kann ich mich nicht konzentrieren. Kommen Sie mit zu mir! Gehen wir sofort!«

Er rief ein Taxi.

»Haben Sie etwas... gespürt?«

»Das ist der seltsamste Bleistift, mit dem ich es je zu tun hatte!« entgegnete Hińcz halblaut und musterte sie aufmerksam.

Maja wurde es unangenehm. Schon seit längerer Zeit geschah soviel Seltsames und Schreckliches um sie herum. Und vielleicht war dieser Hińcz doch ein Scharlatan, oder aber er wußte, daß sie in den Fall Maliniak verwickelt war, und wünschte, auf diese Weise irgend etwas zu erfahren.

Er nahm in dem Sessel hinter dem Schreibtisch Platz, hielt den Bleistift in der Hand und sagte:

»Ich sehe ihn. Ein junger Bursche, vielleicht zwanzig Jahre, dunkelblond, heller Hut. Er geht...«

»Wo?«

»Gleich. Bitte unterbrechen Sie mich nicht. Er geht auf einer Chaussee, ich erkenne die Richtung nicht. Aha, ein Kilometerstein. 157. Er ist beim Kilometerstein 157. Erschöpft, aber...«

»Was?«

Hińcz konzentrierte sich.

»Nein, nein! Er geht nicht, sondern schreibt... Er schreibt mit diesem Bleistift etwas an die Wand. Die Wand ist weiß und dick. Gleich, er geht auf der Chaussee! Was bedeutet das? Ihm droht Gefahr.«

»Gefahr?«

»Dieser Mensch ist in Gefahr... in großer Gefahr. Man muß ihn sofort retten! Er will etwas tun... Und überhaupt, entweder ist er verrückt oder... Etwas ist um ihn oder auch in ihm. Ach! Wieder schreibt er etwas an die Wand. Das verstehe ich nicht. Jetzt sehe ich gar nichts mehr.«

Hińcz ließ den Bleistift los und warf einen Blick auf Maja.

»Wir müssen ihn retten«, flüsterte er. »Ich verstehe das alles nicht. Ich sehe gleichzeitig zwei Leute, den, der geht und den, der schreibt, das ist mir noch nie passiert. Aber sie sind beide in ganz schrecklicher Gefahr.«

»Warum?«

»Sehen Sie, das weiß ich nicht so recht. Aber ich hatte es noch nie mit einem so bösen Gegenstand zu tun wie mit diesem Bleistift. Er ist der schlimmste Gegenstand, den ich je in die Hand genommen habe. Und er hat diesem Menschen gehört. Außerdem habe ich, als ich ihn die Chaussee entlanggehen sah, gespürt, daß Raserei in ihm aufsteigt. Vielleicht Wahnsinn? Und besonders seltsam ist, daß er ganz normal aussieht.«

»Glauben Sie denn, daß es böse und gute Gegenstände gibt?« fragte sie mit einem Blick auf den Bleistift. Alles ging ihr im Kopfe durcheinander.

»Es gibt noch viele für den menschlichen Geist unbegreifliche Geheimnisse auf der Welt«, entgegnete er. »Sehen Sie, mit meinen Eigenschaften und Begabungen streife ich ständig an solche Geheimnisse. Doch je mehr Geheimnisse es gibt, desto offensichtlicher und klarer wird eines, nämlich die einfachsten Gebote des Gewissens, das moralische Recht. Wir wissen vieles nicht, aber was gut ist und was böse, das wissen wir alsbald und zuverlässig. Vielleicht wundern Sie sich über das, was ich rede, aber ich bin ein tief gläubiger Mensch.«

Er wechselte den Ton.

»Man kann diesen Burschen nicht sich selbst überlassen! Es geschieht bald mit ihm etwas Ungutes. Wir müssen ihn sofort finden. Aber wie?«

»Kilometer 157?« fragte Maja.

»Ja. Ich habe den Kilometerstein deutlich gesehen.«

Wohin mochte Leszczuk gehen? Warum zu Fuß, statt mit der Bahn? Was war das für eine Chaussee?

Aber vielleicht irrte sich Hińcz, vielleicht redete er Unsinn?

Maja erinnerte sich, daß der Weg von Połyka beim Kilometerstein 162 in die Chaussee nach Lublin einmündete.

»Beschreiben Sie mir, wie die Landschaft dort ungefähr aussieht.«

Es stimmte. Eine flache, waldreiche, von Gewässern durchschnittene Gegend.

Schnell erklärte sie ihm die geographische Situation. Er schaute in den Fahrplan.

»In zwei Stunden fährt der Eilzug. Wir haben keine Zeit zu verlieren. Packen Sie schnell das Nötigste. Wir treffen uns auf dem Bahnhof.«

»Sie fahren mit?«

»Natürlich.«

Im Zuge erzählte Maja Hińcz die ganze Geschichte ihrer Bekanntschaft mit Leszczuk und jedes Detail.

Sie war absolut ehrlich. Viel zu erschöpft, um noch etwas zu verschleiern, verhehlte sie nicht einmal, daß er Maliniak getötet hatte.

Hińcz hatte ihr volles Vertrauen gewonnen. Sie erzählte ihm von ihren Träumen, von seinen entsetzlichen, blaugrauen Lippen und davon, wie fatal sie beide aufeinander wirkten.

»Wenn er getötet hat, dann hätte auch ich töten können«, sagte sie fiebernd, »unsere Natur stimmt überein! Das weiß ich! Wenn er so ist, dann bin auch ich so... dann bin auch ich so!«

Hińcz konzentrierte sich. Sein kluger, forschender Blick schien Maja bis in die Tiefe zu durchdringen.

»Das ist eine der seltsamsten Geschichten, die ich je gehört habe«, flüsterte er. »Aber verlieren Sie die Hoffnung nicht. Diese Geschichte wäre im übrigen unendlich einfach und psychologisch verständlich. Wenn er Ihnen tatsächlich so ähnlich ist, wird klar, warum ihr so ungut aufeinander wirkt. Sie sind über die Maßen lebhaft, intensiv, aggressiv. Findet eine solche Natur eine ihr verwandte Natur, so wird diese elementare und stürmische Energie gesteigert, er treibt Sie an, Sie ihn, und so steigert sich das ohne Ende. Diese Energie an sich ist ein unschätzbarer Wert. Aber wenn sie nicht zum Guten gelenkt wird, verwandelt sie sich in ein zerstörerisches Element.

Und im vorliegenden Fall mußte das eintreten«, fuhr er fort, »weil ihr vom ersten Augenblick an das Vertrauen zueinander und die gegenseitige Achtung verloren habt. Ja, das wäre alles klar, wenn...«

»Wenn was?«

»Wenn hier nicht andere Faktoren hinzukämen. Diese Lippen. Die Träume. Der Bleistift. Das alles sind Erscheinungen anderen Ranges. Soll ich es Ihnen offen sagen? Ich habe den Eindruck, er ist besessen.«

»Glauben Sie das wirklich?«

»Ich glaube, der Mensch kann in sich die Bedingungen schaffen, unter denen das Böse erleichterten Zugang hat. So ein Mensch zieht das Böse an wie ein Magnet. Auf Erden aber gibt es viele Menschen und viele Orte, die mit Bösem durchtränkt sind. Geben Sie auf sich acht, und verlieren Sie vor allem die Hoffnung nicht.«

Sie glaubte zu träumen. Das alles konnte doch nicht wahr sein. Es roch nach Mittelalter und Hexerei. Und dennoch sagte das ein ultramoderner Mensch.

Leszczuk war also besessen? Er hatte im Wahn getötet?

Das erfüllte sie mit Hoffnung. Aber auch mit Grauen.

Der Gedanke, Leszczuk irre in diesem Zustand irgendwo auf den Wegen herum, nicht bei Bewußtsein und nicht imstande, sich zu wehren, dieser Gedanke war schrecklich.

»Retten Sie ihn«, flüsterte sie.

Sie näherten sich bereits der Station. Die Abenddämmerung sank auf das Städtchen, es war gegen sieben Uhr.

Ohne Mühe holte Maja die nötigen Informationen ein. Jemand, der Leszczuk sehr ähnlich sah, war mit dem Morgenzug angekommen und hatte den Weg nach Połyka genommen.

Hińcz' Ahnungen und Majas Vermutungen erwiesen sich als richtig.

Sie nahmen eine Droschke und fuhren so schnell wie möglich.

In Höhe der Grundmauern von Nebel umsponnen, zeigte sich bereits zwischen den Bäumen in der Ferne das Schloß.

Hińcz jedoch ließ den Kutscher halten.

»Wir handeln falsch! Ich habe ihn doch auf der Chaussee gesehen. Dorthin müssen wir fahren, das ist der Ausgangspunkt für unsere Suche.«

Sie fuhren also auf die Chaussee, zu jenem Kilometerstein 157. Hińcz blickte in die Runde.

»Ja, genau das habe ich gesehen. Er ging in diese Richtung.«

Lange Zeit fuhren sie schweigend. Da ließ Hińcz den Droschkenkutscher erneut halten, stieg aus und ging auf einen kleinen, dicht an der Chaussee wachsenden Obstbaum zu, den er forschend betrachtete.

Auf den ersten Blick unterschied er sich in nichts von anderen Bäumen. Doch bei näherem Hinschauen konnte man sehen, daß er mit einem Messer übel zugerichtet war. Hier und da hatte man die Borke halb abgerissen. Manche Zweige waren angeschnitten und hingen nur wie an einem Haar.

Mit großer Aufmerksamkeit musterte Hińcz diese Wunden.

»Fahren wir!« rief Maja ungeduldig. »Das sind gewöhnliche Lausbubenstreiche!«

»Sehen Sie nicht, daß dieses Bäumchen auf besondere Weise verletzt worden ist? Ein Lausbub hätte die Zweige abgeschnitten, wenn ihm daran gelegen gewesen wäre. Aber diese Zweige sind nur zur Hälfte durchgeschnitten. Das haben keine Lausbuben getan, das ist Bosheit. Das ist mit raffinierter Bosheit gemacht.«

»Sie meinen, daß Leszczuk...«

»Gut möglich.«

Ein Schauder überlief Maja. Warum hatte er das Bäumchen gequält? War er wahnsinnig geworden? Sie selbst war dem Wahnsinn nahe.

»Fahren wir, fahren wir!«

Kurz darauf begegneten sie ein paar Arbeitern, die vom Wegebau an der Chaussee heimkehrten.

»Jawohl! Wir haben einen jungen Herrn gesehen, das wird an die drei Stunden her sein, er ging in Richtung Koprzywie...«

So hieß das Städtchen.

»Daraus ergibt sich, daß er in der Gegend herumgeirrt ist.

Wahrscheinlich ist er gegen Abend nach Koprzywie zurückgekehrt. Möglich, daß wir ihn dort im Gasthof antreffen.«

Sie drehten um, doch einer der Arbeiter hielt sie an.

»Dieser Herr ist anscheinend verrückt«, sagte er.

»Warum?«

»Er kam auf mich zu und fragte, wie spät es ist. Ich sagte es ihm ehrlich, aber er trat mir auf den Fuß und hätte mir beinahe die Zehen gebrochen.«

»Vielleicht aus Versehen?« fragte Hińcz.

»Ach was! Wär' er noch mit der Spitze auf meine Zehen getreten, würd' ich ja nichts sagen. Aber er hat's mit dem Absatz getan. Absichtlich den Fuß verdreht hat er und mich mit dem Absatz getreten.«

»Er ist verrückt geworden«, flüsterte Maja.

»Schlimmer noch«, sagte der Hellseher, »sehen Sie nicht, wie übermäßig böse das alles ist? Mir wäre es lieber, er hätte diesen Mann geschlagen, als ihm auf den Fuß zu treten – mit dem Absatz. Gerade der Absatz tut kund, daß seine Tat die Grenzen des Normalen überschreitet.«

»Warum suchen wir ihn!« rief sie. »Wir werden ihn ohnehin an die Polizei ausliefern müssen!«

»Ruhig, ruhig. Vielleicht hat nicht er Maliniak ermordet. Außerdem ist seine Unzurechnungsfähigkeit deutlich.«

So tröstete er sie, doch Maja verharrte in Verzweiflung.

Trotz allem mochte sie Hińcz nicht glauben, Leszczuk sei besessen. Das klang zu phantastisch.

Ihrer Überzeugung nach war er wahnsinnig. Und wenn nicht, dann jedenfalls ein Mörder.

Gegen Mitternacht gelangten sie wieder nach Koprzywie und begaben sich sofort zum »Hotel Polski«, der einzig möglichen Unterkunft im gesamten Städtchen.

Im Erdgeschoß des Hotels, einem kleinen zweistöckigen Haus mit wenigen Gastzimmern, lag das Restaurant. Geleitet wurde es von dem wohlbeleibten Herrn Kotlak, der sich tief verneigte, als er Fräulein Ochołowska erblickte.

»O ja, o ja. Solch ein Herr ist vor einiger Zeit hier eingetroffen, hat ein Zimmer gemietet und schläft jetzt gewiß, denn er hat das Licht ausgemacht.«

Maja und Hińcz beratschlagten kurz. Es war schwierig vorauszusehen, wie sich Leszczuk verhalten würde, wenn er sie sähe. Alles war möglich.

Hińcz meinte, es sei vernünftiger, bis zum Morgen zu warten, als ihn bei Nacht zu wecken – er mietete also Zimmer für sich und Maja, außerdem bestellte er das Abendessen.

Sie aßen gerade das Fleisch, als Leszczuk unverhofft eintrat und an einem Tischchen unter dem Fenster Platz nahm.

Zum Glück verdeckte sie vor seinen Blicken eine frohe Kumpanei von angetrunkenen Landwirten.

Mit angehaltenem Atem beobachtete Maja sein abgezehrtes Gesicht.

War er wahnsinnig? Er verhielt sich normal. Mit leiser und schüchterner Stimme bestellte er ein Beefsteak, er wirkte befangen und grenzenlos traurig – die Tränen traten ihr in die Augen.

Ihr Herz preßte sich zusammen. Sie sollte hingehen, doch hielt Hińcz sie mit befehlender Geste zurück.

Er wollte ihn noch länger beobachten. Sie hörten, wie Leszczuk den Weg nach Połyka erfragte.

»Ich wollte schon heute dort hingehen, habe mich aber im Walde verirrt und bin auf die Chaussee geraten«, sagte er.

»Das also ist dieser Bursche?« flüsterte Hińcz, ohne ihn aus den Augen zu lassen.

»Wollen Sie zu Frau Ochołowska?« fragte der neugierige Gastwirt.

»Nein, nein, ich habe ein anderes Interesse.«

»In den Wald? Das Holz anschauen?«

»Nei-ein, ich habe etwas anderes vor.«

Er begann zu essen, schob aber bald den Teller fort. Ein bestimmter Gegenstand auf dem Fensterbrett neben ihm fesselte seinen Blick.

Es war ein Fliegenfänger. Auf einem mit Kleister bedeckten Papier rangen Dutzende von Fliegen mit dem Tode, sie zogen unter Aufbietung der letzten Kräfte ein Bein heraus, um mit den übrigen nur um so tiefer einzusinken; das Papier war voll der entsetzlichen Anstrengungen kleiner, vor Erschöpfung sterbender Wesen.

»Nehmen Sie das weg«, sagte Leszczuk eilig.

»Den Fliegenfänger? Wohin denn damit?« antwortete Herr Kotlak verwundert.

»Ganz egal! Ich will das nicht neben mir haben! Schnell!«

Der Gastwirt schaute ihn verwundert an, nahm aber den Fliegenfänger weg und brachte ihn zum nächsten Fenster.

Da geschah etwas Eigentümliches. Leszczuk stand auf, ging plötzlich zu dem Fliegenfänger und tötete mit dem Finger eine Fliege nach der anderen, eine nach der anderen.

Die Bauern erhoben sich von ihrer Bank und verfolgten das Geschehen erstaunt, und der Gastwirt fragte:

»Sie töten die Fliegen?«

»Damit sie sich nicht quälen«, antwortete Leszczuk mit erstickter, fremder Stimme.

Und während er das sagte, tötete er sie immer schneller, immer schneller. Das wirkte so seltsam, daß einer der Bauern schließlich herausstieß:

»Aber nun ist's genug!«

Im gleichen Augenblick stürzte sich Leszczuk auf ihn. Schaum trat ihm vor den Mund.

Er packte ihn mit beiden Händen am Kopf und warf ihn mit unerhörter Kraft über seinen eigenen Rücken nach hinten. Dann zerrte er den entsetzten Bauern durch den ganzen Schankraum.

Die anderen eilten ihm zu Hilfe.

Maja und Hińcz wurden in eine Ecke gestoßen. Auf dem Fußboden entstand ein Menschenknäuel, das Büfett stürzte krachend um, zerbrochenes Glas klirrte.

Und plötzlich ertönte aus diesem Menschenknäuel ein entsetztes, fürchterliches Gebrüll.

»Jesus Maria! Jesus Maria!«

Leszczuk rannte mit seinem ganzen Körper gegen das Fenster, es zerbrach, und er war draußen.

Doch bevor er floh, hielt er einen Augenblick inne. Er blickte sich um und – tötete noch eine Fliege auf dem Fliegenfänger.

Dann verschwand er.

Die Bauern eilten ihm geschlossen nach.

»Haltet ihn! Fangt ihn!«

Das Städtchen erwachte. Fenster und Türen öffneten sich, erschreckte Leute traten heraus. Die Verfolgungsjagd raste durch die Gassen wie ein bösartiges Gespenst.

Hińcz konnte nicht mit Maja Schritt halten, ergriff aber das voranstrebende Mädchen bei der Hand und ließ nicht los. Beide liefen sie hinterher.

»Sie werden ihn totschlagen!« flüsterte Maja wie im Fieber.

Von weitem hallte neues Geschrei herüber. Die Bauern

umringten eine Kate am Stadtrand. Mit Knüppeln, Sensen und Gabeln bewaffnet, kletterten die Leute über den Zaun und drangen in das Gebäude ein.

»Hier hat er sich versteckt!« riefen sie. »Auf dem Dachboden!«

»Mich hat er beim Ohr gepackt!« heulte der Besitzer der Kate.

»Die Fliegen auf dem Fliegenfänger hat er getötet! Haut ihn! Haut ihn!«

»Zündet das Haus an!«

Hätte Leszczuk sie doppelt so heftig geschlagen, wären sie nicht dermaßen wütend gewesen. Was sie zur Raserei brachte, waren gerade diese kleinen, aber seltsamen Tatsachen, das Ziehen am Ohr oder das Töten der Fliegen. Das erst war für sie die wahre Schurkerei! »Haut ihn!«

Maja ging auf sie zu.

»Leute, seid ihr verrückt geworden? Er ist doch durch die Scheune auf die andere Seite geflohen.«

»Wo denn?!«

Viele erkannten das Fräulein Ochołowska aus Połyka. Manche zogen ihre Mützen, doch vernahm man auch andere Stimmen:

»Der ist nicht geflohen! Hier ist er! Hier reingelaufen und über die Leiter auf den Dachboden.«

»Und ich sage euch, er ist auf die andere Seite geflohen!«

Hińcz begab sich heimlich auf den Hof, nutzte die Verwirrung, führte das Pferd aus dem Stall, band ihm einen großen Strohwisch an den Schwanz und zündete diesen an. Das Pferd bäumte sich auf und galoppierte ins Feld.

»Er flieht!« schrien sie, als sie den Hufschlag hörten. »Er hat sich das Pferd geschnappt!«

Alle stürzten auf die Rückseite des Hauses.

Da riß Leszczuk die Dachschindeln auf und glitt blitzschnell zu Boden.

Einen Augenblick lang sah Maja ihn dort stehen, nur halb bei Bewußtsein, wild und bebend, verloren. Sie wollte rufen. Doch er rannte in wenigen Sprüngen zum Brunnen auf der anderen Wegseite nahe den Gebäuden. Es war ein tiefer, enger, runder Brunnen mit einer langen Ziehstange.

Ohne zu überlegen, sprang Leszczuk mit beiden Beinen in den Eimer und ließ sich mit diesem in den Brunnen gleiten.

Schreiend kamen die Bauern wieder.

»Warte nur! Er ist nicht geflohen! Das Pferd hat er angezündet! Gebt acht! Er hockt auf dem Dachboden!«

Wieder umzingelten sie das Haus. Maja und Hińcz erwarteten voller Angst, daß die Bauern die herabgelassene Ziehstange bemerken würden, die gerade noch hoch in die Luft gezeigt hatte.

Einige von ihnen lehnten sich an die Brunneneinfassung; sie brauchten nur hinunterzuschauen, um Leszczuk zu entdecken. Wenn er nicht mit dem Eimer auf Grund gegangen war. Vielleicht hatte der Eimer Wasser geschöpft – dann war Leszczuks Los bereits besiegelt.

Aber die Bauern hatten Angst, auf den Dachboden zu steigen. Einer schob den anderen vor.

»Du!« rief Herr Kotlak einem Jungen zu. »Hol meine Doppelflinte! Sie steckt hinter dem Schrank! Fix!«

Maja rannte, so schnell sie konnte, zum Hotel, stürzte in das leere Restaurant und holte die Flinte hinter dem Schrank hervor. Sie war geladen. Ohne zu überlegen, feuerte sie aus beiden Läufen in die Luft.

Dann warf sie die Flinte zu Boden und rannte fort.

Die Bauern liefen herum, das Echo der Schüsse hatte sie alarmiert.

Hińcz holte Maja ein.

»Haben Sie geschossen?«

»Ja, ich! Schnell zum Brunnen.«

Schon von weitem bemerkte sie, daß die Ziehstange in ihrer normalen Position stand. Leszczuk hatte entwischen können. Wo mochte er nun sein? Wo sollte sie ihn suchen? Wieviel Schreckliches war er noch imstande zu tun? Vergeblich hielten sie Ausschau. Er war spurlos verschwunden.

»Er ist verrückt geworden!« sagte Maja gebrochen. »Wahnsinnig! Der Tod wäre das Beste für ihn!«

Ein furchtbarer Gedanke, daß er durch sie verrückt geworden sein, daß sie ihn soweit gebracht haben könnte.

Doch Hińcz war anderer Ansicht.

»Nein«, beharrte er, »das ist etwas anderes! In seinen Taten steckt übermäßig viel Bosheit! Ein Wahnsinniger hätte die Leute verprügelt, aber nicht die Fliegen getötet! Vor allem nicht diese letzte Fliege. Haltzumachen und die Fliege zu zerdrücken, wenn man einer solchen Keilerei entronnen ist, dazu gehört mehr als Wahnsinn. Und wie seltsam das begonnen hat. Anfangs hat er doch die Fliegen aus Mitleid zerdrückt, weil er ihre Leiden nicht ertragen konnte, und erst im Verlauf dieses Tötens ist der Rausch über ihn gekommen. Die letzte Fliege zu töten, das war schon eine teuflische Tat. Aber dieser Bursche sieht nicht danach aus! Ich flehe Sie an, lassen Sie den Zweifel nicht aufkommen! Vertrauen Sie! Wir werden ihn retten!«

Nach mehreren Stunden fruchtlosen Suchens kehrten sie in das Hotel zurück. Gegen sieben Uhr klopfte Herr Kotlak bei Maja – ein Bauer wünsche in einer wichtigen Angelegenheit mit Fräulein Ochołowska zu sprechen. Maja, die die ganze Nacht über kein Auge zugetan hatte, kam sofort. Ein etwa vierzigjähriger rüstiger, magerer, aber kräftiger Mann verneigte sich vor ihr.

»Ich habe etwas Vertrauliches«, sagte er.

»Worum geht es?« fragte sie, als sie vor das Haus getreten waren.

»Ich wollte sagen, daß der Mann, der sich gestern mit den Leuten geprügelt hat, bei mir ist.«

»Bei Euch? Das heißt – wo?« fragte sie und verbarg ihre Bewegung.

»In meiner Kate. Ich habe ein Stück Land fünf Kilometer von hier am Waldrand, in Zaniwecz. Dieser Mann schläft nun, und ich hab' der Frau befohlen aufzupassen.«

»Wer hat Euch hergeschickt?«

Der Bauer lächelte verschmitzt.

»Ich hab's nicht weit nach Połyka, da hab' ich mal das gnädige Fräulein mit diesem Herrn gesehen und weiß, er gehört zum Hof.«

»Ich werde mich dankbar erweisen.«

Sofort rief sie Hińcz, und beide fuhren mit dem Bauern fort. Der Hellseher zwang sie allerdings, vor der Abfahrt noch ein Glas warme Milch zu trinken.

Ein herrlicher Morgen vergoldete die Stoppelfelder. Tiefe Stille herrschte rundum. Hińcz fragte den Bauern nach Einzelheiten.

»Gott behüte! Ohne mich wär' der schon hin!« sagte der Bauer.

»Wieso?«

»Morgens bin ich in den Wald von Połyka gefahren, Reisig

zu holen. Ich gehe die Schneise lang, da steht was Dunkles in der Schonung zwischen Zaniwecz und Dębinki.«

Maja zitterte.

»Ich denk' mir, ein Wildschwein oder was? Wie ich näher komm', seh' ich, er zieht den Riemen aus der Hose und legt ihn um einen Ast. Gleich hab' ich gemerkt, was los ist, aber wie ich huste, hört er sofort auf und wartet so an die zwei Minuten. Er wartet, und ich warte – ich warte, und er wartet – bis ich seh', er kommt näher und bedrängt mich.«

Obgleich der Bauer ziemlich aufgeklärt wirkte und ein intelligentes Gesicht hatte, konnte er keinen genaueren Ausdruck finden.

»Bedrängt hat er mich«, sagte er. »Dann ist er mit mir bis zum Haus gegangen und hat mich die ganze Zeit bedrängt. Daß meine Frau ihn von mir fortscheuchen mußte. Niemand sonst hat er bedrängt, nur mich. Da, dort ist meine Kate«, fügte er hinzu und wies auf ein kleines, ganz abseits am Wald stehendes Gehöft.

»Ihr müßt uns helfen«, sagte Hińcz. »Falls er nicht mit uns gehen will, muß man ihn fesseln und nach Połyka schaffen. Aber Moment mal. Wartet noch. Erst treten wir ganz leise hinter den Zaun, und Ihr holt ihn auf den Hof – ich möchte sehen, wie er Euch ›bedrängt‹.«

»Wozu das?« fragte Maja fiebernd. »Er wird uns wieder ausrücken.«

Doch Hińcz teilte ihre Befürchtungen nicht. Aus den Worten des Bauern schloß er auf Leszczuks totale Erschöpfung. Andererseits hielt er es für äußerst wichtig, den Charakter seines Wahnsinns genau kennenzulernen.

»Es ist sehr interessant, daß der Bauer dieses ›Bedrängen‹ nicht näher beschreiben konnte. Wahrscheinlich haben wir es hier wieder mit etwas zu tun, das von der Norm abweicht. Denken Sie daran, die Schwierigkeiten haben erst begonnen. Solange wir keinen Schlüssel zu seiner Krankheit haben, können wir sie nicht in den Griff bekommen.«

Leszczuks Verhalten bestätigte diese Erwartungen voll und ganz.

Wie verabredet, holte der Bauer ihn vor das Haus und ging mit ihm mehrmals auf dem Hof hin und her. Leszczuk mußte auch in einem noch so verhärteten Herzen Mitleid wecken.

Er wankte auf den Beinen, wirkte zerschlagen und kraftlos – und eine traurige Sanftmut, die Hoffnungslosigkeit des verlorenen Menschen, zeigte sich in seiner gesamten Haltung, in jeder Bewegung.

Und tatsächlich, wie es der Bauer gesagt hatte – er »bedrängte« ihn auf eine Weise, die keinen Zweifel übrig ließ.

Es sah so aus, als wollte er dem Bauern etwas sagen und konnte es nicht, als wollte er mit ihm irgendeinen Kontakt aufnehmen. Er schob sich ganz nahe an ihn heran, er drängte auf ihn zu, er folgte ihm dicht auf den Fersen, als zöge ihn ein geheimnisvoller Magnet mit besonderer Kraft an.

Das wirkte ziemlich unbewußt, bezog sich aber nur auf den Bauern. Die Frau, die diesen Manövern unwillig zuschaute, beachtete er überhaupt nicht.

Der Bauer amüsierte sich, er warf unablässig Seitenblicke auf den Zaun, hinter dem Hińcz und Maja standen, und zog lustige Grimassen.

»Den braucht man nicht zu fesseln«, sagte er, als er zu ihnen zurückkehrte. »Der hat sich in mich verschaut und folgt mir wie ein Hund.«

Sie beschlossen, Maja sollte nach Połyka voraneilen und dort alles für Leszczuks Empfang vorbereiten. Vor allem mußte man die Angelegenheit vor den Pensionsgästen verbergen.

Hińcz befürchtete außerdem bei Leszczuk eine heftige Erschütterung, wenn er das Mädchen erblickte. Er hoffte, ihn mit Hilfe des Bauern ohne größere Schwierigkeiten nach Połyka schaffen zu können.

Maja ritt also auf einem sattellosen Pferd los, sie nahm den Weg quer durch den Wald. Und nicht lange danach fuhr an einem Seiteneingang des Gutshauses von Połyka ein Bauernwagen vor. Leszczuk wurde herausgetragen und in eines der Zimmer im Oberstock gebracht.

Gehen konnte er nicht mehr. Er fiel vor Erschöpfung um. Auch wußte er kaum, was mit ihm geschah. Nicht einmal Połyka erkannte er. Kaum lag er im Bett, verlor er das Bewußtsein.

18

Majas Ankunft in Połyka erzeugte große Erregung unter den Pensionsgästen. Besonders Fräulein Wyciskówna und die Frau Doktor waren von dieser Neuigkeit wie elektrisiert.

»Wissen Sie, wer heute morgen eingetroffen ist? Die Ochołowska!«

»Wieso? Gestern fortgefahren und heute schon zurückgekommen?«

Kaum hatte Frau Ochołowska aus der Presse von dem Mord an Maliniak erfahren, war sie sofort nach Warschau gereist.

»Aber doch nicht die alte! Maja! Ich habe sie mit eigenen Augen durch das Fenster gesehen!«

Die Zeitungen schrieben lang und breit über Maliniaks geheimnisvollen Tod, und Majas Name tauchte wiederholt in den Berichten auf. Die Frau Doktor war hoch erregt.

»Und wissen Sie, daß nicht nur die Tochter eingetroffen ist? Man hat jemanden hergebracht! Nach oben getragen! Ich habe es durch die Tür gehört.«

»Marysia hat mir gesagt, gestern hätte es in Koprzywie eine Prügelei gegeben.«

Doch die Erregung der beiden Damen erreichte ihren Höhepunkt, als das Dienstmädchen Marysia ihnen vertraulich mitteilte, Leszczuk sei hergeschafft und in einem der Zimmer im Oberstock untergebracht worden.

Von nun an lagen sie unaufhörlich im Eßzimmer oder in der Veranda auf Lauer.

Aber nichts geschah. Maja ließ sich nicht blicken. Selige Mittagsruhe umfing das Haus.

In dem Oberstock-Zimmer waren die Rouleaus heruntergelassen. Leszczuk schlief.

Gegen Abend kam der Arzt. Hińcz hatte mit ihm ein langes und intensives Gespräch.

»Organisch fehlt ihm nichts. Die Wunden sind oberflächlich. Die Symptome, von denen Sie sprachen, können auf nervöser Grundlage entstanden sein. Es wäre wohl angezeigt, einen Psychiater hinzuzuziehen.«

Hińcz war aber anderer Meinung. Er hatte den Verdacht, es handele sich nicht um eine Nerven-, sondern um eine Geisteskrankheit.

Er bat den Arzt um ein Schlafmittel für Maja und nahm selbst auch eine lindernde Mixtur. Vor allem mußte man seine Kräfte wiedergewinnen. So umfing Stille das Gutshaus in Połyka – bis zum nächsten Vormittag. Um diese Zeit kam Leszczuk wieder zum Bewußtsein.

»Wo bin ich?« flüsterte er und rieb sich die Augen.

»Rühren Sie sich nicht«, sagte Hińcz, der Maja immer noch nicht zu ihm ließ. »Sie sind erkrankt.«

»Aber wo bin ich?«

»In Połyka.«

Plötzlich erinnerte er sich an alles, denn er setzte sich im Bett heftig auf.

»Was habe ich nur angerichtet? Wer sind Sie? Ach so, die Bauern wollten mich prügeln? Und ich? Ach so.«

Er fühlte sich wieder schwach und schloß die Augen. Nach einer Weile jedoch sprach er weiter.

»Sind Sie der Arzt?«

»Nein.«

»Sagen Sie mir die Wahrheit. Bin ich verrückt geworden?«

»Nicht doch«, wehrte Hińcz ab. »Sie haben sich gestern etwas unruhig verhalten, Sie müssen wohl ziemlich erregt gewesen sein.«

Er gab sich große Mühe, Leszczuk zu beruhigen.

Doch sobald der Bursche sich wieder an die Geschehnisse der letzten Nacht erinnerte, verfiel er in düstere Apathie. Er schloß die Augen und schwieg.

Langsam brachte Hińcz ihm bei, wie sie ihn gefunden hatten. Nur daß er Hellseher war, verheimlichte er ihm. Er sagte, er habe Maja nach Połyka begleitet und ihn beim Betreten des Hotels zufällig im Restaurant angetroffen.

»Dann ist sie hier?« fragte Leszczuk.

»Möchten Sie sie sehen?«

»Nein«, antwortete er erschrocken. Und fügte hinzu: »Ich reise hier ab.«

Hińcz holte den Bleistift aus der Tasche.

»Sagen Sie mir, woher haben Sie diesen Bleistift?«

Er antwortete nicht. Erst nachdem Hińcz die Frage mehrfach wiederholt hatte, entgegnete er unwillig:

»Den? Das ist nicht mein Bleistift.«

»Nicht Ihrer? Schauen Sie mal her. Hier sind die Spuren Ihrer Zähne.«

»Wo haben Sie ihn gefunden?«

»Auf dem Schloß. Ich war mal dort und... habe ihn vom Fußboden aufgehoben, in einer weißen Stu...«

Er sprach nicht zu Ende. Die weiße Stube aus seinen Träumen war ihm eingefallen.

»Es ist anscheinend dieselbe Stube wie in meinem Traum«, murmelte er unwillig und drehte sich auf die andere Seite. »Ich will schlafen.«

»Einen Augenblick noch. War der Bleistift schon zerbissen, als Sie ihn fanden?«

»Ja.«

»Sie haben auch auf ihm herumgebissen?«

»Weiß ich nicht. Ja. Ich habe diese Angewohnheit.«

Damit verstummte er, blieb auf dem Rücken liegen und starrte zur Zimmerdecke. Hińcz erkannte, daß er weiter nichts erfahren würde.

Aber sein Bericht bewegte Maja sehr. Der Bleistift stammte also aus dem Schloß? Sicher hatte Leszczuk ihn in jener Nacht gefunden, als er sein Taschenmesser verloren hatte. Von da an mußte er ihn in der Tasche mit sich herumgetragen haben.

Ach, und kurz danach hatte er die blaugrauen Lippen bekommen, damals auf dem Spaziergang im Walde. Und zudem hatte er ihn in der weißen Stube gefunden, auch ihr fiel sofort die weiße Stube aus dem Traum ein. Schon manchmal hatte sie den Verdacht gehegt, eine solche Stube könne sich im Schloß von Mysłocz befinden.

Steckte also wirklich etwas Unheimliches dahinter?

Sie erzählte Hińcz vom Schloß und von dem schrecklichen Eindruck, den sie stets gehabt hatte, wenn sie seiner geheimnisvollen, ein separates Leben führenden Leere begegnet war.

Ja, die Stube aus den Träumen mußte eine Stube im Schloß sein. Diese Entdeckung beeindruckte sie zutiefst.

Skoliński kam Maja in den Sinn. Um keinen Preis wollte sie Cholawicki in diese Angelegenheiten hineinziehen, sie wußte, daß er Leszczuk haßte. Aber Skoliński, sofern er noch auf dem Schloß war, könnte vielleicht Informationen geben.

»Wissen Sie was? Wir machen beide dem Professor einen Besuch. Ich bin neugierig auf dieses Schloß. Leszczuk lassen wir unter Marysias Obhut hier. Das Mädchen ist energisch, und er ist noch zu schwach, um sich ihr zu widersetzen.«

Sie gingen über den Damm zwischen den Sümpfen und

durch den unterirdischen Gang, Maja führte den Hellseher durch die leeren und dunklen Gemächer.

Sie hoffte, den Professor zu finden, ohne auf Cholawicki zu stoßen, vor dem sie ihre Rückkehr nach Połyka möglichst lange verbergen wollte.

Im ersten Stock hielt sie an.

»Warten Sie hier.«

Aus der Tiefe der Zimmerflucht drangen Stimmen zu ihnen. Sie erblickten ein Licht, das durch eine halbgeöffnete Tür fiel. Maja wollte sich zurückziehen, aber Hińcz hielt sie fest.

»Wir wollen näher herangehen«, sagte er. »Selbst wenn jemand uns sieht, bedeutet das nicht viel, ich möchte gern wissen, was dort vor sich geht.«

Auch Maja interessierten die Stimmen, die der gewohnten Stille hier so deutlich widersprachen. Sie traten näher und erblickten eine einzigartige Szene.

Bedient von Grzegorz, saßen der Fürst, Cholawicki und der Professor am Tisch und führten ein geselliges Gespräch, als ob nichts sie je getrennt hätte; sie tauschten in dem verfallenen, verwüsteten Saal höfliche Phrasen aus. Dem Anschein nach war daran nichts Besonderes, die korrekte Konventionalität des Gesprächs wirkte nur etwas überzogen und übertrieben.

Doch die erschöpften, gequälten Gesichter der miteinander Redenden machten aus ihren glatten Sätzen und geschliffenen Manieren ein unheimliches und gefährliches Spiel. Es sah so aus, als redeten sie mit äußerster Anstrengung über hundertmal wichtigere Dinge hinweg.

Am meisten verwunderlich aber waren ihre Gesten, die bei aller Korrektheit der Konversation irgendwie unkoordiniert und phantastisch wirkten. Skoliński und Cholawicki machten immer wieder seltsame Bewegungen, z. B. bog einer von ihnen den Finger nach unten, und der andere griff in weit ausholender, abgerundeter Bewegung nach einer Schüssel. Sogar Grzegorz goß das Wasser auf besondere Weise in die Gläser.

»Was bedeutet das alles?« flüsterte Hińcz.

Maja zeigte sich für einen Augenblick Skoliński, sie legte den Finger auf die Lippen. Er verstand und erschien bald danach bei ihnen.

»Kommen Sie mit nach Połyka, Herr Professor«, flüsterte Maja. »Wir müssen mit Ihnen sprechen. Ich möchte nicht, daß Henryk davon erfährt.«

»Gut, auch ich möchte mit Ihnen sprechen.«

Auf dem Wege nach Połyka fragte er Hińcz, nachdem er dessen Namen gehört hatte:

»Sind Sie der berühmte Hellseher? Wer hat Sie hierher gesandt?«

»Gleich, gleich, Herr Professor! Sagen Sie mir vor allem eines: Geht im Schloß etwas Ungewöhnliches vor?«

»Woher wollen Sie das wissen?«

»Ich habe meine Gründe, das anzunehmen.«

»Heiliger Gott, endlich werde ich mit jemandem darüber sprechen können!« rief der Professor beglückt. »Sie kommen gerade zur rechten Zeit. Länger hätte ich das nicht mehr ausgehalten.«

Und er erzählte ihnen alles, was er bisher an diesem entsetzlichen Ort erlebt hatte. Die Küche. Das Handtuch. Der Fürst. Cholawicki. Die Ziółkowska. Das Zeichen. Es zog an Hińcz und Maja vorbei wie eine Geschichte aus Tausendundeiner Nacht.

»Also habe ich mich nicht geirrt«, flüsterte Hińcz, tief bewegt. »Hier wirken irgendwelche fremden Elemente.«

»Was für welche?«

»»Herr Professor«, sagte Hińcz, »geben Sie auf sich acht. Wir haben euch beim Abendessen beobachtet. Warum sind Eure Bewegungen so... eigenartig?«

Der Wissenschaftler schämte sich.

»Ich versuche ständig, dieses Zeichen zu entdecken. Ich versuche, jede Gelegenheit zu nutzen, um den Fürsten in dieser Hinsicht auszuforschen. Ich habe mich daran gewöhnt, jede Bewegung ein wenig anders als normal ›auszuführen‹.«

»Das ist sehr gefährlich.«

Der Professor täuschte sich nicht. Er wußte, daß er unter diesen schrecklichen Bedingungen langsam ermüden mußte. Seiner Ansicht nach stellte sich die Situation überaus bedrohlich dar.

Sie erreichten den Gutshof, und Maja führte sie durch den Seiteneingang hinauf in ihr Zimmer.

»Ich hoffte, das Zeichen zu entdecken und den Fürsten aus diesem Zustand zu reißen, der ihn moralisch und physisch umbringt. Leider bin ich bei meiner Suche vorläufig kein Jota weiter gekommen. Ich bin von alle dem schrecklich erschöpft und kann mich kaum... Meine Widerstandskraft wird täglich kleiner. Ich fürchte, mit Cholawicki steht es noch schlechter. Dieser Mann zeigt Symptome deutlichen Irreseins.«

»Steht es so schlimm mit ihm?«

»Weiß ich's? Ich weiß nichts mehr! Vielleicht verringert sich nicht unsere Widerstandskraft, sondern der Druck jener geheimnisvollen Kräfte verstärkt sich... Man darf sich nicht wundern, wenn der Mensch schließlich aufhört zu verstehen, daß ihm die Gewißheit seiner geistigen Fähigkeiten abhanden kommt. Das sind Phänomene jenseits meiner Vernunft. Ich freue mich unendlich, daß Sie zur Hilfe kommen. Sie kennen die Sphäre dieser Phänomene besser als ich. Kann man das alles auf natürliche Weise erklären?«

Hińcz erzählte nun seinerseits Skoliński Leszczuks Geschichte.

»Das hieße, diese Kraft wirkt ansteckend, sie befällt Menschen«, flüsterte der Professor.

»Ich kann mich irren«, sagte Hińcz, »aber meiner Meinung nach steht der moralische und geistige Sinn dieser verwunderlichen Erscheinungen außer Zweifel. Ich glaube, die am wenigsten rätselhafte Tatsache ist die Bewegung des Handtuchs. Jeder, der an spiritistischen Sitzungen teilgenommen hat, weiß, daß unerforschte Kräfte Gegenstände in die Höhe heben, mit Geräten werfen, ja sogar die Versammelten schlagen. Diese Phänomene müssen nicht unbedingt von übernatürlichem Charakter sein. Sicher wirken hier noch unerforschte Kräfte unserer psycho-physischen Konstitution.

Stellen wir uns einmal vor, dieser unselige Franio hätte in einer Phase phänomenaler Anspannung seiner Lebenskräfte dem Handtuch einen kleinen Teil seiner Energie abgegeben. Haben Sie nicht bemerkt, daß diese Bewegung der eines Mediums ähnelt?

So ließe sich dieser Teil des Problems wenn nicht erklären, so doch wenigstens auf bekannte Beispiele beziehen, auf Experimente, die bei Séancen vorgenommen wurden.

Ich glaube«, fuhr er fort, »wir stehen hier einem durch seine Intensität unerhörten Fall gegenüber. Franio muß ein Maximum der Anspannung erreicht haben, von dem der normale Mensch keine Ahnung hat, und Kräfte entfesselt haben, die jetzt in schwer festzulegendem Umkreis wirken. Ein Teil dieses Fluidums muß in den Bleistift eingedrungen sein und sich auf Leszczuk übertragen haben. Es gibt da ein äußerst interessantes Detail, daß nämlich alle diese Phänomene in Zusammenhang mit den Lippen stehen.

Leszczuk hat mehrmals blaugraue Lippen bekommen. Wir wissen, daß er die Angewohnheit hatte, auf dem Bleistift herumzukauen. Ich wette, auch Franio hat an ihm herumgebissen – auf dem Bleistift vermischen sich die Spuren von Leszczuks und Franios Zähnen.«

»Die Lippen«, sagte der Professor. »Ich habe auch mehrmals Beschwerden mit meinen Lippen gehabt. Es kam mir so vor, als pulsierten, als wölbten sich meine Lippen, aber später verging das.«

»Anscheinend greift diese Kraft am leichtesten die Lippen an«, sagte Hińcz in Gedanken.

»Und auf den Zetteln, die Rudziański hinterlassen hat, war auch von Lippen die Rede.«

»Trotzdem behaupten Sie, das schöpfe das Problem nicht aus«, wandte sich Maja an Hińcz.

»Darum geht es gerade, nein. Die Kraft, die uns umzingelt, ist in geistiger Hinsicht durchaus nicht neutral. Sie hat deutlich ein negatives Vorzeichen. Es ist eine böse Kraft. Ich wiederhole, was ich Ihnen schon gesagt habe, Fräulein Ochołowska, ich empfinde sie als entschieden böse und verlasse mich auf dieses Empfinden. Es kann gut sein, daß sie auf mechanische Weise mittels ›infizierter‹ Gegenstände übertragen wird, doch ich bin überzeugt, daß sie sich nur einem Menschen einimpfen läßt, der ihr geistig untertan ist. Warum hat sie dem Professor, obwohl er längere Zeit in der Nähe der Kemenate verbrachte, keinen größeren Schaden angetan? Weil der Professor sich ihrem Geist widersetzte. Und warum hat Leszczuk sich ›infiziert‹? Weil ein fatales Zusammentreffen von Umständen ihn an sich selbst zweifeln ließ und ihn somit geschwächt hat.«

»Ja«, sagte Maja hoffnungslos.

»Geben Sie nicht auf! Wir werden kämpfen.«

»Was bleibt also zu tun?«

Hińcz konzentrierte sich.

»Sehr viel. Wir müssen danach streben, diese Dinge aufzuklären. Vor allem müssen wir Leszczuk untersuchen. Ich bin dafür, ihm seinen Zustand nicht zu verheimlichen. Wenn wir ihm seine Lage bewußt machen, wird er die Widerstandsfähigkeit zurückgewinnen. Wir müssen von ihm erfahren, was mit Maliniak passiert ist. Wir müssen ihm den Gedanken an Selbstmord ausreden. Und überhaupt – er soll uns etwas über seine psychischen Zustände erzählen!«

»Das wird nicht leicht sein«, sagte der Professor.

»Wir werden ja sehen. Aber das ist nicht alles«, sagte Hińcz und runzelte die Stirn. »Der Bauer macht mich nachdenklich. Warum hat sich Leszczuk besonders an ihn gedrängt? Und ferner – warum habe ich, während ich den Bleistift in der Hand hielt, zwei Personen gesehen? Leszczuk auf der Chaussee und einen anderen, der an einer Wand schrieb. War das etwa jener Franio?«

Der Professor zog eine alte, vergilbte Photographie aus der Tasche.

»War er vielleicht zufällig diesem Bild ähnlich?«

»Ist das Franio?«

»Ja.«

Sie betrachteten es interessiert.

»Ja, er ist es, der an der Wand geschrieben hat«, sagte Hińcz. »Er ist es.«

»Finden Sie nicht, daß er Leszczuk ähnlich sieht?« fragte der Professor.

»Was Sie nicht sagen«, antwortete Hińcz verwundert. »Tatsächlich! Aber nein! Das ist keine Ähnlichkeit. Schauen Sie her, er hat doch ganz andere Züge. Hier ergibt sich ungefähr dasselbe Phänomen wie mit der Dame.« Er wies auf Maja. »Sie sind sich nicht ähnlich, machen aber einen solchen Eindruck, weil sie von verwandter Natur sind. Die Ähnlichkeit liegt nur im Ausdruck der Augen, in der Zeichnung der Lippen, im Charakter. Euch drei verbindet dieselbe Leidenschaft, Lebenskraft, Vitalität – sehen Sie her, Herr Professor.«

Mit einem Stück Papier deckte Hińcz Franios Augen ab. Auf der Stelle verschwand die Ähnlichkeit.

Doch Maja erbebte bei der Erkenntnis, daß er »ihr drei« gesagt hatte. Als bildeten sie eine Familie.

Inzwischen verharrte Hińcz gedankenversunken, mit einer senkrechten Falte auf der Stirn.

»Ich bitte Sie«, sprach er, »wir dürfen uns nicht täuschen. Die Lage, in der wir uns befinden, ist ungewöhnlich schwierig und wird alle unsere Kräfte beanspruchen. Wir müssen uns zusammenraffen. Keine Mystik, keinen Fatalismus. Zunächst aber – gehen wir zum Abendbrot.«

»Zum Abendbrot?« Maja wunderte sich.

»Gewiß doch. Wir sollten etwas essen! Und außerdem können wir uns doch nicht länger vor den Pensionsgästen versteckt halten. Glauben Sie mir, Fräulein Ochołowska, je natürlicher wir uns verhalten, desto besser.«

Sie betraten das Eßzimmer. Die Frau Doktor, Fräulein Wyciskówna und Rat Szymczyk, Personen, die das Geheimnis der stürmischen Vergangenheit und der noch stürmischeren »kriminellen« Gegenwart Majas kannten, nahmen die Spuren der Erschöpfung in ihrem Gesicht neugierig wahr, während das neu eingetroffene junge Ehepaar mit Kind sich in seliger Unkenntnis weiterhin ohne Vorbehalt dem Essen widmete.

Maja bemühte sich, den Namen Hińcz recht undeutlich auszusprechen, und verkündete gleich so natürlich wie möglich:

»Herr Leszczuk ist mit uns gekommen, aber die Bauern in Koprzywie haben ihn verprügelt, er muß sich erst einmal auskurieren.«

»Aha«, sagte Fräulein Wyciskówna.

Gerührt betrachtete Maja das alte, wohlvertraute Eßzimmer, das von zwei Petroleumlampen erhellt wurde. Jahrhundertelang schien sie nicht hiergewesen zu sein.

»Und der werte Herr Professor sitzt im Schloß und schaut nicht mehr bei uns herein!« sagte die dicke Frau Doktor in herzlichem Sington.

»Ach ja, ich habe mit dem Fürsten Freundschaft geschlossen«, sprach Skoliński, »und studiere zur Zeit dort das Archiv.«

Doch diese Erläuterungen genügten Fräulein Wyciskówna nicht. Daß Maja elend aussah, war verständlich. Aber der Professor? Und dieser neue Herr erinnerte sie an jemanden... War das etwa...

»Das scheint Hińcz zu sein«, flüsterte die Frau Doktor ihr zu. »Wissen Sie, der Wahrsager! Ich habe Abbildungen von ihm in den Wochenblättern gesehen!«

Hińcz! Fräulein Wyciskówna schaute, als hätte sie den König von England erblickt! Trotzdem antwortete sie säuerlich:

»Mag sein, es ist dieser Wahrsager. Mich interessiert das nicht.«

Bei Tisch herrschte Schweigen, ein peinliches Schweigen,

das, je länger es dauerte, desto lastender wurde. Niemand fand irgendein Thema. Und das Schweigen wurde seltsamerweise beunruhigend. Womöglich wirkte sich die Anwesenheit einer »medialen« und »spiritistischen« Persönlichkeit wie Hińcz dahingehend aus, daß beide Damen sich unwohl fühlten. Da fingen sie an, von Geistern zu sprechen. Vergebens versuchte Hińcz, sie zurückzuhalten. Die Frau Doktor erzählte eine entsetzliche Geschichte, und Fräulein Wyciskówna blieb ihr nichts schuldig. Es gab keine Möglichkeit, ihnen den Mund zu verbieten! Sie delektierten sich geradezu daran!

Nach dem Abendessen ging Hińcz in den Garten und versuchte, während er die gewundenen Wege des alten Parks entlangspazierte, die dunklen und verworrenen Angelegenheiten möglichst klar zu erkennen.

Noch nie hatte er ein derartiges Gefühl von Hilflosigkeit gehabt. Was nützte es, daß die Natur ihn mit der Gabe einer partiellen und sehr zufälligen »Hellsicht« beschenkt hatte, wenn diese Hellseherei nichts klärte, sondern den Menschen im Gegenteil in einen Zustand noch größerer Ungewißheit versetzte und ihn mit geheimnisvollen und unerforschten Mächten umzugehen hieß.

Andauernd streifte Hińcz diese metaphyische Welt, deren Natur er nicht durchdringen konnte.

Immer stärker neigte er darum dem Glauben zu. Immer deutlicher zeigte sich ihm unter den entsetzlichen Unklarheiten der Welt die schlichte und gewisse Wahrheit, daß die einzige Zuflucht des Menschen, seine einzige Waffe und sein Gesetz die Werte des Charakters sind und sein einziger Wegweiser die Moral. Er war sich dessen sicher: Wenn Maja und Leszczuk in sich dieses gute moralische Selbstgefühl fänden, würden sie siegreich aus den Schwierigkeiten hervorgehen.

Deshalb freute er sich, daß er in dem Professor einen mit seelischen Werten versehenen Bundesgenossen gefunden hatte. Die Dummheit und Oberflächlichkeit der Pensionsdamen hingegen, der Beamtin und der Frau Doktor, erfüllten ihn mit den schlimmsten Vorahnungen. Wenn die von allem erführen, würden sie sofort anfangen, Furcht und Panik zu verbreiten. Die Angst würde ihnen den Rest von Würde und Vernunft rauben.

Hińcz nahm den verdächtigen Bleistift zur Hand und betrachtete im Mondlicht die Spuren der Zähne. Wer hatte noch darauf herumgebissen? Wessen Zähne – und in welchem Wahnsinn? Er spannte sich an, konzentrierte sich und versuchte, hoch aufgerichtet und mit vorgestreckter Hand etwas zu sehen, einen Spalt des Vorhangs zu lüften.

Vergebens! War die Wirkung dieser Kräfte hier in Schloßnähe vielleicht zu groß? Oder mangelte es ihm an uneigennütziger Ruhe und seelischem Gleichgewicht? Er bemühte sich vergeblich und vermochte nichts zu sehen. Obgleich der deprimierende Eindruck des Bösen – etwas Böses steckte in dem Bleistift – ihn wieder ganz und gar durchdrang.

Langsam kehrte er ins Haus zurück. Doch im Eßzimmer fand er die Frau Doktor, Fräulein Wyciskówna und das kürzlich eingetroffene junge Ehepaar vor, alle um einen kleinen Tisch in der Ecke geschart. Hińcz war sehr sensibel für alle Arten von Anomalien; er bemerkte sofort, daß die Menschen zu nahe, zu eng um den Tisch saßen.

Bei seinem Eintreten stieß Fräulein Wyciskówna den spitzen Aufschrei eines Kindes aus, das man auf frischer Tat ertappt hat, und die übrige Gesellschaft wirkte ebenfalls befangen und fieberhaft erregt.

Was taten sie dort? Er wollte an ihnen vorbeigehen, bemerkte aber auf dem Tisch einen großen Bogen Papier mit eingetragenen Buchstaben und auf dem Papier einen umgekehrten Teller.

»Sie veranstalten eine Séance?« fragte er.

Die Gesellschaft kicherte.

»Wir haben die Absicht!« piepste der junge Ehemann.

»Diese Dame ist anscheinend ein Medium«, rief die junge Ehefrau und wies auf Fräulein Wyciskówna.

»Wir interessieren uns alle unendlich für mediale und spiritistische Dinge«, sagte die Frau Doktor umständlich und schaute Hińcz verführerisch an. »Hätten Sie nicht Lust, an der Séance teilzunehmen?«

Aha. Das war die Falle. Diese Herrschaften hatten sein Incognito gelüftet und versuchten auf ungeschickte Weise, ihn in eine unernste Spielerei hineinzuziehen, von der sie sich Aufregungen besonderer Art versprachen. Hińcz wollte die dümmliche Herde züchtigen und ließ außer acht, daß er mit dem Feuer spielte.

Gleichzeitig schoß ihm der Gedanke durch den Kopf, eine Séance zu veranstalten – aber mit Leszczuk.

Ja, das war eine Idee! Auf diesem nicht allzu klaren Wege konnte man eine neue Sicht gewinnen. Das Experiment konnte gelingen. Nur – ist das Risiko nicht zu groß?

Hińcz überlegte so intensiv, daß er nicht mehr auf die launenhaften Stimmen der Spiritisten und Spiritistinnen hörte. Da ertönte der Hufschlag eines Pferdes, und ein hoch aufgeschossener Mann in Reitkleidung trat ein.

Cholawicki!

»Angeblich ist Fräulein Maja eingetroffen«, sagte er, nachdem er mit unfreundlicher, ausdrucksloser Stimme guten Tag gewünscht hatte, ohne jemanden anzuschauen.

»Stimmt, sie ist da«, beeilten sich die Damen, ihn zu informieren, und freuten sich über die neue Sensation.

»Ist sie oben?«

»Ja, sie ist gerade raufgegangen.«

»Auch Herr Leszczuk ist eingetroffen«, fügte Fräulein Wyciskówna hinzu, als bedeutete das gar nichts.

Cholawicki ging auf die Treppe zu, doch Hińcz hielt ihn zurück.

»Ich gehe hinauf und werde Fräulein Maja Ihren Besuch ankündigen.«

Er wollte sie warnen und gleichzeitig Cholawicki nicht nach oben lassen. Doch dieser achtete überhaupt nicht auf seine Worte. Schwer schritt er die Stufen hinauf.

Als er in den Korridor einbog, erblickte er Maja, die vor einer der Zimmertüren stand. Neben ihr Skoliński. Wie behext hielt der Sekretär inne.

Seit er sich in Warschau von ihr verabschiedet hatte, war sein Leiden nur noch stärker geworden. Das Bewußtsein, daß sie für ihn verloren sei und Leszczuk sie völlig beherrsche, ließ ihn nicht zur Ruhe kommen. Als man ihm von ihrer Rückkehr berichtet hatte, war er sofort, wie von einem glühenden Eisen berührt, nach Połyka aufgebrochen. Er hatte nicht gewußt, daß Leszczuk mit Maja eingetroffen war, erst Fräulein Wyciskównas Worte hatten ihn darüber informiert.

Cholawicki sah seine Felle davonschwimmen. Maja war für ihn eine Erinnerung an jene Tage, als er sich immerhin noch zur normalen Welt zählte. Das steigerte seine entsetzliche Eifersucht.

»Maja«, sagte er tonlos.

Sie verließ schnell die Tür.

»Wen sehe ich!« sagte sie mit gezwungenem Lächeln und versuchte, sich zu beherrschen.

Es verwunderte ihn, daß sie ganz offensichtlich jene Tür bewachte. »Wer ist in dem Zimmer dort?« fragte er.

»Gehen wir hinunter!«

Er schaute sie scharf an, und statt zu antworten, drückte er auf die Klinke. Die Eifersucht riß ihn hin.

Maja versuchte, ihn zu hindern, aber er drang in das Zimmer ein. Zornig über die unvermutete Störung, die dem Kranken sehr schaden konnte, stürzte Hińcz ihm nach. Und erstarrte. Leszczuks Bett war leer! Leszczuk war nicht mehr da!

Verschwunden. Und das geöffnete Fenster wies nur allzu deutlich darauf hin, wie er das Zimmer verlassen hatte. Der große Ahorn dicht neben dem Fenster bildete eine vortreffliche Leiter.

Im Nu war Cholawicki vergessen! Alle rannten in den Garten, warfen sich eilig Kleidungsstücke über und zerstreuten sich im Walde.

»Wohin kann er geflohen sein?«

»Fahren wir zu dem Bauern!« rief Hińcz. »Bestimmt hat es ihn dorthin zurückgetrieben!«

Maja traf eilig die nötigen Anordnungen, sie setzten sich in die Britschka.

Der Sekretär stieg schweigend auf sein Pferd. Er hatte keine Ahnung, was Leszczuks Flucht oder die hektische Verfolgung bedeutete, an der er teilnahm. Entscheidend für ihn war Majas tiefe Erschütterung. Beim Anblick des leeren Zimmers hatte sie Gott und die Welt vergessen.

Er galoppierte hinter ihnen her, beinahe froh, daß sie ihn vergessen hatten; so konnte er in Ruhe sein Unglück verdauen.

Als sie sich der Kate näherten, kam Handrycz ihnen lachend und fröhlich entgegengelaufen.

»Wieder ist er mir zugeflogen!« rief er schon von weitem.

Und Leszczuk trat aus dem Gehöft. Er sah völlig betrunken aus. Wankend schritt er auf Handrycz zu, mit der Hartnäckigkeit und Blindheit eines Trinkers. Da verließ Maja die Beherrschung – sie stürzte ihm entgegen.

»Was tust du nur? Erbarm dich!« rief sie.

Hińcz hatte sie vor ihm verborgen halten wollen. Dazu war es nun zu spät. Leszczuk erblickte sie.

»Wieder schiebt sie es auf mich!« schrie er mit irrsinnigen Augen im kompletten Wahn und warf sich auf sie. Die anderen packten ihn. Doch er wehrte sich wütend, er war unzurechnungsfähig.

»Sie hat getötet! Getötet! Getötet!« brüllte er.

Sie rangen am Boden miteinander. Frau Handrycz kam und brachte Stricke. Und Cholawicki schaute von der Höhe des Pferderückens aus zu, ohne sich an der Sache zu beteiligen.

Sie fesselten ihn und trugen ihn in die Kate. Da stieg der Sekretär ab und trat vorsichtig an das Fenster. Von dort aus konnte er jedes Wort vernehmen.

»Gehen Sie fort!« rief Hińcz Maja zu. »Sie treiben ihn in den Wahnsinn.«

Leszczuk brach in Tränen aus. Plötzlich trat Hińcz zu ihm und legte ihm die Hand auf die Schulter.

»Hören Sie mir zu!« sagte er mit Nachdruck. »Sie sind von einem bösen Geist heimgesucht. Hören Sie mich? Sie sind vom Teufel beherrscht!«

Mit Rücksicht auf das niedrige intellektuelle Niveau des Burschen wollte er nicht wissenschaftlich drumherum reden, sondern bezeichnete es möglichst einfach.

Schweigen antwortete ihm.

Da erzählte ihm Hińcz, während er ihn ständig an der Schulter festhielt, klar und genau alles, was er von dem Professor und von Maja erfahren hatte. Er sprach langsam und bemühte sich, die Wörter in Leszczuks Bewußtsein eindringen zu lassen.

Er erzählte ihm von der schrecklichen Kemenate und von dem Bleistift und davon, was sie in letzter Zeit mit ihm durchgemacht hatten. Er stellte ihm die gesamte Situation dar. Langsam ließ seine Hand die Schulter los und fing an, das Haar des Unseligen zu streicheln.

Hörte er? Verstand er?

Hińcz hatte nicht die geringste Sicherheit und sprach doch eine halbe Stunde lang ohne Pause.

Leszczuk wandte ihm seine vor Entsetzen geweiteten Augen zu.

»Sagen Sie die Wahrheit? Bin ich das wirklich?«

»Ja. Aber geben Sie nicht auf. Wir kämpfen um Sie. Helfen Sie uns.«

»Bin ich deshalb diesem Bauern nachgerannt?«

Er gewann sein Bewußtsein wieder.

»Rettet mich...«, flüsterte er.

»Nutzen Sie diesen Augenblick klaren Bewußtseins. Sie sind jetzt voll bei Sinnen«, redete Hińcz ihm zu, »antworten Sie möglichst genau auf meine Fragen.«

»Fragen Sie.«

»Was zieht Sie so zu diesem Bauern?«

»Weiß ich nicht.«

»Kennen Sie ihn von früher?«

»Nein.«

»Das wissen Sie also nicht. Ist Ihnen klar, was Sie in den Augenblicken des Wahns tun? Erinnern Sie sich daran?«

»Ja«, flüsterte er. »Nur kann ich mich nicht zurückhalten. Als wäre ich betrunken oder so...«

»Wann hat Sie das zum ersten Mal befallen?«

Eine Weile rang er mit sich, ehe er antwortete.

»Damals... nach dem Mord an Maliniak.«

»Und warum haben Sie Maliniak ermordet?«

»Wer?!« Er setzte sich im Bett auf. »Sie hat ihn ermordet!« rief er mit hochrotem Gesicht. »Sie! Sie!«

Hińcz schüttelte ihn heftig.

»Ruhig!« rief er, weil er sah, daß der Bursche wieder in Dunkelheit versank. »Was reden Sie da! Überlegen Sie! Zum Teufel, nehmen Sie sich zusammen!«

»Sie hat ihm den Strick um den Hals gelegt und durch das Loch in der Wand daran gezogen. Ich habe es doch gesehen«, flüsterte der Bursche und wurde ohnmächtig.

Hińcz brachte ihn mit einem nassen Tuch wieder zu sich.

»Wissen Sie, was Sie eben gesagt haben? Reden Sie weiter! Erzählen Sie es uns genau.«

»Warum?« entgegnete er apathisch.

»Weil nicht sie ihn ermordet hat! Das glauben Sie nur! Vielleicht waren Sie schon damals verrückt?«

Nein! Er sei nicht verrückt gewesen! Er wisse es ganz genau. – Als er das Zimmer betrat, hatte sie ihn ja gerade erwürgt. Sie hatte ihm die Schnur um den Hals gelegt, während er schlief, das Ende durch den Spalt in der Wand zu ihrem Zimmer gefädelt und dann daran gezogen. Anfangs hatte er es nicht begreifen können, erst später hatte er vermutet, wie das abgelaufen war.

Die Schnur muß unten, in dem Spalt zwischen Wand und Fußboden durchgefädelt worden sein. Das Haus war sehr schlecht gebaut, deshalb war es leicht, die Bretter der Wand zu lockern. Erst hatte sie sich in Maliniaks Zimmer geschlichen, dem Schlafenden die Schnur um den Hals gelegt, sie durch den Spalt gefädelt, dann ihm das Zeichen mit dem Streichholz gegeben, damit er durchs Fenster einstieg, und als er drin war, hatte sie angefangen, Maliniak zu würgen. Das alles war schlau ausgetüftelt, damit der Verdacht auf ihn fiel. Wer hätte sie verdächtigt, da doch er durchs Fenster eingestiegen war.

Hińcz rieb sich mit der Hand die Stirn.

War das möglich? Immerhin, es war möglich. Denn unter diesen Umständen war alles möglich. Sollte Maja auch in den Wirkungsbereich jener Kräfte gelangt sein und in einem Anfall von Wahnsinn Maliniak erwürgt haben?

Doch er hatte geschworen, sich auf keinen Fall von den schrecklichen Extravaganzen der Phantasie hinreißen zu lassen. So konzentrierte er seine Aufmerksamkeit auf die Tatsachen.

Wie denn? Maja hatte ihm doch gesagt, sie habe das Streichholz nicht angezündet. Weshalb also behauptete Leszczuk, sie habe ihm das Zeichen mit dem Streichholz gegeben?

Er fragte Leszczuk noch einmal danach und lief dann zu Maja, die, vom Warten gequält, auf der Rasenbank saß.

Er berichtete ihr alles.

»Er ist verrückt geworden«, sagte sie. »Erstens – Maliniaks Bett stand an der Wand gegenüber, nicht an der, die sein Zimmer und meines trennte. Und zweitens – ich habe kein Streichholz angezündet. Wer kann ihn getötet haben, wenn nicht er? Je länger ich über all das nachdenke, desto mehr komme ich zum Schluß, daß hier unbedingt ein Psychiater hinzugezogen werden muß.«

Langsam überfiel Maja Resignation, doch Hińcz ließ keinen Zweifel aufkommen. Er beschloß, ihr zu glauben. Wenn auch die beiden einander nicht glaubten, er entschloß sich, beiden zu glauben.

Wenn Maja behauptete, sie habe kein Streichholz angezündet, und Leszczuk behauptete, er habe das angezündete Streichholz durch das Fenster gesehen, dann hatten beide recht.

Wenn beide sich gegenseitig des Mordes beschuldigten, hieß das, keiner von ihnen hatte gemordet.

Wer blieb also übrig? Ein böser Geist? Doch auch diesen Namen durfte man nicht mißbrauchen, es sei denn, es gäbe keine andere Erklärung.

Für alle Fälle bat er Maja, ihm einen Plan der Villa zu zeichnen und noch einmal den Ablauf dieser dramatischen Minuten genau zu beschreiben.

Unwillig gab sie der Bitte statt. Sie hatte keine Illusionen. Und denselben Unwillen mußte er bei Leszczuk überwinden, ehe dieser einverstanden war, alles mit dem Plan in der Hand noch einmal zu wiederholen.

Und da stellte sich heraus, daß Leszczuk sich in der Lage der Zimmer geirrt hatte! Neben Maliniaks Zimmer lag auf der einen Seite das von Maja, auf der anderen ein kleiner Flur mit der Treppe zum Oberstock.

»Haben Sie das Licht in diesem oder in jenem Fenster gesehen?« fragte Hińcz zum wer weiß wievielten Male und wies abwechselnd auf das Fenster in Majas Zimmer und das im Flur. Jedesmal zeigte Leszczuk auf den Flur.

»In diesem. In ihrem.«

»Und wo stand Maliniaks Bett, an dieser Wand?«

»Ja, an dieser.«

»Dann haben Sie sich geirrt. Das war gar nicht Fräulein Majas Zimmer.«

»Mir ist alles gleichgültig«, entgegnete er tonlos und kaum hörbar. »Wenn da so etwas in mir steckt... Wenn ich...«

Er drehte sich zur Wand, und Hińcz bekam nichts mehr aus ihm heraus.

Seiner tiefsten Überzeugung nach war Leszczuk aufrichtig und hatte Maliniak nicht getötet. Aber Maja glaubte ihm das nicht.

»Wer denn sonst soll ihn getötet haben? Entweder weiß er es nicht mehr, oder er fürchtet sich vor der Verantwortung. Was sind das für Kindereien mit der Wand?«

»Kehren wir zurück«, sagte Hińcz schließlich. Das Schlimmste war, daß er die beiden nicht gegenüberstellen konnte. Er fürchtete, weder er noch sie würden diese Konfrontation aushalten. Wieder kehrte Maja allein heim, denn in der Britschka mußte Leszczuk transportiert werden.

»Ich gehe auf das Schloß«, sagte der Professor. »Sie kommen ohne mich zurecht, und ich kann den alten Herrn nicht so lange ohne Betreuung lassen.«

»Gut, aber wir müssen ständig Verbindung miteinander halten. Wenn nichts weiter passiert, schauen Sie doch morgen nachmittag in Połyka herein, Herr Professor. Ach so, und noch eines. Wo ist Handrycz? Auch er muß ausgefragt werden.«

Er rief den Bauern.

»Kommt morgen früh nach Połyka. Ich muß mit Euch reden.«

Doch da mischte sich Frau Handrycz ein.

»Mein Mann wird nirgendwo hingehen.«

»Warum nicht?«

»Er hat was andres zu tun.«

»Widersprich nicht!« sagte der Bauer, der eine Verdienstmöglichkeit ahnte. »Wann soll ich kommen?«

»Ich sage, du gehst nicht hin!« rief sie. »Nichts als Ärger! Gib auf unser Haus acht!«

Hińcz betrachtete sie aufmerksam. Dieser unerwartete Widerstand wunderte ihn.

»Nun, nun«, sagte er, »wenn nicht, dann nicht.«

Aber er nahm sich vor, sie am nächsten Tage aufzusuchen und dieses geheimnisvolle Ehepaar näher zu erforschen.

Sie brachen auf und waren bereits im Walde, als sie plötzlich den Hufschlag eines galoppierenden Pferdes vernahmen und auf einer Schneisenkreuzung die dunkle Silhouette eines Reiters vorbeijagte.

Cholawicki... Das Stampfen der Hufe und das dumpfe Echo der Schläge mit der Reitpeitsche verloren sich in der Waldesstille.

Eine schlimme Wut steckte in diesem Galopp! Beunruhigt schaute Hińcz in den Wald hinein, doch Reiter und Pferd waren längst verschwunden.

Cholawicki übergab das halbtote Pferd dem Stalljungen und betrat das Schloß. Während er soeben noch Galopp geritten war, ging er jetzt sehr langsam durch die leeren Gemächer, und Kopf und Hände zitterten ihm wie im Fieber. Er hatte das ganze Gespräch zwischen Hińcz und Leszczuk mitangehört und alles erfahren.

Aha, diese Kraft in der alten Küche ist also wirklich eine böse Kraft!

Übertrug sie sich auf Menschen? Warum hatte sie sich bisher nicht auf ihn übertragen und sich ausgerechnet Leszczuk ausgesucht? Interessant, warum...

Der Sekretär war maßlos verwundert. Wie ging das zu? Er, Skoliński, der Fürst, die doch ständig im Schloß lebten, wurden nicht befallen, ausgerechnet Leszczuk, obwohl er sich doch weit entfernt, in Warschau aufhielt...

Er öffnete die schwere, eisenbeschlagene Tür und blieb auf der Schwelle zur alten Küche stehen. Er zündete ein Streichholz an. Das Handtuch bewegte sich unermüdlich, wenn auch kaum wahrnehmbar. Es zitterte, krampfte sich zusammen, arbeitete, es arbeitete pausenlos...

Wie schon so oft zuvor betrachtete Cholawicki den Vorgang. Ekel! Grenzenloser Abscheu! Angst und Würgen im Halse. Wie dumm das war!

Dieses Stück Stoff also verfolgte Leszczuk und Maja. Die beiden hatte es sich ausersehen. Unwillkürlich kicherte Cholawicki und erbebte unter diesem Kichern.

Zugegeben, selbst wenn es sonst nichts ist als eine blinde und mechanische Naturkraft, irgendeine spiritistisch-plasmatische Energie, dann wußte sie, auf wen sie abzielen mußte, dachte er.

Warum? Wurde dieses unruhige, krampfige Lebensphänomen von der geheimnisvollen Spannung angezogen, die sich zwischen Maja und Leszczuk herausgebildet hatte?

Cholawicki zog es vor, nicht näher dort einzudringen. Er wußte nur, das Handtuch (wenn man es so nennen wollte) war mit ihm verbündet.

Er erinnerte sich, wie er versucht hatte, den Professor hier für eine Nacht einzuschließen. Skoliński hatte sich in der Nacht davongestohlen.

Jetzt hatte sich das Fluidum dieses Stücks Stoff an Leszczuk geheftet. Wenn man sie näher kennenlernen könnte, wenn man diese rätselhafte Seuche nutzen, sich ihrer bemächtigen könnte! Für eine Nacht hierbleiben, zusehen... Wenn schon der Bleistift auf Leszczuk so schlimm gewirkt hatte, wie dann erst...

Gewiß, das wäre ekelhaft. Aber war er nicht selbst ekelhaft? Vernichtet, verzweifelt, ohne Maja und die Schätze – er hatte an allen Fronten verloren.

Er wußte längst, daß er verloren hatte. Seit der Professor

ins Schloß gezogen, seit Maja mit Leszczuk geflohen war. Und jetzt zeigte sich ihm eine Möglichkeit zur Rache.

Wieder lachte der Sekretär auf.

»Ich werde dich noch mehr in Schwung bringen«, murmelte er.

Dann ging er weiter und näherte sich dem Handtuch. Beim Hinzutreten wunderte er sich, wie ungewöhnlich leicht sich tun ließ, wozu er so lange Zeit hindurch keinen Mut gehabt hatte. Schon spürte er das Grauen der Erscheinung nicht mehr, wohl aber sein eigenes Grauen, und wenn sich sein Gesicht vor Angst verzerrte, dann war das nicht die Angst vor dem Handtuch, sondern vor ihm selbst.

19

Inzwischen gab Hińcz seine fieberhafte Aktivität nicht auf. Unter diesen zerrütteten und aus dem Gleichgewicht geratenen Menschen bewies nur er unerschöpfliche psychische Energie und Widerstandswillen. Er wußte, welche Verantwortung auf ihm lastete.

Auf die Klärung der Situation hinarbeiten! Alles erforschen, was nicht voll verständlich ist, jeder Spur folgen – das war die Methode, derer er sich bediente.

Er schrieb einen Brief an die Untersuchungsbehörde in Warschau.

Infolge ungewöhnlich wichtiger Beschäftigungen kann ich den Herrn Untersuchungsrichter nicht persönlich aufsuchen, schrieb er, *ich halte es jedoch für meine Pflicht, eine Intuition mitzuteilen, die mich im Zusammenhang mit dem Mord an Maliniak heimgesucht hat.*

Bekanntlich geht die Untersuchung davon aus, der Mörder sei durch das Fenster eingestiegen. Indessen bleibt ungeklärt, warum er eine Schnur benutzte, und auch die Lage des Körpers, besonders aber des Kopfes des Ermordeten bereitet den Behörden viele Schwierigkeiten.

Nun möchte ich Ihnen dringlich anraten, die Wand zwischen Maliniaks Zimmer und dem kleinen Flur einer gründlichen Betrachtung zu unterziehen. Akzeptieren Sie bitte für einen Moment die These (ohne sich von ihrer scheinbaren Unsinnigkeit abstoßen zu lassen), daß der Mörder dem schlafenden Maliniak die Schnur um den Hals gelegt, sie durch einen Spalt in der Wand gefädelt hat, dann in den Flur gegangen ist und von dort aus die Schnur zugezogen hat. Anschließend hat er die Schnur dicht an der Wand abgeschnitten und in Maliniaks Schlafzimmer zurückgeschoben.

Ich weiß sehr wohl, daß die oben erwähnte, an sich schon recht phantastische Vermutung durch die Tatsache völlig unmöglich gemacht wird, daß Maliniaks Zimmertür von innen abgeschlossen war, weshalb der Mörder nicht hineingehen und die Schnur um Maliniaks Hals legen konnte. Wäre er aber durch das Fenster gekommen, hätte er nicht in den Flur gelangen können. Nichtsdestoweniger hielte ich es für sehr angezeigt, diesem Gedanken nachzugehen, als wäre er möglich; denn ich bin felsenfest davon überzeugt, daß es so gewesen ist. Auch bitte ich um schnelle Information über die Ergebnisse der Untersuchungen, weil mir das die weitere Arbeit erleichtern würde. Ich verbleibe usw.

Hińcz hatte seine ganze Autorität in die Waagschale geworfen.

Gegen fünf Uhr nachmittags traf Skoliński ein.

»Endlich!« sagte Hińcz. »Ich habe Sie erwartet! Kümmern Sie sich um unseren Patienten, ich fahre zu Handrycz. Dort liegt eines der Rätsel, die wir zu lösen haben, und nicht das kleinste.«

»Ich weiß nicht, ob ich richtig handle, wenn ich mich aus dem Schloß entferne«, sagte der Professor. »Cholawicki ist heute nicht zum Mittagessen erschienen. Er hat ausrichten lassen, er sei krank. Ich fürchte, er führt etwas im Schilde.«

»In Kürze werden wir uns diesen Herrn direkt vornehmen«, antwortete der Hellseher. »Und ebenso die Gespenster in der Kemenate.«

»Sie wollen dem Handtuch den Krieg erklären?«

»Selbstverständlich! Dort ist die Quelle des Bösen, zu ihr müssen wir gelangen. Sollte Cholawicki uns stören, machen wir ihn mit Gewalt unschädlich. Da wird nicht lange gefakkelt! Zuvor aber muß ich ein Maximum an Informationen einholen und, was das Wichtigste ist, Leszczuk und Maja psychisch stabilisieren. Dann begeben wir uns auf das Schloß und vernichten ganz einfach das Handtuch.«

»Das kann unübersehbare Folgen nach sich ziehen«, rief Skoliński.

»Was hilft's. Aber das hat noch etwas Zeit. Heute abend führe ich ein gewisses Experiment durch, von dem viel abhängt.«

Skoliński blieb bei Leszczuk, der wieder in Apathie verfallen war und reglos im Bett lag.

Maja verließ ihr Zimmer nicht. Der Professor ging zwischen ihnen hin und her, war aber selbst voll böser Ahnungen und dachte besorgt an den Fürsten und an Cholawickis plötzlich aufgetretene Krankheit.

Gegen Abend kehrte Hińcz zurück.

»Irgend etwas ist mit diesem Bauern unklar«, berichtete er Skoliński das Ergebnis seiner Erkundung. »Sein Weib hat mich nicht zu ihm gelassen. Ich weiß nicht, warum sie so widerspenstig ist. Aber ich habe mich im nächsten Dorf erkundigt. Wie sich herausstellte, ist Handrycz vor mehreren Jahren zusammen mit seiner Frau aus Lublin hier zugezogen. Die Frau ist die Tochter eines einheimischen Bauern, war aber in Lublin in Stellung; dort hat Handrycz sie kennengelernt und geheiratet. Nach dem Tode ihres Vaters kamen sie beide her, um den Hof zu übernehmen. Handrycz hat hier keine Familie, und niemand kann etwas Näheres über ihn sagen.«

»Wenn wir doch endlich dieses Zeichen herausbekämen!« seufzte der Historiker besorgt um das Schicksal des Fürsten.

»Herr Professor«, sprach Hińcz, »heute abend unternehmen wir den entscheidenden Versuch. Bleiben Sie zum Abendessen. Es kann sein, daß dann ein Zipfel des Geheimnisses gelüftet wird.«

Er hatte ernstliche Befürchtungen hinsichtlich dieses Experiments, das schlimm enden konnte. Sollte er eine spiritistische Séance mit Leszczuk als Medium abhalten? Ihn in Schlaf versetzen und auf diesem zweifelhaften Wege sich ein Bild von den Kräften schaffen, die sich seiner bemächtigt hatten?

Es war ein in höchstem Grade gefährliches Spiel, das der Bursche mit seiner Gesundheit und seinem Leben bezahlen konnte. Niemand vermochte, den Verlauf der Séance vorauszusehen.

Und dennoch entschloß sich Hińcz dazu, er wollte die Mauer der Dunkelheit um sie herum durchbrechen.

Und wenn das Experiment mißlang? Der mediale Charakter der Phänomene in der schrecklichen Kemenate ließ von dieser Methode viel erwarten. Nur daß man zu Hińcz' Verzweiflung aus Mangel an anderen Personen, die an der Séance teilnehmen könnten, auf die Pensionsdamen zurückgreifen mußte.

Es schauderte Hińcz bei dem Gedanken, daß diese Dummköpfe an einer derart riskanten Erfahrung teilnehmen sollten.

Nach dem Abendessen machte er seinen Vorschlag.

»Nun, wie steht's? Halten wir eine kleine Séance. Das wird uns den Abend ausfüllen.«

»Ach!« riefen Fräulein Wyciskówna und die Frau Doktor. Und Fräulein Wyciskówna fügte noch hinzu: »Ich stelle mich gern als Medium zur Verfügung.«

»Nein, ich habe ein besseres Medium. Ich schlage eine Séance vor, weil ich den Eindruck habe, daß Leszczuk ein großartiges Medium ist. Wir werden ihn bitten, an der Séance teilzunehmen.«

Fräulein Wyciskówna und die Frau Doktor konnten sich vor Glück nicht fassen. Eine Séance und dazu noch mit Leszczuk!

In dem stillen Eck-Kabinett von Połyka wurde ein runder Tisch bereitgestellt, die Vorhänge heruntergelassen, eine verhüllte Lampe seitlich angebracht – das waren die bescheidenen, aber höchst aufregenden Vorbereitungen.

Hińcz erläuterte Leszczuk, was er mit ihm vorhatte. Er protestierte nicht.

Hińcz konnte nicht ahnen, wie tief Leszczuk erschrocken war, als er gehört hatte, er sei in der Gewalt irgendwelcher geheimnisvollen Einflüsse.

Diese Nachricht, die schon gebildetere Menschen erschüttern konnte, machte auf ihn einen niederschmetternden Eindruck.

Also war er in der Macht des Teufels?

Leszczuk gab sich mit Feinheiten nicht ab. Für ihn konnte eine derartige Kraft nur teuflisch sein.

Er glaubte es nicht. Er konnte es nicht glauben. Aber alles sprach dafür.

Wie dem auch war, in ihm steckte etwas Entsetzliches, das spürte er.

Der Ekel und die Angst vor ihm selbst führten dazu, daß er sich restlos in die Erstarrung versenkte.

Maja sollte an der Séance nicht teilnehmen, ihre Anwesenheit war mit Rücksicht auf Leszczuk nicht möglich.

»Versorgen Sie sich mit allen Wiederbelebungs- und Verbandsmitteln, die bei der Hand sind, und warten Sie im Nebenzimmer«, empfahl ihr Hińcz. »Verbandsmittel?«

»Ja. Man kann nicht wissen, was passiert.«

Alle setzten sich um den Tisch. Rechts neben Leszczuk saß Hińcz, links der Professor, dann die beiden Frauen und das junge Ehepaar. Papier und ein kleiner Teller standen bereit. Hińcz machte sich vorsichtig an die Arbeit. Zu Anfang, so hatte er beschlossen, wollte er eine ganz gewöhnliche Séance mit einem Teller durchführen.

»Aha, er bewegt sich«, flüsterte angstvoll die Frau Doktor, als sie sah, wie der Teller nach einer Viertelstunde nervösen Wartens erbebte und sich auf dem Papier im Kreise zu bewegen begann.

Während die Frau Doktor der Sache mit andächtiger Angst gegenüberstand, war Fräulein Wyciskówna im Gegenteil davon überzeugt, alles sei Betrug und Trick und Täuschung der Gäste; diese Überzeugung tat sie mit einer entsprechenden Miene und skeptisch vorgeschobenen Lippen kund.

Doch der Teller kreiste auf dem Papier immer schneller und mit immer entschiedenerer Bewegung.

Dann blieb er stehen und wies mit dem Strich, den Hińcz am Rande angebracht hatte, auf den Buchstaben J. Dann folgten schnell, mit steigendem Tempo, die Buchstaben a, m, a.

»Jama«, las die Frau Doktor im Flüsterton.

»Nichts vorsagen!« rügte sie der Hellseher.

Der Teller aber wiederholte immer wieder dieses Wort. Er tobte. Er raste über das Papier, entwischte den Fingern der Versammelten und wiederholte:

»Jama, jama, jama...«

»Wie heißt du?« fragte Hińcz.

Eine heftige Bewegung des Tellers.

»Fraja.«

»Freier«, verdrehte Fräulein Wyciskówna ironisch das Wort.

»Jaframa«, klopfte der Teller.

»Wiederhole!« befahl Hińcz, der sich mit äußerster Anspannung in den Sinn dieses Gestammels einzufühlen trachtete.

»Frajama«, antwortete diesmal der Teller und zeigte gleich danach das Wort »nein«.

»Du willst nicht sprechen?«

»Nein.«

»Warum?«

»Blei«, klopfte der Teller und blieb stehen.

»Jetzt trotzt er«, flüsterte die Frau Doktor.

»Auch wenn er sich wieder bewegte, könnte er uns nichts sagen«, sprach der Professor mit leicht heiserer Stimme, »weil der Strich verwischt ist.«

»Wie bitte?«

Er hatte recht. Der von Hińcz am Tellerrand angebrachte Bleistiftstrich hatte sich etwas verwischt.

»Blei«, wiederholte Hińcz und stand auf. »Warten Sie, ich hole einen Bleistift.«

»Ich habe einen«, sagte Fräulein Wyciskówna.

Er aber ging hinaus, als hätte er nichts gehört, brachte bald einen kleinen, schwarzen Bleistift und zeichnete damit einen neuen Strich am Tellerrand. Wieder beugten sich alle über den Teller.

Die Frau Doktor fürchtete sich entsetzlich.

»Ich gehe!«

»Unterbrechen Sie die Kette nicht!« rief der Hellseher drohend. Im gleichen Augenblick setzte sich der Teller erneut wie wild in Bewegung. Er sprang und glitt über den Tisch und floh zum Rand, es schien, als würde er hinunterfallen und zerspringen. Es war eine Art Tobsucht, eine unbewußte, zugleich aber offensichtliche Wut, so daß sie den Eindruck hatten, ein Tier rase unter ihren Fingern.

In diesem Moment sagte Skoliński:

»Er schläft.«

Alle schauten zu Leszczuk hinüber. In der Tat, er schlief mit leichenblassem Gesicht und hatte Schweißtropfen auf der Stirn. Er schlief fest. Sein Mund war blaugrau, fast schwarz, er atmete schwer.

»Nicht die Kette unterbrechen«, befahl Hińcz leise.

Der Befehl war unnötig. Niemand rührte sich. Alle warteten wie erstarrt. Im Zimmer ereigneten sich Geräusche und Entladungen. Der Teller stieg einen halben Meter hoch, stürzte ab und zersprang in tausend Stücke.

»Wer bist du?« fragte der Hellseher.

Die eigentümliche Frage war begründet. Leszczuks Züge hatten sich radikal verändert. Seine Nase war spitz geworden, das Gesicht hager und irgendwie fremd, die Aura eines furchtbaren Hasses leuchtete hindurch. Zwischen den schwarzen Lippen zeigten sich die Zähne, zugleich begann sein Körper zu »pulsieren«. Nicht zu beben, sondern zu »pulsieren« – so mindestens kam es den im Halbdunkel Zuschauenden vor.

»Das möchtest du wohl gerne?« sagte Leszczuk mit einer Stimme, die nicht seine war. »Gut. Ich vergebe dir. Du wirst sehen. Gleich wirst du sehen. Erst mir selbst und dann dir.«

Er riß seine Hand an sich, hob sie und fuhr sich mit dem Finger über die Gurgel.

»So werde ich dir vergeben! Mir und dir vergeben!«

Er riß seine andere Hand an sich und erhob sich schwankend. Mit beiden Händen führte er seltsame Bewegungen aus, als stopfte er sich etwas in den Mund. Gleich darauf wurde sein Gesicht violett, er stürzte zu Boden und röchelte.

Die Frau Doktor bekam einen nervösen Anfall und fiel vom Stuhl. Das junge Ehepaar entfloh ganz einfach. Hińcz und der Professor eilten zur Rettung.

Aber wie? Wovor retten? Leszczuk würgte an einer unbekannten Materie, es sah aus, als wäre er nicht zu retten.

Hińcz bemühte sich fieberhaft, Leszczuk zu wecken. Schließlich – alles schien bereits verloren – hatten seine Bemühungen Erfolg, der Bursche erwachte und hörte gleichzeitig auf zu würgen. Er atmete tief durch.

»Wo bin ich?« flüsterte er.

Sie trugen ihn nach oben. Das ganze Haus wirkte menschenleer. Die entsetzten Pensionsgäste hatten sich in die abgelegensten Zimmer geflüchtet.

»Wo ist Maja?« erkundigte sich plötzlich der Professor.

Sie riefen nach ihr, doch sie antwortete nicht. Eigentlich hätte sie im kleinen Salon warten sollen. Mit einem Male bemerkte Hińcz sie auf dem Boden, wo sie ohne Besinnung lag.

Sie brachten sie schnell wieder zu sich.

»Was ist denn Ihnen zugestoßen?«

»Ich bin ohnmächtig geworden.«

Sie wußte nichts, außer daß sie hier gesessen hatte, wie ihr befohlen worden war. Sonst erinnerte sie sich an gar nichts. Hińcz murmelte erleichtert vor sich hin, als er die geringfügigen Prellungen sah, die sie beim Fallen davongetragen hatte.

»Das hätte schlimmer enden können – für euch beide.«

»Ist der Versuch gelungen? Habt ihr etwas erfahren?«

»Ruhig, ruhig! Erholen Sie sich ein wenig, während wir das gewonnene Material überdenken.«

Hińcz schaute noch einmal nach Leszczuk, der erschöpft auf seinem Bett lag und nichts fragte. Nur stand in seinen weit geöffneten und reglosen Augen tödliche, fast tierische Traurigkeit und Angst. Hińcz wollte ihn mit wenigen Worten beruhigen, doch er antwortete nervös:

»Sagen Sie nichts. Ich will nichts wissen. Ich will nichts!«

Das ist schlecht, dachte der Hellseher.

Ohne sich aus der Nähe dieses Zimmers zu entfernen, besprach er die Séance ausgiebig mit dem Professor.

»Wie es scheint, werter Herr Professor«, sagte der Hellseher, »haben wir an einer Szene teilgenommen, die sich in der alten Küche abspielte. Was mich betrifft, so habe ich kaum noch Zweifel. In Leszczuk hat sich Franio verkörpert.«

»Ist das denn möglich?« flüsterte der Professor.

»O ja, so etwas geschieht bei Séancen. Übrigens muß man dem Vorgang nicht gleich eine übernatürliche Bedeutung beimessen. Wir wissen nicht, wie es geschieht, weil wir unsere psychischen Eigenschaften nicht vollständig kennen, doch gerade bei Séancen offenbaren sich durch das Medium andere Persönlichkeiten. Im vorliegenden Falle – Franio.«

»Ja, das war vorauszusehen.«

Der Professor zog die Photographie hervor. Ja, Leszczuk war Franio ähnlich geworden.

»Meiner Meinung nach wissen wir bereits, was an dem kritischen Tage in der alten Küche geschehen ist«, sagte Hińcz, »und ich denke, Sie werden mir zustimmen. Wir haben an Franios letztem Gespräch mit dem Fürsten teilgenommen, einem Gespräch, in dessen Verlauf er Selbstmord verübte. Und er vollzog diese schreckliche Tat mit jenem Handtuch, das er sich in den Mund stopfte und um den Hals schnürte. Er hat sich mit diesem Handtuch in Anwesenheit des Fürsten erstickt. In dieser Hinsicht waren Leszczuks Bewegungen während der Séance deutlich und plastisch. Warum hat der Fürst ihn nicht gehindert? Hat ihn vielleicht das Entsetzen gelähmt? Konnte er aus technischen Gründen nicht? Aber dieser Finger über der Gurgel«, überlegte er plötzlich, »was meinen Sie, ist das nicht das Zeichen, das wir suchen?«

Aber der Historiker hob die Schultern.

»Diese Geste habe ich mit dem Fürsten und Frau Ziółkowska tausendmal ausprobiert – ohne jeden Erfolg. Außerdem ist das keine Vergebung. Viel eher eine Drohung.«

Und der Professor wiederholte Franios Handbewegung, hielt aber plötzlich inne.

»So war es nicht«, sagte er.

»Ja, er hat das irgendwie anders gemacht«, bestätigte Hińcz und imitierte seinerseits Franio-Leszczuks Handbewegung.

»Nein, so nicht.«

»Wie dann?«

Beide waren ratlos. Da rief Skoliński aus:

»Er hat es mit der linken Hand gemacht!«

Ja, darin bestand der Unterschied. War Franio ein Linkshänder? Diese Bewegung hatte Skoliński jedenfalls noch nicht ausprobiert.

»Ich fahre zu Frau Ziółkowska!« rief der Professor. »Das muß man nachprüfen.«

»Ich komme mit.« Hińcz vertraute der Fähigkeit des Professors nicht sonderlich.

»Wäre es nicht besser, wenn Sie hierblieben? Kann man die beiden allein lassen – nach einer solchen Erschütterung?«

Doch der Hellseher hegte diese Befürchtungen nicht.

»Wir fahren mit der Britschka. In einer Stunde sind wir zurück. Wenn sie die Séance überstanden haben, droht ihnen im Moment nichts.«

Für alle Fälle hinterließ er Maja eine genaue Instruktion und gebot ihr, auf Leszczuk zu achten, aber unter keinen Umständen sein Zimmer zu betreten.

Die direkte Aufsicht übertrug er Marysia. Daraufhin begaben sie sich beide in das Waldhüterhaus, wo sich die Haushälterin zur Erholung aufhielt. Unterwegs kommentierten sie die noch nicht geklärten Punkte der Séance.

Jama – Höhle? Was war das für eine Höhle, von der Leszczuk gesprochen hatte? Warum hatte das Medium dieses Wort um die Silbe »Fra« ergänzt? Fra – etwa Franio? Ging es um eine Höhle Franios?

Hińcz und der Professor ergingen sich in Vermutungen. »Jama«, »Frajama«, »Jamaja« – welcher Sinn steckte in diesem Gestammel?

»Ja – ich, Maja«, sagte Hińcz. »Aber warum ›Fra‹? Vielleicht ›Frajama‹ … Fra – Franio. Ja – ich, das heißt er, Leszczuk. Ma – Maja. Moment mal. Sollte das Medium auf diese Weise den Zusammenhang der drei Personen hervorzuheben gewünscht haben? Frajama – also ein Gebilde aus allen dreien, eine Kombination von Maja, Leszczuk und Franio? Man könnte es so auslegen oder auch anders. Wie wenig wissen wir über die Welt und über uns selbst!«

Sie trafen Frau Ziółkowska nicht an und mußten längere Zeit warten, bis die ehemalige Haushälterin in schwarzem Tuch und riesengroßem Hut aus Koprzywie zurückkehrte. Beim Anblick des Professors spuckte sie vor Ekel aus.

»Was? Wieder diese Zeichen? Ich weiß nichts mehr!« rief sie. »Lassen Sie mich doch endlich in Ruhe!«

»Einen Augenblick! Und erinnern Sie sich daran?«

Der Professor machte die Handbewegung.

»Nein!« schrie sie. »Ich weiß nichts! Das fehlte noch! Sie Quälgeist, ich bin zur Erholung hier!«

»Denken Sie gut nach. Vielleicht so ähnlich?«

»Das ist dem so ähnlich wie die Faust der Nase!«

Es blieb ihnen nichts übrig, als in die Britschka zu steigen und heimzufahren. Der Professor war enttäuscht, Hińcz aber hatte sich auf Frau Ziółkowska weniger verlassen.

»Dieses Weib verheimlicht etwas. Haben Sie bemerkt, wie befangen sie im ersten Augenblick war? Außerdem – wenn sie damals dem Fürsten das Essen auf einem Tablett gebracht hat, dann wahrscheinlich in der Rechten. Sie hatte also nur die Linke frei, und wenn sie eine Handbewegung gemacht hat, dann mit der Linken.«

»Ich steige hier aus«, sagte der Professor an der Weggabelung zum Schloß. »Es ist höchste Zeit, wieder meinen Posten zu beziehen. Aber wer kommt da angelaufen? Grzegorz?«

Im Mondlicht kam Grzegorz näher und winkte ihnen mit der Hand zu. Sie sprangen aus der Britschka.

»Ist etwas passiert?«

»Ich suche den gnädigen Herrn überall. Ich war auch in Połyka.«

»Was ist passiert? Dieser Herr kann ruhig alles mithören.«

»Es steht nicht gut! O mein Gott! Ich bin gekommen, um zu warnen, es steht nicht gut.« »Was ist denn?«

»Der Herr Sekretär hat die ganze Nacht in der alten Küche gehockt!«

Diese Nachricht traf Skoliński und Hińcz wie ein Blitzschlag. Cholawicki in der alten Küche?

In wenigen hastigen Sätzen erstattete der alte Diener Bericht.

»Schon gestern habe ich bemerkt, daß es um den Herrn Sekretär schlechter steht; er ging ständig im Schloß umher und lächelte vor sich hin, aber beim Fürsten hat er überhaupt nicht hereingeschaut.

Nachts habe ich einen Blick in sein Zimmer geworfen – er war nicht da. Ich dachte, er sei wohin gegangen... Gegen Morgen schaute ich noch einmal hinein – das Bett unberührt, er nicht da. Da hat mich irgend etwas veranlaßt, in der alten Küche nachzuschauen. Ich tue es und sehe: Das Bett ist eingedrückt, als hätte dort jemand gelegen.«

»Na und?«

»Ich bin sofort zum Sekretär gelaufen, der hat nur gelacht, aber irgendwie so... War er gänzlich verrückt geworden? ›Stör mich nicht, Grzegorz‹, sagte er, ›ich habe Rechnungen zu erledigen.‹ Und jetzt hat er sein Pferd vorführen lassen und ist weggeritten. Ich denke mir, ich muß zu Herrn Professor nach Połyka laufen, denn das ist nicht gut! Aber unterwegs sagte mir ein Bauer, die Herren sind hier entlang gefahren, darum habe ich hier gewartet. Wir müssen etwas tun, sonst gibt es womöglich ein Unglück! Der gnädige Fürst ganz allein im Schloß?«

Hińcz und der Professor tauschten Blicke.

»Schnell zurück.«

»Hat er seine Sinne nicht mehr beisammen?«

»Alles ist möglich!« sagte Hińcz. »Schlimm genug, daß alles möglich ist! Kehren Sie auf der Stelle mit Grzegorz ins Schloß zurück. Geben Sie acht auf den Fürsten. Ich fahre nach Połyka. Es war nicht gut, daß wir sie allein gelassen haben.«

»Was wollen Sie tun?«

»Falls Cholawicki uns in die Quere kommt, muß man ihn fesseln. Wir müssen das Schloß erobern und freien Zugang zu der Kemenate bekommen. Dann werfen wir das Handtuch fort, verbrennen es, vernichten es ohne Rücksicht auf die Folgen, wenn es nicht anders geht! Länger lassen wir uns von diesem Fetzen nicht erpressen, und säße selbst der Teufel darauf!«

Hińcz zog dem Pferd mit der Peitsche eins über und fuhr

schnell nach Połyka. Er war nun zu allem entschlossen. Als er eintraf, mochte es elf Uhr abends sein. Es überraschte ihn, daß man die Hunde nicht von der Kette gelassen hatte.

»Wo ist Fräulein Maja?« fragte er das Dienstmädchen.

»Fräulein Maja ist mit Herrn Cholawicki abgereist und läßt Ihnen diesen Brief übergeben.«

Hińcz riß den Umschlag auf.

Sehr geehrter Herr, las er, *bitte suchen Sie mich nicht. Morgens bin ich wieder da. Maja.*

»War Herr Cholawicki lange hier?«

»Nein. Er hat mit dem Fräulein im Garten gesprochen, und dann ist das Fräulein mit ihm im Feldwagen fortgefahren. Auch ist die gnädige Frau aus Warschau eingetroffen.«

Gleich danach erschien Frau Ochołowska in der Tür, bedrückt und mit Ringen unter den Augen.

»Könnten Sie mir vielleicht erklären, was hier vorgeht?« sagte sie.

Erst jetzt bemerkte Hińcz, was für ein Durcheinander im Hause herrschte. Von überall her trug die Dienerschaft Koffer herbei. Fräulein Wyciskówna, die Frau Doktor und Szymczyk eilten im Hintergrund in Reisekleidung vorüber. Frau Ochołowska war völlig ratlos.

»Ich bin vor einer Viertelstunde aus Warschau eingetroffen«, sagte sie, »wohin ich wegen der schrecklichen Geschichte mit Maliniak gefahren war. Maja habe ich dort nicht vorgefunden, daraufhin bin ich zurückgekehrt. Angeblich haben Sie sie hergebracht. Aber was ist nun? Alle wollen abreisen, und zwar sofort, mit dem Nachtzug! Und wohin ist Maja gefahren? Warten Sie doch, meine Herrschaften«, wandte sie sich an die Beamtin, die Frau Doktor und den Rat, »warten Sie doch wenigstens bis morgen.«

»Unmöglich!« sagte Fräulein Wyciskówna. »Ich habe eine dringende Nachricht bekommen. Ich muß fahren!«

»Und ich leiste ihr Gesellschaft«, rief die Frau Doktor.

»Und ich nehme mich der Damen an«, sprach der Rat.

Auch das junge Ehepaar rüstete zur Abreise. Niemand wollte über Nacht in Połyka bleiben.

Eine Panik, dachte Hińcz und suchte zugleich nach einer Erläuterung für Frau Ochołowska.

»Ich fürchte, das habe ich verschuldet«, sagte er schließlich. »Bestimmte Eigenschaften von mir, von denen Sie sicher gehört haben, vertreiben die Leute. Zudem habe ich die Unvorsichtigkeit begangen, nach dem Abendessen eine kleine Séance zu veranstalten. Anscheinend hat das den Massen-Exodus hervorgerufen.«

»Wo ist Maja?« fragte Frau Ochołowska, ohne zugehört zu haben.

Derselbe Gedanke beschäftigte Hińcz.

20

Maja hatte bislang Hińcz' Vermutungen für unwahrscheinlich, ja sogar unsinnig gehalten und ihnen mißtrauisch gegenübergestanden. Jetzt, nach der Séance, glaubte sie ihnen.

In der Tiefe ihrer Seele war sie bisher überzeugt gewesen, Leszczuk sei entweder ganz einfach verrückt geworden oder habe aus Angst vor der Verantwortung den Wahnsinnigen gespielt.

Jetzt jedoch begann sie, wirklich zu glauben, daß er besessen sei, von einer fremden Macht heimgesucht. Was er getan hatte, mußte im Zusammenhang mit der Kemenate gestanden haben. Er war von einem unerforschten Fluidum angesteckt.

Angesichts dessen wurde alles möglich!

Von Natur aus war er also nicht so, wie sie sich das vorgestellt hatte. Hatte jene äußere Macht den Mord und die vorangegangenen Taten verursacht?

Hatte vielleicht gar nicht er Maliniak ermordet, sondern womöglich eben jene Macht?

In diesem Falle log er nicht, wenn er ihr den Mord zuschrieb.

Und wenn er ihn ihr zuschrieb, hatte dann vielleicht dieser Gedanke ihn dazu gebracht, Warschau zu verlassen, dem Wahnsinn zu verfallen und den Einflüssen der Kemenate offenzustehen? Das aber hieße, daß er sie liebte. Dagegen...

Maja ging in ihrem Zimmer auf und ab und kämpfte mit sich.

Zu ihm gehen oder nicht?

Am meisten quälte sie, daß er ihre Anwesenheit nicht ertrug und daß sie beide allein waren.

Zu ihm gehen oder nicht? Und wenn ihm das schadet und er wieder einen Anfall bekommt?

Trotzdem spürte sie, es war nötig.

Sie hatte die Gewißheit, daß nur sie ihn heilen könne.

Wenn er sie liebte...

Falls er sie liebte, falls er nur aus diesem Grunde in das alles verfallen war, ach, dann lag in ihren Händen seine Rettung, dann war sie das Heilmittel für ihn!

Sie drückte die Klinke nieder.

Er lag auf seinem Bett und zuckte nicht einmal, als sie eintrat. Wortlos blickten sie einander an. Maja kam sich seltsam vor.

Von einer fremden Macht heimgesucht sein! Anfälle zu erleiden, einen Geist in sich zu haben, der jeden Augenblick die Seele in Besitz nehmen kann? Für nichts verantwortlich sein? Wie entsetzlich und wie lächerlich!

»Meinen Sie wirklich, ich hätte Maliniak ermordet?«

Er schwieg, doch sein Blick war plötzlich stumpf und entsetzt. Wie sollte sie ihn überzeugen? Was sollte sie ihm sagen?

Leszczuk schien überhaupt nicht mehr auf sie zu reagieren.

»Vielleicht waren Sie's auch nicht«, sagte er schließlich, »mir ist das egal.«

Oh diese entsetzten, starren Augen!

»Warum?« flüsterte sie.

»Klar. Ich bin verloren, für immer verloren.«

»Ich bin nicht schuld.«

Er setzte sich im Bett auf.

»Sie nicht schuld? Wer ist dann schuld? Haben Sie mich nicht mit allen Mitteln in Versuchung geführt? Ich habe Ihnen das schon mehrfach vorgehalten! Ich habe mich mit diesem bösen Geist nicht durch den Bleistift, sondern bei Ihnen angesteckt. In Ihnen saß er von Anfang an! Wie Sie Szulk die Brieftasche gestohlen haben. Wie Sie mich beschwatzt haben. Ihretwegen habe ich die Gemeinheit bei dem Tennisspiel begangen. Kein Wunder, daß Gott mich bestraft hat.«

Sie wußte nicht, was sie ihm antworten sollte. Er hatte recht. Dieser entsetzliche Blick! Wenn sie nur ein reines Gewissen haben könnte! Doch statt ihn durch Liebe zu sich emporzuheben, hatte sie ihn verachtet, ihm mißtraut und ihn so immer tiefer hinabgestoßen.

Wie naiv er das aufgefaßt hatte. Der Teufel, hatte er gesagt. Ganz einfach. Und vielleicht war es das Richtige.

Besonders aber verwunderte sie die Mitteilung über Szulks Brieftasche.

»Ich habe Szulk bestohlen?«

Maja glaubte es schon fast selbst. Sie verstand gar nichts mehr. Auch das schrieb er ihr zu?

Seine Gleichgültigkeit war für sie unerträglich. Diese Apathie! Dieses tierische Entsetzen!

»Reden Sie nicht so!« rief sie. »Das ist nicht wahr! Und außerdem liebe ich Sie. Ich liebe Sie! Sie lieben mich auch, das weiß ich!«

Sie wollte ihn um jeden Preis aus diesem Zustand herausreißen. Hatte sie etwa ihren Einfluß auf ihn verloren?

»Gehen Sie fort von mir«, sprach er langsam, »es ist nicht die Zeit für Liebesgeschichten. In mir steckt das, was vielleicht auch in Ihnen steckt. Wenn es in mir steckt, dann auch in Ihnen. Woher soll ich wissen, ob jetzt Sie zu mir reden oder... Ich weiß nicht... ob Sie wirklich... Sie sind... Wissen Sie was? – Rufen Sie einen Priester, ich will beichten.«

Sie ging hinaus.

Und sie konnte eine ganze Weile nicht begreifen, was geschehen war.

Er verdächtigte sie – nicht mehr und nicht weniger –, daß auch in ihr jenes Böse steckte. Der böse Geist. So stellte er sich das vor. Er hatte Angst vor ihr. Und sie hatte Angst vor ihm. Sie konnte sich bei seinem Anblick der Furcht nicht erwehren. Sie hatten beide Angst voreinander.

Maja spürte, daß er alles zu naiv und wörtlich nahm. Doch waren so viele Seltsamkeiten und Anomalien um sie herum aufgetreten, daß sie keinerlei Gewißheit mehr hatte.

Sie fürchteten sich voreinander, und diese schwarze, vorurteilsvolle Furcht zerstörte jede Möglichkeit der Rettung!

Er wollte beichten... War das womöglich das Klügste und einzig Richtige in ihrer Situation? Einen Priester rufen. Maja war nicht überzeugt von diesem Gedanken.

Sie fiel auf dem Korridor in die Knie und versank zum ersten Mal seit vielen Jahren in ein inbrünstiges Gebet.

Sie hätte nicht sagen können, zu wem und um was sie betete. Verzweifelt rief sie Hilfe herbei, flehte um Erbarmen für sich und Leszczuk.

Majas Energie war völlig gebrochen. Ratlos klammerte sich ihr Gedanke an den einzigen Wunsch, das alles möge endlich vorbei sein. Ganz egal wie, genug der Qual!

Sie kniete in einer kalten Ecke, das Gesicht in den Händen

verborgen, und spürte nicht, wie ihr die warmen Tränen zwischen den Fingern hindurchsickerten. Unverhofft war eine tiefe Erschöpfung und Apathie über sie gekommen, die beinahe der Ruhe glich.

Das Haus schien still zu schlafen. Die Lampe im Korridor verlosch langsam.

War es ein Traum, war es ein Trugbild bei wachem Bewußtsein? Unvermittelt fühlte sich Maja von jemandem auf die Füße gehoben und durch Dunkelheit und Stille geführt.

In der Leere vor ihr öffnete sich lautlos eine Tür und schloß sich gleich darauf hinter ihr. Sie bemerkte das nur an der tieferen Dunkelheit. Hinter den nahen Wänden erhob sich immer deutlicher ein Rauschen, als riefen die Zweige im Sturm und heftige Regenschauer schlügen gegen die Fensterscheiben.

Es war unwirklich und dennoch real. Hätte sie die Hände ausgestreckt, so hätte sie nasse Mauern berührt. Das wußte sie mit unabweisbarer Gewißheit. Ohne zu zögern, durchmaß sie geheimnisvolle Gänge; sie vertraute dem, der sie führte, wer es auch sein mochte.

Irgendwo in der Ferne leuchtete ein Licht. Es wurde immer größer und deutlicher. Sie erkannte ein vielfarbiges Glasbild, wie man es manchmal in den Korridoren alter Klöster antrifft. Ein zufälliges Mosaik bunter kleiner Scheiben, ohne Form und Ordnung zusammengefügt.

Sie wollte irgend etwas sehen durch die farbigen Scheiben. Doch die Zeichnung des Glasfensters bewegte sich, die Linien wanden und verknäuelten sich wie Schlangen. Vergeblich strengte sie ihre Augen an.

Da wurde ihr klar, daß sie nicht schlief.

Sie wollte das Glasfenster zerschlagen, spürte aber, daß sie ihre Hände nicht bewegen konnte.

Sie hielt sie immer noch vor Gesicht und Augen wie beim Niederknien zum Gebet. Ihre Finger pulsierten vom warmen Blut und klebten an den tränenfeuchten Wangen. Zwischen den Fingern sah sie deutlich Licht. Aber buntes, nicht einfarbiges wie zuvor.

Bestimmt schlief sie nicht! Sie hörte sogar ihren eigenen, beschleunigten, hin und wieder von krampfhaften Seufzern unterbrochenen Atem.

Dabei war sie zu keiner Bewegung fähig, fühlte sich wie gelähmt.

Jemand in ihrer Nähe erbarmte sich schließlich ihrer, während sie dermaßen mit Kraftlosigkeit rang. Er stieß vermutlich das Fenster auf, denn die bunten, verknäulten Glasscheiben verschwanden.

Sie blickte in die schmale Öffnung einer dicken Mauer und wußte, sie würde dort etwas Böses, etwas Schreckliches sehen. Sie sammelte alle Kräfte, um die Angst zu überwinden. Denn sie mußte, sie mußte um jeden Preis sehen, was sich dort versteckt hielt.

Sie sah wie durch einen dichten Vorhang. Seltsam wirkte dieses Bild. Wie von unten oder von oben gesehen, nicht aus normaler Perspektive.

Ja, von unten. Durch eine weiße Kemenate zogen die Schatten irgendwelcher Menschen in seltsamen Verkürzungen, große Füße schritten mit langen Beinen. Die Körper wirkten klein, Köpfe schienen nicht zu existieren.

Eines der Trugbilder näherte sich Maja und beugte sich über sie. Durch den Vorhang sah sie den Umriß eines Gesichts, das ihr bekannt vorkam und doch so verändert, daß ein Schauder sie ergriff. (Nein, im Schlaf hätte sie diesen Schauder nicht gespürt.)

Wer war das? Gewiß Leszczuk. Wen sonst erwartete sie hier zu sehen? Aus den Höhlen quellende Augen, riesengroße weiße Augäpfel wie bei einer Wasserleiche. Ein graublaues, aufgeschwemmtes, aufgedunsenes Gesicht, die Lippen schwarz wie Eisen.

Ein Gespenst.

Zwei übergroße Hände griffen nach ihr. Krallenkrumme Finger krampften sich zusammen und spreizten sich raubtierhaft, konnten aber nicht zupacken. Sie stießen auf den weißen Vorhang, verstrickten sich darin mit den Krallen, zerrten, rissen – und kamen nicht frei.

Plötzlich leuchtete in den vorquellenden Augen eine wahnwitzige Angst auf. Die Krallen zogen sich zurück. Eine Hand, die linke, griff nach der Kehle und preßte sie zusammen, bis sich die schwarzen Lippen in grausigem Krampf öffneten und die Zähne zeigten. Die andere Hand flatterte in der Luft wie der Flügel eines angeschossenen Vogels.

Das Gespenst wankte. Eine Zeitlang bebte es kraftlos, dann stürzte es plötzlich mit dem Gesicht auf Maja zu.

Sie vernahm einen schwachen, erstickten Schrei. Ihre eigene Stimme. Doch schwang in dieser Stimme mehr Verwunderung als Furcht. Denn sie erkannte im gleichen Augenblick, daß dieses gespenstische Trugbild nicht Leszczuk war.

Jemand, den sie kannte. Aber wer? Um Gottes willen, wer war das? Handrycz! Ganz bestimmt Handrycz.

Das Trugbild verging. Aber das Gesicht des Gespenstes haftete noch in Majas Erinnerung. Sie konnte sich nicht irren, obgleich die Züge schrecklich verändert waren.

Das ganze seltsame Bild verschwand plötzlich, der Vorhang, die weiße Stube, die menschlichen Schatten... Nur die Erinnerung an Handrycz' Gesicht wollte nicht vergehen.

Wie kam Handrycz hierher?

Sie verharrte immer noch im Zustand des Halbschlafs, wollte sich aber absichtlich nicht daraus lösen. Unbefriedigter Wissensdurst plagte sie. Sie wartete auf eine Fortsetzung der Vision, die etwas erklärte, etwas ergänzen konnte.

Wer hatte sie, Maja, durch diese Gänge geführt? Warum hatte er ihr diese Kemenate gezeigt, die sie irgendwoher kannte, so wie sie Handrycz' Gesicht kannte?

Doch hinter ihren geschlossenen Lidern wollte nichts mehr erscheinen. Statt dessen kehrte das volle Bewußtsein von Ort und Zeit wieder. Die Kraftlosigkeit des Körpers verging. Dafür erwachte der Schmerz in den müden Knien und den fest zusammengepreßten Fingern. Das wieder erwachte Denken begann erneut zu arbeiten, unruhiger, immer unruhiger.

Wenn das alles kein Traum war, was bedeutete diese Vision? Von woher war sie zu ihr gedrungen? Erinnerungsfetzen konnten sich so konsequent nicht zusammenfügen. Und was denn für Erinnerungen? Der unterirdische Gang, der zum Schloß führte, die irgendwann im Traum gesehene Stube, Handrycz' Gesicht? Warum ausgerechnet Handrycz und nicht Leszczuk? Warum würgte sich das Gespenst mit eigener Hand? Und mit der Linken?

Was gäbe sie darum, jemanden bei sich zu haben, der ihr helfen könnte, alles zu verstehen! Sie bemühte sich vergeblich, das Rätsel zu lösen.

Ihre Müdigkeit, ihre nervöse Erschöpfung mochten den Schlaf und die Trugbilder rechtfertigen. Aber sie hatte ja nicht geschlafen... Handelte es sich um eine visionäre, von fiebriger Phantasie eingegebene Vorahnung? Was steckte dahinter?

Leszczuk war es nicht! konstatierte sie im Geiste verwundert. Ist das gut oder schlecht? War er nicht mehr da, oder stand er überhaupt außerhalb der Reichweite dieser Trugbilder?

Noch ehe sie sich Ruhe ein- und das Wichtignehmen der Geschichte ausreden konnte, vernahm sie leise Schritte auf dem Korridor.

Jemand näherte sich.

»Herr Cholawicki ist gekommen«, hörte sie hinter sich Marysias unsichere Stimme.

Sie sprang auf die Füße. Was wollte er? Sollte sie ihn empfangen oder nicht? Doch dann dachte sie, vielleicht ist auf dem Schloß etwas passiert.

Er bat um Verzeihung, daß er zu so später Stunde komme, er müsse sie in einer wichtigen Angelegenheit sprechen.

Seine Augen glänzten wie im Fieber.

»Laß uns in den Garten gehen«, schlug sie vor, und bald befanden sie sich unter den hohen, in den dunkelblauen Himmelsraum getauchten Bäumen.

»Vor allem möchte ich dir sagen«, begann der Sekretär mit tonloser Stimme, »daß ich nicht mehr euer Feind bin, deiner und Leszczuks. Ich trete zurück. Ich habe mich seit gestern grundlegend gewandelt. Davon kannst du dich gleich überzeugen. Doch bitte ich um absolute Diskretion. Eine sehr wichtige Nachricht.«

»Nun gut.«

»Du weißt, was das ist, die alte Küche im Schloß, und was dort vor sich geht?«

»Ja.«

»Dann hör zu. Niemand hat bisher gewagt, dort über Nacht zu bleiben. Ich konnte mich bis vor kurzem dazu auch nicht aufraffen. Aber vorgestern habe ich es getan.«

Er atmete tief auf.

»Ich weiß nun, was dort mit dem Handtuch vorgeht«, fuhr er fort. »Und ich bin extra hergekommen, um es dir zu sagen, weil... dort etwas in Verbindung mit dir vorgeht.«

Sie erbebte. Mit ihr? Sprach er die Wahrheit? Aber wie konnte er wissen, daß sie in die Angelegenheit verstrickt war? Selbst wenn er von Leszczuks Krankheit gehört hatte, kannte er ihre Voraussetzungen doch nicht.

Oder hatte Skoliński sich verplappert? Nein, das war unmöglich.

Außerdem genügte ein Blick auf Cholawicki. Wenn er je

zuvor an ein Gespenst erinnert hatte, sah er jetzt aus wie der Tod persönlich.

Sie verspürte ein Würgen in der Kehle.

»Was denn?« Zu dieser Frage raffte sie sich auf. Er schüttelte den Kopf.

»Ich kann es dir nicht sagen«, flüsterte er. »Das läßt sich nicht in Worten ... ich kann nicht. Und frage nicht. Ich kann dir nur soviel sagen: Es betrifft dich und Leszczuk. Du mußt selbst hingehen und es sehen!«

»Ich allein?«

»Ja, denn niemand außer dir wird es verstehen. Es betrifft dich und ihn. Sag, was bedeutet das?! Ist es möglich, daß du ... daß er ...«

»Was?«

»Nichts! Nichts! Geh selbst. Du wirst sehen. Du mußt gleich gehen. Noch heute. Davon hängt alles ab! Sein Leben und mehr als sein Leben!«

»Aber worum geht es denn?«

»Frag nicht! Wenn du nicht gleich gehst, wirst du ihn nicht retten!«

Maja schwankte zwischen Mißtrauen und Angst, Zorn und Hilflosigkeit.

Sie traute Cholawicki nicht. Sie vermutete eine Hinterlist.

Warum gebärdete er sich so unerwartet als ihr und Leszczuks Schutzengel? Sie kannte seine Eifersucht.

Woher konnte er das alles wissen? Wollte er sie vielleicht absichtlich in jene Stube locken? Wenn er aber die Wahrheit sagte?

Seine rätselhaften, unklaren Worte brachten sie dem Wahnsinn nahe! Sie steigerten ihre Unsicherheit!

Maja erkannte, daß sie hingehen und sehen mußte, was dort vor sich ging. Solange sie das nicht wußte, würde sie ihre Selbstsicherheit und Ruhe nicht wiederfinden.

Sie und Leszczuk würden Gefangene dieses Geheimnisses bleiben, Gefangene eines jeden, der sie damit erpressen wollte, Gefangene am Ende auch ihrer eigenen entfesselten Phantasie.

Sie würden sich voreinander fürchten. Sie würden nie sicher sein.

Wenn schon zuvor das Mißtrauen die Liebe in ihnen zerstört hatte, wie denn erst jetzt, wo sie wirklich nicht mehr wußten, wer sie waren.

Darum hingehen, sehen und endlich wissen, was es ist – ja, erst dann würde sie sich und ihn retten können!

Doch wenn Cholawicki sie absichtlich hineinzog? Vielleicht würde sie dort Dinge erblicken, denen sie nicht standhalten könnte?

Aber womöglich war dort nichts, und ihr verschmähter Verlobter schickte sich nur zur Rache an? Es genügt, ihn anzuschauen, seine wirren Augen, sein Gesicht.

»Willst du gleich mit mir hingehen?«

»Ja, gleich. Es ist höchste Zeit. Morgen kann es schon zu spät sein.«

Sie lächelte.

»Stimmt. Nun gut, fahren wir.«

Sie holte sich einen Mantel.

Allein in ihrem Zimmer, erlebte sie noch einmal einen Augenblick schrecklicher Angst. Sie lehnte ihre Stirn an die Wand, sie glaubte, ohnmächtig zu werden.

Doch sie überwand sich. Die Überzeugung, Leszczuk retten zu müssen, sich für ihn zu opfern, verlieh ihr Kraft.

»Ich bin fertig«, sagte sie, während sie die Stufen hinabstieg; Cholawicki erwartete sie mit niedergeschlagenen Augen.

Während der ganzen Fahrt sprachen sie kein Wort miteinander.

Und Maja kam mit jedem Hufschlag des Pferdes mehr zu der Überzeugung, daß er Böses wolle und sich zur Rache anschickte.

Aber sie hatte genug von alldem!

Sie durfte sich nicht länger vor der Kemenate fürchten, von ihr abhängig sein, nichts wissen, wie im Nebel, wie im Schneegestöber leben.

Sehen! Sich überzeugen! Feststellen! Endlich etwas wissen!

Ihr persönliches Los war ihr bereits gleichgültig. Sie hatte zu viel gelitten.

Maja hatte erkannt, daß es im Leben Augenblicke gibt, in denen der Mensch sich zu absoluter Kühnheit und absolutem Risiko aufraffen muß, wenn er seine Würde und sein Menschentum bewahren will.

»Hier entlang«, sagte Cholawicki und führte sie durch die Gemächer.

Er öffnete eine schwere, eisenbeschlagene Tür und leuchtete mit der Taschenlampe.

»Hier.«

Sie hob den Kopf und erblickte eine weiße Stube, dieselbe wie in ihrem Traum. An einem Kleiderhaken das vergilbte, verstaubte Handtuch. Aha, das ist es. Ja, es bebte ein wenig, kaum merklich.

»Gut«, sagte sie.

Der Klang ihrer eigenen Stimme ließ sie aufhorchen.

Cholawicki faßte sie bei den Schultern.

»Bleib hier«, sagte er. »Setz dich hier auf das Bett und warte. Und – lebe wohl.«

Seine Stimme wurde leiser.

»Du wirst es nicht aushalten«, flüsterte er, »nicht aushalten!«

Und sein Gesicht verkrampfte sich zu einer entsetzlichen, bösartigen Maske.

Sie wollte ihn zurückstoßen. Doch er schleuderte sie mit voller Kraft auf das Bett, rannte aus der Kemenate, schlug die schwere Tür zu und schloß sie ab.

Maja versuchte gar nicht erst, die Tür zu öffnen. Vollkommene Stille erfüllte die Stube. Cholawicki aber sagte durch die Tür:

»Noch bin ich hier. Aber gleich gehe ich. Ich gehe, und du bleibst allein. Und dann wirst du sehen – etwas sehen, was du nicht aushältst! Falls du nicht vorher aus Angst wahnsinnig wirst. So, jetzt gehe ich. Ich lasse dich allein.«

Seine Schritte verhallten.

21

Hińcz lief nach oben zu Leszczuk.

»Wissen Sie, was mit Fräulein Maja passiert ist?«

»Warum?«

»Cholawicki war hier. Angeblich ist sie mit ihm weggefahren.«

Er war durch diese Abfahrt so beunruhigt, daß er überhaupt nicht den Eindruck einkalkulierte, den das auf Leszczuk machen konnte. Gegen Cholawicki hegte er den schwärzesten Verdacht.

»Ich weiß nichts«, murmelte Leszczuk apathisch.

Anscheinend konnte ihn nichts aus seiner angstvollen Erwartung reißen.

Hińcz fragte nicht länger. Er rief Marysia.

»Gibt es hier irgendwelche Waffen?«

»Ja, den Revolver unseres verstorbenen Herrn und eine Doppelflinte.«

»Bringen Sie sie mir, Marysia, nur daß die gnädige Frau es nicht sieht. Und Patronen auch.«

Die Pferde hielten an der Vorlaube, und die Pensionsgäste wollten einsteigen, da sprang plötzlich der Hellseher mit der Doppelflinte und dem Revolver in den Wagen und, noch ehe Fräulein Wyciskówna und die Frau Doktor sich's versahen, warf er ihre Koffer hinaus.

»Los!« schrie er den Kutscher an. »Zum Schloß! Zwanzig Złoty Trinkgeld, wenn wir in einer halben Stunde dort sind!«

Sie brachen auf. Doch im gleichen Augenblick kam Handrycz angerannt und sprang auf das Trittbrett.

»Ich warte hier auf Sie. Ich muß Ihnen etwas sagen! Schon seit zwei Stunden warte ich!«

»Setzt Euch zu mir«, sagte Hińcz. »Reden könnt Ihr unterwegs. Ich hab's eilig.«

»Wohin fahren Sie?«

»Zum Schloß!«

»Das trifft sich gut, mir geht gerade wegen des Schlosses etwas durch den Kopf.« Langsam legte er Hińcz dar, in welcher Angelegenheit er gekommen war.

Seit dieser Herr ihn bedränge, gehe ihm etwas im Kopf herum. Etwas wolle ihm einfallen, aber es komme nicht. Ob er gar dumm geworden sei? Und es habe mit dem Schloß zu tun. Aber er könne sich nicht erinnern.

Er habe es seiner Frau gesagt, die habe ihn beschimpft und zur Arbeit gescheucht, er aber habe sich entschlossen, nach Połyka zu gehen und sich zu erkundigen, denn irgend etwas sei daran.

»Hört zu, seid Ihr Linkshänder?« fragte Hińcz unverhofft.

»Wie?«

»Na, benutzt Ihr lieber die linke Hand?«

»Ach ja, bei mir geht's mit der Linken besser als mit der Rechten.«

Handrycz wunderte sich über diese Frage. Doch Hińcz sagte nichts mehr.

Da erreichten sie das Schloß. Doch noch ehe der Wagen beim Tor angelangt war, tauchten aus der Dunkelheit zwei Gestalten auf, Skoliński und Grzegorz.

»Kein Zweifel«, sagte der Professor, »sie ist mit ihm aufs Schloß gefahren. Bauern haben sie gesehen. Aber er hat das Tor zugeschlossen! Man kommt nicht hinein.«

»Dann nehmen wir den unterirdischen Gang.«

»Das ist zu weit. Und außerdem hat er sich bestimmt auch von dieser Seite gesichert.«

Sie standen ratlos. Da ertönte vom Fenster der Eckbastei die Stimme des Sekretärs.

»Kommen die Herren zu Besuch?«

Er lachte sarkastisch.

»Ist Fräulein Maja im Schloß?«

»Sie haben's erraten!«

»Ich möchte mit ihr sprechen – unverzüglich.«

»Das geht nicht! Fräulein Maja befindet sich in der alten Küche. Auf eigenen Wunsch. Sie hat beschlossen zu untersuchen, was dort vorgeht, und gebeten, sie nicht zu stören. Tut mir leid, aber ich kann die Herren nicht einlassen.«

»Ich will mit dem Fürsten sprechen.«

»Der Fürst schläft.«

»Machen Sie auf, oder wir schlagen das Tor ein!«

»Soweit ist es also gekommen! Leider! Fräulein Maja hält sich aus freiem Willen hier auf und wünscht, wie gesagt, nicht gestört zu werden. Und ins Schloß kann ich die Herren nicht lassen, weil der Fürst es verboten hat.«

»Ich will mit dem Fürsten sprechen.«

»Liebend gern! Der Fürst wird selbst mit den Herren sprechen.«

Tatsächlich zeigte sich nach einer Weile der Fürst am Fenster.

»Bitte fortgehen!« rief der Greis und fuchtelte mit den Händen. »Ich lasse niemanden ein! Ich verbiete das! Es ist mein Schloß! Weg! Weg!«

Der Professor trat vor.

»Fürst!« rief er. »Ich bin es doch! Ihr Gast! Ich wohne ständig im Schloß! Bitte lassen Sie mich ein.«

Doch der Greis war völlig verwandelt und hörte nicht auf, mit den Händen zu fuchteln.

»Weg! Weg! Ich erlaube es nicht! – Franio hat's verboten!«

schrie er plötzlich wie in Ekstase. »Franio! Niemand wird eingelassen!!«

Sein weißgrauer Vogelkopf verschwand. Es wirkte, als wäre er zu Boden gesunken. Cholawicki trat an seine Stelle.

»Die Herren sehen, der Wille des Fürsten ist kategorisch«, sagte er amtlich.

»Hören Sie«, sprach Hińcz, »reden wir nicht miteinander wie die Kinder. Sie sind sich über den Zustand des Fürsten ebenso klar wie ich. Wir haben Gründe anzunehmen, daß Sie Fräulein Majas Vertrauen mißbraucht haben. Wollen Sie, daß wir Gewalt anwenden?«

»Ach, so ist das? In diesem Falle bin ich geneigt, mit Ihnen zu sprechen, aber privat und ohne Zeugen. Bitte bemühen Sie sich zum Tor, wir reden durch den ›Spion‹.«

Hińcz ging an das Tor, und in dem Fensterchen erschien im Dunkel Cholawickis Mund.

»Lieber Herr«, sagte dieser Mund spöttisch, »wie Sie sehen, ist das Recht auf unserer Seite, denn ich habe das formgerechte Verbot des Fürsten, und Fräulein Maja ist hier freiwillig hergekommen. Die Arme wollte sich mit eigenen Augen davon überzeugen, was in der alten Küche spukt, denn sie bildet sich ein, sie und ihr Romeo seien von diesen Gespenstern besessen. Wie es scheint, haben Sie zu dieser Meinung erheblich beigetragen.«

»Darum geht es doch nicht. Mir liegt ebenfalls daran, daß sie die Nacht über in dieser Küche sitzt.«

»Sehen Sie«, sagte der Mund, »ich habe auf die Schätze und auf ihre Liebe verzichtet. Aber ich muß mit ihr abrechnen und bin der Ansicht, daß diese Kemenate die Abrechnung für mich erledigt.

Das nehme ich an, ja, ich bin dessen sicher, weil ich selbst eine Nacht in der alten Küche verbracht habe und weiß, was dort vorgeht.

Der Professor hat flüchten können, sie nicht.

Was also wünschen die Herren? Wenn ihr mich zum Letzten treibt, nehme ich meinen Revolver und töte sie, den Fürsten und mich – ihr dürft sicher sein, daß das Leben jetzt für mich keinen höheren Wert mehr darstellt. Es hängt von euch ab.

Wenn ihr wollt, daß ich sie töte, attackiert das Tor. Doch, ehrlich gesagt, an eurer Stelle würde ich ungern zu so radikalen Mitteln greifen. Ich hoffe, die Kemenate wird sich für mich rächen, und ich brauche mich nicht zu beteiligen.

Nun, was wünscht ihr? Ein bißchen Vernunft, meine Herren. Falls ihr ruhig wartet, habt ihr noch eine Chance, denn wenn sie die Kemenate lebendig verläßt, lasse ich sie raus – andernfalls ist ihr und des Fürsten Schicksal besiegelt.«

»Sollten Sie glauben, sich auf diese Weise vor der Verantwortung drücken zu können, so irren Sie«, sagte Hińcz.

»Oh, niemand ist imstande, mir etwas nachzuweisen«, entgegnete der Mund nonchalant. »Sie hat ja schwarz auf weiß niedergeschrieben, daß sie von alleine geht. Ich habe sie nicht entführt. Und daß der Fürst befohlen hat, euch nicht hereinzulassen, ist nicht meine Schuld. Allerdings muß ich zugeben, daß ich endlich das Zeichen herausgekriegt habe... Der Fürst ist in meiner Gewalt. Und nun – lebt wohl!«

Ein giftiges, abgerissenes Lachen und der Widerhall sich entfernender Schritte erreichten Hińcz.

Verzweifelt kehrte der Hellseher zum Professor zurück. Seine vollkommene Machtlosigkeit bedrückte ihn.

Warten? Warten, bis Maja ihren unüberlegten Schritt mit ihrem Leben oder mit ihrer Gesundheit bezahlte?

Warten, bis Cholawicki an dem Fürsten, der all seinen Launen folgte, die Rache vollstreckt hatte?

Warten, bis er beide in irgendwelche Abgründe führte, aus denen es kein Zurück mehr gab?

»Wie konnte sie nur!« flüsterte der Professor verzweifelt. »Wie konnte sie!«

»Wenn man nur hineinkäme und ihn überwältigen oder erschießen könnte, ehe er seine Drohungen in die Tat umsetzt«, murmelte Hińcz. »Schrecklich. Sie dort allein! Allein!«

»Ich war in dieser Kemenate. Ich weiß, was das ist. Sie hält es nicht aus. Vor allem jetzt nicht, wo sie erschöpft und von den vielen Erlebnissen psychisch geschwächt ist. Gott behüte sie!«

Im Mondlicht wirkte das Schloß durch seine Massigkeit erdrückend. Das Riesenbauwerk verlor sich im schwarzvioletten Himmel. Zwei Wahnsinnige – und Maja...

»Wenn sich Cholawicki am Fenster zeigt, schießen«, befahl Hińcz und lud die Doppelflinte.

Er kniff die Augen zusammen.

Ein grauenvoller Gedanke, daß dieser Wahnsinnige Maja und den Fürsten beherrschte, daß die widerwärtige Kraft der

Kemenate zum Werkzeug in der Hand eines Schufts geworden war, der unter dem Einfluß einer irrsinnigen Eifersucht jeden Rest von Menschlichkeit verloren hatte. Was tun?

Im gleichen Moment erblickte er Leszczuk, der unter den Bäumen stand und sich gegen ein Fahrrad lehnte. Was – auch der hier?

Dieses unerwartete Eintreffen paßte Hińcz ganz und gar nicht.

Trotz der Dunkelheit sah man, daß der Bursche bleich war wie der Tod.

»Was tun Sie hier? Kehren Sie zurück nach Połyka! Sie haben hier nichts zu suchen!«

»Sie ist in der alten Küche?« fragte er mit bebenden Lippen, und das Fahrrad fiel zu Boden.

»Was sollen wir dagegen tun? Ja! Aber Sie stören nur! Kehren Sie zurück!«

Leszczuk schaute ihn an.

»Warum ist sie dort hingegangen?«

»Kehren Sie zurück!«

»Nein. Sie ist dort. Sie ist absichtlich hingegangen, um zu sehen. Man kann sie doch nicht dort lassen. Es wird ihr ergehen wie mir – oder noch schlimmer.«

»Wir holen sie heraus«, entgegnete Hińcz wider besseres Wissen.

»Nein«, antwortete Leszczuk finster, »denn er wird sich rächen. Das kommt von seiner Eifersucht. Soll er mich für sie dort einsperren. Mit mir hat er auch abzurechnen. Er bekäme lieber mich als sie!«

Damit trat er vor.

»Herr Cholawicki!« rief er.

Stille.

»Herr Cholawicki!« wiederholte er.

»Was ist?« Der Sekretär ließ sich vorsichtshalber nicht sehen. »Wer ruft da?«

»Lassen Sie Fräulein Maja heraus, ich gehe dafür in die Kemenate.«

»Warum?«

»Geben Sie Ihr Wort, daß Sie sie herauslassen, und ich bleibe für sie bei Ihnen. Ich bin auch neugierig, was dort vorgeht. Einverstanden?«

Schweigen.

Leszczuk nahm mit Recht an, daß der Sekretär ihn mehr haßte als Maja. Der Vorschlag war verlockend.

»Nein!« antwortete Cholawicki schließlich. »Sie wollen eingelassen werden, um sich auf mich zu stürzen. Ich traue Ihnen nicht!«

»Und wenn diese Herren mich fesseln? Sie sollen mich fesseln, und Sie können das kontrollieren. Sie fesseln mich hier vor dem Tor unter Ihren Augen. Und dann treten sie zurück, und Sie können mich ins Schloß hineinholen und mit mir tun, was Sie wollen.«

»Dummkopf!« flüsterte Hińcz und zog ihn fort. »Das ist Wahnsinn! Er wird dich schnappen und sie nicht herauslassen. Du hältst das nicht aus!«

»Ich werde es aushalten«, entgegnete er stotternd. »Wenn sie es aushält, halte auch ich es aus.«

Hińcz, Skoliński und Grzegorz umringten ihn. Sie waren überzeugt, daß ihn wieder ein Anfall heimgesucht hatte. Doch Leszczuk war sich über sein Angebot völlig im klaren.

»Richtig, er wird sie nicht herauslassen, aber das ist ganz egal. Wenn er mich in diese Kemenate steckt, wird sie wenigstens nicht allein sein. Zu zweit geht alles besser. Auch wenn ich ihr nicht helfen kann, wird sie sich weniger fürchten!«

Er redete schnell und heftig, um die anderen rasch zu überzeugen.

»Niemand weiß, was sich ihr dort zeigt. Ich will bei ihr sein. Selbst wenn er mich sofort umbringt – jeder muß mal sterben. Ich habe nichts Besseres zu tun. Wenn ihr was anderes wißt, dann sprecht!«

Hińcz mußte zugeben, daß nichts anderes übrigblieb. Sie waren total hilflos.

»Wenn die Herren ihn hier vor dem Tor unter meinen Augen sorgfältig fesseln«, ließ Cholawicki sich hören, »und dann zweihundert Schritte zurücktreten – einverstanden. Ich habe nichts dagegen. Er ist neugierig, mag er's sehen.«

»Fesselt mich mit Stricken«, sagte Leszczuk und legte sich auf den Boden.

Grzegorz sprang zu ihm hin.

»Was tun Sie! Habt ihr so was schon gesehen?! Ihn fesseln und ausliefern, wie ein Schwein zur Schlachtbank! Das ist doch, als würde ich ihn mit eigener Hand umbringen. Mag ihn fesseln, wer will, ich tu's nicht!«

»Ausgeschlossen«, flüsterte Skoliński und zog Hińcz beiseite. »Wir dürfen nicht vergessen, daß er bereits infiziert ist. Wenn Cholawicki ihn zusammen mit Maja in die Kammer steckt, kann das unabsehbare Folgen haben.«

»Fesselt mich!« Leszczuk wurde ungeduldig. »Fesselt mich! Ich habe keine Angst! Wenn sie den Mut hatte, habe ich ihn auch. Ich fürchte mich weder vor ihm noch vor den Geistern. Ich sage euch, ich fürchte mich nicht. Ich halte es aus. Ich sage, ich halte es aus. Und wäre der Teufel persönlich dort, ich fürchte mich nicht, und er wird mir nichts tun. Nichts!«

Hińcz fuhr sich mit der Hand über die Stirn.

Der Einfall schien ihm ebenso wahnwitzig wie hoffnungslos. Sollten sie diesen Burschen gefesselt und wehrlos seinem wütenden Rivalen als leichte Beute ausliefern?

Wer weiß, was Cholawicki mit ihm macht?

Falls er ihn zu Maja in die Kemenate sperrt, wird dann Leszczuk nicht einen neuen Anfall bekommen? Und kennt der Sekretär die Geheimnisse der Kemenate nicht besser als sie alle, sind seine Berechnungen nicht raffinierter?

Nein, diese Idee konnte nur von extremer Verzweiflung eingegeben sein!

Und doch... er begann zu glauben, Leszczuk könne Maja stützen und retten.

Woher kam diese Wende bei ihm?

Das war nicht mehr der auf bäuerische Weise über Geister und Teufel entsetzte Leszczuk, der fatalistisch abwartete, wann der Wahn wieder über ihn kam. Woher diese Wende?

Hińcz beobachtete ihn, wie er da am Boden lag und wartete, daß er gefesselt würde.

Ja! Leszczuk hatte keine Angst mehr. Es war sicher, Leszczuk fürchtete sich nicht und würde sich nicht fürchten, was immer geschah. Er fürchtete sich nicht! Er war an die Grenze gelangt, jenseits derer der Mensch bereit ist, alles zu wagen, das äußerste Risiko einzugehen, selbst das auszuhalten, was die eigene Kraft übersteigt.

Was hatte ihn so verwandelt?

»Meine Herren!« sagte Hińcz. »Nehmt die Stricke von den Pferden und fesselt ihn!«

Sie taten es. Und als sie zweihundert Schritte zurückgetreten waren, öffnete sich das Tor, und Cholawicki zog ihn hinein, wie die Spinne eine Fliege in ihr Netz zieht.

Stille sank herab.

»Der Professor schaute auf seine Uhr.

»Gleich zwei«, sagte er.

Was würde mit Leszczuk geschehen? Hatte Cholawicki ihn in die Kemenate gesperrt? Was ging mit der eingeschlossenen, wartenden Maja vor? Was mit dem Fürsten?

Die Qual der Machtlosigkeit. Es blieb ihnen nur – zu warten. Die Viertelstunden vergingen. Wann würde es dämmern?

»Es führt zu nichts«, meinte Skoliński nervös, »wir verurteilen sie zum sicheren Verderben. Auch wenn sie heil aus der Kemenate kommen, macht Cholawicki sie auf andere Weise fertig. Endgültig herauslassen wird er sie nicht. Das sind Illusionen.«

Es gab jedoch eine gewisse, wenngleich minimale Chance, daß Cholawicki nicht bis zum Letzten gehen würde. Wenn er Leszczuk in die Kemenate eingesperrt hatte, würde Maja ihn losbinden, und dann konnten sie gemeinsam Widerstand leisten.

Vielleicht aber besinnt sich der Sekretär und schreckt vor der Verantwortung zurück – vielleicht geschieht etwas, ereignet sich etwas?

Wenn sie dagegen versuchten, ins Schloß einzudringen, gab es keinerlei Chance. Cholawicki würde seine Drohungen wahr machen.

Sie warteten also in Angst und Dunkelheit und beteten, die erlösende Morgendämmerung möge kommen. Der Professor, der sich an seine schrecklichen Erlebnisse in der alten Küche erinnerte, fiel auf die Knie, schlug die Hände vors Gesicht und bebte am ganzen Körper.

»Wo ist Handrycz?« fragte der Hellseher.

Erst jetzt hatte er bemerkt, daß der Bauer seit langem verschwunden war. Er wollte ihn ins Dorf schicken, um Leute herbeizuholen.

Da zerriß ein entsetzlicher Schrei die Stille.

Sie erstarrten. Es war Majas Schrei.

Das Fenster der alten Küche konnte man nicht sehen, die Außenmauer des Schlosses verdeckte es – aber genau von dort war der Schrei gekommen, der das letzte Grauen kundtat. Und die Stille, die folgte, wirkte tödlich.

»Genug!« rief Hińcz.

Sie stürzten zum Tor und trommelten dagegen.

Es gab nach.
Hińcz, Grzegorz und der Professor rannten ins Schloß.
Sie hetzten blindlings über schwarze Treppen.
Im ersten Stock vernahmen sie Revolverschüsse. Der alte Fürst schoß, noch einmal und noch einmal, und rief gleichzeitig:
»Ich erlaube es nicht! Ich erlaube es nicht! Weg! Nicht stören! Franio!«
Hińcz erreichte ihn und warf ihn zu Boden.
Sie hetzten weiter, zur schrecklichen Kemenate.
Doch die Tür zum Flur, der die alte Küche von den übrigen Räumen des Schlosses trennte, fiel vor ihnen zu, und sie war schwer und massiv wie alle Türen im Schloß.
Hińcz hämmerte mit den Fäusten auf sie ein.
Sie vernahmen Cholawickis gleichmäßige, kalte Stimme:
»Gleich! Gleich! Erst mache ich Schluß mit ihnen und dann mit euch – und dann mit mir. Gut...«
Und seine Schritte entfernten sich zur alten Küche. Er beeilte sich nicht einmal, weil er sicher war, daß die Tür standhalten würde, bis er Leszczuk und Maja erledigt hätte.
Hińcz schoß mit dem Revolver auf die Tür, der Professor mit der Doppelflinte. Das war ein Akt der Verzweiflung. Die Revolverkugeln blieben im Holz stecken, erst recht das Schrot des Professors.
Der Fürst kam angelaufen.
»Ich verbiete es! Ich verbiete es! Franio! Franio ist dort!« rief er. »Franio ist gekommen! Ihr wollt ihn umbringen! Weg da, er kommt gleich heraus.«
Wie auf ein Kommando hörten der Professor und Hińcz auf zu schießen. Sie horchten...
Sie horchten, was zu ihnen dringen würde, Cholawickis Schüsse oder etwas anderes... Was ging dort vor?
Das Schweigen dehnte sich ins Unendliche.
»Ich sage euch doch, Franio ist gekommen und wird mir verzeihen! Ich habe das Zeichen gesehen!« rief der Fürst.
Da ertönten Schritte, die langsamen Schritte des Sekretärs, und die Tür öffnete sich.
Sie stürzten sich auf ihn. Aber statt sich zu wehren, sprach er leise und zog dabei die Worte in die Länge:
»Kommen Sie mit – schauen Sie – bitte schauen Sie.«
Er zeigte zur alten Küche, unfähig, noch etwas zu sagen.

Der Ton seiner Stimme war so seltsam, daß alle wie auf Befehl stehenblieben.

Die Tür der alten Küche stand halboffen. Hińcz, der Professor, der Fürst und Grzegorz traten heran – und erstarrten.

Maja und Leszczuk waren spurlos verschwunden.

Statt ihrer stand Handrycz mitten in der Stube und blickte verwirrt in die Runde wie jemand, der aus tiefem Schlaf erwacht.

Von dem Handtuch keine Spur.

»Wo sind sie?« rief Hińcz. »Was haben Sie mit ihnen gemacht, Sie Mörder!«

Er packte den Sekretär bei den Schultern. Doch der starrte verwundert vor sich hin, wies immer noch auf Handrycz und flüsterte:

»Ich habe nichts getan!«

Da sank ein Körper zu Boden. Der Fürst war vor Handrycz auf die Knie gefallen, mit vorgestreckten Armen und mit tränennassem Gesicht.

»Franio!« sagte er. »Franio!«

»Wie kommt Ihr hierher? Seid Ihr's? Seid Ihr's, Handrycz?« fragte Skoliński und machte sich die Sinnlosigkeit seiner Fragen gar nicht klar.

Aber der Bauer antwortete nicht, nur sein Blick glitt unsicher über die Wände, und er sprach in tiefster Verwirrung wie zu sich selbst:

»Hier... hier war ich... hier war ich... schon einmal...«

Dann wurde er ohnmächtig.

Noch ehe der Lärm des fallenden Körpers verhallt war, stürzte Cholawicki mit irrsinnigem Gebrüll aus der Kemenate.

Hińcz, der Professor und Grzegorz standen da wie drei stumme Fragezeichen.

22

Maja versuchte gar nicht erst, an die Tür zu hämmern, die Cholawicki zugeschlagen hatte. Sie versuchte weder zu bitten noch zu rufen. Sie wußte, das führte zu nichts. Sie setzte sich auf das Bett und blieb dort sitzen, reglos, wartend...

Worauf?

Es war dunkel. In dieser Dunkelheit konnte sie das widerwärtige Ding nicht sehen, das sich an dem Kleiderhaken bewegte, aber sie wußte, es war da und bewegte sich.

Anfangs fand sie das gar nicht so schrecklich, wie Skoliński erzählt und sie selbst es sich vorgestellt hatte.

Sie war sogar befriedigt, daß sie sich endlich selbst überzeugen konnte. Und sie war zu allem bereit.

Die Viertelstunden vergingen. Sie spürte in der Dunkelheit, wie die Bewegung sich steigerte und eine unbekannte Wut wuchs, die an dem Haken zerrte.

Zugleich arbeiteten ihre Gedanken unaufhörlich und produzierten immer neue Vermutungen über das, was sich hier materialisieren würde.

Vergeblich strengte sie ihren Willen an, um die Aufmerksamkeit davon abzuwenden, vergeblich versuchte sie, an nüchterne und konkrete Dinge zu denken. Im Untergrund pochte die Frage: Was wird? Was kommt?

Wird sich dieses Etwas auf sie stürzen? Oder wird sich ihr etwas zeigen, und allein der Anblick wird genügen, um sie für immer zu zerschmettern? Oder wird dieses Etwas in sie eintreten? Sie anstecken, sie in Besitz nehmen wie Leszczuk, und wird sie dann...

Außerdem war sie überzeugt, Cholawicki hatte sie nicht hier eingeschlossen, nicht hierhergebracht, ohne absolut sicher zu sein, daß sie es nicht aushalten würde.

Dunkel.

Durch das Fenster vernahm sie Stimmen. Sie glaubte, Hińcz' Stimme zu erkennen, aber es war nur eine Vermutung, und ans Fenster konnte sie nicht treten. Es war der Stelle zu nahe, wo der Stoffetzen sich bewegte.

Sie spürte, wie sie ermattete. Vergeblich wiederholte sie sich, daß sie es so gewollt hatte, daß sie die tierische Angst überwinden würde, daß ihr und Leszczuks Schicksal von dieser Überwindung abhänge.

In der Dunkelheit wurde sie schwächer, statt Kräfte zu gewinnen, sie spürte ein Zittern ihrer Gesichtsmuskeln, den kalten Schweiß auf der Stirn und die nahende tödliche Panik.

Ein Rest von Stolz hielt sie aufrecht.

Nein, sie würde nicht unterliegen! Sie würde sich nicht ergeben! Nicht dem da in der Ecke, das sich bewegte...

Aber ihre Zähne fingen an zu klappern. Und die konvulsivische Bewegung wuchs an.

»O Gott! O Gott!«

Da hörte sie Cholawicki mit schwerem Schritt kommen, er sagte etwas. Zu sich?

Die Tür ging auf. Sie stürzte ihr entgegen.

Sie war bereit, Cholawicki anzuflehen, er möge sie herauslassen.

Aber irgend etwas traf sie heftig und fiel zu Boden, und als sie entsetzt zurücktrat, schlug der Sekretär die Tür zu.

»Du hast Besuch! Amüsiert euch gut!« Nur das sagte er, und seine Schritte verhallten wieder.

Sie wagte nichts zu sagen. Bis sie schließlich Leszczuks abgehackte, sich gleichsam verschluckende Stimme vernahm.

»Ich bin's.«

Mit äußerster Willensanstrengung flüsterte sie verwundert:

»Wie das?!«

»Binden Sie mich los«, hörte sie statt einer Antwort.

Sie beugte sich über ihn, und während sie sich bemühte, seine Fesseln zu lösen, erklärte er ihr im Flüsterton, was passiert war und warum er sich für Cholawicki hatte fesseln lassen.

Maja meinte, man solle hier lieber nicht sprechen, die menschliche Stimme könne etwas in dieser Kemenate beeinträchtigen, sie wirke provozierend...

Einerseits hatte Leszczuks Anwesenheit sie aus der panischen Erstarrung gerissen, er war ein Mensch und beruhigte sie an diesem unmenschlichen Ort. Andererseits hatte sie, während sie in der Dunkelheit neben ihm stand, nicht die geringste Garantie dafür, daß er vor Angst nicht wahnsinnig wurde, nicht stürzte, etwas tat, einen Anfall bekam – und das verdoppelte noch ihr Grausen.

Da sie selbst sich so fürchtete, wie dann erst er!

Sie sah ihn nicht. Sie konnte nicht feststellen, wie er in diesem Augenblick aussah.

Beide schwiegen.

»Ist es dort?« fragte er plötzlich. »In welcher Ecke? Da?«

Er ergriff ihre Hand und wies die Richtung.

»Ja.«

»Bewegt es sich?«

»Ja.«

Sie schwiegen erneut. Und wieder der grenzenlose Ekel, das Grauen, der im stillen anwachsende Irrsinn, die krampfhafte Bewegung. Maja glaubte, gleich, gleich würde es beginnen, weil er nun hier sei, zwischen ihnen müsse, müsse etwas geschehen, dagegen helfe nichts mehr! Und statt sie zu beruhigen, entsetzte seine Gegenwart in der Dunkelheit sie nur noch mehr.

Würde ihn nicht jeden Augenblick der Wahn überkommen, so daß er etwas Schreckliches täte? Das war ihm anscheinend vorherbestimmt!

In die Ecke geschmiegt, wagte sie nicht, sich zu rühren. Sie wartete.

Und konnte sich zu keiner Frage aufraffen, weil sie die Gewißheit hatte, in seiner Antwort den Ton des Entsetzens zu vernehmen und es dann selbst nicht auszuhalten und sich mit dem Kopf voran in den Schrecken zu stürzen!

Sie war sicher, daß er sich nicht bewegen, daß er nicht reden konnte – vor Angst.

Da hörte sie: »Na und? Ist da nichts? Und ich dachte, hier findet wirklich etwas statt.«

Krampfhaft faßte sie ihn bei der Hand.

»Spüren Sie nicht... wie sich das bewegt? Bewegt?«

Er lachte auf.

»Nichts spüre ich! Das bilden Sie sich ein! Was soll sich denn bewegen? Wenn Sie wollen, werfe ich dieses Wischtuch zum Fenster hinaus, und Schluß!«

War er verrückt geworden? Hatte er vergessen, wo er sich befand? Sein Ton kam ihr unmöglich, unwahrscheinlich vor.

»Still!«

Doch er machte ein paar Schritte tiefer in die Kemenate.

Maja blieb das Herz stehen!

Jetzt! Sobald er das da berührte! Etwas muß geschehen! Er soll es nicht berühren!

Sie hatte den Eindruck, etwas knarre, stöhne, trete plötzlich zutage.

Er bewegte sich in jener Ecke.

Und pfiff!

Er pfiff durch die Zähne.

»Ich kann es nicht finden. Aha, jetzt hab' ich's. Hängt es an einem Haken? Ein gewöhnliches Handtuch, weiter nichts! Nichts als Schwindel. Los, raus!«

Sie sah seine Silhouette vor dem Fenster – und die Handbewegung, mit der er das Handtuch hinauswarf. Ihre Haare aber kamen ihr höchst seltsam vor.

»Schluß mit der Angst! Und wenn dieser Cholawicki hier reinkommt, polier' ich ihm die Fresse. Wir müssen bis zum Morgen hier hocken, dann...«

Er beendete den Satz nicht.

Aus ihrer Befestigung gerissen, hob sich die Platte des Küchenherdes an der Wand und fiel mit Getöse auf den Steinfußboden. Irgend etwas hatte den Herd gesprengt.

Sie schrie auf.

Dort im Herd wühlte etwas, regte sich und schnaufte – eine dunkle Masse.

Bis schließlich das unstete Licht eines Streichholzes die Stube überflutete.

In diesem Licht erblickte sie die lange, typische Gestalt des Bauern Handrycz, der langsam aus den Trümmern des Herdes kletterte.

Er wollte etwas sagen, doch im gleichen Augenblick hallten fern im Schloß Schüsse.

»Flieht!« rief der Bauer. »Hier ist ein Durchgang! Schnell!«

Und während Maja und Leszczuk in den Tiefen des Herdes verschwanden, blieb er stehen und blickte mit gesammeltem und traurigem Gesicht in die Runde.

»Hier war ich schon einmal«, flüsterte er.

Hińcz betrat mit Professor Skoliński die alte Küche. »Dann können wir mehr oder weniger die Tragödie rekonstruieren, die hier stattgefunden hat«, sagte er.

Es war hell. Draußen vor dem Fenster zwitscherten die Vögel. Ohne das Handtuch wirkte das Zimmer heiter und angenehm.

»Stellt euch die Geschehnisse jener letzten Nacht vor«, fuhr der Hellseher fort, »als Franio den Gipfelpunkt seiner Wut erreichte.

Wie immer kam der Fürst an die Tür und flehte um Erbarmen. Franio antwortete höhnisch.

›Ich vergebe dir!‹ rief er und fuhr sich mit dem Finger über die Kehle, was bedeuten sollte, er werde sich und seinen Vater abschlachten.

Sehen Sie den Spalt in der Tür? Durch diesen Spalt erblickte der Fürst Franios Geste.

Darauf ergriff der unselige Bursche in einem Anfall von Raserei das Handtuch, stopfte sich ein Ende in den Mund, schlang sich das andere um den Hals und erstickte sich selbst. Der Fürst wurde ohnmächtig. Und als er wieder zu Bewußtsein kam, war Franio nicht mehr am Leben.«

Beide beugten sich über den Herd.

»Ja«, sagte der Professor, »unten hat man eine Öffnung geschlagen, eine Art Kamin, der bis in den Keller reicht. Wahrscheinlich ein lange Jahre zurückliegender unvollendeter Umbau.«

»Ich sehe«, sprach Hińcz und schloß die Augen, »wie der Fürst aus der Ohnmacht erwacht und außer sich gerät. Wie er in die Kemenate stürzt und nicht weiß, was er mit der Leiche tun soll. Er will vor sich selbst und vor anderen die gräßliche Tatsache verbergen. Schließlich steckt er in Eile und geistiger Verwirrung die Leiche in den Herd – und die Leiche versinkt in der Tiefe!«

Der Professor hob seinen Kopf über dem Herd.

»Aha! Jetzt verstehe ich, warum er sich diese Kapelle in den Verliesen eingerichtet hat. Es war die Stelle, wo nach seiner Berechnung die geliebten Überreste steckten.

Er wußte nicht, daß der Kamin mit dem unterirdischen Gang in Verbindung steht, der aus dem Schloß hinausführt. Er wußte nicht, daß Franio sich nicht erwürgt hatte, sondern nur bewußtlos geworden war.

Er kam nicht auf die Idee, daß niemand sich auf diese Weise erwürgen kann. Und schließlich wußte er nicht, daß Franio zwar aus dem Schloß hinausgelangte, aber infolge eines nervösen Schocks völlig sein Gedächtnis verloren hatte.

Mich wundert, daß niemand von den Leuten der Umgebung in Handrycz Franio erkannte«, sagte der Professor.

»Danach habe ich Handrycz gefragt«, antwortete Hińcz. »Er hat mir erzählt, wie er nach Wochen in Lublin typhuskrank erwachte. Irgendwelche Leute betreuten ihn. Den Verlust seines Gedächtnisses schrieb er der Krankheit zu.

Dort traf er auch seine heutige Frau. Sie kehrten erst nach Jahren hierher zurück. Jedenfalls ahnte sie als einzige, daß ihr Mann mit den Legenden um Franio und das Schloß etwas zu tun hatte, doch aus verständlichen Gründen hielt sie das vor ihm geheim.

Und der Fürst? Der Fürst klammerte sich an die letzte

Hoffnung, wie das Verrückte tun, und redete sich ein, Franios grausame Geste sei das Zeichen der Verzeihung gewesen! Immer noch glaubte er, Franio werde ihm vergeben, wie er angekündigt hatte.«

»Also hat Cholawicki hier die ganze Nacht gehockt und nichts gesehen. Wie erfuhr er dann von dem Zeichen?«

»Von Frau Ziółkowska. Dieses Weib machte mit ihm gemeinsame Sache und erzählte ihm von unserer Entdeckung während der Séance. In der Kemenate hat er nichts gesehen, obwohl er die ganze Nacht dort hockte. Das Handtuch bewegte sich immer stärker – und dann immer weniger. Gezeigt hat sich nichts.«

»Hier hat also eigentlich nichts gespukt?« fragte Skoliński enttäuscht.

»Nein. Nur daß sich das Handtuch bewegte.«

Sie verließen die Kemenate und befanden sich bald auf dem Schloßhof. Die Sonne brannte.

23

Grelles Mittagslicht entblößte den Verfall des alten Schlosses. Grasbüschel, die aus den Spalten zwischen den gelockerten Steinen des Unterbaus ragten, abgesprungener Putz, rötliche Stellen am morschen Ziegelwerk, graue Wasserflecken, grüner Flechtenbewuchs.

»In wenigen Jahren bleibt davon nur ein Trümmerhaufen übrig«, murmelte Hińcz bedauernd.

»Das ist noch die Frage.«

»Wollen Sie dieses Gemäuer instand setzen?«

»Mein Vertrag mit dem Fürsten sieht eine solche Möglichkeit zur Zeit nicht vor. Handrycz wird erben, ich bin nur der Kustos, wenn das nicht schon zu hochtrabend klingt. Ich soll mich um die bewegliche Habe kümmern, eine Expertise liefern, die wertvollen Dinge den Museen zustellen.«

»Dann bleibt nur eine Ruine«, warf Hińcz ein.

»Das wird die Zukunft zeigen. Selbstverständlich, falls sich niemand des Schlosses annimmt, fällt es in Trümmer. Aber der Fürst hat noch Zeit, an alles zu denken.«

»Meinen Sie?«

»Ich sehe ihn tagtäglich und stelle fest, daß er voll und ganz ins Leben zurückkehrt. Dieser Greis glich seinem Schloß. Seine Psyche war in Schichten gehüllt wie von Spinnweben und Staub. Der Scherge Cholawicki hat erheblich dazu beigetragen. Er hat den Alten geplagt, hat ihn gequält, seine Hoffnungen ebenso bestärkt wie verspottet, dann wieder ihn terrorisiert und geängstigt. Er wußte seinen Irrsinn auszunutzen, obwohl er die Ursache dieses Zustands nicht kannte. Ein Schuft, ein kalter, raffinierter Schuft.«

»Der sich aber in seine Schuftigkeit verstrickt hat.«

Gedankenverloren köpfte der Professor mit seinem Spazierstock die großen Blätter der Kletten und die harten Disteln, die unterhalb der Burgmauer wucherten.

»So ist das mit jeder Schuftigkeit.«

»Wie steht's? Wird er es überleben?«

»Was? Den Schuß? Bestimmt. Die Ärzte haben sofort gesagt, es sei eine leichte Wunde. Dr. Drasz behauptet, auf diese Weise erschießen sich zwei Typen von Selbstmördern, die Komödianten oder die Feiglinge. Eine Kugel in die Brust? Na und? Zwei Rippen gebrochen, einige Muskeln zerfetzt. Die Kugel dieses uralten Schießprügels war ja auch riesengroß. Aber überleben wird er's.«

»Und der Fürst weiß nichts davon?«

»Nein. Er war noch nicht zu Bewußtsein gekommen, als wir Cholawicki fortschafften. Grzegorz wird schweigen, und sei es nur aus Ergebenheit für den Greis. Handrycz auch.«

»Jetzt wohl besser Franio. Was sagt denn Franio zu den Plänen des Fürsten?«

»Ich glaube, er hat nichts dagegen.«

»Dann haben Sie letzten Endes die Partie gewonnen, Herr Professor. Das Schloß bleibt dem Fürsten und Franio, die beweglichen Dinge aber wandern auf ihre alten Tage in die Museen? So wie Sie es sich erträumt haben?«

»Ich hoffe es. Aber ich würde es begrüßen, wenn auch das Schloß nicht verfiele. Diese alten Mauern können noch viele Jahre standhalten. Von außen Verfall, aber der Kern der Mauern ist gesund. Massiver Stein. Man muß nur die Decken und Fußböden auswechseln, den Unterbau verstärken, den Verputz erneuern, und schon wäre diese Leiche auferweckt.«

»So wie wir den Fürsten auferweckt haben.«

»Da genügt eine einzige Erschütterung nicht. Es bedarf langer Bemühungen und hoher Aufwendungen. Aber ich stehe dafür, daß sich Geld auftreiben läßt. Und es würde sich lohnen, weil man in diesen alten Räumen Gott weiß was unterbringen kann. Ein Kinderheim, eine Schule, ein Museum. Man könnte auch die Schätze, die sich hier befinden, nicht fortschaffen, sondern lassen, wo sie sind, und nur in Obhut nehmen.«

Sie umschritten die düsteren Mauern entlang den Gräben und stolperten dabei auf dem schadhaften Pflaster des Hofes oder versanken in unkrautüberwachsene Löcher.

»Eine wahre Illustration zum Märchen von der schlafenden Prinzessin«, freute sich der Professor; er wies mit dem Spazierstock auf die Zinnen, welche die aussätzigen Mauern, die mächtigen Vorsprünge und die verfallende Bastei hoch überragten.

»Aber schon erwacht hier neues Leben. Schauen Sie, Herr Professor. Grzegorz öffnet die Fenster. Frau Handrycz ist bereits eingetroffen und brutzelt etwas in der Küche. Franio leitet die neuen Knechte an. Bald wird sich alles ändern.«

»Der böse Zauber hat seine Macht eingebüßt. Die Rolle des vergifteten Apfels spielte...«

»...das Handtuch«, vollendete Hińcz in vollem Ernst. »Irgendwo müßte es hier liegen, falls es nicht jemand inzwischen gefunden hat.«

»Hier«, sagte der Professor und führte Hińcz die Mauer entlang, »hier ist das Fenster der alten Küche.«

»Wo ist es denn? Ach, da haben wir unseren Spaßvogel!« Hińcz wies auf das Handtuch, das weiß im Grase lag.

Es lag dort, wo Leszczuk es hinausgeworfen hatte, und wirkte überhaupt nicht bedrohlich. Dennoch betrachteten die beiden Herren es mißtrauisch aus einer gewissen Entfernung. Der Professor schluckte. Trotz allem empfand er tiefe Abscheu gegenüber diesem Stück Stoff, das, so schien es, immer noch, wenn auch unsichtbar, bebte und sich verkrampfte.

»Man sollte es verbrennen«, sagte er voller Ekel.

»O nein!« entgegnete der Hellseher. »Außer dem Bleistift ist dieses Handtuch der einzige unerforschte Punkt in der ganzen Geschichte. Ich nehme es mit nach Warschau und lasse es wissenschaftlich untersuchen. Wir wollen sehen, was das ist! Was für eine Energie darin tobt.«

»Aber vorsichtig! Denken Sie daran, daß man nicht ungestraft damit umgeht!«

»Ach!« seufzte Hińcz. »Je länger ich über diese Dinge nachdenke, desto mehr bin ich geneigt anzunehmen, daß wir Leszczuks Wahn nur in geringem Maße dem übrigens nicht abzuleugnenden Fluidum des Handtuchs verdanken. Zweifellos sind das Rätsel. Aber die eigentliche Ursache seines Wahns war Maja.

Sehen Sie«, fuhr er fort, »wenn im menschlichen Leben das unerforschte und geheimnisvolle Element sichtbar hervortritt, sind wir bereit, alles seinem Wirken zuzuschreiben. Das ist ein großer Fehler. Zweifellos gibt es noch viele Kräfte und Phänomene außerhalb unseres Wissens um die Welt, aber man darf ihren Einfluß nicht übertreiben.

Der Mensch ist seines Glückes Schmied. Charakter, Bewußtsein, Glaube entscheiden, nicht ein blindes und dunkles Fluidum. Jedes Menschenleben, jedes unserer Abenteuer ist ein wenig unklar und geheimnisvoll. Wir bewegen uns in einer Welt, die noch nicht vollständig aufgehellt ist. Doch die vorhandene Helligkeit genügt einem Menschen guten Willens.«

Er dämpfte seine Stimme.

»Im vorliegenden Fall fürchte ich keine mechanischen Einflüsse dieses Lumpens. Damit werden wir immer fertig, selbst wenn unsere Lippen verkohlten.

Apropos«, fügte er unwillkürlich hinzu, »ich weiß nicht, ob Sie bemerkt haben, daß Leszczuks Bleistift ein… Tintenstift war.«

Der Professor blickte zu ihm hinüber.

»Nicht so wichtig«, sagte Hińcz, »das würde sowieso nichts erklären. Ich wiederhole, wir haben uns vergeblich bemüht, alles zu verstehen. Unser Leben verläuft im Halblicht. Wahrscheinlich können wir noch viele Rätsel auf natürliche Weise lösen, doch ein gewisses unlösbares Minimum wird immer bleiben. Ja, immer.

Auf jeden Fall wissen wir aber nun bestimmt, daß in der alten Küche nichts geschehen ist. Das Handtuch bewegte sich bei Nacht einfach stärker, das ist alles. Die Leute sind dort unter dem Eindruck der Angst und der Phantasie durchgedreht – wie immer seit Beginn der Welt.«

»Auf jeden Fall ziehe ich es vor, es nicht mit der Hand zu berühren«, sagte der Professor und hob das Handtuch vorsichtig mit einem Stöckchen auf.

Hińcz lächelte nachsichtig.

»Für einen Wissenschaftler sind Sie zuwenig skeptisch, Herr Professor.«

»Ja, wenn ich nicht Zeuge der Beunruhigung gewesen wäre, die von diesem Lumpen ausging... Brr! Wenn ich mich an die Nacht erinnere, die ich allein mit ihm verbracht habe!«

»Wie sich zeigt, kann auch im Gehirn eines Wissenschaftlers die Fähigkeit zum Überlegen von der Phantasie verdrängt werden.«

»Unbestreitbar. Aber gestatten Sie, daß ich Ihnen etwas sage: Für einen Menschen, der den übersinnlichen Phänomenen nähersteht als ich gewöhnlicher Homo sapiens, sind Sie zu skeptisch.« »Weshalb zum Beispiel?«

»Wenn Sie Leszczuks schwarze Lippen der Tatsache zuschreiben, daß sein Stift ein Tintenstift war, könnten Sie vielleicht versuchen, mir zu erklären, warum dieses Handtuch sich bewegt hat! Denn daß es sich bewegt hat, ist eine Tatsache und keine Illusion, kein Phantasieprodukt.«

»Der Skeptiker würde sagen: Gewiß hat der Durchzug den Lumpen bewegt, und würde dort, wo das Handtuch hing, nach einem Spalt in der Wand suchen.«

Der Professor lächelte gezwungen und unehrlich.

»Ist nun alles klar? Kein Rätsel mehr vorhanden... Dann, werter Herr, da der gesunde Menschenverstand über die Fiktionen triumphiert hat, geben Sie mir vielleicht einen weiteren Beweis Ihrer kritischen Skepsis und legen dieses Ekelzeug eigenhändig in das Köfferchen.«

Hińcz biß sich auf die Lippen und runzelte die Stirn.

»Ärgern Sie sich nicht«, fuhr der Professor ernst fort. »Mein Vorschlag ist redlich. Verstehen Sie, worum es geht?«

»Ja«, murmelte Hińcz.

Er bückte sich langsam nach dem Handtuch. Doch in diesem Augenblick packte der Professor ihn blitzschnell bei der vorgestreckten Hand und zog ihn einen Schritt weit fort.

»Genug!« rief er. »Das reicht mir.«

»Was ist denn?«

»Erstens, daß sogar Sie geschwankt und gezögert haben, obwohl Sie die mechanischen Einflüsse dieses Lumpens nicht fürchten. So haben Sie das doch gesagt? Und zweitens, daß Sie sich trotzdem entschlossen haben. Ein sehr interessantes Experiment für einen Erforscher der menschlichen Psyche.«

»Und die Folgerung?«

»Sie sind kein Skeptiker, genausowenig wie ich.«

»Lieber Professor« – Hińcz klopfte ihm auf die Schulter –, »lohnt es denn, ein Skeptiker zu sein und sonst nichts? Dann würde man das Leben aller Illusionen berauben, die ihm so viel Farbe verleihen. Es ist angenehm, Geheimnisse zu ergründen, aber um der Erkenntnis, nicht um des triumphierenden Unglaubens willen. Welche Negation stellt Sie zufrieden?«

»Es lebe die Romantik«, spottete der Professor. »Bleiben wir dabei. Und deswegen... benutzen wir das Stöckchen und nicht die Hand, um das Handtuch einzuschließen.«

Sie legten es in den kleinen Koffer und fuhren zurück nach Połyka.

»Haben Sie Maja gesehen?« fragte Skoliński, als sie vor dem Haus ausstiegen.

»Nein. Ich habe noch nicht mit ihr gesprochen. Dabei habe ich eine Nachricht für sie. Der Untersuchungsrichter im Fall Maliniak hat mich angerufen. Wissen Sie, wer diesen ermordet hat? Die Marquise. Sie haben den Spalt in der Wand entdeckt, durch den sie die Schnur gezogen hatte. Und endgültig hat sich alles geklärt, als dem Richter der Kriminalroman ›In den Schlingen des Vampirs‹ in die Hände fiel.

Wie sich herausstellte, hat die Marquise die Hauptszene des Buches wortwörtlich kopiert. Der Mörder hat die Schnur so hinter das Bett gehängt, daß es genügte, daran zu ziehen, um sie dem Schlafenden über den Kopf zu streifen.

Natürlich hat sie das vorbereitet, ehe Maliniak zu Bett ging, und das erklärt uns, warum sie ihn erdrosseln konnte, obwohl die Tür zu seinem Zimmer von innen abgeschlossen war. Welche Perfidie! Wäre Leszczuk nicht zufällig Zeuge des Mordes geworden und hätte Maja nicht das Fenster geöffnet, um ihn hereinzulassen, so hätte nichts sie vor der falschen Beschuldigung retten können. Pst, da ist sie ja. Kein Wort, Herr Professor, davon, daß wir das Handtuch im Köfferchen haben, wir wollen ihre Widerstandskraft nicht erneut auf die Probe stellen. Nehmen Sie es schnell mit ins Haus.«

Leider beeilte sich der Professor zu sehr, und die Katastrophe trat ein. Das Köfferchen stieß an die Armlehne der Britschka, es öffnete sich – das Handtuch fiel heraus, zwei Schritte vor Maja, die gerade herantrat.

Wie angewurzelt blieb sie stehen.

»Nein! Nein!« schrie Hińcz und bemühte sich, mit seinem Körper das Handtuch zu verdecken.

Sie lachte.

»Regen Sie sich nicht auf«, sagte sie, »für mich ist das nicht mehr schrecklich.«

Und sie stieß mit dem Fuß leicht gegen den gefährlichen Lumpen.

»Sie fürchten sich nicht?« fragte der Professor erstaunt.

»Ganz und gar nicht. Leszczuk hat es doch zum Fenster hinausgeworfen, und ihm ist nichts passiert.«

»Bravo!« rief Hińcz bewegt. »Heißt das, ihr habt die Angst überwunden? Hat das Handtuch keinen Einfluß mehr auf euch?«

»Nicht den geringsten. Und wissen Sie warum, meine Herren?«

Ihre Hand wies auf Leszczuk, der durch die Allee herankam.

»Darum«, sagte sie.

Beide Herren gaben einen Ausruf der Verwunderung von sich. Leszczuks Haare waren weiß!

Nachts, als sie gemeinsam aus dem Schloß zurückgefahren waren, hatten sie das nicht bemerkt. Jetzt aber, bei Tageslicht war sein Kopf schlohweiß und sah wie verzaubert aus.

»Sie müssen die Seele einer Frau richtig verstehen«, erläuterte Maja scheinbar im Scherz, im Grunde aber tief bewegt, nachdem sie sich zu dritt auf die Bank am Tennisplatz gesetzt hatten. »Allein in der Kemenate habe ich mich entsetzlich gefürchtet, noch mehr aber, als sich Leszczuk mit mir dort befand. In der Dunkelheit sah ich ihn nicht. Ich stellte mir vor, er fürchte sich mehr als ich, und hatte darum noch mehr Angst als er.

Später, als er pfeifend das Handtuch hinauswarf, begriff ich plötzlich, daß er sich überhaupt nicht fürchtete. Aber das war noch schlimmer; ich glaubte nämlich, er sei zu stumpf, zu wenig intelligent, um sich zu fürchten.

Sein Erscheinen in der Kemenate verlor für mich jeden Wert. Hatte ich zuvor gedacht, er opfere sich für mich, begriff ich jetzt, daß ihn das nichts kostete.

Sehen Sie, ich kannte ihn nicht. Er war für mich dunkler als diese Kemenate. Mir schien, er sei anders als ich.

Und erst, als ich heute morgen sah, daß er, während er pfiff und das Handtuch hinauswarf, weiß geworden war, verstand ich...«

Maja geriet ins Stottern und wurde rot.

»Er fand diese Kraft in sich, weil Sie sich dazu aufgerafft hatten, in die Kemenate zu gehen. Er hat sich an Ihrer Tapferkeit und Entschlossenheit angesteckt«, sagte Hińcz und verbarg seine Freude nicht. »Aber ich habe eine Nachricht für euch. Man weiß jetzt, wer Maliniak umgebracht hat.«

»Ich bin nicht neugierig.«

»Was?! Das interessiert Sie nicht?«

»Nein. Ich weiß bestimmt, er war es nicht. Und ich auch nicht. Sehen Sie«, sprach sie langsam weiter, während ihr Blick den alten Gutshof, den Garten und die Wirtschaftsgebäude im Hintergrund umfaßte, »wir haben lange Zeit aneinander gezweifelt, doch kaum hatten wir angefangen, uns zu vertrauen, konnte keine noch so wilde Geschichte uns mit Zweifel erfüllen. Und kein Fluidum blieb an uns hängen. Wir sind – imprägniert.«

»Gott sei Dank!« rief der Hellseher aus. »Endlich habt ihr das verstanden! In dieser Welt voll Unklarheit und Rätsel, Dämmerung und Trübheit, Seltsamkeit und Irrtum gibt es nur eine untrügliche Wahrheit – die Wahrheit des Charakters!«

Nachwort

> Die heißeste Schmuggelware in einem altersschwachen Banktresorwagen zu transportieren, das gefällt mir.
>
> Gombrowicz

Als Gombrowicz ›Die Besessenen‹ schreibt, ist er bereits mit dem Erzählungsband ›Memoiren aus der Epoche des Reifens‹ hervorgetreten, mit dem Theaterstück ›Yvonne, die Burgunderprinzessin‹ und mit dem meisterhaften Roman ›Ferdydurke‹, der ihn in den ersten Rang der neuen polnischen Literatur erhoben hat. ›Die Besessenen‹ erscheinen zwischen dem 4. Juni und dem 30. September 1939 unter dem Pseudonym Z. Niewieski als Fortsetzungsroman in zwei Zeitungen gleichzeitig, in der Warschauer Abendzeitung ›Roter Kurier‹ und im ›Morgen-Express‹ von Kielce-Radom. Durch den deutschen Angriff auf Polen wird die Veröffentlichung abgebrochen. Zur Vollendung des Werkes fehlen nur ein oder zwei Kapitel, die das Schicksal der Nebenfiguren klären und die vielfältigen Rätsel der verschlungenen Handlung lösen sollten.* Eingeladen zur Einweihung einer Seeverbindung mit Südamerika, war Gombrowicz am 1. August nach Buenos Aires abgereist. Was er, als Gast einer Jungfernfahrt, als kurzen Aufenthalt gedacht hatte, verwandelte sich in ein Exil von vierundzwanzig Jahren in Argentinien. Nun bedrängen ihn andere Zwänge: Überleben, Anerkennung finden, sich durchsetzen; zunächst in Argentinien, dann vor allem in Paris, wo seine wichtigsten Werke erst in polnischer, dann in französischer Sprache erscheinen: ›Trans-Atlantik‹ und ›Die Trauung‹ (1953), ›Tagebuch‹ (1957–1967), ›Pornographie‹ (1960), ›Kosmos‹ (1965). ›Die Besessenen‹ waren anscheinend in den kurzlebigen Feuilletons der Vorkriegszeit verlorengegangen und kamen erst wieder ans Licht durch eine autobiographische Notiz von 1969 in dem Gombrowicz-Band von ›L'Herne‹. Sie wurden von ihrem Autor wiederentdeckt und erschienen schließlich 1973 in der Originalsprache im Verlag der ›Kultura‹ in Paris. Bis 1976 blieb der Roman in Polen un-

* Die Kapitel wurden 1986 wiederentdeckt, s. *Editorische Notiz*

veröffentlicht. Das sind die wenigen Angaben, die die Literaturgeschichte über einen Text bietet, der sicher eine bessere Behandlung verdiente als Indifferenz oder Herablassung. Jetzt, da uns einer der bedeutenden Autoren des zwanzigsten Jahrhunderts wieder zugänglich ist und sein literarisches Schaffen vollständig vorliegt, gilt es, auch diesem Roman gerecht zu werden.

Der Schauerroman ›Die Besessenen‹ wurzelt tief in den Konflikten, die Gombrowiczs Schreiben immer wieder bestimmen: in der Opposition von Individuum und Geschichte, von Erscheinung und Persönlichkeit. Auf das Wesen von Gut und Böse, auf die menschlichen Ambivalenzen, die verderbten Geheimnisse der Erotik, auf Verhängnis und Verbrechen wirft dieser Roman das gebrochene Licht seiner Dämmerungen, seines Mondscheins, seiner flackernden Flammen und Leidenschaften, seines spiritistischen Fluidums. Doch bevor wir uns seinem Stil widmen und uns mit der Erneuerung des Genres und seiner Originalität im moralischen Denken beschäftigen, ist es sinnvoll, zunächst seine autobiographischen Wurzeln aufzudecken, durch die das bescheiden anmutende Projekt eines Fortsetzungsromans einen Bezug zur Geschichte Polens erhält, wie auch zu den Mythen und Dämonen des alten litauischen Geschlechts der Szymkowicz-Gombrowicz.

Die Kindheit des zukünftigen Schriftstellers spielt sich auf dem Besitz seiner Großmutter mütterlicherseits ab, auf dem Landgut Bodzechów. »Es gab dort«, wie sein Bruder Jerzy anmerkt, »eine Fülle von Legenden und Phantasmagorien. Im Park erschien eine weiße Dame abwechselnd mit einem Herrn in Schwarz. Es wurden kleine Lichter von unbekannter Herkunft beobachtet, und man vernahm Geräusche, die ebenso schwer zu erklären waren. Die Dienstboten, überwiegend weiblich, verbreiteten die Nachricht von diesen angeblichen Erscheinungen ohne das geringste kritische Empfinden und erzählten alles, was sie hörten, den Kindern. Das blieb natürlich nicht ohne Wirkung auf deren Vorstellungsvermögen und deren Seelen.« Auf der mütterlichen Seite waren, demselben Zeugnis zufolge, die Geisteskrankheiten zahlreich, was möglicherweise mit den ständigen Verbindungen unter Blutsverwandten zusammenhing. Ein Onkel, der ganz plötzlich vom Wahnsinn befallen wurde, lebte eingesperrt auf Bodzechów. Sein ruheloses Umherwandern bei Nacht im Haus oder im Garten, die zusammenhanglosen Gespräche, die er mit sich selbst führte, versetzten seine jungen Verwandten in Schrecken. Gerade zu dieser Zeit begann Witold, sich brennend für die Vergangenheit seiner Vorfahren zu interessieren. Er durchstöberte Berge von Dokumenten, die sein Großvater Onufry sorgfältig gesammelt hatte, und verfaßte eine Geschichte seiner Familie, die der erste literarische Versuch aus seiner Feder ist. In den ›Besessenen‹ findet man das mütterliche Geschlecht der Kotkowski, menschenfeindlich und verrückt, hinter den durchsichtigen Masken der Fürsten Holszański wieder. Das bemitleidenswerte Umherirren dieses letzten Überlebenden bildet fast unverhüllt die nächtlichen Runden des Onkels Bolesław Kotkowski ab. Die Fiktion des Romans bedient sich der sehr intimen privaten und realen Familiengeschichte. Der Wahnsinn, die Dekadenz, der Verzicht des Adels auf seine historische Rolle, diese großspurige Abdankung voller Selbstgefälligkeit, all das umreißt zugleich die mythischen Vorstellungen, die Gombrowicz sich von Polen macht: Hamletisches Land der Selbstzerstörung, wo der Gedemütigte über den Demütiger triumphiert, indem er sich noch tiefer erniedrigt... Diese komplexen Beziehungen sind sehr gut in einer Szene zusammengefaßt, wo der alte Fürst sich zunächst glücklich zeigt über den Vorschlag von Professor Skoliński, die Porträts seiner Vorfahren wieder an den Wänden des Speisezimmers aufzuhängen, jedoch schnell aus dem Raum flieht, um den Anwesenden nicht länger den Anblick seiner Erniedrigung zu bieten. Den sachlichen Nachforschungen des Gelehrten hat er keinen anderen Widerstand entgegenzusetzen als eine scheinbare Gleichgültigkeit. Doch angesichts des Blickes, den die Geschichte auf ihn wirft, fast lächerlich vermittelt durch ein Familienporträt, bricht er zusammen und – auch das ist charakteristisch für Gombrowicz – die Tragödie schlägt um ins Groteske. Die autobiographischen Daten sind grundlegend und prägend für die soziologische Analyse. Ob es sich um die niedergehende Klasse des hohen und mittleren Adels handelt, die nach Mysłocz und Połyka verbannt ist, um den zwielichtigen Kreis aus der Halbwelt, um das populäre Milieu in der Hauptstadt oder um exzentrische Existenzen wie den Millionär Maliniak, der Romanautor verbindet seine Stadt- und Landerfahrungen und ergreift aufgrund seiner Kenntnis aller sozialen Kategorien entschieden Partei.

Aus diesem Zusammenhang läßt sich die persönliche Aneignung des Themas genauer erklären: Hinter der Familie und ihren Traditionen, hinter Polen und seiner historischen und sozialen Realität nimmt der Autor Gombrowicz mit seinen Mythen, seiner Moral, seiner Schreibweise Gestalt an. Zuallererst behandelt dieser Roman ein Thema, das sich durch das ganze Werk zieht, von ›Ferdydurke‹ bis ›Kosmos‹, nämlich die Persönlichkeit, das Ich auf der Suche nach sich selbst, das sich behauptet, indem es einer Reihe von Systemen trotzt. Angesichts der geschlossenen Welt auf Schloß Mysłocz, auf dem Landsitz Połyka, im Kreis der Pensionswirtin oder im Tennisclub unternehmen Maja und Walczak (beziehungsweise Leszczuk, wie er seit dem Ende des 2. Kapitels genannt wird) gemeinsame oder entgegengesetzte Anstrengungen vor allem zu dem Zweck, sich selbst besser zu verstehen. Die brennende Frage, die sie in ihrem Innern verfolgt und die über ihre soziale Rolle hinausreicht, beginnt erst in dem Augenblick eine Antwort zu erhalten, da sie beide die Kraft des Bösen akzeptieren, das heißt, das Prinzip der Identität. Maja wie Leszczuk hätten töten können, weil sie beide nichts anderes sind als sich gleichende Teile der einen unheilvollen Macht. Ihre Krisen und ihre Ausbrüche bestimmen den Rhythmus der Erforschungen im Reich der Finsternis, des Abstiegs in die Hölle, der verschmilzt mit der Erforschung des Schlosses. Die Selbstbehauptung des Ich schreckt nicht zurück vor der Selbstzerstörung: das wird in den ›Besessenen‹ eindrucksvoll vorgeführt, früher noch als in ›Pornographie‹. Franio, der illegitime Sohn des Fürsten, identifiziert sich völlig mit dem Bösen, das er zu schaffen hofft, um sich an seinem Vater dafür zu rächen, daß dieser ihn nicht anerkannt hat. Er verzehrt sich selbst in der Gewalt. Umsonst sperren Holszański und der alte Grzegorz ihn ein: seine vernichtende Kraft setzt sich durch, ungebrochen, in dem ständiger Bewegung ausgesetzten Handtuch. In dieser Besessenheit entfalten sich die oralen Symbole (Lippen, Bisse) und legen, wie in ›Ferdydurke‹, eine homosexuelle Erfahrung nahe (partielle Identifikation). Das Böse wohnt von nun an in der Schönheit der Jugend. Auf diese

Weise realisiert sich das Ideal unserer Zeit, wie Gombrowicz es in seinem letzten Gespräch mit Dominique de Roux definierte. »Wir lehnen die klassische Schönheit ab, die vollkommene Schönheit, und suchen nach der niederen, der unvollkommenen Schönheit.« Die Ideenwelt der ›Besessenen‹ hat Ähnlichkeit mit der Welt des Georges Bataille. Was wiegen mit Blick auf Cholawicki, auf Franio, auf Maja und Walczak – die alle Besessene sind, fügsame und begeisterte Sklaven der Finsternis – dagegen die Erklärungen des Hellsehers Hińcz? Gegen die allgemeine Gewißheit von der Allmacht des Bösen setzt dieser lediglich eine gegenteilige Überzeugung.

Hier zeigt sich, in welcher Weise Gombrowicz den *roman noir* erneuert. Er weist ihm wieder einen Platz in unserer und seiner eigenen Zeit zu, indem er ihm die Bürde seines eigenen Lebens auflädt, seiner Mythen und Obsessionen. So bleibt nur noch hinzuweisen – aber welcher Leser bemerkt das nicht, selbst durch den Schleier der Übersetzung – auf die Frische dieses Textes. Der eigentliche Held, der alle anderen in den Schatten stellt, ist ganz sicher das Schloß Mysłocz, um das sich die authentischen Zaubereien ranken. Ein Monument der Unbeweglichkeit und des Schweigens, so taucht es aus der Nacht auf, aus dem Morast, erhebt sich aus dem Nebel, aus dem Wald, um Elegie zu verströmen oder Skandale zu entfesseln. Ganz zwanglos erhält der Raum des Romans eine Ordnung: verborgene Gemächer und unterirdische Gänge im feudalen Mysłocz, gemütlicher Speisesaal im verbürgerlichten Połyka, Gedränge und anrüchiges Durcheinander in den Etablissements von Warschau. Die Zeit drängt, dehnt sich aus oder verkürzt sich, wenn es darum geht, die zweifache Version eines Mordes vorzuführen.

Die rasche Verknüpfung von Handlungen, die lebensvollen Klischees der Figuren, die schnellen Wechsel des Tons und des Erzähltempos legen ständig den Gedanken an eine Parodie nahe. Die ›Besessenen‹ begnügen sich nicht damit, ein großartiges Werk im Museum des *roman noir* zu sein, und geben sich schon gar nicht damit zufrieden, auf allen Registern der Ironie, der Sentimentalität, des Wahnsinns oder des Grotesken zu spielen. Ihre Figuren werden von einer mittelalterlichen Ruine verdrängt, ihre Handlung nimmt von selbst ihren Lauf. In jedem Augenblick spürt der Leser, daß der Autor aus dem Hintergrund feine Fäden zieht und ihn anstößt, einmal, um ihm eine unwiderstehliche Grimasse zu enthüllen, zum anderen, um ihn davon zu überzeugen, daß sich in der Tiefe dieser großen Phantasmagorie eine ernsthafte Verstörung verbirgt.

Paul Kalinine

Editorische Notiz

Die Besessenen erschienen vom 4. Juni bis zum 31. August 1939 als Fortsetzungsroman gleichzeitig in zwei Tageszeitungen, in ›Dobry Wieczor / Kurier Czerwony‹ (›Guter Abend / Roter Kurier‹), Warschau, und in ›Ekspres Poranny‹ (›Morgen-Express‹), Kielce-Radom, unter dem Pseudonym Z. Niewieski. Nach Ausbruch des Krieges mußte der Abdruck abgebrochen werden.

Durch einen Zufall wurde der Text im Jahre 1973 wiederentdeckt und im Band X ›Varia‹ der ›Gesammelten Werke‹, Instytut Literacki, Paris, veröffentlicht. 1986 wurde der verloren geglaubte Schluß (S. 316–325 unserer Ausgabe) in Polen aufgefunden und in der Zeitschrift ›Argumenty‹ Nr. 14 (Warschau) veröffentlicht.

Das Nachwort von Paul Kalinine erschien 1977 in der französischen Ausgabe (›Les envoûtés‹) der Editions Stock und wurde von Bettina Blumenberg übersetzt.

Heimito von Doderer im dtv

Die Strudlhofstiege

Der Amtsrat und frühere Major Melzer, bei dem »im Oberstübchen das Licht nicht gerade sehr hell brennt«, löst sich allmählich aus der Bequemlichkeit überkommener Institutionen und Gewohnheiten und findet zu eigenen Einsichten. dtv 1254

Ein Mord den jeder begeht

Der Lebensroman eines jungen Mannes, der in den Wirren eines ungewöhnlichen Lebens schließlich zu sich selbst und zur Wahrheit findet. dtv 10083

Die Peinigung der Lederbeutelchen und andere Erzählungen
dtv 10287

Die Dämonen

Im Wien der ausgehenden zwanziger Jahre werden Schicksale aus dem Großbürgertum und Adel, aus dem Arbeiter- und Intellektuellenmilieu zu einem schillernden gesellschaftlichen Gewebe verflochten. dtv 10476

Der Oger
und andere Kurzgeschichten
dtv 10615

Die Merowinger
oder Die totale Familie

Durch ein wohlüberlegtes System etwas ungewöhnlicher Heiraten und Adoptionen ist es dem mittelfränkischen Freiherrn Childerich von Bartenbruch gelungen, sein eigener Vater, Großvater, Schwiegervater und Schwiegersohn zu werden. dtv 11308

Die Wasserfälle von Slunj

Österreich um die Jahrhundertwende. Die Zeit fließt langsam dahin: Man macht Karriere, man findet eine Geliebte, man will die Risse und Hohlräume im Fundament dieser Gesellschaft nicht sehen, man geht an seiner eigenen Blindheit zugrunde...
dtv 11411